U0959703

舒吉·贝恩

SHUGGIE BAIN

[英国] 道格拉斯·斯图尔特　著
Douglas Stuart

席小丹　钟宜吟　译

译林出版社

图书在版编目（CIP）数据

舒吉·贝恩 / (英) 道格拉斯·斯图尔特 (Douglas Stuart) 著 ; 席小丹，钟宜吟译. -- 南京 : 译林出版社，2024. 8. -- ISBN 978-7-5753-0211-1

Ⅰ. I561.15

中国国家版本馆CIP数据核字第2024AC6787号

Shuggie Bain by Douglas Stuart
Copyright © 2020 by Douglas Stuart
Simplified Chinese edition copyright © 2024 by Yilin Press, Ltd
All rights reserved.

著作权合同登记号　图字：10-2021-153 号

舒吉·贝恩　[英国] 道格拉斯·斯图尔特 / 著　席小丹　钟宜吟 / 译

责任编辑　宗育忍
特约编辑　竺文治　李玲慧
装帧设计　吴　悠
校　　对　戴小娥　王　敏
责任印制　闻媛媛

原文出版　Grove Press
出版发行　译林出版社
地　　址　南京市湖南路 1 号 A 楼
邮　　箱　yilin@yilin.com
网　　址　www.yilin.com
市场热线　025-86633278
排　　版　南京展望文化发展有限公司
印　　刷　徐州绪权印刷有限公司
开　　本　850 毫米 ×1168 毫米　1/32
印　　张　15.75
插　　页　4
版　　次　2024 年 8 月第 1 版
印　　次　2024 年 8 月第 1 次印刷
书　　号　ISBN 978-7-5753-0211-1
定　　价　79.00 元

版权所有 · 侵权必究

译林版图书若有印装错误可向出版社调换。质量热线：025-83658316

献给母亲 A.E.D.

目 录

1992

南格拉斯哥

1

又是平平无奇的一天。那天早晨，失神的他只剩下身体在漫无目的地游荡。这具空荡的身体机械地完成着一天的计划，霓虹灯管下，他脸色苍白，眼神空洞，灵魂在走廊里漂浮着，心里只想着明天。只有明天才值得期待。

舒吉干起活来有一套周密的方法。所有油碟都倒进干净的托盘，盘子边缘擦得干干净净，不留下容易变质的残渣，维持着新鲜的假象。切片火腿和塑料香菜秆摆成精巧的形状，橄榄已变质，黏稠的汁液顺着绿色的外皮缓缓下滑。

安·麦吉那天又厚着脸皮请病假，留下他独自一人打理熟食柜台和她的烤肉柜台，连一句谢谢也没有。一早就要处理七十多只生鸡已经很糟心，这一天尤其如此，就连他做白日梦的甜味都被消耗殆尽了。

他把烤肉叉插到一只只冰冷的鸡尸体里，整齐列成一排。这些鸡躺在一起，短粗的翅膀交叉在肥硕的胸前，像一个个无头的婴儿。他一度为这种秩序感到骄傲。而实际上，把金属叉插入这些疙疙瘩瘩的肉里算是容易的，难的是遏制住自己把金属叉插入顾客身体里的冲动。顾客们隔着热气朦胧的玻璃，端详每一具尸体，然后选择最优的那一只，全然不知工业化养殖出的鸡，每一只都是相同的。舒吉只能站在那儿，暗自咬牙切齿，向犹豫不决的顾客挤出一个微笑。好戏这时才开始："小伙子，来三块鸡胸，五个鸡腿，再加一个鸡翅，就够啦。"

他心力交瘁。为什么如今没有人点整只鸡了呢？他需要用长叉把鸡尸体抬起来，小心翼翼，不让手套碰到它，然后用餐刀精细地把鸡解剖开来，一点不损坏鸡皮。他站在炙热的烤肉灯前，觉得自己像个傻子。埋在帽网里的头皮因为高温不停出汗，切刀很钝，手也没有足够的力气压住鸡背。他微微弓起背，好让手腕借力。在所有动作进行的同时，他需要一直保持微笑。

要是他运气不好，钳子滑脱，鸡就会一整个乒乒乓乓地掉到地上，他就只能装模作样地道歉，然后全部重来。不过他从来不会浪费弄脏的鸡。在顾客转身的瞬间，他便把鸡捡起来，放到炙热的黄色灯光下，让它和其他鸡肩并肩躺着。他是注重卫生的，但每一个类似的小小胜利，能短暂地遏制住他爆发的冲动。那些面相凶如男人的家庭主妇来这里买肉，她们一脸嫌弃的神情，让舒吉的脸一直红到脖子根，这些人也就配得上这种待遇。有时候他心情低落到极点，就把自己身上各种各样的体液混入鱼子沙拉中。这种小布尔乔亚垃圾卖得不是一般地好。

舒吉在基尔菲斯超市打工一年多了。本来不该那么久，但他必须要赚钱来养活自己，每周还要付房租，超市是唯一能接纳他的地方。基尔菲斯老板是个抠到极点的王八蛋，只要是不用按最低工资标准付薪的未成年人，他都愿意招，舒吉能在店里打打短工，正好错开零散的学校课业时间。其实舒吉一直梦想能离开这里。他一直都更喜欢打理头发，那是唯一能让他忘记时间的事。十六岁生日一过，他就承诺自己一定要去念克莱德河南边的美发学院。他收集了所有的灵感，从小树林邮购目录里模仿发型样式，还从《周日》杂志上撕下图片。之后他又去了卡多纳德咨询夜校课程。在学院外面的公交站，他还跟一群十八岁的年轻人交了朋友。那群年轻人穿着时下最流行的衣服，侃侃而谈，用膨胀的自信掩饰着内心的不安。舒吉走起路来比他们慢了一半。他目送他们进了大门，独自过了马路去赶对面的公交车。一周后，他开始在基尔菲斯超市打工。

在早晨休息的空隙，舒吉喜欢去打折筐里翻找破损的罐头。他找到三小罐几乎完好的苏格兰三文鱼罐头，除了商标略有磨损，罐身没有什么损坏。他用最后一点薪水买了自己小购物篮里的商品，把三个鱼罐头装进旧书包，然后一起锁进柜子。他拖着步子下楼到了员工餐厅，一群大学生坐在那里，他们来做暑期的短工，休息时就把厚厚的文件夹和复习笔记铺在桌上，一副自视甚高的样子。舒吉走过他们身边，努力地显出冷酷的神情。他把目光聚焦在不远处的位置，在角落里坐下，和收银台的姑娘们不远不近地邻着。

其实这些“姑娘”是格拉斯哥的三个中年女性。领头的埃娜是个骨瘦如柴、头发油腻的女人，整天臭着个脸；没有眉毛，嘴旁却有一小撮胡须，这使得舒吉的胡须有些相形见绌。埃娜吃过的苦，就算在格拉斯哥这个片区，也算是多的，但她也有吃苦的人常有的那种善良和慷慨。诺拉是三人中最年轻的一个，头发总是精心地绑到脑后。她的眼睛小而精明，像埃娜一样。虽然只有三十三岁，却已是五个孩子的母亲。杰姬，小团体里的最后一位，和其他两位不一样，她最有女人味，喜欢八卦，丰乳肥臀。她是舒吉最喜欢的一个。

舒吉在她们邻座坐下，刚好赶上了杰姬最新的恋爱事迹的结尾。和她们在一起，最不缺的就是热闹的絮叨。从认识到现在，她们已经带他去了两次“宾果[1]”之夜，女人们一边饮酒，一边旁若无人地大笑，他坐在她们中间，像一个不能被放心地单独留在家中的少年。他曾经很喜欢和她们这样轻松地坐在一起。她们的身体包围着他，柔软的皮肤紧贴他的皮肤。他喜欢她们开他的玩笑，喜欢她们撩开他眼前的头发，用舔过的手指给他擦嘴。对这些女人来说，舒吉能给予她们某种男性关注，尽管他才十六岁零三个月。在拉斯卡拉的游戏桌下，她们每人都至少抚玩过一次他的“小鸟”。那目的感强烈的、长久的抚摸，不可能是无意的触碰。对没有眉毛的埃娜来说，这抚玩几乎成了探险，酒至酣处，她摸得更是明目张胆。她的肥手指每划过一圈，她那肥舌头便伸出齿间，眼神几乎要烧到他的脸上。舒吉尴尬得满脸通红。埃娜

1 宾果（Bingo），一种赌博形式。

咂咂嘴，杰姬往桌子对面推去两镑钞票，诺拉脸上挂着胜利的神情，笑眯眯地接过奖金。自然，这结果让人失望，但深夜的酒精灌溉了自信，她们最后一致认为，这算不上是拒绝。这男孩反正是有什么地方不太对，应该可怜才是。

舒吉坐在黑暗中，墙那面传来邻居断断续续的呼噜声。他努力不去想那些孤独无依的男人，但很难做到。清晨的寒气把他裸露的大腿冻得发紫，他只好找来一条薄毛巾裹住身子，窝在角落里御寒，牙齿碰撞的声音有种舒缓的效果。他掏出剩下的薪水，在桌边排开，还给硬币排了个序，先是按数额，然后是按造币厂顺序和光泽度。

伴随着床的嘎吱声，隔壁那个脸色粉红的男人醒来了。男人坐在窄小的单人床边，抓挠着身子，哈欠声是劝自己站起来的祷告。他的脚“砰”地落在地上，像屠夫刀下的一块厚肉。他费力地从小房间挪到走廊，摸索着来到黑灯瞎火的大堂，手沿着墙壁向前探索着，落在舒吉的房门上。舒吉屏住呼吸，等着男人的手指撩过门上的花纹，直到听见卫生间的灯管“叮叮”地响起，他才敢动弹。中年男人弯下腰，开始咳痰活肺。舒吉努力转移注意力，不去听他往马桶里一边撒尿一边吐痰的声音。

清晨的阳光是奶放多了的茶色。它悄悄潜入舒吉的飘窗，像个狡猾的幽灵。光顺着地毯慢慢爬上他裸露的腿。舒吉闭上眼，试图体会阳光的触感，但没有感受到一丝热度。他等了一会儿，估摸着阳光已笼罩全身，才再次把眼睛睁开。

几百双颜料画就的眼睛，心碎的、孤独的，全部凝视着他。陶瓷的芭蕾舞娃娃和她的一窝小狗，西班牙女孩和跳舞的水手，还有脸蛋红扑扑的农场小男孩，拉着他懒动的夏尔马[1]。舒吉把它们整整齐齐地排列在飘窗窗台上。他曾经和这些娃娃一待就是半晌，给他们编造各种故事。小天使的唱诗班里加入一个粗壮的铁匠，或者是七八只小猫咪围着一只牧羊犬，微笑里透着恐吓，这是他最喜欢的一个故事。

至少玩具娃娃让屋子温馨了几分。这间屋子高而狭长，他的单人床横亘在中间，把房间一切为二。一侧是一架老式两人座木长椅，垫子很薄，坐时总会硌到靠背的木条；另一侧是一台小冰箱和双层烤箱。除了床上乱七八糟，屋里没有任何杂乱的地方：地上一尘不染，脏衣服不过夜，也就少了生活的迹象。舒吉抚平床单的褶皱，试图让自己冷静下来。他想，母亲如果看到这些不成套的床品，一定会不高兴。混乱的颜色，丝毫不顾及人的感官，这种杂乱会伤她自尊的。他答应自己，一定要存够钱，哪天去买一套自己的床品，柔软而温暖，全部是一种颜色。

他能够租到巴赫什太太家的一间卧室，算是走运的。这间房的前任租客爱酗酒，把自己喝进了监狱。房间漂亮的大飘窗外就是艾伯特大道，舒吉推测，这间卧室原本应该是一个三室一厅大公寓的客厅。他之前见过其他几个房间的样貌。被巴赫什太太改成次卧的房间之前应该是个小厨房，原来的方格油毡地板还留着；

1 夏尔马（Shire Horse）是英国的一种挽马品种，通常是黑色、棕色或灰色的。

另外三间更局促的卧室还留有磨薄的旧地毯。那个粉脸男人很可能住在一个以前的育婴室，墙上还贴着小黄花墙纸，檐口镶着一圈欢笑的小兔。他的床、座椅、炉灶彼此挨着，全部挤在房间一侧。舒吉有一次路过的时候从门缝里看见这一景象，暗自为自己的大飘窗感到高兴。

能够找到这家巴基斯坦人，也算是走运的。其他房东都不愿意接受一个假装自己过了十六岁生日的十五岁男孩。有些房东不会直说，但是会问这问那。他们上下打量舒吉体面的校服和锃亮的皮鞋，露出质疑的神色。不可能，他们的眼睛告诉他。房东们扭曲的嘴角，表达了他们的想法：这个年纪的男孩子，没有妈妈，没有朋友，真是丢人。

巴赫什太太没有在意这些。她看了看舒吉的书包，点清他提前支付的房租，便放心地回去给孩子喂奶了。舒吉用蓝色圆珠笔描绘专门为她准备的信封。他想让她看到自己是个靠谱的人，愿意付出努力，愿意做个好人。他从地理笔记本上撕下一页纸，围着她的名字，画上一圈苏格兰涡纹旋花，然后用钴蓝色描边，一只美丽的孔雀呼之欲出。

房东太太就住在对面一座样式完全相同的公寓里，只不过精心装修过，暖气也很足。舒吉住的这套公寓，她租给了五个男人，每周收租十八镑五十便士，只收现金。其中没有领低保的两位租客，就只能每周五把房租塞到她的门缝里，然后拿着剩下的薪水去酒吧挥霍。塞完房租，他们会跪在门外，偷偷品味一会儿屋里的幸福气氛：锅里飘香的鸡肉，孩子们围着电视抢频道的欢闹，还有胖女人们围着餐桌，叽叽喳喳地用外语说着家长里短。

房东太太从不打扰舒吉。她一般不会踏进他的房间，除非是房租迟交。如果她要催租，就会和几个膀大腰圆的巴基斯坦女人一起过来，去捶打几个男人的房门。大多数时候，她只是过来给走廊吸尘，或是打扫浴室。每个月她都会往马桶里倒一次漂白粉，有时候她会拿一小块旧地毯铺在马桶周围来吸干溅出的尿液。

舒吉把脸贴在门上，听着粉脸男结束他的清晨沐浴。周围一片寂静，他听见男人拔出卫生间门的插销，回到走廊里。舒吉穿上了上学时穿的旧皮鞋，在内裤外直接套上风衣，这件风衣外层是尼龙材质，穿起来"欻欻"响，背后有一顶带毛兜帽。他把拉链一直拉到顶，然后往巨大的衣兜里塞上一个基尔菲斯购物袋和两块薄薄的茶巾。

他的门缝里塞了一件校服毛衣。舒吉把毛衣移走时，冷风连同其他几个男人的体味一起钻了进来。其中一个八成又在夜里抽烟了，还有一个昨天晚上吃了鱼。他打开门，迅速地滑入了黑暗中。

巴赫什太太把走廊里唯一的灯泡取走了，她说因为这些男租客不随手关灯，让她多付电费。这下子，没有窗户透气，也没有灯光，男人们的体味就像幽灵影子一样在走廊里游荡：多年来，他们在床上吸烟，在煤气灶前面吃晚饭，还有那些不开窗的夏日，汗水和精液的气味混合着黑白电视机散出的热气，还有须后水在刀片上的气味。

舒吉也慢慢学会了分辨几位男租客。黑暗中，他能辨出粉脸男刮胡子、梳头油的声音，能听出黄牙男脱下旧大衣的声音，闻出他是不是吃了黄油爆米花或是奶油鱼片。晚些时候，等酒馆快要关门了，他能从门口的窸窣声里听出回家的是谁。

公用卫生间的门上有一块斑驳的玻璃。他把插销固定，握了握门把手，确定已经锁紧。脱下厚重的夹克，挂在角落。拧开热水龙头，试试水温。水流一开始尚且留有一丝温热，但很快就变得像克莱德河水一般冰冷。冰水冲得他手指头发疼，只好伸到嘴里含了含。他拿出一个五十便士，翻了几个面，才不舍地推进了电热煮沸器里，很快，水沸起来。

再次拧开水龙头，依旧是冰水，但一声咳嗽过后，滚滚的热水喷涌出来。他把洗碗海绵浸湿，顺着脖子往下擦，热水温暖了他苍白的脖颈和寒冷的胸脯，一阵满足。

舒吉把头和脸都埋到这稀有的温热中，他抱住自己，幻想着把浴缸放满，然后整个身子淹没在热水里，远离所有租客的怪味。他已经很久没有像这样全身心地放松，身体的每个部位都感受到相同的温暖。

再抬起胳膊，用海绵擦洗一圈，顺势擦洗了肩膀。他紧了紧胳膊上的肌肉，用手指握住肱二头肌。如果他够用力，能几乎整个包住这块肌肉，手再用力挤压，能触到骨骼的轮廓。他的腋窝下是细细的绒毛，像小鸭仔身上的羽毛。他凑近闻一闻，有股甜甜的干净气味，毫无汗臭。他使劲掐了掐那块皮肤，直到疼得发红。又嗅了嗅手指，仍然无气味。这下他更使劲地擦洗自己，一边擦一边低声念道：“苏格兰足球超级联赛结果：流浪者赢了 22 场，平了 14 场，输了 8 场，积 58 分。阿伯丁赢了 17 场，平了 21 场，输了 6 场，积 55 分。马瑟韦尔赢了 14 场，平了 12 场，输了 10 场。”

镜中，他的湿头发乌黑如炭。他把头发往下梳，惊讶地发现快要长及下巴。他审视自己的身体，努力地找寻着阳刚的痕迹：乌黑的鬈发，白皙的皮肤，高高的颧骨。他看到镜中自己的眼神：不太对劲，真正的男孩不应该长这个样子。他继续摩擦皮肤。“流浪者赢了 22 场，平了 14 场，输了 8 场，积 58 分。阿伯丁赢了 17 场……”

这时走廊里传来脚步声，是熟悉的皮鞋踩在地板上的吱吱声，而后远去。薄薄的卫生间门不停地颤动。舒吉抓住他的厚外套，湿漉漉的身体直接钻了进去。

舒吉刚刚搬进来的时候，只有一位租客跟他打了招呼。粉脸男和黄牙男要么就是瞎，要么就是酒喝多了脑子已经不清醒。住下的第一夜，舒吉正坐在床边啃着一块抹了黄油的面包，却突然有人敲门。他僵了好一阵子才决定去开门。门口的男人又高又壮，散发着松油肥皂的气味。他手里拎着一袋十二罐装的拉格啤酒，罐口聚到一起，形成一座教堂大钟的形状。男人用他有力的大手握了握舒吉的手，介绍他自己为约瑟夫·达林，微笑着将酒递了过来。舒吉想要礼貌地回复“谢谢，不用了”，因为以前人家都是这么教的，但这个男人有种神奇的威慑力，让他不敢拒绝，只好邀其进门。

他们安静地坐在舒吉整洁的床边，看着街对面人家的景象。新教家庭对着电视享用着晚餐，对门住的女佣则独自坐在一张可折叠桌板前用餐。两个男人一边静静地喝酒，一边欣赏着其他人家的日常。达林先生一直穿着他的厚呢子大衣，厚重的身子压歪了床，让舒吉滑到了他的侧边。舒吉眼角的余光看到他黄色的指甲缝，双手紧张地互相抠来抠去。客人带来的酒，他只出于礼貌喝了一口，对方和他说话的时候，他脑子里充满了罐装淡啤酒的味道，一种馊酸而悲伤的味道。舒吉想起一些往事，一些他宁愿遗忘的事。

达林先生散发着一种内敛而深思的气质。舒吉尽了很大努力来倾听他的故事，他讲到自己从前是新教学校的门卫，但后来市政为了省钱，把新教学校和天主教学校合并办学，原来的学校便关闭了。听他的口吻，达林对于新教和天主教小孩能在同一个学校和平相处很是震惊，对自己因此失业反而没那么计较。

“真是太不敢相信了，”他感叹道，“我那个年代，一个人的宗教是代表个人身份的。你从小就要学会捍卫自己的身份，那些吃白菜的天主教小杂种，你要跟他们斗！人是要有宗教自豪感的。如今呢，随便哪个小姑娘都愿跟爱尔兰那些杂种上床。”

舒吉假装抿了一口酒，他只是把酒倾到门牙附近转一圈，就任其流回罐中。达林先生环顾四周，似在寻找标志物，他看到舒吉的余光正瞄着他，一时间有几分不确信，他趁机问道：“那你是上的哪个学校？”

舒吉明白他的意图。“我不是固定上哪个学校，但一直在上。”他也没说错，自己上的既不属于天主教学校，也不是新教学校，他有钱付学费，不用去超市上班的时候就去上课。

“啊？那你学得最好的是哪科？”

舒吉耸耸肩。他不是谦虚，他确实没有很出色的科目。出勤率都很难保证，学习进度自然跟不上。多数时间他都是悄悄地坐到教室最后排，免得教务处发现他旷课。如果学校知道了他的生活方式，难免要进行干预。

达林喝完了第二罐啤酒，迅速地开启了第三罐。舒吉感到自己的腿被男人手指碰到的部分有些发烫。男人的手歇在床单上，他的小拇指上戴了一枚尾戒，没有任何动作，只是若即若离地触着舒吉腿边，但这已经让舒吉无比燥热。

此刻，舒吉紧紧捂住他的大衣，站在湿漉漉的卫生间里。达林先生压了压帽檐，一种古典的问候方式。“啊，我来问问你，今天有空吗？”

“今天吗？不确定，我要去买点东西。”

一股失望的神情笼罩住了达林的脸。“这可真不是出门的好天气。”

“我知道，但是今天我答应要见一个朋友。”

达林先生咂咂嘴。他太高了，要伸伸腰才能站直。舒吉想象着一届届的新教小童排成一排，站在他长长的影子下瑟瑟发抖。男人红着脸，眉梢间流下一行酒鬼的汗水——想必他刚才是跪着偷看房东的钥匙眼了，舒吉自信地推断。

“那可惜了。我就是想领了工资，去酿酒师军团酒吧坐会儿，买点彩票。但过后我想和你一起喝几杯。要么就在小电视上看看足球？我可以给你讲讲英联是怎么回事。”男人俯视着舒吉，舌头游离在后槽牙上。

如果舒吉分寸得当，那这个男人也能给予他几分好处。但达林先生要去领失业救济金，舒吉需要等，他从邮局跑到酒吧买彩票要等，他从酒吧回到家也要等（如果他还能清醒着回家的话）。舒吉等不了那么久。

于是舒吉脱下了大衣，达林看到大衣展开一条缝，偷偷吸了一口气。但他终于把持不住自己，绿色的眼中那道灰暗，也暂时被抹去了。

男人的目光在舒吉松垮的内裤和光着的大腿之间来回游移，光洁细长的大腿，像是男人大衣上吊着的两根线头。舒吉胸中一阵灼热。

达林先生终于露出了微笑。

1981

观景山

2

阿格尼丝·贝恩的脚趾使劲往地毯毛里钻，身体向着夜空中伸展。潮湿的风轻拂过她泛红的脖颈，直钻到裙下，像一只陌生人的手，带来一丝生命的气息，勾起回忆的残片。她弹走烟灰，一朵发光的灰烬，飘落进街口的黑夜里。她渴望向整个城市炫耀她的酒红色天鹅绒连衣裙，渴望陌生人艳羡的眼光，渴望男人珍惜地将她拥在怀中共舞。但她更渴望的，只是好好喝一杯，感觉自己真实地活着。

随着小腿肌肉的拉伸，她把胯骨靠在窗边，放开脚趾的支撑点。她的身体往昏黄的城市灯光方向倾斜，脸颊慢慢充血。她把双手迎向灯光；在那短短的一瞬间，她飞起来了。

没有人注意到那个飞翔的女人。

她想要不要再前倾一点——她想挑战自己。欺骗自己是在飞，直到飞翔变成下坠，以在水泥地面上粉身碎骨作结，那是多么容易的事情。那幢她与父母共用的公寓楼朝她压下来；她背后房间里的每事每物都是那么狭小，那么低矮，那么令人窒息。从星期一到星期天，她都是一条暂租暂借的生命，没有真正属于自己的东西。

她已经三十九岁，有一个丈夫，三个孩子，其中两个即将成年，一家人还借住在母亲的房子里，这让她产生了强烈的挫败感。她称作丈夫的男人，如今远远睡在床的另一侧，当初的幸福承诺碎落一地，让她恼怒不堪。她想要把这一切用脚踩碎，用手撕烂，像对待旧墙纸那样。

伸了一个懒腰，阿格尼丝走回母亲拥挤房间的地毯上，重新拥有脚踏实地的安全感。房间里的另外两个女人浑然不觉刚才发生了什么。阿格尼丝不耐烦地把留声机的针扯到一侧，撩撩脑门前的头发，调高了音量。“来嘛来嘛，再跳一小支舞？”

“等会儿等会儿。”娜恩·弗兰尼根喊道。她正玩得尽兴，把许多银币和铜币整齐地排开。“待会儿我把你们都牵出来遛遛！”

雷内·斯威尼翻翻白眼，把手里的牌紧贴在胸前。“你这脑袋里净是些乌七八糟的！”

“别说我没警告过你。”娜恩一口咬掉了炸鱼的尾巴，舌头舔舔嘴边的油脂，“等我把你们这些家务钱都收走，你们就得回去操着你们那个瘦排骨老公，求他再给点钱。”

“没门！”雷内随意地画了个十字。“我从大斋期[1]开始就吊着他，他得等到圣诞节后了。”说完往嘴里塞了一根金黄的薯条，“有一次我就不给，给他憋得哟，最后给我卧室买了一台新的彩色电视。”

1 大斋期（Lent）是基督教教会年历的一个节期，从大斋首日开始至复活节止，一共四十天。

女人们咯咯的笑声丝毫没有影响到牌局的进程。房间里是汗水和紧张的味道。阿格尼丝看着她妈妈莉齐，尽管她仔细地研究了自己的牌术，仍然被娜恩和雷内·斯威尼两面夹击。女人腿并腿地坐着，撕扯着晚餐剩下的最后一点炸鱼。沾满油的手指捏着硬币，翻着牌。安·玛丽·伊斯顿，她们中最年轻的一个，正专注地在自己腿上卷一支细烟。她们把一堆五便士和十便士的硬币放在一张矮餐桌上，翻来覆去地计算。

阿格尼丝对眼前的景象感到十分无趣。在穿上臃肿的毛线衣，嫁给排骨男之前，她也曾夜夜笙歌。这些女人曾是形影不离的好友，像一串珍珠，彼此联结，在索希霍尔街一边走一边高歌。她们那时还是少女，阿格尼丝十五岁，但她已经知道自己有一天会倾倒众人。门卫看到后排的阿格尼丝在人群中闪闪发光，他向她勾勾手，她便一把推开人群，不顾其他女孩拉着她的腰带小声反对，向门卫投去最美的微笑。这是她专为男人保留的微笑，是她向妈妈藏起来的微笑。她曾经很爱炫耀这微笑。她的牙齿遗传了父亲的，坎贝尔家族的牙齿向来不美观，在一张俊秀的脸上形成了缺憾。她的恒牙又小又歪，就算是新长出来的时候也并不白，因为一直抽烟，喝妈妈泡的浓茶。过了十五岁，她便求着妈妈莉齐，把一口牙全拔了。假牙带来的不适和明星一般的灿烂笑容相比，简直不值一提。新牙每一颗都宽而平直，像伊丽莎白·泰勒[1]一样。

阿格尼丝咂了咂满嘴的烤瓷牙。如今她们几个好友每周五都

---

1 伊丽莎白·泰勒（Elizabeth Taylor, 1932—2011），美国女演员，被誉为“世界头号美人”。

聚在妈妈的客厅打牌。没有一个人脸上化过妆。也没有人再有心情唱歌了。

她看着几个女人为了几个硬币撕来打去，无奈地深吸一口气。周五的牌局是她们整个星期唯一值得期盼的事，是在电视机前熨衣服和给那些小白眼狼热饭吃之余的喘息机会。大娜恩[1]常年赢钱，除了一次，莉齐偶然得了一手好牌，结果就被她扇了一耳光。大娜恩在钱这件事上把持不住自己，她不喜欢输钱。阿格尼丝曾见过自己的母亲因为争五十便士而被大娜恩打出了黑眼圈。

阿格尼丝正为镜中自己的倒影陶醉着，忽然，"哎，你！"娜恩冲着她喊道，"你他妈作弊！"

阿格尼丝翻了翻白眼，灌下一大口黑啤。但啤酒的酒劲还是太慢了，她只好一口接一口往下灌，想象着那是伏特加。

"你别管她。"莉齐说。她看懂了女儿遥远的眼神。

娜恩的目光收回到牌上。"早该知道你俩是一伙的。一对小偷王八蛋！"

"我这辈子可什么都没偷过！"莉齐说。

"你就是个骗子！我在下班的时候见过你。身上鼓鼓囊囊的跟充了水泥一样！兜里装的都是医院里的卫生纸跟肥皂。"

"你知道那些东西值多少钱吗？"莉齐愤慨地问道。

"哈，我当然知道了，因为我会付——钱——买。"娜恩嗤之以鼻地说道。

---

1 娜恩的昵称。

阿格尼丝在屋子里晃晃悠悠，无法坐定。她往桌上戳了一堆购物袋，几乎要把桌子压翻。“我给你们带了一点小礼物。”她说。

娜恩通常不会允许别人打断牌局，但礼物是免费的，她自然不会错过。她把牌往胸罩里一塞，开始挑礼物。每个人轮流从袋子里拿出一个小盒子。看着盒子包装的女人们都沉默了些许，还是莉齐先开了口，带着一丝被冒犯的语气问：“胸罩？我要胸罩干什么？”

“这不是一般的胸罩，这是一箭穿心胸罩，能瞬间改变你的胸形。”

“莉齐，你试试嘛！”雷内说，“老沃利肯定会对你欲罢不能！”

安·玛丽从盒子里拿出她的那款，但看起来明显太小。“这个不是我的号！”

“哎呀，我已经很努力估算啦。我还有两件多出来的，你要不试试？”阿格尼丝说着便拉开自己的裙子。她的肩膀白如凝脂，和酒红色裙子形成鲜明对比。她把身上的胸罩解开，露出骨瓷般的双乳，又迅速用新胸罩遮住，胸立刻被提起几厘米。她上下跳了几下。“有个小伙子在帕迪市场那边摆在货车上卖，二十镑五件。怎么样，神奇吧？”

安·玛丽终于翻找出她的型号。也许是比阿格尼丝要矜持，她转过身去脱下了自己的毛衣和内衣。她沉重的双乳使胸罩肩带在肩膀上留下了红色的勒痕。很快，多数人都脱掉裙子，包裹在崭新的胸罩里了，但莉齐没有。她双手叉在胸前坐着。其他人光着膀子，手来回摩挲着光滑的肩带，时不时低头看看自己的胸，发出满意的赞叹。

“这个可能是我穿过最舒服的内衣了。”娜恩承认道。新胸罩努力地将她巨大的双乳从肚腩上吊起来。

“现在这胸才是我们以前当姑娘时候的胸。”阿格尼丝赞许道。

“天哪，要是早知道我们会变成今天这样，”雷内说，“那当年那些想上我的小伙子，全都让他们玩儿个够！”

娜恩挑逗地伸出舌头。“屁话！你本来也没少让人玩儿啊！”她把桌上的硬币推来推去，急切地想回到牌局。“行了行了，能不能别像一群傻姑娘似的盯着自己看啊。”她收起了牌堆，重新开始洗牌。女人们仍没有穿上衣服的打算。

莉齐正试着不动声色地拆开一包香烟。其他女人便像秃鹫一样盯着她，因为每个人都抽厌了硬邦邦的手卷烟，厌倦总沾在舌头上的烟草。莉齐嗤鼻道：“我以为大家都自己抽自己的呢。”但这就像在一群野狗面前吃火腿一样，没有人会给好脸子看。她只好勉为其难地给每人都发了一支，众人点燃香烟，享受着工业制烟的奢侈。穿着新胸罩的娜恩深深吸了一口烟，闭上眼，靠回到椅背上。飞舞的烟雾和旋花壁纸交相辉映，屋里的空气很快又凝滞闷热起来。

偶尔地，新鲜空气闯进这间位于十六层的公寓，刺痛女人们的眼睛。莉齐饮一口冷掉的红茶，眼看着其他人慢慢地陷入各自的灰暗情绪中。酒醉的人见了新鲜空气就会这样。轻快、家常的空气渐渐退去，取而代之的是某种黏稠而沉重的气氛。

一个新的声音响起。“妈妈，他不想睡！”

凯瑟琳一脸疲惫地站在门口，侧腰上抱着她的小弟弟。舒吉越长越大，快要抱不住了，但他还是死死地缠住她的大腿，看得出他很爱姐姐的瘦骨架搭建起的舒适。

凯瑟琳苦着个脸，掐着舒吉的手腕，把他递给莉齐。“求你了，我已经弄不动他了。”

小男孩朝着妈妈跑去，阿格尼丝一把将他抱起来，在空中旋转，尼龙睡衣摩擦出的静电噼啪响。她很高兴终于有人和她一起跳舞了。

凯瑟琳不去在意这些穿着新胸罩的半裸女人，自顾自在剩下的炸鱼碗里挑选着晚饭。她喜欢捡炸得又焦又脆的最小片的薯条，边角在热锅中滚炸许久，充满了油脂。

莉齐用手丈量了凯瑟琳的臀。外孙女身上的每个部位都似捉襟见肘，缺少女人味。凯瑟琳今年十七岁，长手长脚，像个男孩，一头及腰的直发。修身的裙子在她身上也显不出线条。摸摸外孙女的屁股已经成为莉齐无意识的习惯动作，好像这样就能摸出点曲线似的，而凯瑟琳也出于习惯将莉齐的手推开。

“来来！”莉齐说，“跟她们讲讲你在城里找的那份体面工作。”然而她并没有给外孙女任何说话的机会，便又转向桌前的牌友。“我就是很骄傲！总裁助理啊，这就差不多跟领班一样了，是不是？”

“外婆！”

莉齐指着阿格尼丝说：“哎，有人还觉得靠脸就能吃饭了呢，还好我们家出了个长脑子的。”莉齐很快转换了态度。“我这就去忏悔我吹牛的罪过。”

“还有骂脏话。”凯瑟琳说。

娜恩·弗兰尼根头也不抬地说：“宝贝儿，你现在开始上班了，第一件事，你先去开两个银行账户，一个结婚时候用，一个给你自己留着。你自己的账户，永远别让你老公知道。”

女人们纷纷称赞娜恩的智慧。

“所以不用再上学了是吗？”雷内问道。

凯瑟琳怯怯地瞄了一眼她母亲。“不上了，家里需要钱。”

“对啊，如今这个世道，只有你养活你男人的份。”这些女人们家里都有男人，因为找不到体面的工作，快要烂在沙发上了。

娜恩又不耐烦了，她搓搓粗糙的双手。“凯瑟琳，小宝贝儿，你听好，我是很疼你的。”她语气有些假惺惺，“等你变成我们苏格兰第一位宇航员的时候，我肯定给你包两个三明治送你上天。但是在那之前呢……”她挪了挪牌，指着门说：“你还是滚吧。”

凯瑟琳身子朝阿格尼丝歪过去，勉强从母亲手里接过弟弟。舒吉正在兴致盎然地玩弄着妈妈身上的塑料肩带。

“我们的亚历山大今晚会来吗？”阿格尼丝问。

“呃……我觉得会吧。”

“什么叫你‘觉得’会吧？亚历山大现在到底在不在卧室里？”孩子们的卧室极小，一个十五岁的瘦长少年不可能放错地方。凯瑟琳和利克的上下铺，加上舒吉的单人小床，已经几乎占满了房间。但利克[1]是个安静的孩子，天生就是坐在角落里暗中观察的角

---

1 亚历山大的昵称。

色，即使有人和他说话，他也能从别人鼻子底下消失而不被察觉。

“妈妈，你也知道利克是什么人，他只是可能来。”凯瑟琳不再多说，抱着小舒吉出了门，手指甲陷入弟弟的大腿里。她踩着高跟鞋，扬起一头栗色长发。

牌一把一把打出去，钱一笔一笔输掉，阿格尼丝默默记录着点数，尽管其他人没有一个留意。不出所料地，娜恩面前的硬币越堆越高，其他人面前的硬币越来越低。阿格尼丝端着一杯酒，开始在地毯上旋转。“哦，哦，这是我最爱的歌！姐妹们跳起来啊！”她勾起手指号召着大家。

女人们拖拖沓沓地站起来，手气不好的那几个庆幸终于不用再面对娜恩那堆高高的硬币。她们穿着新胸罩和旧毛衣，在地毯上乘兴而舞，连地板都抖动起来。娜恩围着尖叫的安·玛丽转啊转，两人一起撞向矮餐桌的桌缘。她们肆无忌惮地一边舞蹈，一边就着旧茶杯饮酒。所有的动作都集中到了肩上和臀部，富有情欲的节奏，就像电视上的年轻女孩一样。她们可怜的干瘦的老公，晚上一定是躲不了一顿操了。她们会带着浑身的醋汁和啤酒气味回家，然后把他们压在身下。新胸罩让她们重新感受到十五岁的自己，她们咯咯笑着，流着汗。她们会把衣服脱到只剩下破洞的丝袜，解开内衣扣，露出摇摆的双乳。还有醉酒微肿的双唇，红热的舌头，笨拙地缠绵碰撞的肉体。周五晚上纯粹的快乐。醉酒大张嘴，红热的舌头，沉沉的肉体。

莉齐没有跳舞。她答应自己要戒酒，她和沃利想要给家人树立一个好榜样。如果她自己喝了两三杯，却还指责阿格尼丝饮酒，那就不是一个合格的天主教徒了，于是她努力戒掉黑啤和威士忌，几乎戒掉了。看着母亲抱着一杯冷茶坐在桌前，阿格尼丝一点儿也不相信她的眼睛。尽管莉齐刻意坐得笔直，她仍然双眼湿润，脸色发红，表情呆滞。

阿格尼丝其实知道沃利和莉齐会在他们以为没人注意的时候悄悄溜出房间。有时候会在周日晚饭期间离开餐桌，有时候会频繁地去厕所。有时候他们会关上卧室门，从宽大的双人床底下拉出几个塑料袋，像两个高中生一样，在黑暗中悄悄啜饮。

然后他们回到餐桌，若无其事地清清嗓子，眼睛比平时更快活，也更空洞，而在场的所有人都会假装没有嗅到威士忌酒味。其实只需留意父亲喝汤的模样，就能知道他那天有没有喝过酒。

唱片放完了一面。莉齐离开桌子，摇摇晃晃地上厕所去。大娜恩正以为没人看见，趁此机会偷看莉齐的牌。她眼角瞧到了沃利的椅子后面有一点来自未打开的黑啤罐子的反光。“逮到你了！”她大喊，“椅子后面藏着好东西！”她气喘如牛地坐下，开始喝那些未开的黑啤。大娜恩来这是干正事的，所以就比其他人要稍微清醒一些。她整晚都在仔细地数着桌面上有多少钱，盘算着自己周日熬汤的时候是不是能多买一块火腿，下周孩子上课要花多少钱。现在打完牌了，大娜恩也开始有了喝那些黑啤的冲动。

“莉齐·坎贝尔，那个老骗子，她根本就没戒酒。”雷内说。

“她要是能戒酒，我就能戒蛋糕。”娜恩一边说着，一边费力地扣上毛衣扣子。她朝莉齐的方向喊道：“我怎么就跟你们这种天主教骗子混在一起了？”她拿起黑啤，将桌上的茶杯一一斟满；其他人越醉，她便越能赢。很快她话锋一转，又回到生意上。“哎，几位是要继续打牌，还是要我把邮购目录拿出来？我看你们一个个跳得跟在上电视热舞节目似的。”她从脚下的黑色皮包里抽出一本又厚又旧的邮购目录。邮购目录封面上印着“弗里曼”几个大字，一位穿着蕾丝连衣裙、头戴草编大檐帽的美女在远方一片金色的野地里快乐起舞，浑身似乎散发着青苹果的气息。

大娜恩打开压在扑克牌上的邮购目录，翻了几页。塑料纸的声音像海妖的歌声，很快将陶醉在音乐声中的女人们勾引到周围，油腻的手指按在皮凉鞋和化纤睡衣的图片上。翻到一面双页大片，一位美女穿着针织连衣裙，在乡间小路上悠闲地骑着单车，众人连连赞叹。这时，大娜恩又把手伸进皮包，拿出一本《圣经》大小的付款书，周围响起一阵呻吟。她们固然是她的朋友，但她也需要这份工作来养家糊口。

“哎呀，娜恩，我的东西这周都还没收到呢。”年轻的安·玛丽蹦蹦跳跳地抱怨道。

娜恩从牙缝里挤出一丝微笑，尽可能礼貌地说：“着什么急啊，总会给你的。再跟我这儿嚷嚷，今晚的钱你今晚就得结，不然小心我抓你脚腕把你吊在窗户外头。”

阿格尼丝暗暗笑了，她知道自己排在前面，安·玛丽本该作罢。但这位年轻女人不依不饶地说道：“那个泳衣就是不合身嘛。”

“不合身你个头！等你拿到就合身了！”娜恩翻找着发灰的邮购目录。她抽出写着黑色圆珠笔标记的“安·玛丽·伊斯顿”那页，丢在桌上。

“只是我男朋友就没法带我去度假了。”安·玛丽瞪着大眼睛望过去，企图在众人眼中找到一丝同情。可惜女人们都无动于衷，她们上一次度假，大都还是在斯托布希尔的产房。

“真是太他妈地惨咯。有本事挑个有钱的老公啊。”娜恩熟练地给别人施加着压力，心安理得地拢过众人桌上的钱，标记在账本上。孩子的校裤，两人用的浴巾，好像一辈子都偿不清。五英镑一个月，加上利息，数年才能还完。她们感到自己的一辈子都在被租借。这时杂志翻到新的一页，大家又开始嚷嚷着要这要那。

忽然间，屋里的空气变了味道，阿格尼丝第一个抬起头。舒格站在门口，手里握着厚厚的钱包。潮湿的空气迅速席卷整个房间，阿格尼丝明白，大门还开着，他来了就又要走。她迅速起身走到丈夫跟前，裙子在腰处仍有褶皱，来不及了，她匆匆整理好裙子，合起手来，尽力向丈夫挤出一个清醒的微笑。舒格没有对她笑，只是厌恶地扫过一眼，突兀地问道：“哎，谁要搭顺风车啊？”

一个不请自来的男人，就好像是学校的下课铃一样。女人们开始收拾各自的东西。娜恩顺了几罐莉齐私藏的黑啤到自己包里。“行了，姐妹们，下周四，我家！”她嚷嚷道，并特意为舒格加了一句，“要是哪个男人妄想打扰我的牌局，我打断他的腿！”

“风光不减啊，弗兰尼根太太。”舒格用钥匙抠着手指甲。就算他睡了所有的女人，也不会碰大娜恩——他也是有底线的。

“嘴挺甜啊。”娜恩露出一个淡淡的笑，“你可以把手伸进你屁眼里，替我给你的五脏六腑来个拥抱。”

阿格尼丝拉起天鹅绒裙子，双手平放在裙摆上站定。其他几人也把上衣扣好，盖上厚厚的大衣，礼貌地向阿格尼丝点点头，陆续从舒格身边挤过去。舒格站在门口岿然不动，女人从他身边经过时都垂下眼睛，阿格尼丝能看到他络腮胡下的微笑。当娜恩走过时，他才挪步避让。

舒格已不如当年那般英俊，但仍然有种令人生畏的魅力。他的注视里透着直率，让阿格尼丝欲罢不能。阿格尼丝曾和母亲坦白，自己第一次看见舒格的时候，他眼中的光让她浑身一软，就算他让自己脱光衣服，她也会立刻照做。在之后的日子里，他没少这么要求。自信是关键，她解释道。舒格不是一个画中走出来的人物，这种虚荣心要是放在一个不那么漂亮的男人身上，恐怕只会散发恶臭。但舒格的天赋在于，他会把他想要对你做的事，变成你自己渴望至极的事。他是地道的格拉斯哥人。

舒格身着平整的西服和细领带，手握出租车司机专用皮带，冷冷地审视着一个个从他身旁挪过的女人，像一个牲口市场的贩子。阿格尼丝一直都知道，他在极俗和极雅的境界中游刃有余。他能看到每一个女人身上的闪光点。他能让美貌的女人放下身段，因为不会被美貌所震慑，所以她们能在他面前肆意欢笑，脸红，感激与他相处的机会。他能让相貌平平的女人信心倍增，因为他既有耐心，又有魅力，和他相处，她们感到自己是穿平底鞋的女王。

他还是个自私的动物。阿格尼丝意识到这种污秽的、肉欲的气质违背她的美好天性，但仍不禁深深被吸引。他不吝展示自己的动物性：狼吞虎咽的吃相是一方面，他会用舌头直接舔干净指关节间的酱，无视任何人的眼光，他理直气壮地凝视着牌局上的女人。最近，他展示得有些过于频繁了。

阿格尼丝为了嫁给舒格，离开了自己的第一任丈夫。前夫是天主教徒，一位遵纪守法的好公民，对她一心一意。外表上，她比他出众太多，以至于两人走在路上，男人见了会对自己重燃希望，女人见了，则会瞄瞄他的胯部，好奇自己是不是错过了什么——其实并没有。布伦丹·麦高恩是个耿直的男人，工作卖力，想法单纯，他知道娶到阿格尼丝是自己的福分，因此对她尊崇备至。其他男人去酒吧潇洒时，他会带着未拆封的棕色信封，完完整整地将周薪交到她手中。但她从未尊重过这份心意，棕色信封里的数目好像永远不够。

跟这位天主教丈夫比起来，舒格·贝恩简直闪着光。他有一种新教徒特有的虚荣，喜欢展示自己浅薄的财富，脸上泛着嗜酒贪食的红光。

莉齐一直都知道他们的事。那天，阿格尼丝带着两个孩子和这个新教出租车司机上门，在开门的一瞬间，莉齐看到他们站在一起，便有立刻关上门的冲动，沃利阻止了她。沃利对阿格尼丝是乐观的，但莉齐认为这是一种盲目。女儿和舒格结婚那天，沃利和莉齐两人都未出席。他们说，跨信仰的婚姻是错误的。但事实上，莉齐看不上的是舒格·贝恩，她一直都知道他俩过得不会好。

安·玛丽拖到最后才走，她磨磨蹭蹭，把原封不动放在屋里的毛衣、香烟挨个找了个遍，总想找机会和舒格说点什么，但舒格传过一个眼神，她保持了缄默。阿格尼丝在一旁目睹了这段沉默的对白。

“雷内宝贝儿，今天感觉好吗？”舒格问道，脸上带着猫一般的微笑。

阿格尼丝的视线绕过安·玛丽的影子，转移到雷内身上，看着这位老友，她的心又碎了一点。

“哎，还行啊，舒格。”雷内尴尬地答道，眼睛一直盯着阿格尼丝。

“把大衣穿上，不然冷死了。我送你去对街。”舒格接着说。阿格尼丝觉得自己的胸腔快要塌陷了。

“不不，太麻烦你了。”

“哪儿的事。”他又微笑道，“阿格尼丝的朋友就是我的朋友。”

“舒格，我把你的饭热上，不要待太久了。”话一出，阿格尼丝便觉得自己的语气比她预想的要泼辣。

“我不饿。”他轻轻关上门，屋里的窗帘又死气沉沉地耷拉下来。

雷内·斯威尼住在塔楼平克斯顿大道九号，与十六号比肩而立。舒格的出租车只需原地转个弯，几步路就能到。阿格尼丝坐下点了一支烟，知道要等很久他才能再露面了。

她感到母亲的目光在自己的脸上灼烧。莉齐一句话也不说，只是狠狠瞪着她。困在母亲的房间里，任她审判，任她近距离目睹自己婚姻中的每一次败退，实在不堪。阿格尼丝收起香烟，穿过短短的走廊到对面去看孩子。孩子们的房间很暗，只有一束露营手电筒的光线。利克用下巴夹着手电筒，正往黑色速写本上画着什么，脸上是沉静的神情。母亲进门了，他头也不抬，灰色的眼睛埋在柔软的刘海后面，她无法看清。孩子们睡梦中的呼吸彼此交织，房间里的空气温暖而亲密。

阿格尼丝捡起地上散落的衣服，拿走孩子手中的铅笔，将速写本合了起来。“宝贝乖，这样会伤眼睛的。”

他是个即将成年的男孩，早已过了亲吻道晚安的年纪，但她仍然坚持这样做，利克闻到了母亲呼吸中浓重的黑啤气味，不禁有些退缩。之后，她弯下腰去给舒吉抻被子，利克躺在床上为母亲打着手电筒。她很想叫醒小儿子，把他带到自己床上睡，因为她迫切需要有一个人在身旁紧紧相依的感觉。舒吉的嘴微微张着，眼皮在睡梦中轻轻翻动，他睡得太熟，让人不忍打扰。

阿格尼丝轻轻关上门，回到自己的房间。她把手放在床垫间来回摸索，掏出一瓶伏特加。晃一晃沉淀物，全部倒进杯子里，又嘬了嘬空瓶口，坐在窗前，看着楼下的点点灯光。

在舒格夜班后未归家的第一个晚上，阿格尼丝大清早就找遍了城里的医院和她认识的所有出租车司机。后来又拿出电话簿，把自己所有的女性朋友都呼叫了一遍，她故作轻松地寒暄着，却不提起舒格在乱跑的事。她不愿承认，他终于还是出轨了。

当女人们在那头叨叨自己的日常琐事时，她却把所有精力集中在她们身后的背景音，试图辨认出舒格在房间里活动的声音。如今她只想告诉她们，自己已经什么都知道了。出租车后座上汗迹斑斑的窗户，他上下摸索的贪婪的双手，她们和他缠绵时渴望的话语，请求着他把她们从禁锢的生活中解救出来。阿格尼丝忽然感到自己的苍老和孤独。她其实想告诉她们，她也都理解。她理解这种震撼，因为她曾经也是她们中的一员。

很久以前的一天，海风将她的腿冻得发紫，但她感觉不到，因为被幸福包裹着。

长廊上千万盏星星灯照在她身上，她朝前走去，目瞪口呆，几乎忘了呼吸。她裙子上的黑色金箔片反射着明亮的灯火，将格拉斯哥博览会[1]的人群也照亮，她自己也几乎像星星灯一般，光芒四射。

舒格把她举起，放到一条长椅上。星星灯沿着海滨往前延伸，一眼望不到头。高楼大厦一栋赛着一栋比亮，每一栋都挂着千万盏俗丽的灯饰。有的是美发店的霓虹灯管，有的是眨眼的牛仔骑着跑马，还有的是拉斯维加斯的舞女。她低下头，舒格正看着她笑。他穿着黑色修身西服，显得很时髦，看起来像个大人物。

“我都不记得上次你带我去跳舞是什么时候了。”她说。

“我现在舞技依然一流。”他轻柔地抱她下来，双手仍在她的腰间流连。舒格在她眼中看到了漫无边际的星星灯，看到了艳俗的夜店灯光，游乐场的游戏。他好奇，这些东西在她面前，是否也会黯然失色。他把外套脱下来披到她肩上。“唉，我再也瞧不上观景山上的灯了。”

阿格尼丝身子一颤。“咱们别聊家里的事，就当我们已经私奔了。”

他们沿着闪闪发光的海岸线慢慢散着步，努力不去想那些让

1 格拉斯哥博览会（Fair Fortnight）通常于七月下半旬在苏格兰格拉斯哥市举行，是类似嘉年华的活动。

他们被迫分开的鸡毛蒜皮，以及和她父母挤在一间公寓的种种不便。阿格尼丝看着远处忽明忽暗的灯光。舒格看着路上的男人不停朝阿格尼丝投来贪婪的目光，内心涌出一种病态的骄傲。

在灰色的晨曦中，她第一次看清了布莱克浦海滨的面貌，心在失望中静静破碎。破旧的建筑伴着汹涌的黑色海浪，冷硬的海滩上，穿着破内衣的小孩奔跑玩闹，水桶和铁锹零落在地上，退休老人戴着雨帽蹒跚前进。海滩上还有从利物浦来度周末的家庭，以及从格拉斯哥来的旅游团，他本想借此机会与她独处的。眼前这幅庸常的景象令她大为诧异。

但到了夜晚，景象便大不一样了。铺天盖地的灯饰让城市的每一个表面都闪耀着光。贯穿市中心的电车轨道挂满了灯，海边锈迹斑斑、快要散架的码头也被装饰得如同走秀 T 台，就连印着“快吻我”字样的帽子也似闪动着欲望。舒格拉起她的手腕，穿过人群，向海岸线深处走去。骑大转盘的小孩尖叫着，碰碰车游乐场里的吼声和闪光此起彼伏，忙碌的老虎机叮当作响。舒格拽着她穿过人群，奔向布莱克浦塔，路线东转西拐，大概是出于出租车司机的习惯。

“亲爱的，能慢点吗？”她请求着。身旁的灯都一闪而过，来不及细细欣赏。她从他手中挣脱出来，手腕上已经被拽出一条红线。

舒格站在人群中间，他眨眨眼，脸色因气恼和尴尬涨得通红。周围的男人看见了，都无奈地摇摇头，好像他们自己才懂得如何对待这样一位美人。“你不会又要开始了吧？”

阿格尼丝揉揉手腕。她努力地压平皱起的眉头。小拇指勾起他的小拇指，他的共济会戒指碰到她的手，透出一股阴冷。“你刚才太急了，我就是想好好玩玩，我感觉我好久都没出过家门了。”她转过身，面朝灯海，却再也看不到之前的焕丽，一切都很廉价。

阿格尼丝叹了口气。“我们去喝一杯吧。说不定能缓和一下心情，就又有精力接着玩了。”

舒格眯了眯眼，拳头在胡子上划过一圈，似乎是想憋住所有指责阿格尼丝的狠话。“阿格尼丝，我求你了，今晚能悠着点儿吗？”太迟了，她早已离开，消失在明亮的电车轨道和彩色牛仔之中。

“您好啊，”酒吧女招待操着浓浓的兰开夏郡口音问候道，“这裙子可真俊呢！”

阿格尼丝踮脚坐上了旋转塑料高脚凳，优雅地跷起二郎腿。“给我来一杯白兰地亚历山大，谢谢。”

舒格拿起一张高脚凳放到阿格尼丝身边，他旋扭座位，直到比她的座位要高，然后轻轻跃了上去。一番挣扎后，他终于与她平视。“给我一杯常温牛奶，谢谢。”他从兜里掏出两支烟，阿格尼丝挪过身子去，示意他给自己点一支。牛奶盛在一个儿童杯里送来了，他直接推了回去，要求换一个杯子。

他往她嘴里送了一支点燃的香烟，顺便拨了拨她颈后一缕落下的鬈发。阿格尼丝一手把鬈发挑拢到头冠上，一手伸进包里翻找。她找出一瓶发胶，喷在头发上，有股甜甜的气味。饮了一大口甜酒，她咂咂嘴说：“伊丽莎白·泰勒曾经也来过布莱克浦。你说她喜欢吃螺肉吗？”

舒格用戴戒指的小拇指抠了抠鼻孔，然后把鼻屎放在食指和大拇指间揉搓。“谁不喜欢啊？”

她也把凳子转向他。“我们是不是可以一起搬到这儿啊，天天都能这样？”

他笑了，对她摇摇头，好像她是个小孩子。“你真是一天一个主意，我都快跟不上了，真累。”他的一根手指沿着她亮晶晶的裙边滑动，而她向外眺望着。窗外的人群熙熙攘攘，虽是夏天，已有人裹上冬衣。

“你知道我现在最想做什么吗？我想玩宾果。”酒劲慢慢涌上来了，她双臂围抱住自己，满足地感叹道，“有这么多的灯光，我好幸运啊。”

“啊？我专门叫他们为你一个人点亮的。”

酒一杯接一杯地上。阿格尼丝把玩起酒杯来，她抽出吸管，搅拌勺子和肥厚的冰块。“这次我是认真的。我要赢个大的，我要重新开始，我要在观景山来个大大的亮相，我有这个预感。”说完便一口干了那杯白兰地。

他们的出租屋就在离漫步道三条街之外的一栋维多利亚式建筑的顶层。屋子装修简朴，甚至不如布莱克浦一间普通的旅馆，闻起来也像是游客下榻的旅店，而不像是度假家庭的小屋。每个楼梯拐角处都铺着不同香气的地毯。空气里飘着烤煳的面包和电视机静电的气味，好像房东从不开窗户。

清晨的出租屋很安静。阿格尼丝半躺在铺着地毯的楼梯口，漫无边际地哼着调调。“我只是一个平凡人，一个平凡的女人……[1]”

墙的另一面传来脚步声，老旧的木地板被踩得嘎吱响。舒格一只手轻轻捂住她的嘴。“嘘——你安静点儿行不行，这楼里的人都要被你吵醒了。”

阿格尼丝推开他的手，张开双手，更加放肆地唱起来。“让我看到我哦哦还需要爬多少楼——哦——梯……”

舒格从门缝里看到有邻居的房间亮了灯。他把双手放到阿格尼丝的腋下，试着将她扛起来拖上楼梯。可他越使劲拖，她越是能轻松地滑脱，像一块脱骨的肉。每次他快要占上风时，她总能忽然瘫软下来，然后滑下楼梯，她咯咯笑着，继续为自己歌唱。

一个英格兰男人透过自己出租屋紧闭的房门嘘道："小声点，不然我报警了！别人还要睡觉呢！”从他咝咝作响的尾音里，舒格听出这大概是一个柔弱的矮小男人。舒格倒希望他主动开门，这样就可以冲着他的脸来上一拳。

阿格尼丝抢先说话了，她假装生气道："哟，那你就报警啊，真扫兴，人家在度……”

舒格一个巴掌紧紧盖住了她的嘴，她只顾咯咯笑着，眼里闪过一丝淘气。在不经意间她狠狠舔了一下他的掌心。那感觉好像触到一块温暖湿润的羊脊肉。他的胃里一阵翻涌，手捂得更紧了，戴着戒指的手指陷入她的脸颊。她被迫用上了牙齿，眼里的笑意消失殆尽。他凑近她的脸，低声说道："我就说一次。给我自己站

---

1 这首歌出自 Cristy Lane 的 *One Day At A Time*，原句是“I'm only human, I'm just a woman...Show me the stairway I have to climb”。

起来，上楼去。”

他慢慢移开巴掌，压到她嘴的地方有一圈红印。她眼里的醉意几乎被恐惧替代。当他把手完全放开，恐惧又渐渐褪去，酒里的魔鬼再次爬上她的脸。她张开两排烤瓷牙，向他吐了一口唾沫。“你以为你是哪——”

话还没说完，舒格再次把手蒙到她脸上。他绕到她身后，从背后抓起她的头发。干掉的发胶裹在头发上，手一抓，发出鸡骨头掰碎的声音。他用力一扯，一缕头发几乎被连根拔起，他扯着一把头发把她往楼梯上拽。阿格尼丝的腿别扭地张开，像一只慌乱中寻找落脚点的蜘蛛。头发被揪起的疼痛钻到了头骨里，她双手抱住他的胳膊，企图使上一点力气，指甲嵌进他的肉里，他也毫无察觉。他拖着她上楼梯，一级又一级，一层又一层。肮脏的地毯灼伤她的背脊，擦破她后颈的皮肤，撕掉她裙子上的闪片。他两只胳膊挽住她的下巴，又拖着她过了下一级楼道。终于到门前，为了腾出手找钥匙，他撒手便把她放倒在地，打开惨白的灯，将她拖进屋里。

阿格尼丝瘫在门后，像一块废旧的破布。裙子已经褪到她光洁的大腿上。她的手在头上摸索着，试图找到头发被揪掉的那一块。舒格从房间那头走过来，甩开她的手，忽然为自己刚才的作为尴尬不已。“别摸了，我没伤到你。”

她的手指摸到了头皮上的血，耳朵里还回响着被拖过每一级台阶的“蹦，蹦，蹦”。酒精的麻痹作用不再有效。“你为什么要那样对我？”

“你让我脸上不好看。”

舒格脱下黑色西装外套，铺在木椅上，然后脱下黑色领带，整齐地叠好。他的脸涨得通红，显得眼睛更小、更黑了。在拖她上楼梯的过程中，他定过型的头发散落下来，露出了斑秃的部位。一缕稀疏的头发从左耳挂下来，像一条破布。这时，嗓子莫名地一哽，像是打开一道开关，他的拳头便又落到她身上了。阿格尼丝感到自己的脖子和大腿被紧紧钳住，舒格的手指也深深抠进她的肉里，以确保抓稳。在骨肉分离的那一刻，她痛得大声号叫，他抡起戴戒指的手便向她脸颊上狠狠砸了两次。

当她不再号叫，舒格又再弯下腰，掐紧她的肩膀和大腿，像扔垃圾袋一样把她扔到那张暂租的床上。他爬到她身上，脸像火烧那样通红，散落的头发从肿胀的脑袋上垂下，整个人看起来像是充血了一样。他的手肘使力，把自己所有的体重压在她的胳膊上，使它们深深陷进床垫里，像是要折断一般。他把自己大部分的重量，那常年久坐而积聚的重量，统统都压到她身上，把她牢牢压住。

他的右手伸到裙子下面，触摸到她那柔软雪白的禁地。她双脚交叉起来，脚踝与脚踝之间形成锁扣。他用左手抓紧她的大腿，试图把她抵抗的双腿掰开，但没有成功。她的双腿牢牢地扣着。于是他把指甲陷进她大腿的肌肤里，不停地使劲，直到皮破血流，直到脚踝的锁打开。

他无视她的哭泣，就此插进她的身体里。她的酒意已经完全消失，也已经完全放弃抵抗。他完事之后，便将脸凑近她的脖子，告诉她：明天他会再带她一起，在灯光下翩翩起舞。

3

夏天终于来了，潮湿而沉闷。作为一个夜行动物，他总觉得白天太长。漫长的白昼像是一位拖拉的乘客，北部的黄昏久久在天边徘徊。大舒格在夏夜睡得最不踏实，旭日透过厚厚的窗帘，显出艳丽的紫色。小孩子叫着闹着，越是高兴，噪声就越大；中学生整日在隔壁嚷嚷，女人们穿着系带凉鞋，脚上涂着粉色指甲油，嘴里嚼着粉色口香糖，噼噼啪啪，在走廊的地毯上来回转悠。

当夜晚来临时，大舒格总算能开着自己的出租车溜一小圈。他的车像一条追着自己尾巴小跑的狗，转了一圈又一圈后，终于驶离观景山。看着格拉斯哥的夜灯，他放松地靠回驾驶座上，肩膀的肌肉也在一天的紧张后松弛下来。接下来的八个小时，整个城市都在他的手中，任他摆布。

他擦净车窗，从倒车镜里反复欣赏自己。他对镜微笑着，觉得自己英俊极了：白衬衫，黑西服，黑领带。阿格尼丝说，这打扮对工作来说过于隆重，但她最近意见本来就不少。当微笑传遍全身，他不禁感叹，也许自己生来就应该是开出租的。他和他的兄弟赖斯卡都是出租车司机，他们把开出租当作家族生意来做。如果父亲没死在造船厂，应该也会喜欢这份工作。

舒格在皇家医院楼旁停下车，看着一群护士抽烟。他看着她们在冰凉的夜空下摩擦着粉红的手臂，乳房被手臂交叉着托起。她们没有用手扶烟，生怕体温流失。他缓缓一笑，观察着自己在后视镜里的反应。还是夜班最适合他。

他喜欢独自在黑夜里探索，仔细观察城市肮脏而堕落的一面。黑夜中可以看见那些饱受城市生活摧残的人们，长年累月的酗酒、雨水和希望将他们困在原地。接载乘客是他的生计，而观察人来人往才是他最爱的消遣。

舒格点燃一支烟，摇下车窗，薄薄的玻璃发出割裂的声音。夜风袭来，他细软的长发像海边的野草一样飘动。他不喜欢脱发，不喜欢变老，衰老的过程使一切都变得费力。他调整了后视镜，好让视线避开自己光秃秃的头顶。手漫不经心地捋着自己长而密的胡须，像是在抚摸一个小动物，胡须下他瘦削的下巴瑟瑟发抖。他重新调正了后视镜。

格拉斯哥的街道在雨水和路灯的映照下闪着光亮。医院的护士没有长久逗留，把抽了一半的卷烟弹到路边的水洼里，便小跑着进楼了。舒格叹了口气，掉转车头，路过镇头区，朝市中心驶去。他喜欢沿着观景山驾驶，驶往黑色维多利亚时代。道路越是靠近克莱德河，地势越低，格拉斯哥的真实面貌便越渐显露。铁路拱桥底的缝隙里藏着夜店，没有窗户的酒吧里挤着上了年纪的男男女女，在晴朗的夏日，坐在暗无天日的地下酒吧独饮。在这里，那些瘦削的、面色紧张的女人把身体出卖给开着豪车的男人；也是在这里，警察有时会发现几个黑色塑料袋，里面装着她们被切割的身体部位。克莱德北岸是这座城市的停尸房，也难怪那些走失的灵魂往这个方向漂流了。当大限来临，他们便可安宁地离开。

舒格在火车站边停下，看到路边排满了出租车，心中喜悦。这里的游客总是叽叽喳喳，既无趣，又小气。这些穿紧身裤的王八蛋，抬行李到后备箱要用上一辈子的时间，在车里还穿着防风衣，把整个空间弄得嘎吱作响，乌烟瘴气，下车时只给十便士的小费。舒格向窗外的男孩鄙夷地咒骂一声，便继续沿着河岸开走了。

雨是格拉斯哥的常态。因为雨，这里的草地常年是青色的，人们皮肤苍白，总得支气管炎，但对出租车生意的影响却很小。虽然潮湿的空气让人无处可逃，便宜的公交车与贵一些的出租车都一样湿嗒嗒的，但从另一个角度来说，下雨天里，外出跳舞的年轻女孩舍不得沾湿自己的发型和新鞋，于是只能打车。因此，舒格更爱这无尽的雨天。

车驶到霍普街，他停下车，到河边坐了下来。应该不会等很久，身边只有三两个同行在等乘客。从这里抄近路到索希霍尔街，或是到布莱斯伍德广场迎接从夜店归来的少女，都是好路子，今晚值得一跑。

舒格坐在一片阴冷潮湿中抽着烟，听着广播里的杂音。女调度员在节目里宣布波西尔地区附近的车费上涨，特隆门附近限流。琼妮·米克尔怀特是广播中唯一的声音，每天晚上，他听她重复的独白，或是在寻求帮助，或是在下达指令，或是在反驳意见。这样单边的对话，好像是她只在对自己说，也好像只是在对他一个人说。他喜欢她声音里的平静，这对他是一种安慰。

他抽完烟，看着年轻的恋人卿卿我我地向远处走去。排在前面的出租车陆续有了客人，也都轰隆隆地向夜的深处驶去了。他停在队伍前端，看着一群年轻女孩正在为决定是否要乘出租车而争执不休，手里的薯条撒了一地。她们本来应该叫一辆出租车，但那个计较的胖女孩执意要等夜班公交。丢下她，他心里念着，让她去淋雨。最漂亮的那个被淋得最透，跌跌撞撞地朝他走去。舒格在昏暗的光线里展示着他的职业微笑。

这时，一只瘦骨嶙峋的手敲响车窗，打断了他淫荡的思绪。“走吗，师傅？”一个男声问道。

“不走！”舒格叫道，一边指了指醉酒女孩们的方向。

“好吧。”老人说，并没有理会他的回答。赶在舒格按下自动锁之前开了车门，将他矮小的身体和巨大的外套挤进了车里。“你知道杜克街的流浪者[1]酒吧怎么走吗？”

舒格叹了口气。“知道。”漂亮女孩绕过他的车，上了后面那辆出租车，他给她一个浅浅的微笑，她并没有注意。

老人略过后排的真皮座椅，把折叠椅打开，直接坐到舒格身后。这是个爱聊天的主儿。又他妈来了，舒格心想。

---

1 流浪者（Rangers），指格拉斯哥流浪者足球俱乐部，为苏格兰足球超级联赛球队之一，为免与其他以“流浪”为名的球队（如昆士柏流浪）混淆，习惯称为格拉斯哥流浪者或流浪者。流浪者是格拉斯哥市两支巨无霸俱乐部之一，与同城宿敌凯尔特人合称“老字号”，垄断苏格兰足球超过一百年。

车外湿漉漉的，但车里却湿得刚刚好。老乘客让车里弥漫着馊牛奶的气味。他身着一件黄色衬衫和皱巴巴的灰色西装外套，外面套一件薄薄的羊毛大衣，最外层还有一件宽松外套。一副难民打扮，瘦削的骨架淹没在一层层的羊毛和防水布里。他头戴一顶哈里斯贝雷帽，整个脸只有红彤彤的圆头鼻子从阴影中突显出来。闲聊很快就开始了。“今天看比赛没，小伙子？”牛奶味的乘客问道。

“没。”舒格答道，他已经知道了对话的走向。

“啊，可惜了，一场好比赛被你错过了，真他妈刺激啊。”老人自言自语道，“你支持哪一队？”

“凯尔特人。”舒格撒了个谎。他不是天主教徒[1]，但这个回答能快速结束对话。

老人的脸像块地上的毛巾一样皱缩起来。“哎哟，我就知道可能会上一个天主教[2]的车！”舒格从后视镜里看看他，鼻子在胡须的掩护下哼了一声。他并不支持凯尔特人，也不支持流浪者，但他是个自豪的新教徒。他甚至想把自己的共济会戒指转到正面，但老人在位置上扭来扭去，像是在水下一样，没有再搭理舒格。

舒格觉得很好笑，他目睹老人陷入一种慌乱的绝望中，先是眼泪在眼眶里打转，继而伤心转为敌意，他双手合十放在胸前，好似在向上帝祷告，接着又交叉胳膊，使劲往前伸着脖子，隔着挡板，离舒格的耳朵只有几寸距离。他的唇上沾着酒，不停地往

1 在苏格兰，天主教徒一般会支持凯尔特人足球俱乐部。

2 原文为 Pape，在苏格兰语境中，Pape 意指天主教徒或支持凯尔特人足球俱乐部的人。

外蹦出胡言乱语，扭着个脸，像个学步的婴儿。大滴大滴的口水让挡板起了雾。舒格故意猛踩一脚刹车，老人的额头“当”地撞到挡板上。贝雷帽也被颠掉了，但他士气丝毫不减，仍旧咕哝骂着。舒格皱起了眉头。待会有的打扫了。

这个酒鬼老头属于格拉斯哥的没落人群——从前都是一群本分人，但因为城里毒品泛滥，渐渐变得更气盛且阴险得多。舒格窥着后视镜里的老人继续他迷醉的独白，音量极低，吐词极不连贯，只能辨认出“撒切尔”“工会”“王八蛋”之类零散的词。只见他一会儿哭，一会儿笑，舒格只冷眼看着，没有一丝同情。

劳登酒馆隐藏在一片黑暗中，它没有窗户，大门深陷在底楼的砖墙里。它起初的设计是防石击、防瓶摔、防炸弹的。酒馆的墙面刷成红、白、蓝三色，代表格拉斯哥流浪者足球俱乐部，在公园球场的影子之下显出挑衅的鲜艳。公园球场是格拉斯哥凯尔特人的主场，是所有天主教徒的运动圣地。

舒格告诉老人车费是一镑七。他看着老人挨个把衣兜翻遍——所有的格拉斯哥酒鬼都是这样。他们每周五领到的薪水都分发给每个路过的酒吧，直到兜里只剩下五便士和十便士的硬币。硬币坠在兜里，形成不小的重量，衣服上鼓起一个包，一边走一边摇晃。这周余下的日子，都靠这个包过活，运气好的话，路上能捡到点零钱。即使是在睡觉的时候，他们的手也不离兜，因为害怕老婆孩子把零钱偷去买牛奶和面包。

老人翻找零钱仿佛花了好几年的时间。舒格听着公共广播里的柔声细语，努力让自己保持冷静。老人终于付完车费，走进夜里，再次被黑暗的酒吧吞没。舒格以迅雷不及掩耳之势沿着杜克街往回跑，想赶在夜店放人之前到达。拉斯卡拉酒吧前，一位老妇人向他走来，手像小鸟一样扑棱着。舒格眼看就要撞上她，只好停下车。

他看着老妇人一路爬上车后座，然后在中间宽敞的黑色皮座上坐定。他松了一口气。“商业街，谢谢。”老妇人鼻子皱了皱，向舒格投去鄙夷的眼光。她坐的地方散发着像是有人在馊饭里撒了一泡尿的气味。

出租车沿着丹尼斯敦山上的一排出租屋驶去。舒格从后视镜里看着妇人，妇人也从后座上看着他。格拉斯哥的家庭主妇总是坐在后排正中的位置，从不往两旁的窗外看，也不像刚才的老人一样挤在折叠椅上，幻想一点陪伴。妇人和她们一样，正襟危坐，膝盖并拢，双手合起来放在腿上，像个长老会教主。她的大衣紧紧地裹在身上，头发经过精心打理，连后脑勺上的头发也整整齐齐，脸僵如面具。

“今晚这天气真是太糟心了，真是的。”她终于开口道。

“就是，广播里头说这一整个星期都要下雨。”这妇人身上有种东西让舒格想起自己的母亲，都是了无生气的。粗糙的双手和娇小的身躯掩盖了她身上不可磨灭的力量。他想到父亲对母亲拳打脚踢的那些夜晚。她越是忍耐，他越是发狠，把她身上打得青一块，紫一块，黑一块。舒格想起母亲在镜子前的样子，她把头发梳到脸前面，同时画很深的眼影来遮住瘀青。

“我的意思是我平时不怎么打车。”她在后视镜里寻找着他的眼睛。

“哦，是吗？”舒格说道，这次庆幸自己的思绪被打断。

“是呀，但我今晚小赢了一把，你懂吧。只是一小笔，但还是不错。”她摩擦着自己的大拇指，“赢得正是时候，你知道吧，因为我家乔治最近也没工作。”她叹起气来。“整整二十五年。就在达尔马诺克钢铁厂。走的时候只领了三周的薪水。三周啊！我亲自跑到工地去，敲那个肥工头的门，问他三周的薪水能干什么。”她打开自己的小手包，往里面看看，“你知道那个王八蛋跟我说什么吗？他说：‘布隆迪太太，你老公拿到三周的工资已经很不错了，我还有几个年轻小伙子，人生才刚刚开始，都只拿了当天的薪水。’我听见这话气得火噌噌往上冒啊，我就告诉他：‘我家里还有两个大了的儿子要养，他们也找不到活儿，你说这咋办！’他看着我，眼睛都不眨一下，就说：‘去南非试试！’”

她合上手包。“我的儿子连南拉纳克郡都没去过，去什么南非！”她继续摩挲发红的拇指，“太不合理了，政府不应该不管啊。先是关了钢铁厂，然后又关了造船厂，下一个就是矿厂！你就瞧着吧！还南非！打死我都不去！大老远去了南非，跟他们造些便宜的船，好让那边儿的人过来跟我们的孩子抢饭碗？真是天大的笑话。”

“是钻石。”舒格提醒道，“他们去南非是挖钻石。”

妇人像是被顶撞了似的。“我不管挖什么，他们从黑人屁眼里挖出甘草来我都不管。但是他们就应该在格拉斯哥好好待着，在这儿工作，在家吃妈妈做的饭。”

舒格踩了一脚油门。这座城市已改变了面貌，他能从人们的脸上看出来。格拉斯哥在逐渐失去它存在的意义，他能从后视镜里看得清清楚楚。他也能从自己的收入上感觉到。他听说撒切尔不想要踏实的工人了，她的愿景是发展科技、核武器和私有化医疗。工业化的好日子已经到头了。克莱德造船厂和斯普林本铁路厂的残骸像腐坏的恐龙一样躺在城市的各个角落。一代被承诺将继承父业的年轻人没有了未来。男人快要失去他们的阳刚之气。

舒格眼睁睁地看着贫困街区里的工人阶级日渐衰落，而中产阶级的公务员和城市规划师则衷心认同在城市周围建新城区和廉价商品房的举措，似乎只要有一块草坪，一方天空的景观，就能解决这座城市的弊病。

妇人在后座上一动不动地坐着。她拇指上的皮肤皲裂，忧愁也挂在嘴角。只有当她拍自己后脑勺时才能看出她是活着的。舒格在目的地附近把她放下来。她往他手中塞了一镑小费。

“这是干啥呢？”他试图推回去，“我不要你小费。”

“哎呀，拿着！”她嘘道，“只是我奖金的一小块，我要把运气散出去。运气现在是唯一能帮我们收拾这堆烂摊子的东西。”

舒格勉强收下小费。那些拿着柯达相机的英格兰游客算个什么鸟东西，见识多了才知道，拥有的东西最少的人总是给得最多。

等舒格回到市中心时，最后一场电影已经放完，整个城市在黎明前的最后几小时安睡着。几个通宵营业的夜店还放着音乐，但在这些地方等客无疑是种折磨，因为载最早出来的一批醉鬼也要等到好几个钟头以后的凌晨了。舒格叹了口气，犹豫要不要在周围等。也许能接到一个落单的女孩，手里拿着仙鹿牌起泡酒，眼巴巴看着自己的姐妹和男孩们跳舞。一般最丑的女孩离开得最早，他之前就载过一些。她们在街角便利店买薯片和巧克力饼干的时候，他关了计价器等候。如果你对她们态度客气，她们会对你加倍地客气。

他松了松领带，歇下来准备一场漫长的等待。广播里温柔的声音响起。“三十一号车，三十一号车，请应答。”他的心沉下来。是阿格尼丝，肯定是她了。

他拿起黑色对讲机，按下侧面按钮。“三十一号车在这儿。”说完，他久久等待回应。

“你有一个斯托布希尔的订单，终点是伊斯顿。”琼妮·米克尔怀特念道。

“我已经接了另外一单，要送客人去机场。你们没有别的更近的车吗？”

“抱歉哟，亲爱的！你是被指定呼叫的！”他几乎能听出广播那头的笑意。“乘客说你慢慢去就行，不着急。”

他没想到会是这样。如果是阿格尼丝，那正常，或者，即使是他的前妻来索要四个孩子的赡养费，也可以想见，但他没想到会是她。他们还没到那个地步，不是吗？

夜里这个时候开车去皇家医院很快。医院收治打架受伤的球迷，还有发薪日的家暴受害者。医院所在的斯托布希尔区则是格拉斯哥诞生与死亡的地方。一个娇小的女孩身着蓝色围裙，站在门廊的灯光下。她提了提自己松弛的丝袜，将它捋直，妆容因为在寒夜里流泪而晕花了。舒格看到她脚边一圈烟头，一定是为了等他而在冷风中站了许久。舒格笑了，她只是个二十四岁的姑娘，但已经彻底为他沦陷。

"我还以为你不来了。"她一边说，一边爬上后座。

"你把我叫到这儿来干什么？"

"没什么，就是想你了。"她说，"我好几个星期都没见你了。"她的腿挑逗地一开一合。"你是不是都厌了人家了？"她笑起来。

舒格转过他的座位。"你他妈以为你是谁啊，安·玛丽？我在干活，赚钱养家，你把我大老远从城边儿上叫过来，我是你的狗吗？"他的拳头捶着隔离挡板，"我说了，我们要低调，要悠着来，知道吗？阿格尼丝发现了可怎么办？嗯？我告诉你，她会揪着你的后脖颈拖着你的小身子绕克莱德河走一圈。等她拖坏你的身子，就接着拖坏你的名声。每天晚上，等你父母刚睡下，就给他们打电话，跟他们说，你们的天主教乖乖女正在跟已婚男人乱搞。"他停顿片刻，确保这一番话进入了她的脑子。"你想不想搞出这种局面？"

眼泪顺着她的面颊流下来，滴到围裙上。"但是我爱你。"

舒格转了一个大弯，把车开到一个空旷停车场的角落里停下。他瞄了一眼手表，目光与她的凝视在后视镜里相遇。"行吧，那赶紧给我把内裤脱了。我只有五分钟。"

舒格回城的路上，肚里一阵饥饿。他肯定安·玛丽短期之内不会再找他了。她是个好女孩，胸大，人也主动，但太碍事。年轻女孩就是有这个毛病，总觉得自己理所应当得到更多的东西。到这个分上，她必须得走。

正想着广播里那个声音，广播便又向他喊话：“三十一号车，三十一号车，请应答。”

他拿起对讲机，屏住了呼吸——他的运气已经用光了。“琼妮？”

“马上，给家里，打电话。”简短的回复。

他把车停在戈登路口，从抽屉里拎出几枚硬币，便冒着雨奔向前面的红色电话亭。亭子里也是湿的，散发着尿骚味。他曾试过无视阿格尼丝的指令，但没有带来任何好结果，越是躲，她越是穷追猛打。最好的办法就是马上，给家里，打电话。

电话那头几乎铃都没响就被接了起来。她一定是坐守在走廊的人造皮革电话桌边，一边喝酒，一边等。

“喂——哎。”电话那头的声音说。

“阿格尼丝？怎么了？”

“哟，这不是大嫖客他本人吧。”

“阿格尼丝，”舒格叹着气，“又怎么了？”

“我都知道了。”那头的声音充满醉意。

“知道什么了？”

“我什么都知道了。”

“你说什么我听不明白。”他身子在狭小的电话亭里不安地扭动。

“我知——道——了。”那头的声音忽然变大，她沾着酒的嘴唇离话筒太近。

“如果你打算这么耗下去，我就接着回去干活了。”

对面传来深深的啜泣声。

“阿格尼丝，你不能再给我工作线打电话了，我这就收拾东西，跑最后一单，几小时以后就到家，然后咱们再谈，行吗？”那头没有回应。“那你知道我知道的是什么吗？我知道我爱你。”他撒谎道。电话那头泣不成声，他挂了电话。

雨和尿浸透了舒格的流苏布洛克皮鞋，他提起黑色听筒就往亭子上砸。砸碎了三块玻璃，也砸碎了听筒，这才感觉好些。回到车上后，他让自己静坐了十分钟，才慢慢将手上快要捏碎方向盘的巨大力量消解。

也许吃东西能缓和一些。他在座位底下摸出一个塑料饭盒，植物黄油和白面包的气味扑鼻而来，那是婚姻和拥挤公寓的气味。阿格尼丝准备的腌牛肉让他一阵恶心，只能倒在沟里。又继续往前开了几条街，停在二十四小时营业的迪罗洛薯条店门口。这家店很受出租车司机和妓女的欢迎，因为营业时间方便，老板嘴又很紧。饭店的招牌上画着一只红色的大龙虾，但是饭店里并不卖这些稀奇东西。

乔·迪罗洛站在吧台后面，他好像永远都站在吧台后面。夜晚的荧光灯照在他脸上，像映着个死人。他是个矮小的男人，稀疏的头发梳在脑后，要么黏着炸物油，要么黏着护发油，要么混在一起黏着。他像是一座油腻的冰山，只有一颗大头和肩膀露在吧台之上。吧台底下还放了一把大弯刀，他松垮的身子一大半都被弯刀顶住。他和每个人打招呼都是先清一清嗓子里的痰，然后倾斜一下那颗肥胖的脑袋。

“咋样啊，乔？”舒格问道，语气里没有一丝诚意。

“哎，还行吧。”

“忙着伺候我们的美女呢？”舒格的大拇指朝一个女人的方向指去，只见她面色憔悴，双眼紧闭，双脚摇来摇去。

“呃呃，她们到了就又走了，来来去去，懂吧？”他为自己的笑话笑了，“这年头生意不好做了。她们点半袋薯条，一罐姜汁啤酒，没了！然后说借我的洗手间用一用，我这老头啊人也善良，就说那去吧！她们在里面，一待就是一个小时，你知道吧。吃半袋薯条，然后直接在我的洗手间里洗澡。”

舒格看着柜子里的炸鱼直眼馋。“是在嗑药吧。那个我现在是一点儿也不敢碰了。”

“是啊，一个个都跟苍蝇似的啪啪往下掉。要么是吸毒吸得灵魂出窍，要么是回家被男人打得生不如死。”

“别说了，再说我没胃口了。”舒格忽然板起脸来，“给我来份炸鱼，多放点盐和醋，赶紧的。”

乔拿起一张白纸，往里面舀了一大勺肥厚的薯条，又添上一大块抹了黄油的炸鱼，再加了点盐和醋。舒格的手指画着圈说：“多加点儿啊乔，多加点儿。”乔便一直撒着料，直到食物被浸透。

乔把餐递给舒格说：“哎，你一直都没给我个答复。那房子你是要还是不要？”

乔·迪罗洛除了开着小有名气的炸鱼店外，还出了名地爱向格拉斯哥市议会骗钱。他借用女儿们的名字申请了多间补贴公租房，然后以每周贵十镑的价格租出去，赚取差价。

“我会通知你的。”舒格说着，拉开了门，“贝恩太太难搞着呢，你也不是不知道。”

“真是想不到你会要搬家，我以为你在观景山住得像个国王似的呢。”

“国王住得还不错，但是王后想要砍人头了。你先帮我把空房留着。我还有好些事情要处理，一件件来，要把事情做周全喽。”他微微一笑，咬了一大口薯条。

待舒格吃完最后一根薯条，钟点上只剩下一小时。他摇下车窗，乔治广场上，太阳正跃过屋顶。暖橘色的阳光洒满整个城市，罗伯特·彭斯[1]的雕塑闪耀如火。这是一天中最好的时候，城市安静清新，尚未被白昼的喧嚣所扰乱。他急不可耐地望着钟表上的指针，早早出发去了北边。

车慢慢向琼妮·米克尔怀特的地址驶去，他把车窗全部摇下来，食指按下绿色的空气清新剂。她很快就会下班，然后就能和他一起说那些不能在广播上说的事。他紧跟在四五辆出租车后停下，开始等她。他趴在方向盘上，笑得像个憨憨的孩子，盯着她办公室的大门，好像在等圣诞节的礼物。

1 罗伯特·彭斯（Robert Burns，1759—1796），苏格兰民族诗人。

4

傍晚的街灯点亮的时候，他们两人还坐在床边，身上沾着水珠。阿格尼丝给小舒吉洗完澡，觉得孤独，便悄悄爬到小儿子身边躺下了。要是莉齐见到，一定会大发雷霆。她不该再这样下去，因为作为一个五岁的孩子他已太过早慧。有一天他看到母亲的私处，便低头仔细看了看自己的，就像在看两幅“找不同”的画一样。

水渐渐凉了。他们玩了很久，把沐浴露瓶子放满，然后给对方浇泡泡水。她让他给自己刮脚上的旧指甲油，他的细致与专注让她感受到如同硬币掉进空投币箱那一瞬间的清脆。

她坐在床边，趁着小男孩低头专注的间隙梳了梳他油亮的黑发。他推着一辆小火柴盒汽车，驶过印着螺纹的床单，驶过她光洁的大腿，驶过舒格在她大腿内侧留下的指甲划痕。他并不知道自己在看什么，只顾顺着那条白色伤疤开着小车。小车的轮子喳喳地响，他抬头看着母亲，脸上是父亲那般自鸣得意的笑容。

阿格尼丝从一个隐蔽的地方拿出一罐拉格啤酒。她轻轻拉开盖子，手指小心地沾起冒出的泡沫，再送进嘴里。她把喝空的啤酒罐拿给小儿子。他似乎很喜欢易拉罐上印的半裸美女，这次是个新的，他没有见过，于是看得很仔细。他喜欢慢慢念出她的名字，就像沃利外公教他那样：谢——耶——娜。

舒吉喜欢收集家里的空酒罐子，然后依照上面的美女图案把它们一一排开。他捋着锡皮美女的头发，给她们编对话，或者独白，内容大多是从杂志上订购各种衣服鞋子，或是抱怨四处拈花惹草的丈夫。舒格有一次撞见儿子一个个地念出这些女人的名字，心中十分自豪，之后还在出租车行里炫耀说："才五岁，虎父无犬子啊！"阿格尼丝看着这一幕，为背后的真相伤心。

那个周末，她带着儿子到大英家庭商店[1]去买了一个洋娃娃。这个微胖的婴儿娃娃名叫达夫妮，头上系着一条五十年代家庭主妇风格的头巾。舒吉爱极了这个娃娃，后来把所有的锡皮美女都扔进了垃圾桶。

舒吉曾悄悄地观察他的母亲，他一直都在观察母亲。她在这间发霉的屋子里养育了三个孩子，个个都像狱卒一样精于洞察，时刻警惕。

"来点娱乐怎木样呀？"他模仿着电视节目里的语气问道。

阿格尼丝吓得退了一步。她双手捧起小儿子的脸，彩色指甲温柔地挤挤他的小酒窝，直到他的嘴唇嘟起来。"是'怎么样'，"

1 大英家庭商店（BHS, British Home Stores），一家英国超市，货品丰富，价格便宜。

她纠正道，“怎么——呃样。”

他很喜欢她的手贴在自己脸上的感觉。于是抬起头，故意说错。“怎木——呜样。”

阿格尼丝皱起眉头。她把食指放到他嘴里，勾住他的下排牙齿，轻柔地压开他的下颚。“没有必要跟那群人似的，休[1]。来，再试一下。”

有了手指的矫正，舒吉口齿不清地咬出了正确的发音，带着她喜欢的那种饱满。阿格尼丝满意地点点头，收回了手指。

“是不是这些小耗纸都木有屋子了呀！”话没说完，他自己先得意地咯咯笑起来。阿格尼丝弯下腰去追他。他在欢乐和惊恐中叫着跑着，在床边上蹿下跳。

卧室的闹钟盒式录音机旁有一堆磁带。舒吉逐个翻找，将它们铺在地上，直到找出他想要的那一盘。录音机是舒格买给阿格尼丝的，他还收集了砖头厚的汽油优惠券，用皮筋绑起来送给她，好像送的是一块金砖。舒吉按下塑料按钮，弹开录音机。再倒带至开头。倒带的声音尖锐刺耳，她并不责备。音乐响起，房间不再空荡荡。舒吉站在床上，双手环绕着母亲的肩膀。他们这样慢慢摇摆着，她亲吻他的鼻子，他亲吻她的鼻子。

音乐换到下一首，舒吉看见母亲把啤酒罐抱在胸前，开始转圈。阿格尼丝闭上眼，一瞬间回到了她年轻时充满希望的、被人渴望的时光。回到了巴罗兰舞厅，男人追随在身后，女人眼里满

---

1 休（Hugh）是舒吉（Shuggie）的教名，也是其父舒格（Shug）的教名。

是嫉妒。她十指张开，像两把优雅的扇子，开始抚摸自己的身体。摸到腰间一圈肉，这是她生养三个孩子的成果。她忽然睁开眼，回到了现实，感觉自己苍老而笨重。

“我讨厌这片墙纸，我讨厌这块窗帘，我讨厌这张床，还有那个破烂台灯！”

舒吉抬起双腿，长袜贴在柔软的床单上。他再次用双手去环绕她的肩膀，这次被推开了。

因为墙太薄，这间狭小的公寓永远都充斥着各种声音。阿格尼丝的父亲每天大声放电视；凯瑟琳把座机拉到自己房间里，往电话另一头倾吐着十七岁的烦恼，电话线在门缝下搓来搓去，沙沙直响；这间位于十六楼的公寓每一面都有邻居；还有窗外多变的风，敲打着封口不严的玻璃窗。

阿格尼丝把脸埋到手中。她听着父母在客厅里对着电视里的单口喜剧哈哈大笑。大儿子和女儿不在家，也不知去向。他们如今经常不在家，不接受她的亲吻，听她说什么都要翻白眼。她假装听不到舒吉细微的呼吸，那一刻，她不再是一个年近四十的已婚妇女、三个孩子的母亲，而是年轻的阿格尼丝·坎贝尔，困在家中，任隔壁父母的声音灌入耳朵。

“给我跳支舞吧，”她忽然说道，“我们来开个小派对。”她按下快进键，音乐也从忧伤的慢摇变成了欢快的舞曲。

舒吉拿起母亲的啤酒罐，把它就到唇边，好像那是一种神奇药水。啤酒的苦味让他身子一激灵，舌尖上充斥着滋滋作响的姜味、牛奶味，还有燕麦粥味。他给母亲跳起了舞，左一步，右一步，弹着手指，却怎么也踩不在节奏上。她笑了起来，他跳得更起劲了，想尽各种姿势，就为能让母亲再大笑一次。当她的笑容变淡，他便开始一套新舞步，好让她重新高兴起来。他甩着胳膊蹦来蹦去，让她大笑、拍手。她越是高兴，他越是卖力转圈挥舞。墙纸上的螺旋花纹转得他头晕恶心，但他停不下来，手掌在空中拍打，屁股呼呼地摇摆。阿格尼丝笑得前仰后合，眼中没有了悲伤。舒吉学那些领舞的男人打着响指，晃着脑袋，仍然跟不上节拍。但是不重要。

正当他们笑得喘不过气时，门口传来了熟悉的声音。

大门打开又关上了。与其说是一段噪声，不如说是风进来压缩了空气的过程。沉重的脚步踏着地毯上了楼梯，一直到卧室门口。阿格尼丝收起地上的啤酒罐，塞进了床底深处。她把婚戒转到手指正面，然后满怀期待地转身，尝试摆出最轻快的笑容。沉重的脚步在门外停下。卧室里的母子听到零钱在衣兜里“叮叮”碰撞的声音，接着是一声叹息，脚步声传过门廊，来到客厅。舒格回家倒休。这本是和家人共度的时光，但阿格尼丝听到的是他和父母干巴巴的招呼声。她能想象沃利抬起头微笑的样子，电视的镜像映在他的镜片上。沃利还会示意给舒格让出自己的按摩椅。两个男人周旋许久，以舒格按住沃利的肩，让他不要起身为终结。莉齐则会板着脸去烧一壶水，一边站着，一边发抖，好像来的不是女婿，而是深山老林里的冷风。

阿格尼丝隔着墙，把这一切听得清清楚楚。她抓起梳妆台上的面霜和香水瓶就往墙上砸去，灯罩也倒在了地上。光秃秃的灯泡照着她突变的表情，把舒吉吓了一跳。短短一瞬间，母亲变了脸。

她瘫坐在床边。舒吉摸到床垫湿了一块，原来是她那罐啤酒洒了出来，酒精浸透了床垫，开始弄湿他的袜子。她把脸埋到他的头发里啜泣，黏湿的呼吸贴在他的脖子上。她拉着他一起躺下，母亲的脸倾斜了，眼妆也花了，被泪水冲走。舒吉想起了那些啤酒罐上的美女，她们有时也是这样，不过是胡乱印上去的图案，胡乱地拼贴在一起，一不小心便不再完整，只剩下层层混合的颜色。

阿格尼丝够到床边的一盒烟，点了一支，凶猛地吸起来，烟头烧成明亮的铜色。她看着那一点火光，跟着磁带的旋律唱起来，声音逐渐沙哑。她的右手优雅地伸向前，烟头触到了窗帘。舒吉看着烟头先是闷燃，接着慢慢冒出灰色的烟。烟逐渐变厚，在一瞬间燃起橙色的火苗。

阿格尼丝用另一只手拉近了舒吉。“嘘，你是妈妈的大男孩了。”她眼中有种死亡般的宁静。

房间很快变成一片金黄。火焰顺着化纤窗帘往上蹿，就快要烧到天花板。黑色的浓烟也拼命往上爬，像是要逃出这贪婪的火焰。舒吉本来应该害怕，但母亲看着眼前的景象一点不为所动。这屋子从未像现在这样美丽，火光的影子在墙上跳跃，墙纸上的螺旋花纹仿佛都有了生命，好像千万条冒烟的小鱼。阿格尼丝紧紧抱住他，两人一起安静地欣赏着眼前的美丽景象。

窗帘眼看快要烧完了，一块一块地掉在地毯上，像打翻的冰淇淋。之前窗户边缘翘起来的几片墙纸也烧着了，塑料窗帘杆被熔化成两段，一边吊着，摇摇晃晃，像一座断桥。一片窗帘落到床的角落，于是那里也很快冒起黑烟。舒吉不安地扭动起来，他不停地咳嗽，又黏又苦，让他想起那次外婆把记号笔墨水不小心喷到他嘴里的感觉。阿格尼丝始终一动不动，她闭着眼，自顾自唱着忧伤的歌。

舒格的身影出现在黑暗的走廊里。门开了，新鲜空气灌入房间，火焰猛地穿过天花板去拥抱他。他几大步从床上跨过去，迅速打开窗户，赤手将烧着的化纤窗帘抛出大楼。然后又捡起地上烧化的糊块，跟着窗帘扔了出去。做完这些他便消失了，舒吉哭着叫爸爸，以为他抛弃了他们。

舒格再次出现时，手里多了几条湿浴巾。他甩着浴巾到处洒水，水滴所到之处，火焰随之熄灭。他来到床边，用浴巾拍打床上交织的两个身体。浴巾甩在皮肤上很疼，但舒吉忍住没有哭。阿格尼丝只是死死地躺着，双眼紧闭。

待最后一点火苗熄灭，舒格背过身去对着他的妻子和孩子。舒吉睁开刺痛的双眼，看到父亲因愤怒而颤抖的肩膀。父亲转过身，舒吉看到他发红的双眼和被火烫得卷曲猩红的手指。

莉齐和沃利站在漆黑的门廊里。舒格从阿格尼丝怀里夺过舒吉，塞到莉齐手中。阿格尼丝面如死灰地躺在床上，舒格掐她的脸，她也只是半张开嘴，像条怪鱼。他只好弯下腰，用力地摇晃她，一遍又一遍重复她的名字，直到嘴角溢满唾液。

并没有用。

他看看莉齐，外婆抱着孩子，不知所措。沃利长满茧子的手伸到镜片下面，擦了擦流泪的双眼。舒格低头看看自己的妻子，她像死人一样躺着，整个屋子归于寂静，没有人知道应该说什么。

阿格尼丝不信任这种寂静。

她睁开一只眼，瞳孔又黑又大，但聚焦清晰。她捡起那折了的半截香烟夹在唇间。“你他妈到哪儿去了？”

5

城里到处都是参加奥兰治游行的人。他们打着鼓，吹着竖笛和横笛，一路从乔治广场纪念碑游行到格拉斯哥绿地[1]。凯瑟琳往办公室窗外望去，不同的队伍挂着各自的肩带，举着各式各样的横幅走过。先是新教徒高唱着威廉三世的赞歌，待酒吧开始营业，他们越喊越激动。“有本事起来啊！芬尼亚王八蛋。”凯瑟琳听不懂他们唱的调子，她觉得唱的人也听不懂。

骑警一整天都紧张地骑在马背上。现在游行已经结束，年轻男人三五成群，充满敌意地唱着自己教派的歌。一旦有年轻女孩路过，便冲着她们大喊，而一旦不同着装的男人路过，就要追上去惹事。

凯瑟琳很晚才离开办公室，希望能避开游行最混乱的时候。她站在砂岩大楼前，后悔穿了祖母绿大衣和麂皮高跟靴。乌云渐

---

1 格拉斯哥绿地（Glasgow Green），格拉斯哥市东部的一个公园，在克莱德河的北岸，建于十五世纪，是该市最古老的公园。

渐遮蔽了七月的阳光，她心里怨念着，自己在奥兰治游行的周六还要上班。想来她也并不擅长算数，但卡梅伦先生坚持让她留下来工作，只要他在办公室，她就必须在办公室，应答几部永远不会响的电话，泡他永远不会喝的茶。

作为人生的第一份工作，这已经不算苦差，舒格还说，像她这种刚刚毕业，脑子不好使的姑娘，整天只知道花心思穿衣服、谈恋爱，能有个工作就不错了。信贷业务很枯燥，但她喜欢每件事都有条有理的业务，她喜欢看报表最后一行经过计算、准确无误的红色数字。这很大程度上要归功于阿格尼丝的遗传，她们有一种对细节和秩序的极度追求，对钱财的掌握有度。

这份工作不算差，何况老板卡梅伦的儿子还很英俊。凯瑟琳每天溜回家后，会容许自己想念他。在电影院里，坎贝尔·卡梅伦的手就像一只油腻的章鱼，无法安定，他最轻巧的吻也像是一种侵犯。

外婆莉齐也曾评价她脑子不好使，催她尽快嫁给谢默斯·凯利。莉齐解释道，自从外公这个忠厚老实的天主教男人娶了自己，他便忠贞地守在她身边，一守就是四十年，两人共同面对了风风雨雨。而凯瑟琳无视她的提议也很容易，毕竟从记事起，外婆就只收到过两把新躺椅。对凯瑟琳来说，婚姻不只是白头偕老。不过莉齐也没必要那么提防小卡梅伦，因为凯瑟琳的继父舒格也在极力将自己的侄子小唐纳德推荐给她。

第一次见到继堂哥小唐纳德的时候，她曾暗暗地佩服他的言谈举止。不论在多么局促的空间里，他都能像在自己家里一般舒适。他自信地张着腿，占据着属于别人的空间，谈论自己的时候从不知收敛。她也欣赏他说话的技巧，在只言片语间表达自己高她一等。他的姿态便是那些新教渣滓的姿态，一副唯我独尊、众星拱月、锦衣玉食的样子。不论有什么缺陷，或做了什么羞耻的事情，母亲仍然会视自己为骄傲。小唐纳德便散发着那种盲目的优越感，总是神气活现，仿佛自己脸上镀着金，虽然现实里只是苍白中带一点粉。

凯瑟琳喜欢看继堂哥吃饭。她见过他只喝羊肉汁，拒绝蔬菜汤，而且要求他的盘子里必须要有三根香肠；他吃完后把盘子递给莉齐，说还要。凯瑟琳为此震惊。这样一个人，她怎么好意思和外婆说能遇上很幸运呢？且众所周知，小唐纳德早已光顾过众多女孩的房间，而她凯瑟琳，还和两个弟弟挤在一间卧室里。小唐纳德不需要向他的母亲付房租，不需要向任何人表示感激，也不需要为任何事感到愧疚。

几乎是刚刚见面，他就极力想帮她摆脱处女身份。凯瑟琳在他们首次共同参加的圣餐仪式上严肃地对他说，自己在等待结婚这一神圣时刻，小唐纳德听了狂笑不止。不愧是舒格的亲侄子。凯瑟琳攥紧拳头，指甲都戳进掌心，但还是做到了礼貌拒绝。其实她心里暗暗享受这种权利的不平等，虽然也担心他会因此甩了自己。不过小唐纳德没有泄气，与舒格叔叔商谈后，在凯瑟琳十七岁生日那天向她求婚了。他站在双层巴士的顶层甲板上，演绎了一出盛大的场面，使得这更像是他的独角戏，与对方并无关系。

雨越下越大，凯瑟琳踩着高跟靴开始小跑。晚报头条是各种耸人听闻的消息，印成红色和黑色的粗体字。报纸上登着年轻女孩的大头照，配文描写其在城市的黑暗角落被奸杀的故事。报纸称她们是妓女，并以偏概全地渲染她们的吸毒史，以反映城市的毒品问题。其中有一个女孩被勒死后扔在机动车道旁的阴沟里，杀手把她被玷污的身体仔细折叠后，放入一个黑色垃圾袋。数月后，一个乱扔垃圾的居民不小心戳破了垃圾袋，于是一只紫色的手才滑了出来。在此期间，没有任何人向警方就失踪报案。沃利读到这个新闻惋惜地舔着假牙，而莉齐则问道“上帝去哪儿了”。

凯瑟琳端详着报纸上那些受害女孩的照片，心中十分恐惧。她们凹陷的脸颊，深陷的双眼，在鲜亮的橙色背景上分外刺眼。还有一个被谋杀的女孩，登报时她家人能提供的最好的照片是她为了办公交卡拍的证件照。

凯瑟琳回到了公寓楼的水泥大院里，天还没黑，有几个小孩拿着一根棍子在地上戳着什么。他们年纪很小，也没穿雨衣鞋子，不应该在这个炎热的雨夜逗留室外。但地上那堆东西吸引了她的注意力——看着眼熟，却不属于这里。她朝前走去，心想不要又是一条死狗。最近有人用老鼠药喂街边的野狗，并且认为相比让狗在烈日下痛苦地蠕动，这是更仁慈的对待。

一团阴燃的窗帘躺在水洼里，凯瑟琳认出了那紫色的螺纹，母亲的窗帘，烧过后仍在冒烟。她两层两层往上数，锁定第十六层：所有的灯都亮着，这么晚了窗户还大开着。这不是什么好兆头。她估摸着自己的弟弟利克不会在家。若是他回家吃晚饭的路上看到这一幕，那么他一定会跑到什么地方躲起来。他是一个安静的人，即使不在也没有人在意。

但她一定要找到他。她不能独自回去面对母亲。

在圣斯蒂芬教堂和斯普林本托盘厂的栅栏之间，有一条漆黑的小巷，出了名的危险。一旦走入巷子，就没有回头路，一直到巷子的出口。黑帮爱极了这里。凯瑟琳走到一半时，遇到一对醉酒的情侣，踉踉跄跄踏过风吹来的垃圾堆。隐约听到女人在老男人耳边说着令人害臊的承诺，她加快了脚步，俯身钻过那条栅栏。一不小心被栅栏勾住了一缕头发，她慌乱不已，以为自己被这两人抓住了，于是拼命挣扎，拽断了头发。由于惯性，一挣脱她就一屁股栽倒在泥地里。凯瑟琳看着自己的一缕头发挂在栅栏上，像动物毛皮。她湿着衣服，秃着一块头皮，心里计算着要怎样报复利克。

托盘厂里堆着成千上万的蓝色条板箱。每个方块高达九米，宽度与高楼的地基砖相当。搬运工人把它们排成了租房街区的样式，长十个砖，宽十个砖，中间留出的空间刚好够一个小货盘车通过。她忆起了利克勉为其难教她的数数方法，否则在这样的箱子方阵中，白天都很容易迷路，更何况是晚上。

这时她才注意到不远处跳动的橙色光点，但为时已晚。她疾速转身，但高跟靴不慎滑了一下，她一个踉跄倒在了黑暗中。一双有力的大手抓住她的胳膊，把她拖向一片“萤火虫”中。她差点尖叫出来，但嘴也被蒙住，她尝到那人手指上尼古丁和吸胶毒[1]

1 也称溶剂，毒品的一种。

的味道。许多只手开始在她身上漫游。这时，一双腿从背后贴住了她，发出灯芯绒的摩擦声。透过薄薄的裤子，她能感觉到背后那个充血的、兴奋的男人。

其中一个橘色烟头闪着微弱的光，靠近她的脸。“他妈的，来这儿干啥？”烟头背后的声音问道。

“奶子不错啊！”左边的一个烟头喊道。其他所有的烟头都兴奋地大笑起来。

“让咱摸摸。”她感受到一只像女人般柔软的小手，拉扯着她的工作服。

这时，一道银光刺破黑暗，冰冷的金属压到凯瑟琳的侧脸。握着她脸的那只脏手移到了她脖子上。他把银刀插入她的嘴唇。是金属的味道，像一把脏勺子。“凯尔特人还是流浪者？”

凯瑟琳绝望地号了一声。这是一个不可能答对的问题：如果她答错了，这把刀会在她脸上刻下一个格拉斯哥微笑，从左耳贯穿到右耳，一个永久的纪念。如果她答对了，可能就只是被强奸。

从前的许多个夜晚，和两个弟弟在卧室时，凯瑟琳就经常一边梳头，一边看着利克审问舒吉。利克会把弟弟压倒在地，骑在他身上，在离舒吉的脸只有几公分的地方握紧拳头，然后问：“墓地还是医院？”这是个毫无意义的问题，因为所有的回答都会招致同样的后果。想害你的人，永远有办法害你。

“我不会问第二遍。”

刨鱼刀在她口腔中来回试探，她的左眼流下一滴泪水。凯瑟琳脑海里浮现出死鱼被剖腹的画面，逼着自己做出一个猜测。“凯尔特人。”

男人失望地哼了一声。“算你走运。”他慢慢将刀子从她唇间撤出，没有来得及享受恐吓她的快感。凯瑟琳似乎尝到鲜血的咸味，便将手指伸进嘴里检查。万幸的是，皮肤还完好无损。

一道明亮的光直射到她脸上，她猛地往后一缩，撞到身后的男人。“我操！”男人叫道，“这不是利克的大姐嘛！”过了好几秒，她终于适应了手电筒的光线，用手撑在地上，仔细看了看周围。这些包围她的男人，不过是一群孩子，比她年纪要小，有的也许比利克还要小。他们就这样一直在黑暗里抽着烟，等待着。这群家里没有安生的孩子聚在一起，只想等个人来骚扰，或是找个机会学着使小刀。

凯瑟琳的手摸到了银刀的主人，她心里仍然十分不是滋味，于是开始拼命捶打男孩，拳头雨点般落在他的颈上、头上和肩上。男孩抱着头，连笑带跳地跑开了。

她厌恶地推开这些男孩，向最后一截箱板跑去。身后传来快速的跑步声。她抓住一大片蓝色木头，爬上了一个箱子堆。腿还吊在半空时，有人抓住了她的一只靴子。她后腿一蹬，脚从靴子里滑了出来。她用身上最后一点力气使劲一甩，靴子被甩了出去，传来一声尖锐的头盖骨被击打的声音。最后，她抬起膝盖，终于爬上了这座大楼。

手电筒往上照去，她的裙底暴露在光下。他们大声嘲笑着她，声音在爆破的边缘，他们只是一群稚嫩的男孩，却一步步向恶毒的大男子主义靠近。她终于完成了最后三米的路程，爬到了箱顶。虽然想要躺下喘口气，但她仍逼迫自己站起来，向他们投去鄙视的眼神。那边一共五个男孩，满脸青春痘，看不清五官。最大的那个一只手攒成一个圈，另一只手的食指往圈里来回地戳，其他男孩咧嘴看着她。凯瑟琳站在箱子边缘，朝他们连吐好几口唾沫。白色泡沫从天而降，男孩们笑着、叫着散开了。

站在箱子堆的顶端放眼望去，是一片淡蓝色的方形海洋。男孩的一番折腾，让她忘记了之前的计数，但她想要准确找到利克的箱子。利克能跳两米半高，能在箱子之间轻松跳跃，但她不能。何况现在套着湿了的靴子，就更做不到。想到她万一掉下去，那些男孩会对她的尸体怎样胡作非为，她就不禁打了个冷战。

凯瑟琳往前数了四个，往左数了五个。是对的。她没有记乱。跨过八个箱子来到东南角的箱顶，她环视四周，确定没有危险，便照着利克之前的指示，抬起一块蓝色木板。一道微弱的光从掀开的地方透出来。

凯瑟琳把头伸进掀开的天窗，然后朝着光的方向小声喊道："利克！利克！"没有应答。她又喊了一次，闪烁的光源反而熄灭了，眼前又是一片黑暗。雨水从箱子顶滴到她鼻尖上。忽然，一张苍白的脸，两旁一对粉色的小耳朵，凑到她面前。"逮！"

她吓退一大步，要不是站在相对中心的位置，很可能就从边上掉下去了。她朝利克脸上啐了一口唾沫。

"呃！我操啊！"

"你他妈有本事别吓我啊！"凯瑟琳站起身，注视着自己一双血红的手，寻找上面的蓝色碎片。一阵恐惧和羞耻涌来，她才发现自己早已泪流满面。

利克用手袖擦了擦嘴，以为凯瑟琳是被自己吓哭了。“别闹了，你是进还是不进？雨都漏进我屋里了。”

凯瑟琳弓起身，顺着天窗爬进了弟弟的小屋。利克在身后把箱顶关上。一时间，屋里霉味刺鼻，好像一座掘开的坟墓，伸手不见五指，好像一口紧闭的棺材。凯瑟琳低声叹着气，利克警告道：“嘴给我闭上。”一边在黑暗中摸索着什么。屋子的角落里传来一声金属的碰撞，微弱的灯光再次亮起来。

这盏营灯照着屋里的人和物，拉出长长的影子。挖空的箱子有姐弟二人家里小卧室的两倍大，但屋顶只有一米八高。利克从街上捡来地毯碎片和纸板，铺在地上，又通过天窗往里送了一些旧家具和旧桌椅。一些箱子的木板用来支撑天花板，一些木板被拼成了长椅的形状，座位上铺着几块毯子。贴了毯子的墙上挂着第三版女郎[1]的裸照。旁边挂了一张玛格丽特·撒切尔演讲的照片，不知是谁在她嘴边画了一个巨大的阴茎。

凯瑟琳看着弟弟忙前忙后，为姐姐营造舒适的氛围。她认识几个观景山的男孩，几年前曾开拓过这个地方。有一次，他们中最放肆的几人捅死了一个多事的保安，自那以后，这里无人敢管，成了酗酒吸毒的好地方。对于年纪尚小的男孩，来到这里是为了躲避他们暴力的父亲。有的男孩晚上带女孩过来，然后四处借几件大衣和毛衣，铺成床用。后来这里名声渐臭，女孩也不再光顾了。随着男孩的嗓音日渐浑厚，激素飙升，他们便陆续离开了这

1 指英国八卦小报《太阳报》第三版会刊登的情色照片。

里，去追随更本能的欲望，集装箱社区变得空旷起来。如今，利克能在这里独自度过整个周末。

如果阿格尼丝周四下午去喝酒，利克便能从外婆的厨房顺走几罐豌豆和芥末酱粉，带到这里藏起来。周日晚上他回到家时，所有人都在看电视，阿格尼丝那时已不再醉酒，温柔中带着悔意。她会在沙发旁挪出一个舒适的位置给他，利克坐到母亲身旁，被她沐浴后温暖的香味包围。莉齐会给他一个客气的微笑，问他是否周末都在卧室睡觉了。这就是内向的好处。

其实利克也不小了。刚满十五岁，身高已超过一米八三。他一直很瘦，随着年纪增长，身上越发没有一丝多余的部分。他的头发遗传了现已不知去向的生父，柔软而纤弱，遮住耳朵和眼睛。眼睛是淡淡的灰色，眼神清澈，却不轻易流露情绪。他精于凝视的艺术，和人说话时，眼睛看着对方，思绪却跟随白日梦飘到九霄云外。

利克的情绪像他的身材一样简洁，他遗传了生父的温柔个性，安静而心事重重，孤僻又心不在焉。唯一与母亲相像的地方是鼻子，骨架明显，比一般罗马人要高，在这张腼腆的脸上高高耸起，像一座纪念爱尔兰天主教先辈的丰碑。这个鼻子，阿格尼丝从沃利那里遗传过来，沃利从自己的父亲那里遗传过来，沃利的父亲又从爱尔兰多尼戈尔郡老家遗传过来。坎贝尔家族里无一人错过这个鼻子。

箱子小屋是一座地摊铺成的堡垒，男孩子气息十足，散发着啤酒、吸胶毒和精液的气味。凯瑟琳看不出这个地方有何吸引力。

她四处走动，但满地的垃圾和吃剩的罐头让她寸步难行。擦干眼泪，她问道：“你今天在这儿待多久了？”语气中带着嫌弃。

“不知道。”他从发霉的角落拎起一件大衣，“她午饭前已经灌下一瓶威士忌了。”

他把干大衣递给她。她脱下自己那件湿透的绿色大衣，套上这件男士斜纹大衣，大衣上有股羊毛脂和汗水混合的气味，但干燥的羊毛触感十分舒适。利克从挂着裸女画报的柜子上拿了一个旧饼干罐递给她，然后和她在手搭的沙发上坐下，他轻轻搂住姐姐，自己也钻进大衣里，两人一人一只袖子，裹在一起。

凯瑟琳从铁罐里抓了一把小蛋糕塞在嘴里。她尝到了外婆喜欢的枫糖浆甜味，精神立刻恢复几分。“我今天还什么都没吃。只有我一个人在接电话，卡梅伦老板说他吃完午饭会给我带一个三明治，但他没带。然后我也没说什么，不然他会觉得他伤害我感情了。”

“弱鸡才有感情。”他用她讨厌的达莱克[1]语气说道。

凯瑟琳钻出大衣，冷冷地看着他。“哼，懦夫才会躲。”只见他长长的睫毛低垂下来，落在粉色的面颊上。自儿时起，他就是个容易被伤自尊的孩子。凯瑟琳把胳膊伸到发霉的大衣里搂住弟弟，透过他的校服，能摸到他纤细的肋骨。“对不起啊，利克，来找你太不容易了。我刚才被吓到，现在全身都湿了，新鞋也坏了。”

“这地儿就是什么好东西都留不住。”

---

1 达莱克（Dalek），在英国科幻电视剧《神秘博士》中出现的反派外星人，他们的目的是征服整个宇宙并抹杀所有“劣等种族”。

凯瑟琳把弟弟拉到身边，虽然只相差两岁，但他早已比她高一英尺。她把湿透的脑袋抵在他宽阔的下巴上，眼泪安静地流下，释放着刚才被小混混欺辱的愤怒。“你一整天都躲在这儿吗？”

“是啊，”他叹了口气，这口气似乎穿透了她，“我都跟你说了，今早她一起床，我就看出来她精气神不太对，整个人抖得厉害。所以她让我看着弟弟，自己去了商店……”他说着说着就没声了。

她看出他又在发呆了。“那她是去酒吧喝酒了吗？”

他的眼神又模糊起来。“不是，没有……我也不知道。她喝了威士忌，可能又外带了一瓶什么，然后自己混了点藏起来了。”

“自然的，到这个阶段酒瘾该非常强烈了。”凯瑟琳舔舔手指上沾着的碎屑，放下了铁罐。

“是啊，她看起来已经渴得不行了。”他忧伤地说，接着他们彼此长久地沉默。利克取下他口中的烤瓷牙，揉揉脸，似乎刚才面部肌肉太紧张。他也曾有一口坏牙，需要常常修补，牙缝间积累了许多铝合金，阿格尼丝不愿再做牙医的常客，便劝服了利克在十五岁生日那天拔掉了所有的牙齿。

“还疼吗？”凯瑟琳问。她庆幸自己的牙齿都还完好无损。

“嗯。”他甩走假牙上的口水，又把它放回嘴里。

“利克，对不起，我不应该丢下你一个人。”她轻轻吻了他的脸颊。

这种温情对利克来说有些过分。他一只手把她的脸拦了回去。“不要碰我，丑八怪。我也不需要你可怜我，我没觉得自己可怜。”

利克解开大衣扣子，站回冷空气里。他把校服的毛衣袖子拉到手背上，揩了揩脸上姐姐的吻痕。

凯瑟琳看着利克，心想，要不是这个笔挺的鼻子，他看起来也就是个十二岁的孩子。她经常看见他摸自己的鼻子，精巧如同钟表匠人所特有的手指不停地度量，眼里满是沮丧。“不要盯着我。”他逃出了营灯的光，走进小屋黑暗的一角。

凯瑟琳捡起一本黑色的素描本——利克又在画画了。她粗略翻过几页画作，内容大多是比基尼美女坐在法拉利跑车上，或是骑在飞龙上。利克的水准和摇滚专辑封面画家不相上下，他在自己描绘的美学世界里表达着腼腆的幻想。他没有在雄健的机车和美女上下太多笔墨，素描本的后半部分都被精心测量的木工设计和概念建筑占据了，其中有详细的留声机设计方案和自制画板的制作图。在凯瑟琳的记忆里，弟弟没有一刻离开过手中的铅笔。

她正暗暗为他感到骄傲，结果利克一把从她手中夺过素描本。“这本儿上没写你名字吧！”他拎起衣角，把素描本塞在腰间。

“利克，我觉得你真的很有天赋。”

利克吐吐舌头，又走藏进了暗角。

“我是说真的，你以后会变成一位大艺术家，我呢，会结婚，我们两个最后都能离开这个垃圾地方。”

暗角传来咝咝声。“操，我就知道你要离开我，我看见你跟那个奥兰治的王八蛋眉来眼去的，我就知道了，你要留我一个人应付她。”

“利克，你站到亮的地方，让我能看见你行吗？”

“不要，我就喜欢站这儿。”

凯瑟琳用大衣袖子擦干头发，思索片刻，努力摆脱小混混事件带来的恐惧。“那可惜了，我本来想脱了衣服，骑上一条飞龙给你画呢。”

他走出了暗角，摇着头说：“不用麻烦了。我还是喜欢画大点儿的奶子。”

凯瑟琳浑身一震，但还是说：“你可以用想象。”

“我这儿没有那种画迷你奶子的超细铅笔。”

他们怒目相视。凯瑟琳做出恶心的表情，假装往大衣上呕吐不止。利克效仿着她作呕吐状，直到两人在这片假想的呕吐物的海洋里遨游。看到弟弟的微笑重新回到脸上，凯瑟琳心里浮起一丝遗憾，因为他在家里很久都没有笑过了。利克看到姐姐在端详自己，忍不住说道：“你怎么不直接拍个照片呢？”

凯瑟琳让自己的目光柔软下来，她不想逼得他再次走进暗角。“那今天你离开妈妈的时候，她是在凶呢，还是喝了酒在那儿郁闷呢？”

他耸耸肩。“她一整天都在打电话找舒格，我感觉肯定没啥好结果。”

“为啥？”

“她一直不停地喝酒，不要命地喝。”

“她嚷嚷了吗？”

他摇摇头。“更像是在伤心。”

凯瑟琳叹气道："完了。那我们最好现在就回家，我觉得不太妙。"

"没门儿。我顺来了好多吃的，够我在这儿待一晚上了。"他一只脚已经跨进了阴影中。

"你会着凉的。"

"不要。"

"利克，懂点儿事吧。你的年纪对这个烂窝来说已经有点儿老了。"这是一句很不客气的话，如果继续用这个方法劝说，她是不会赢的。她的弟弟有一种无人能敌的倔强，他能把目光歇在人身上，灵魂自由地飘走，留下一个空壳来面对。凯瑟琳不想独自回家见母亲。她不想独自走回那条黑暗的小路。"求求你了，我是专门来找你的，我不能白白让你那帮瘾君子朋友看了裙底。"她可怜地咬着嘴唇说，"他们有一把鱼刀，利克，还摸了我的胸。"

利克顿时愤怒不已。她吓了一跳，但心里又暗暗高兴。一个微小的冒犯，就能勾起他的愤怒，儿戏顿时变成战斗。"求你了。"她四肢耷拉着，努力做出绝望无助的姿态。但惹人怜并不是她的天赋。

利克回暗角里翻弄了一阵，回来时已穿好了防风外套，手里握着花园铲柄，充满杀气地挥舞着。他吹灭了营灯，和姐姐一起爬到箱子顶。他关上天窗，两人站在箱子顶，俯瞰着星光点点的城市，景色很美。凯瑟琳右手指向天边，橙色夜灯之上的地带，"利克，看见那边了吗？"她问。

那是地平线之上的一片黑暗，黑得像是宇宙边缘。他顺着她手指的方向望去。“没有。”

“往那儿看！”她使劲往那边指，好像真能指出什么似的，“在比斯普林本和丹尼斯敦还远的地方，在最外围的街区之外。”

“凯瑟[1]！你把胳膊指麻了也没用，我什么也看不见，全是黑的，什么都没有。”

“那就对了！”她犹豫片刻，才指向远处的高楼。“我那天无意间听舒格说，我们就要搬到那边去了。”

1 凯瑟琳的昵称。

6

一整晚，阿格尼丝都在断断续续的咳嗽中度过。天色渐白，日光透过赤裸的窗户，她更无法安生。雨水不停地泼进屋子，把床浸得黏腻不堪。她吃力地睁开眼，想要把雨水拦住，但并没有见效。忽然，眼前出现几片漆黑的煤灰，她猛地从床上坐起，认出了自己烧焦的卧室。她的样子就像昨夜寄来的可怖的明信片，身上穿着昨晚的衣服，脸上是花了的妆。回头看看枕头，啤酒和水混迹其中。转身看看舒格那半边的床——没有睡过的痕迹。

她低下头，努力回忆昨晚的片段，但无法记起清晰的画面。手滑过背上的鬈发，摸到多余发胶的粉末。她习惯性地把手指插入头发里，指甲抠着发际线，让中毒的血液涌上大脑。感觉不错。昨晚的记忆像教堂的钟声一样在她脑海里响起。

锵……小儿子在床上跳舞。

锵……窗帘上蹿起熊熊烈火。

锵……舒格站在面前，转动着无名指上的婚戒，脸上写满失望。

她重新躺下，自怨自艾地啜泣起来，但并没有眼泪。她起过抱着孩子跳下窗户的念头，现在，她努力地把这个念头从脑海里赶出去，永远不再想起。但事与愿违，越是不愿想，这个恶念越是盛放，像一朵有毒的花。羞愧像湿气一般浸入骨髓，几乎要将她吞噬。她四处摸索着，想找一支烟来缓解嗓子疼，呼吸过黑烟的嗓子，黏得像七月的柏油路。但屋里已经没有香烟和火柴的影子——她现在完全被监控了。这反而让她有些欣慰。

卧室之外，整个公寓静悄悄的。时间一定不早了，因为阿格尼丝通过卧室门能看到自己父母的房间，此刻房间门开着，他们的床也已整齐铺好。她走进没有窗户的卫生间，坐在马桶上。又一个念头升起：躺进浴缸，头沉入水底，然后等待上帝的召唤。但浴缸里早已躺了两条烧焦的浴巾，经过火的吞噬后所剩无几。她没有力气清理。

她把嘴就到冰冷的水龙头之下，像渴了三天的狗一样，喘着粗气饮下氯味浓厚的自来水。然后抹去已经花掉的妆容，用过的化妆棉都变成了黑色。她打开药柜，寻觅沃利的塑料药箱，寻找镇静药物，但止痛药也不见了。她拿起一瓶凝结的止咳糖浆，喝了一大口。

终于，她出现在漆黑的门廊里，花了很久整理自己的情绪。她在黑暗中练习不同的微笑：道歉用的微笑，先垂下眼帘，再抬起，眉间凝重，嘴唇颤抖；轻松愉快的微笑，就好像刚刚从商店购物归来；还有一种夸张的、露出两排牙齿的灿烂笑容，再点一点头，仿佛在说“那又咋样，我可去你的吧”。如果舒格来了，这就是她会用到的笑容。

沃利与舒吉正坐在圆桌上一起吃煎蛋和吐司条。两人挤在角落里，虽然相差六十岁，却像亲密的老酒友。利克头朝下躺在沙发上，光秃秃的两条腿吊在空中。母亲突然出现时，他迅速坐直，礼貌地向她点点头，好似大街上的陌生人。

屋里所有的窗户都大开着，每个房间都用漂白粉洗过，空气里是消毒水的刺鼻气味。看到阿格尼丝走来，沃利背过身去看着自己的煎蛋。他大概很早就去参加了弥撒，只见西服外套齐整地挂在餐桌椅背，他则穿着背心，露出厚实的臂膀。从手腕到肩膀，文满了那些二战中不能忘记的人和地方，一个多尼戈尔的黑发女孩，还有一串优雅的花体字——是阿格尼丝的名字和生日。

“你错过了弥撒。”

阿格尼丝试演了几种表情，决定选择悔过的微笑。她听到小厨房传来的抽鼻子声，便问：“舒格在吗？”她紧张起来，一个假笑破坏了刚才的表情。

沃利摇摇头。这一切在他看来都太不堪：吵架、纵火、孩子无助的哭号。他饮了一大口果汁，又挖了一勺煎蛋。“请你不要笑了，阿格尼丝。不要对着我假笑。”

万幸无恙的小儿子，上帝保佑，看到妈妈来了，眼里忽然有了光，好像布莱克浦的星星灯一样。他迎着她张开沾着鸡蛋的小手，头上还裹着一条毛巾。“妈妈，凯瑟琳今天早上凶我了，她说我是个孬种。”阿格尼丝抱起舒吉，舒吉双手环抱住她酸痛的骨肉，生命仿佛重新回到她的体内。“外公说我今天能吃三块芝士蛋糕。”

“休，给我回来，吃完你的早点，不然半块蛋糕都没有。”沃利大手一挥，舒吉“咻”地从母亲怀里滑走。阿格尼丝身体又颤抖起来。父亲用一大勺煎蛋堵住了舒吉嘟起的嘴。他开始说话，声音里满是克制，但眼神却躲着她。“阿格尼丝，我知道是我的错，你今天这样，是我一手造成的。”

阿格尼丝一阵恼火。又来了。此刻太想点一支烟。

“你听我说。我知道之前太惯着你，应该用棍棒的时候，我没用。我心软，情绪化。但是你想象不到那是个什么状态。”沃利用拳头擦了擦嘴角，他望向厨房门口，若有所思，像是台下有人给他举着一个提词器。“我小时候，家里有十四个小孩，我妈妈对每个小孩都一样，你不去自己争取的东西，就没你的份儿。连瘸腿的小弗朗西斯也不例外。小可怜，被逼着跟我们一起争抢。所以你妈妈告诉我主把你送来的时候，我就祈祷，一定要给你不同的活法儿。我发过誓，一定不让你吃我吃过的苦。”

“爸爸，你不用这么……”找支破烟这么难吗？

沃利两手一拍，响声仿佛惊雷。“我在这个家里还能不能有点说话的份儿了？”他本不是一个高声说话的人。阿格尼丝马上封住了嘴。连厨房里的莉齐也不再抽鼻子。沃利·坎贝尔，一个在克莱德河的驳船上装填粮仓的男人。有一次阿格尼丝见他在酒吧里徒手教训了六个耍流氓的利物浦人。

“每天下午五点半，我去接你，你朝我跑过来，干净齐整那样儿，谁都比不上。我叫你妈妈一定要把你收拾干净，她还跟我说：‘沃利，那么多边边角角的，有必要吗？’当然了，这是唯一一件我要求你妈妈做的事儿。男人，就是要让家人成为自己的骄傲。但是现如今，好像没有这么懂得爱惜的人了，是不是？”沃利文满名字的指关节愤怒地扣在一起，“我为你骄傲的那种快乐，你想象不到。街坊邻居从窗户里伸出头来看你，他们是妒忌啊。那一群大人，妒忌你这个发光的小生命。他们说，你迟早要被糟蹋掉，我那时候还笑他们。”

“您没做错，爸爸。我小时候过得很快乐。”

“是吗？那你现在怎么不快乐了呢？”他抿着嘴，一只手放到舒吉头上，沉重的手掌仿佛要压断他的脖子。沃利眼角噙着一滴激动的泪水，但他冷冷地看着阿格尼丝，好像这是第一次认真审视她。“那你告诉我，阿格尼丝。我这次该不该用棒子？”

阿格尼丝两手绕过脖子，怕自己忍不住笑出来。“爸爸，我都三十九了！”

“我应不应该把你心里那个魔鬼给打出去？”他慢慢起身，双手松弛地垂在身体两侧，像两台挖掘机的大铲子。“我不想让你再犯错了，阿格尼丝。我不想眼睁睁看着你毁了自己，最后还得我来担这份过错。”

阿格尼丝往后退了一步。她再也笑不起来了。“不是你的过错。”

沃利轻轻关上客厅门。他取下沉甸甸的腰带，草场地联盟的标志早已陷入皮革里，铁扣坠在地毯上。“可能这是最好的办法了。”

阿格尼丝双手拦在身前，慢慢朝着门口挪去。假笑已经从她脸上彻底消失。父亲缓缓向前，她缓缓后退，直到背脊撞上身后的斗柜，里面的玻璃小人碰撞在一起，发出尖锐的警告声。小儿子现在站在她腿旁，一半脸藏在她的牛仔裤后面。沃利转了转手里的皮带，好握得更稳。一次，两次。“把小孩放一边。”

她紧紧拉着小儿子。沃利一只手抓住她的胳膊，另一只手把舒吉轻柔而有力地挪开。他把阿格尼丝牵到椅子前，自己坐下，再把女儿背朝天放在膝盖上。

她没有挣扎，也不再祈求。

“我们的主基督，请赐予我原谅的勇气。”啪。一声巨响，工会皮带落在她半边臀部。她没有哭喊。沃利再次举起皮带。“感谢你，因你的护佑，我得以承受我的苦痛。”啪。“请垂怜阿格尼丝，让她看到她已得的护佑。”啪。“请平息她的欲望。”啪。“请赐予她安宁。”

阿格尼丝听到身边传来柔软的脚步声，有人抬起了自己的左手，还有一只手搭着她冷湿的脖颈。她感到了母亲温柔的抚摸。莉齐在她身边跪下，祷告声和沃利的祷告声交融在一起。“万能的主，只有求得你的原谅，我们才能自我原谅。”啪！

这是本周第二次舒格出门值晚班后，早晨也未归家。除了他弟弟赖斯卡·贝恩和几个出租车行的弟兄，他的男性朋友并不多。但阿格尼丝知道，他有的是乐意落脚的地方。

她战战兢兢地坐在床边。背上和腿上都布满了沃利的鞭痕。她试图整理洗干净的舒格的袜子，里子翻到外面，颜色要配好，舒格喜欢整齐搭配的颜色。但她无法集中精神——他现在躺在谁的怀里？争吵的欲望又在心中发芽了。有没有可能他其实就在最近的街区，和雷内睡在一张床上?

她必须要出门，她必须露个脸。

她从织物橱柜里拿出一张平时带到集市用的折叠椅。取出假牙，在温暖的水流下冲洗。她穿着紧身牛仔服，上身只穿黑色胸罩当作比基尼，走到楼道里，等待满是尿骚味的电梯。降到一楼时，她环顾四周，没有看到烧毁的窗帘，松了一口气。

院子里只有几坨发硬的狗屎和隐约可辨认的烧痕。阿格尼丝走到楼背后，想看看舒格的车是否停在那里，因为她曾经这样发现过一次：那天他本该在值日班，但他的车却停在后院，人则在楼上和某位太太缠绵。他的鱼水之乐，就这样被几尺厚的公租房水泥与家人分隔开。那个下午，阿格尼丝提着一个沾满茶渣和尿液的墩布桶，视察了观景山公寓的每一层楼。她期待着某扇门打开，他会出现，搜寻便可终止。但一扇门打开，几个打扮得花枝招展的年轻女孩正要出去玩；电梯门打开，小孩子看见十六层的疯女人，吓得连电梯都不敢进。

一开始，她觉得舒格实在太愚蠢，竟然在自己家门口被发现。但后来，她和他对峙时意识到，自己才是那个蠢人。他并不是被发现的，他是故意要让阿格尼丝知道的。有些事，他不让她错过。

白日当空。水泥大楼在炎热的气流里颤动。一片荒地上，莉齐面朝天地躺在旧地毯上晒日光浴。她的碎花裙子拉到了胸口，让尽可能多的皮肤接触这难得的阳光。她的头发紧裹在淡蓝色卷发棒里，用格子茶巾包起来。她手里捧着当日的报纸，和草地上的一众老友聊着天。另外几个女人坐在厨房椅子上，手里削着土豆，削下的皮就丢到面前的塑料袋里。

阿格尼丝的椅子和母亲保持着体面的距离。莉齐的视线几乎没有从报纸上移开。阿格尼丝知道，这是她的惩罚。她做出轻松晒太阳的样子，但眼睛却时不时往莉齐的方向瞄着，渴望哪怕一瞬间的友好，将她心中的孤独化解。

莉齐背后的墙上添了新的涂鸦，像是她脑袋里冒出的淫荡想法。“别害羞……把你的小蛋糕摆出来。”在莉齐眼里，这不过是一句鼓励腼腆的面包师的话。但阿格尼丝能读出其中真意，便忍不住笑了出来。

莉齐狠狠地看她一眼，问：“是什么这么好笑？”

这是母亲从早上的教堂祷告到现在说的第一句话，阿格尼丝酝酿了一会儿，思索着是该鼓励她还是制止她。“没什么。我小儿子呢？”

莉齐尽可能简洁地说道：“烘焙店，买蛋糕。”说完，头又埋入报纸中。

阿格尼丝明白这个惯例。每个周六和周日下午，沃利会和小外孙一起走到半英里之外的商业街买东西。那条街上有近半的商铺都半掩着门，似乎永不见天日。政府启动建造新住宅区的计划后，迁移安置了一半格拉斯哥老街区的居民，新的住宅区本应具有远见性，实现质量的飞跃。但实际上整个计划十分笼统和潦草，建筑质量没有任何提高。

在巴基斯坦商店里，舒吉规矩地站在外公旁边。沃利一般会买一捆甜心黑啤和半瓶威士忌，足够他度过周六夜晚和偷摸着喝的安息日。舒吉日渐长大，让沃利和伊姆兰在装酒之余有了更多话题。两个男人都心照不宣地否认他们在交易酒，好像明说出来，就坏了这场装模作样的把戏。再走进阴暗的烘焙店，沃利会和店里的漂亮姑娘聊会儿天，舒吉则在一旁贪婪地扫视着满柜子的蛋糕。他每次都选那款亮粉色的金字塔海绵蛋糕，上面覆盖着红色和白色的椰粉，尖顶上装饰着甜甜的糖果。回家时，他会跟在沃利身后，慢悠悠地享用自己的战利品。

阿格尼丝朝着商店的方向望去，并没有看到他们俩。她站起身，走到荒地的边缘，张开双臂，扬起头，阳光照在穿着胸罩的苍白的身体上。她偏头看到莉齐，母亲的目光被自己背上一条深褐色的伤痕锁住了。阿格尼丝用戴戒指的无名指划过那条伤痕，发出夸张的号叫。

母亲自持地训诫道："老天啊，你给我遮着点儿行不行。"

削土豆的女人们互相交换了同情的目光，表示在婚姻中，殴打有时要比拥抱来得更容易些，而且女方不是唯一的受害者。就这，阿格尼丝再明白不过。她一时间来了脾气，瘫倒在躺椅上，姿态全无，她把躺椅当蹦床，在上面蹦来蹦去，一点点向母亲靠近。

阿格尼丝放肆地舒展四肢，皮肤已显出淡淡的玫瑰色。她伸出一只脚，像个小孩一样玩弄母亲的黄色碎花裙。莉齐放下报纸，推开女儿的脚。"不要跟我这儿闹，"她说，"你今天早上还有脸见我。"莉齐拆下头上的茶巾，撑开旁边一个塑料袋，开始放下自己的鬈发。

阿格尼丝抢过母亲的梳子，又躺倒在椅子上。“我头好疼。”

莉齐拿出一个卷发棒，嘴里叼着一只发夹。“哎呀，好可怜啊，你应该不会想让别人同情你吧。”

“你本来应该拦着他的。”

莉齐现在已经懒得看她了。“我的小姐，我告诉你，我跟你爸爸结婚四十年，从来没有见他跟人发火动过拳头。”她转向削土豆的女人。“麦格丽特，你知道吗，他就是这么温和的一个人，当初他去参战，我以为他不到一个星期准死了。”

“是啊，多好的男人啊。”削土豆的女人们齐声点头道。

莉齐转向女儿。“我不想让你玷污了他的名声。”

阿格尼丝梳过一缕打结的头发。“我就那么丢人吗？”

“丢人？”莉齐冷笑道，“你知不知道，我今天坐在这儿，就想一个人清净清净，晒晒太阳，结果呢，没一个人让我安生。刚才有个女的，东西都不买了，专门从街对面跑过来问我：‘你还好吗？’”

“这些人多管闲事。”

“还有，贾尼丝·麦克拉斯基拖着她的儿子，来我面前说：‘哎呀，我听说你家阿格尼丝最近过得不咋地啊，现在好点了吗？’”莉齐抓着发夹的手气得发白，“我在这儿大张着腿坐着，那两个不要脸的来我面前喘气。”

“妈，你别理他们。”

“王八蛋！过得不咋地？你才他妈过得不咋地！”她的手朝着面前隐形的两个人挥舞。莉齐大喘着气，脸色从愤怒转为被击败的疲惫。“阿格尼丝，我不应该被人这样指指点点。我这辈子一天都没休息，辛苦工作，是为了什么？”

阿格尼丝早已熟知下一句台词，她仍摇摇头。

“为了让你想要什么就有什么。”

莉齐忽然显得疏远许多。阿格尼丝有种抱住母亲求她原谅的冲动，虽然没有感到一丝悔意。“我们还能做朋友吗？”

“不行，没你想的那么简单了。”莉齐的嘴角耷拉成嘲讽的角度，“我们亲亲嘴，然后就和好啦？没那回事儿。”她又放下一缕鬈发。“他还要睡多少女人你才罢休，嗯？”

阿格尼丝被激怒了。“我要抽烟。”

“你要的东西多了。”莉齐说道，“你不应该跟那个天主教男人离婚。”

阿格尼丝在母亲身边的塑料袋旁坐下。她拿出烟盒，抽出两支放到嘴里。深吸一口，久久地含在肺里。“上帝没法给我买衣服。”

莉齐假笑一声。“是不会，但是地狱能帮你补衣服。”

阿格尼丝站起身，躺到母亲身边，递过一支点着的烟，意在修补和气。莉齐接过烟，说道：“帮我把这些卷发棒拆下来，不然我看着像个神经病。”阿格尼丝用手指梳了梳母亲日渐稀疏的头发，她态度缓和了一些。“你知道吗，你爸爸年轻的时候，每个星期五晚上六点半准时回家。但所有城里的工人那晚上都会失踪。一直到星期日下午，杰米斯顿才有男人的声音出现。我记得你只要在星期日晚饭时间往窗户外头看过去就能看到他们，全部酩酊大醉，走路都东倒西歪。”

削土豆的女人们再次齐齐点头。莉齐说：“我不是说要怪这些男人，那个年代的人就是这样的。如果你要保全持家的钱，你就得星期五晚上去酒馆里把你男人揪出来。但是你爸爸每个星期五晚上都是哼着小曲儿回家的，胳膊底下夹着崭新崭新的信封。这个傻蛋从草场地回来的时候，会去市场上买一条小裙子加一件新外套给你。我原来以为男人都不知道自己小孩的衣服尺寸，更别说去给他们买衣服了。我有时候跟他说，别买了，不要把你惯坏了。但是他说：‘怎么会呢？’”

“妈，我不想聊这个了。”

“说实话，你嫁给那个布伦丹·麦高恩的时候，我真是高兴极了。我觉得他能给你像我一样的生活。但是你看看你，偏要挑个更好的。”

“挑个更好的怎么了？”

“怎么了？”莉齐咬牙切齿地说，“你看看你挑的这个更好的把你弄成什么样儿了。你真自私。”

阿格尼丝取下母亲头上最后一个卷发棒，想要顽皮地扯一下头发，但是忍住了。“既然你觉得我自私，那我干脆再请你帮个忙吧。”

莉齐嗤之以鼻。“就我俩这交情，还没到说帮忙的地步吧。”

她轻柔地按摩着莉齐的耳朵，每一个动作都充满了心机。“我想让你帮我转告他，就说我们要搬家了。好不好？”

“你爸听了会气死的。”

“不会的。”她摇着头说，“但如果我继续住在家里，我会失去他的。”

莉齐转过头认真地看着女儿，只见她眼里闪烁着希望。莉齐却冷漠地说：“你还真是什么都信啊，是吧。”这不是一个问句。

“我们需要有个新的开始。舒格说搬了家什么都会好的，他找了个地方，不大，但是有独立的花园和门廊什么的。”

莉齐指间的烟轻轻晃动。“是是，你有门廊了，有这有那了。那你告诉我，门上安多少把锁，才能让那个王八蛋老实待在家里？”

阿格尼丝挠了挠婚戒周围的皮肤。“我从来没有过自己的门廊。”

在那之后，许久没有人说话。终于，莉齐再次开口说：“在哪儿呢，你那个自己的门廊？”

“不知道，应该在东路往外的方向。那房子之前租给一个意大利佬还是舒格认识的什么人。他说那边绿化好，安静，适合我养神。”

“会有晾衣服的院子吗？”

“应该会有的。”阿格尼丝双膝跪地，一心想要达到她的目的，“你听我说，我们现在不是和好了嘛，你帮我告诉爸爸，行吗？”

“今天早上刚刚出那茬子事，你就想跟他说这个，你真会挑时候啊。”莉齐下巴伸到胸口，做了个小丑的嘴形，“你要是走了，他会每天自责到死的。”

“不会的。”

莉齐开始解连衣裙的扣子，上身的扣子扣错了一串，她略显焦急。“你记着我的话。舒格·贝恩这个人唯一在乎的就是他自己。他会把你领到那个鸟不拉屎的地方，然后把你炖了下饭吃。”

“他不会的。”

这时，沃利和舒吉一摇一摆地走进院子里，莉齐第一个看见了他们。“看看他们爷俩，简直是肥皂粉的活广告。”

阿格尼丝抬头看时，舒吉的小胖手指正捏着最后一口埃菲尔铁塔蛋糕往嘴里送。她看到父亲，脸上不由得浮起笑容。这个高大的男人邋遢地套着衬衫，就像一个中学生想逃开自己的校服。他和舒吉慢悠悠地走着，中间牵着舒吉珍爱的达夫妮洋娃娃。

“如果你不能让舒格好好对你，那至少让他好好对孩子。”莉齐眯起眼睛，看着她的外孙和他手中的金发洋娃娃。“你要趁早管管他，这么下去不是办法。”

7

舒格有几个红色皮箱，阿格尼丝追踪它们有些时日了。这些皮箱通常在一周头几天出现在家中的各个角落里，没有标价签，隐约透出被小心使用过的痕迹。舒格将自己的衣服整齐叠好，袜子塞进鞋里，内裤也卷起来，然后用心地装进箱子。工作日的某天，他会打开其中一个红箱子，仔细检查里面的内容，好像要把东西列张表背下来似的，然后又锁上。阿格尼丝发现这些箱子并没有装满，空间绰绰有余，于是故意将孩子的衣物放在箱子旁边，然后嫉妒地看着它被移到家里的另一个角落，没有任何她或者孩子的东西被放进去。

搬家那天，舒格把箱子放在卧室门口。阿格尼丝不安地用指甲抠着箱子锁，心想自己为什么到现在还没有见过新房子。有一天舒格下班回家，说自己一个共济会的哥们在市中心买了一套小公寓，是市政建房，联排小别墅，有独立门廊，说已经签了租约，口气轻松得像是买了一张彩票。

阿格尼丝把最后几个玻璃器皿用报纸包好，把她的绿色织锦的旧旅行箱放在舒格的箱子旁边。她改变箱子的排布，重新排列，可总也搭配不到一起。她的箱子上挂着从前自己写的名牌，上面的笔迹已模糊不清。写名牌的也是一个更年轻的自己，那时她正从一段婚姻里逃离出来，只因有人承诺给她一个值得过的生活。她顺着手指的方向找到了那个被遗忘的名字：阿格尼丝·麦高恩，格拉斯哥，贝尔菲尔德街。

利克还在襁褓中时，她就已经逃走。

逃走那晚，她的绿色织锦旅行箱里装满了新衣服和各种中看不中用的物件，是她用布伦丹·麦高恩的钱买来的，藏了整整一年。离开之前，她最后一次打扫了那间出租屋，因为知道自己的举动会招来多事的邻居。这些人会假惺惺地进来安慰自己的丈夫，帮他说这个女人的不是，做出咬牙切齿的表情。她绝不会给别人说自己生活邋遢的机会。

她的脚趾在门厅的长绒地毯上压出一个坑，她把绒拉直，又听到地毯钉刮到木地板的声音，心中涌起悲伤。早些时候她尝试撬起这块木地板，折腾半日，折断了两把结婚收到的银勺，手指划破流血，也没成功，一屁股坐在地上，沮丧的泪水流下来。泪眼模糊时，她有些动摇，思索着是否应该留下，哪怕是一小段时间，好让她能多用几次那套新的名牌五金工具。她并不是想把所有家什都拿走，但那块地毯是新的，每次邻居家的老太太路过，都嫉妒得脸色发白。谁家买了这么一条地毯放在门口，大门都要常年敞着。阿格尼丝当年不知念了多久，才说动家里人买了坦普尔顿豪华双层地毯，铺到房间里的每一个角落。但这次，踩在地毯上的兴奋感已所剩无几，并没有想象中那么值得留恋。

和天主教男人共同生活的日子里，她每天看到的都是对面一排排煤灰的出租房。逃走的那一晚，她看着一座座房子里的灯逐渐熄灭，里面老实本分的人们早早睡去，准备迎接翌日早起工作。雨中传来出租车连续的发动机声，她抑制不住心中的激动，在不安和怀疑之外，更多的是升腾的喜悦。

沙发背后躺着两个迷你人偶，被整洁的呢子布和柔软的天鹅绒包裹着，脚上是僵硬的皮鞋，鞋面上的银扣闪着俗丽的光。她叫醒还在蹒跚学步的两个孩子，凯瑟琳的样子像个酒醉的老男人，惺忪的睡眼费力地一张一合。孩子们刚刚被吻醒，门口便传来粗粝的刮擦声。她蹑手蹑脚来到门厅，大门“咯吱”一声被打开，一个男人圆润黝黑的脸在白炽灯的照耀下焦虑地扭曲着。舒格不安地来回踱步，一副随时准备逃跑的样子。

“迟到了！”阿格尼丝小声斥责道。

她呼吸中散发的黑啤气味让舒格不由得收起了原本的微笑。“真他妈难以置信！”

“那你想怎么着？”她继续说道，“我等你等得急死了。”说完她把门拉开，然后一一递出行李箱。装得鼓鼓囊囊的行李箱，拉链拉扣碰撞出“丁丁零零”的声音，好像挂满了圣诞节装饰。

“没了吗？”

阿格尼丝盯着脚下美丽的螺纹地毯，叹了口气。“哎，就这些了。”

男人拎着两手的箱子，呼呼往街上去了。阿格尼丝回头看看自己的屋子，她走到镜子前，用手指梳了梳头发，黑色的波浪卷弹起，又服帖地落下。她往唇上涂了一层明艳的口红。二十六岁这个样子，不错了，她心想。整整二十六年的沉睡。

她将孩子的床铺好，往自己的貂皮大衣里塞了几件脏睡衣。孩子们每人只能带一件玩具，不容商量地被撵到走廊里。路过主卧室的时候，他们停下来。阿格尼丝转身面对着孩子，又看看那诱人的地毯，命令道："好了，现在记得，不管发生什么，都不能哭，好不好？"亮晶晶的小脑袋点了点。"待会儿进房间的时候，能不能给妈妈一个大大的笑？"

她习惯性地摸到主卧室开关，灯应声而亮，光线枯燥昏暗。整个卧室狭小紧凑，一个过大的洛可可风格双人床占据了绝大部分空间。儿子开心地叫了出来："爸爸！"床上那块皱巴巴的隆起部分震了一下。布伦丹·麦高恩惊坐起来，看着他床前的一队维多利亚合唱团，目瞪口呆。

阿格尼丝用浮夸的动作立起貂皮大衣的衣领。那年她赊账买了这件大衣，指望这次放肆的挥霍能带来一点快乐，让自己收敛欲望，哪怕是一小会儿。"好，那就谢谢你做的一切啊。"说出来便觉得奇怪。"我走了。"她的语气中是拙劣的轻描淡写，像是个做完家务的女佣准备下班回家的通告。

睡觉的男人看着自己的家人向他招招手，然后一齐离开了房间，他眨眨眼，束手无策。听到大门轻轻被关上，继而是引擎的咆哮。他们就这样走了。

那一晚，黑色出租车飞速逃亡，隆隆的轰鸣声坚决而沉稳，像一架坦克。阿格尼丝坐在宽敞的皮椅中间，两边是温暖的宝宝。四人安静地坐在车里，驶过雨后湿润而灯火通明的格拉斯哥大街。舒格时不时看看后视镜，瞄到熟睡的孩子，身子不自觉地有些紧。半晌，他才问道："我们现在是去哪儿？"

半晌，才传来阿格尼丝的声音。"你为什么迟到了？"她隔着厚厚的衣领问道。

舒格没有回答。

"你是不是犹豫了？"

他不再看着后视镜，说："当然了。"

阿格尼丝戴着皮手套的手掩住半边脸。"老天啊。"

"怎么，你就没犹豫吗？"

"你看我像是犹豫的样子吗？"她的声音异常高昂。

城市东区的街道很空旷。最晚的酒吧也关了门，正经家庭都一起待在房子里抱团取暖。出租车驶入加洛门街，路过市集。阿格尼丝从来没见过市集空无一人的样子。平日里，市集总是熙熙攘攘，买杂货的、买窗帘的、为周五晚餐买鲜鱼鲜肉的。而在这个时候，市集是空桌椅和空果篮的墓地。"我们到底去哪儿呢？"

"我把我的孩子们都留在家了。"他不满地瞪着后视镜里的阿格尼丝，"我们说好了的，要重新开始。"

阿格尼丝感到孩子的脑袋正往自己身上钻。"是，但说比做容易啊。"

"是，但你都答应过了。"

“是，但是……”她把目光聚焦在窗外，舒格仍然盯着后视镜，她能感觉到，她希望他能好好看路。“我做不到。”

舒格看着后视镜里的孩子，他们身着最隆重的传统服装，这些昂贵的衣服自买来还是第一次穿，只为了这午夜的逃亡。他想到了在箱子里整齐叠好的那些衣服。“哼，你连试都没试过，是吧！”

她盯着他的后脑勺说：“舒格，不是谁都能像你这么冷血。”

舒格的身子因愤怒而开始抽搐，他一脚刹车，车里四人都猛地倾向前，孩子有些坐不住了。“你还有脸问我为啥迟到？”几点唾沫从他口中飞溅出来，落到后视镜上。“我迟到，就是因为我要跟死活赖着我的四个小孩告别！”他用手背抹了抹嘴，“还有个老婆，威胁我要开了煤气把他们都闷死！跟我说她要打开烤箱燃气，不点火。”

出租车咆哮着再次启动了。四人都沉默着，看着窗外呼啸而过的夜班车，黑色的门窗和冷峻的房屋。再次开口时，舒格冷静了许多。“你有没有试过一个人走到家门口，你家里人就像上钩的鱼一样死死勾着你？嗯？你知不知道把四个小孩从腿上一个一个剥下来的感觉？知不知道他们一个个抱上来，我要一个个踢回去，把门关上的时候他们的小手指头还在门框上的感觉？”他冷冰冰的眼睛映在后视镜上，“你根本不知道。你只知道叫个司机来接你，翘起屁股就走人，好像我们就只是去米尔波特度个周末。”

她慢慢从酒中清醒了过来，沉默着望向窗外，努力不去想自己一手造就的失去父亲的孩子，以及失去孩子的父亲。他们像一串黏稠咸湿的泪水，在黑色出租车身后留下长长的印记。逃亡的兴奋此时已荡然无存。

当他们第三次经过特隆门街的铁路桥下时，太阳已开始升起，鲜鱼运输车也到了集市开始卸货。阿格尼丝盯着挤在公交车站的一群女人，她们是市中心写字楼的清洁工，在等待开始一天的工作。“我们可以去我妈妈的新房。”她终于吞吞吐吐地开了口，“然后等我们找到新房子就搬出来。”

许多年过去了，阿格尼丝始终不愿想起逃亡那一晚，因为这让她觉得自己非常愚蠢。如今她又装满了天主教男人的箱子。这些绿色织锦的箱子带着她来到母亲的家，现在要带着她离开。她低头看到旧箱子上麦高恩的名签，把它撕成两半。

妻子走后，布伦丹·麦高恩的反应已算是仁至义尽。那晚以后，他跑到阿格尼丝母亲的房子那里，发誓说要改变自己，以求妻子归来。阿格尼丝双手抱胸站在塔楼的暗处，看着天主教丈夫信誓旦旦说要彻底洗心革面，妻子想要什么样就变成什么样，不惜变得连自己妈都认不出来。当被清楚告知她不会再回来，他又去向教区神父求助，请他说通沃利和莉齐，以逼他们的女儿回家。对这一切，阿格尼丝不为所动。她不会再回到那种一眼望得到头的生活。

接下来的三年里，布伦丹·麦高恩每周四都会寄来一笔钱，每隔一周的周六就会带孩子们出去玩，凯瑟琳对亲生父亲最后的记忆，便是布伦丹坐在卡斯泰拉尼咖啡馆前，给满脸都是香草冰淇淋的利克擦嘴。阿格尼丝有意给他们穿上最漂亮的衣服。一位穿戴珍珠的老妇人专门走到布伦丹面前，夸赞他的孩子又礼貌又整洁。她屈身至凯瑟琳的高度，问这个可亲的小女孩叫什么名字，女孩用银铃般的声音回答道："凯瑟琳·贝恩。"

布伦丹·麦高恩那时就离开去洗手间了。他穿梭在一个个幸福家庭之中，艰难地向洗手间走去，然后一转弯，消失在熙熙攘攘的街道上。凯瑟琳不记得她和弟弟独自在那里坐了多久，利克吃完自己那份冰淇淋，又开始吃她的，手指将玻璃海螺杯的杯底揩得干干净净。

这个天主教老好人已经极尽所能去挽留他躁动的妻子。她出走了，他放下自尊祈求她归来；她离婚了，他再次放下自尊，抽时间和孩子们相处。但接下来，她给孩子们改了那个新教徒的姓氏，像是离队的羔羊，被涂上了别家的记号。于是他的底线被打破了。如今十三年过去，利克和凯瑟琳就算是走到父亲面前也认不出他。

阿格尼丝努力克制自己，不去抠旧箱子把手。她把困惑与担忧都一并装入了这几个属于天主教婚姻的箱子，再次走向出租车。这一次，她面无喜色，等候她的黑色出租车好像一台灵车。沃利帮忙把孩子们的箱子运下电梯，其间一言不发。莉齐在厨房里搅着一大锅汤，粗糙的双手摩挲着围裙。阿格尼丝看到母亲不停地搅着汤，但灶上并没有点火。

利克和凯瑟琳最近几晚都裹在被窝里讨论着未知的将来。隔着墙，阿格尼丝能听到他们模糊的声音交流着彼此的担忧。莉齐前几天找到她，说孩子们都希望和外婆在一起。她请求阿格尼丝让利克在这里完成学业，也让凯瑟琳有个离办公室近的住处。出走那天，阿格尼丝终于注意到利克一早上都不在，他拿着画笔和机密笔记本，不知躲到了哪个洞里。凯瑟琳也收起了眼泪，帮助母亲打包行李。整个早上莉齐都紧紧抱着舒吉，耳语着祷词，祈祷他平安归来。阿格尼丝一直在观察利克，在他以为没有人注意的时候，他便跑到外婆那里，祈求让他留下，发誓说自己一定更乖。莉齐则温和地反驳道："不行呀，亚历山大，你的家和你妈妈在一起。"阿格尼丝听了，心中暗暗高兴。

开始下雨了，行李也只剩下舒格的两个红色皮箱。待它们也装车就绪，阿格尼丝才真正承认到了离开的时候。莉齐和沃利站在雨中，像他们身后的灰色塔楼一样僵硬。他们的告别显得冷淡而随意，因为莉齐不容许这件事引起邻里的注意。这层窗户纸一旦捅破，阿格尼丝也不知道里面会漏出多少难堪。他们这才忙里忙外，洗着刚晒干的毛巾，搅着没点火的锅。

阿格尼丝坐在车租车后座，两膝间坐着舒吉，利克和凯瑟琳挤在两旁，扶着众多纸箱，大腿紧紧挨着母亲。阿格尼丝熨平了他们所有的衣服，还专门漂白了凯瑟琳的工作衬衫，然后从邮购目录里给舒吉挑了小西服。她还漂白了自己的假牙，新染了头发，比黑色更黑一度，接近深邃的海军蓝。

那天早晨，她歪着头问凯瑟琳，自己的睫毛美不美。她染的睫毛厚重地坠在眼皮上，好像随时要陷入睡眠。出租车开向主路时，她面朝后窗，扇动着沉重的睫毛，向身后的父母致以默哀般的挥手。阿格尼丝的想象中，这是电影般的场景，而她是这场景自导自演的女主角。

出租车奔驰而过斯普林本路，又经过了圣罗洛克斯铁路厂，她心里默念着和舒格再次奔走的空洞的理由，但越是努力认同这个貌似美好的理论，就越显得像一个年纪只有她一半的痴迷爱情的姑娘做的蠢事。阿格尼丝摩挲着指尖，为自己的一意孤行细数原因：有机会装扮属于自己的房子；一个供孩子们玩耍的花园；为维持婚姻寻求一些安宁。再深挖一点，也许，一旦他远离那些女人，情况会有真的改善，她这样希望。

车窗上渐渐起了水雾，舒吉在雾玻璃上画了一张悲伤的脸。利克手指一弹，把哭脸变成了一个勃起的阴茎，然后重重坐下。阿格尼丝用戴婚戒的手擦掉孩子的画作，望向窗外，发现他们正在路过普罗文米尔[1]背后一个巨大的蓝色天然气罐，守卫着格拉斯哥城的东北口。

在沉默中，车又开了许久，终于在一个有路灯的地方停下了。舒格放下驾驶座后的挡板，告诉家人马上就到，然后关上了挡板。阿格尼丝猜不透，这是出于作为司机的习惯，还是某种更真实的表露。她记得当初追求自己的时候，舒格总是开着挡板，同她谈天说地，努力博取她的好感。他背靠座椅，共济会戒指轻轻敲打着挡板，本应戴着婚戒的左手无名指上只有一个淡淡的压印。空气里弥漫着浓烈的松木剃须水味和他的润发油香气。在工作日的

1 普罗文米尔（Provanmill）是格拉斯哥市的一个区，位于市中心的东北部。自二十世纪五十年代以来，该地区已成为一个主要的贫困地区。

下午，车里则是他们身体交融的强烈气味，玻璃也被蒸腾的汗水模糊。她忆起停在安德斯顿立交桥下的快乐时光，那是他们了解彼此真实面目之前的短暂幸福。

阿格尼丝看着一排排低矮的平房和杂草丛生的院落，心中很难再泛起波澜，就像在湿木头上生火，无论如何也擦不出火花。在市政建房和普通商品房之间，有一条模糊的界线，舒格推开挡板窗户："看看这些花园！啊！"他们眼前是一排漂亮的房子，花园里栽培着玫瑰和康乃馨，喜气洋洋的装饰挂在双层玻璃后面。车继续驶向前，房子一直延伸到巷子的尽头。一排精致的建筑突起，隔绝于公路的喧嚣之外。每栋房子都有独立花园，旁边是一条车道，停着一辆车，有的房子前停了两辆车。阿格尼丝在后视镜里看到了舒格，他一直在看着她，眼神与她记忆中的爱意已经非常相似。"如果你喜欢这个，那就等着，乔说这儿就像个幸福小村，专门给正经家庭住的，邻里之间都互相认识，过日子再合适不过了。"

利克和凯瑟琳交换了一个充满嘲讽的眼色。阿格尼丝的手抓住两旁孩子的膝盖，紧紧一握，以示警告。舒格扯着嗓门喊，试图盖过引擎的轰鸣。"那房子就在一个煤矿旁边，所有的男人都挖煤，工资高得很。他们的老婆都用不着出去干活。乔还说这儿所有的小孩都去同一个学校。这对舒吉好，让他出去晒晒太阳，跟同龄的小男孩玩儿。"他眼里闪着快乐的光，看起来为自己的计划感到满意。阿格尼丝看着后视镜里的舒格捋着胡须。"但是这儿没有酒馆，一个都没有，只有一个矿工俱乐部。"

“啥？一个都没有？”

“没有，你得是矿工或者矿工的老婆才能进那个俱乐部。”

阿格尼丝的脖子开始出汗。“那你去哪玩儿？”

舒格没有听她说话。“这儿就是了！”他喊道，手指着路的拐角。车转弯时，所有人都倒向一边，阿格尼丝和孩子们顺势向外望去，那里是他们新生活的开始。角落里有一座空旷的加油站，停车空间很大，但柴油加油机和汽油加油机分别只有一座。舒格放慢车速，转入加油站旁边那条路。

阿格尼丝在她的皮包里四处摸索，摸到一支“宾果”笔，一盒薄荷糖，最后掏出一管口红，将双唇涂抹成鲜艳的血红色。趁手还在嘴边停留，她隐秘地往齿间送了一粒蓝色药丸，轻嚼一次，药丸被压成两半，干吞了下去。只有凯瑟琳注意到这个动作。她看到母亲微微噘嘴，然后小心地擦拭口红边缘。接着，阿格尼丝弓下腰，正了正黑色高跟鞋的扣子，用涂着指甲油的长指甲抚平羊毛半裙，又从粉色安哥拉羊毛衣上摘下零星的毛球。

凯瑟琳眯起了眼睛。“你怎么穿得不像是要出走？”

“哎，出走和搬家是有区别的好嘛。”阿格尼丝用唾沫沾湿梳子，开始给舒吉梳头。小儿子扭了一下，阿格尼丝便用手扶住他的肩，慢慢梳，直到他头发的分界线露出一条整齐干净的头皮。

“啧，我看着咋样？”利克问道。他正使劲把头发往脑后捋，他的大脚趾撑破了白色球鞋，露出一只脏袜子。

阿格尼丝叹了口气，说：“如果有人问起来，就说你是搬家工人。”

他们把车窗全部摇下来，车里顿时灌入一股充满青草和风信子气味的空气，而在这股鲜绿色的主调之后，是黑棕色的荒地、成堆的牛粪，还有大树下那些不见天日的角落。

阿格尼丝毛衣上的串珠随风飞舞，她像一只被拎起耳朵的母兔一样不停眨眼。舒吉伸出小手，拂过母亲衣服上的玻璃串珠。母亲脸上绽放着灿烂的笑容，两排洁白的假牙分开，好像是为了拍照摆出的表情。要不是她不安地频频瞥向后视镜里的舒格，也许能表达出纯粹的快乐。舒吉玩弄着串珠，看到母亲的笑容渐渐凝固，后槽牙开始摩擦。

路再次变窄，最后一座精心打理的花园也消失得无影无踪。路过几棵枯死的紫杉之后，平坦而广阔的沼泽地出现在两旁。偶有一座小丘，一簇野草，或是一片金雀花，点缀这无尽的旷野。肮脏的烧痕从旷野蜿蜒而过，棕色的野草从封闭的篱笆两旁长出，试图重新占领车辙的坑道。路面覆盖着一层沉积的煤灰，出租车穿过这条路，像是穿过一张胶卷底片，上面拍摄的是新鲜的积雪。

出租车在拐弯时颠了一下。远处出现一片黑色山丘的海洋，看起来像是被烧尽了最后一点生命，它们填补了地平线，后面便空无一物，好像那里已是世界的尽头。日出时，烧焦的山丘闪着金光，刮风时，黑色的尘土扬起，像是一片巨大的等待打扫的污物。很快，这鲜绿与棕灰混杂的空气便被浓烈的黑色金属气味所覆盖，刺鼻得像是舔舐一节废电池。再次拐弯，破烂的篱笆建到了一个大型停车场边。停车场的尽头是一面高高的砖墙，中间一道生锈的铁门，用铁链和铁锁封了起来。旁边的门卫亭歪斜成一个奇怪的角度，屋顶长满野草。显然，这个矿已关闭许久。有人在木板栏杆上喷画了一句“保守党，操你妈”。看起来这里已经永久关闭了。

大门对面是一座低层水泥楼。从光秃秃的楼下走出十几个男人，歇在矿口路路边的煤堆旁。乍一看，这些男人像是从教堂里走出来的，但随着汽车引擎声临近，他们齐刷刷往车的方向望去。矿工们停下闲聊，眯起眼，都想把这车看个仔细。他们穿着一样的黑色工装夹克，手握一大杯啤酒，嘴里叼着烧到尽头的香烟。他们的脸很干净，手掌也是肉粉色，看起来好像没有干过活。走了这么远，这些矿工却是这块地方唯一干净的东西，看着非常别扭。车路过身边时，他们勉为其难地让出了一条路。利克看着这群矿工，矿工也看着他。他的心一沉：这些男人的眼神和母亲醉酒时的眼神如出一辙。

这时，公租房小区赫然出现在眼前。扬尘小路突兀地在一座低矮的山丘前结束。三三两两的公租房从主路延伸出去，低矮而方正的小房子紧凑地围在一起。每一座房子门前都是一模一样的凌乱花园，中间由一条一模一样的石灰线分隔开。小区周围是泥泞的沼泽地，东边是一大片因寻找煤矿被里外翻腾过的已成渣的焦黑土地。

“就这？”她问道。

舒格无法回答。阿格尼丝从他耸起的背影看出，他自己的心也沉了。阿格尼丝的后槽牙几乎要咬碎了。他们朝着小山驶去，路过一座朴素的天主教教堂。一群穿着家居服的女人站在门口。舒格遵照路牌的方向猛打一个右转弯，来到一个整齐规划的公租房街区。这里每四栋房子围成一个院落，四家人各占这个方块的一角。阿格尼丝从未见过如此朴素、如此丧气的居所，房屋的窗户很大，但是很薄，暖气易散，寒气易侵。小区里时不时有人家的烟囱冒出黑色的烧煤烟，因为房子在初夏也寒冷得无可救药。

舒格驶过几栋房子后停下了。他靠在方向盘上，伸着脖子望向他的房子。周围几乎没有私家车，仅有的几辆看起来也已经发动不了了。

舒格正四处张望的时候，阿格尼丝在她的黑色皮包里一顿乱翻。“你们三个最好把嘴给我闭上。”她小声地说道。说完她把头埋到旅行包里，从里面拎出一罐她之前偷偷藏进去的拉格啤酒。她歪着头悄悄饮下几大口，孩子们看到母亲喉咙上的肌肉有序地搏动着。喝完酒，她抬起头，酒罐已经把她唇上的颜色抹尽，她顶着已经抹脏的厚重睫毛，疲惫地眨了一次眼。

“这是什么鬼地方，”她含混地说道，“我一番打扮就是为了这个？”

1982

矿口区

8

当搬家卡车的后门打开时，已经有人站在路中央公然围观了。他们来不及放下手里的活计，拿着沾湿的洗碗巾和熨了一半的衣服便跑了出来。左邻右舍坐在各自门前的楼梯上，像是准备看一个有趣的电视节目；一个没穿裤子的男孩领着一窝灰头土脸的小孩，穿过马路，将阿格尼丝团团围住。她礼貌地和小孩们打招呼，而小孩们只愣愣地盯着她，嘴边还沾着一圈剩饭。

矿工小区紧凑的布局使得各家各户的大门彼此相对，户与户之间只由一圈低矮的篱笆和稀疏的小草隔开。阿格尼丝入住后，家对面的房门全都敞开，主妇们站在门口观看，五六个小孩大眼瞪小眼，脸上是同样的不解。那画面好像沃利有一次给阿格尼丝看的照片，上面是奶奶坎贝尔和她的十几个孩子。阿格尼丝弯着腰，向篱笆那头挥挥手，她的兔毛袖子在日光下闪闪发光。

“你们好啊。”她像教皇对会众问好般礼貌地说道。

“你要搬过来？”对面门口的女人问道。她的发根是深棕色，其余的鬈发染成了金黄色，看起来像是戴着一个儿童假发。

“是的。”

“你们所有人吗？”

“是的，我和我的家人。”阿格尼丝纠正道。她介绍了自己，然后伸出一只手。

对面的女人挠了挠自己的发际线，阿格尼丝猜测这个女人是不是只会用提问说话。但这次她回答道：“我叫布赖迪·唐纳利。我住楼上二十九年了。这么多年，我楼下总共换过十五户邻居。”

阿格尼丝觉得唐纳利一家人的目光都集中在自己身上。这时，一个黑色大眼睛的瘦小女孩端着一个托盘出现在门口，托盘上放着几个不成套的杯子，每个人拿起一杯，喝的时候眼睛仍然盯着阿格尼丝。

布赖迪朝着篱笆点点头。“诺琳·唐纳利，我表妹。但是没有血缘关系，你知道吧。”一个灰发女人卷着舌头，使劲点头。布赖迪接着说：“那个姑娘是金蒂·麦克林奇，我表姐，她是我亲表姐。”一个诺琳身边的小个子女人长长地吸了一口烟，她的眼睛被烟熏得眯成一条线，使她看起来正好是裹着头巾的布赖迪。这一家人看起来都很像布赖迪，包括男孩，只是看起来没那么有男子气概。

阿格尼丝余光瞥见另一个女人正在过街。女人在那围成半圆的灰头土脸的孩子面前停下，她点点头，好像听到了什么噩耗，于是径直向这座新房大步走来。阿格尼丝逃不过了。在她身后，利克丧着个脸走出门，准备搬下一趟。

“那个是你男人吗？”新来的女人招呼也不打地问。她的脸瘦得皮包骨，眼睛像是脑袋上下陷的两个洞，她的棕发富有层次感，但也显出脱落的趋势，像是一只未经梳理的猫。她套着一条松得快垮掉的裤子，脚上穿一双男士拖鞋。

阿格尼丝被这个愚蠢的问题弄得一时语塞，她和利克之间明显相差了小二十岁。“不是啊，那是我家老二。春天就满十六了。”

“哦！春天是吧！”女人思考了一分钟，然后一只尖锐的手指戳向运菜车，“那个是你男人吧！”

阿格尼丝朝车的方向望去，搬运工正费力地将她用床单裹得严严实实的电视机搬下车。“不是啊，他是一个朋友的朋友，来帮忙的。”

女人吸着自己干瘪的两颊，又思考了一番。阿格尼丝做出挥手的姿势，半转过身子，准备撤退。“你袖子上那是啥？”女人又问。

阿格尼丝低头看了看自己毛茸茸的袖子，便用双手捂住，像是护猫咪似的。那串玻璃珠子紧张地颤抖起来。“没什么，几个小珠子而已。”

肖娜·唐纳利——那个端茶的姑娘——悠悠地赞叹道：“哦，阿姨，我觉得特别漂……”

瘦女人打断了她。“你到底有没有个男人啊？”

大门再次打开，舒吉出来了。他站在最高一级台阶上，没有向任何人打招呼，而是直接转向母亲，双手扶着自己的屁股，一腿迈向前，用阿格尼丝从未听过的清晰语言说道：“我们要谈一谈。我觉得我真不能住这儿。屋子里有股白菜和电池的味道。根本妹法[1]住。”

观众们震惊地你看看我，我看看你，好像十几张冰冻的脸在照镜子。“今后可有好戏看了，这是李勃拉契[2]搬进来了！”其中一个女人叫道。

其余的女人和孩子们都大笑起来，尖锐的笑声里时不时堵痰。“哎呀，希望那屋子能放下你家的大钢琴啊。”

“哈哈，有幸和大家见面了。”阿格尼丝浅笑道。她把舒吉贴到自己腿上，便转身离开了。

“哎哟，别这样儿嘛。我们也有幸跟你认识。”布赖迪叫道，她原本僵硬的脸因刚才的大笑柔软下来。“来了就是一家人，你别见怪，我们这儿不常来新人。”

皮包骨女人向阿格尼丝走近一步。“是，我们能好好相处的。”她噘着嘴，好像牙齿里塞了一坨肉。“只要你别穿着那时髦衣服在我们的男人面前招摇就行。”

那个下午，舒吉一直在新家小区附近转悠，搬家工人忙里忙外。穿着紧身裤的女人们拽了几把餐椅到窗前，面无表情地观看一个又一个箱子被搬下来。她们对着舒吉夸张地挥手，比画脱帽

---

1 舒吉的口误。
2 李勃拉契（Liberace，1919—1987），美国钢琴演奏家，意大利与波兰混血，在二十世纪五十至七十年代红极一时，本人也以生活作风奢侈铺张而出名。

礼，然后自己咯咯笑个不停。

舒吉穿着新衣服，一直走到小区的边缘。小路在一片泥沼前戛然而止，好像是自己放弃了一般。这里空无一物，黑色的池塘里灌满了泥水，幽深而可怖。丰茂的棕色芦苇从栽培青草的地方钻出来，好像执意要收回被矿工占领的土地。

舒吉看着光脚的小孩在尘土里玩耍。他走到一丛公共绿地的灌木旁边，假装摘下一些小红花，仔细比对它们的大小，实际则是在等着那群小孩叫他一起玩。但他们骑着小车，绕了一圈又一圈，就是不理他。舒吉挤破手指间的一颗白色浆果，然后用黏稠的果汁抹掉了新鞋的光泽。

矿工们的廉价皮鞋在柏油路上异常光彩。他们接二连三地出现在空旷的小路上。再没有换岗哨声，但肌肉记忆准时将他们推上回家的路，手里没有工作，肚里装满了苦艾酒，肩上是重重的忧愁。他们的外套仍然干净，皮鞋锃光瓦亮。舒吉赶紧让到路边，他们经过孩子堆的时候，低垂着脑袋，像一群疲惫的毛驴。每个人从一堆孩子里牵出几个，孩子也乖乖地跟随去了。

阿格尼丝背对着前门，关上了面前的大玻璃防风门。她无法思考。在两扇门中间的缝隙里，她喝光了包中藏匿的最后一口酒。她把脸贴在墙上，感受冰凉的抚慰，石墙厚而潮湿，她知道这样很难传热。

她在门缝里藏了很久才出来，穿过走廊，路过两间小卧室。凯瑟琳站在第一间卧室正中央，一动不动。窗外，矿工的野孩子们扒在篱笆上瞪着她的窗户，像是在逛动物园。被惊吓的凯瑟琳只能瞪回去。木质窗户已经变形，边缘沾满的油灰仿佛在警示着未来潮湿的墙面和寒冷的夜晚。阿格尼丝听到窗外的小孩聊天，和他们在屋里说话一样清晰。

利克占领了另一间房。他摊开自己的美术画材，躺在地上描绘着远处的黑石山。他拿起一支蜡笔，用边缘部分画了那几个围观的穿黑夹克的男人。他们像几棵光杆树一样屹立在山顶。阿格尼丝看着儿子，她嫉妒他能够随时消失在自己世界里的天赋，他总能够把思绪抽离，把所有都抛诸脑后。

之后便无更多卧室。之前答应好的第三间卧室，必然是客厅了。她又重新用脚丈量了屋子的尺寸，一次，两次，三次，然后发现这一次，三个孩子仍然必须挤在同一间卧室里。

舒格站在走廊的尽头，眼神空洞地看向她。他精心梳理的黑发被风吹散，于是手沾唾沫，一缕一缕梳回去。他走进小厨房，示意阿格尼丝跟上。厨房里有一架很大的晾衣装置，看起来更像一副绞刑架。装置的一头整齐排列着一排矿工的工服，陈年的袜子，白色内裤，蓝色T恤，全部僵硬变形。拥有这些衣物的矿工，可曾平安归来？他们希望是自己走错了房子。

板材碗柜的表面已经斑驳不堪，舒格用小拇指抠着漆片，他身后的灶台上方，绵延着一片巨大的黑色霉斑。他看也不看她一眼地说：“我待不下去了。”

一开始，她没有抬头，以为他只是要去赶晚班赚钱。舒格经常如此，结束一班工作回家，只是站在门口宣布，他要继续出门。

他从来不是一个顾家的男人。

“什么时候回家吃晚饭？”她问，心里已经开始考虑炸锅和面包刀的问题。

“我不想再吃你的晚饭了，你听不懂吗？”他在摇头，“咱们就到这儿了，我待不下去了。我没法跟你在一起了。你天天要这要那，喝得东倒西歪的。”

这时她才注意到，只有绿色织锦箱子和纸箱一起被搬进了房子，但红色皮箱没有。她抬起头时，脸上必定是深深的疑惑，因为舒格终于与她对视时缓缓点头，像是半哄半逼地让一个孩子吞下药片，然后看着她，等着药片“咯噔”下肚。阿格尼丝移开了目光。她不愿意理解，不愿意吞下他的药片。她不再搜寻炸锅，低下头，整理了袖子上的玻璃珠，让它们发光的一面朝外，时间仿佛静止了，失去了流动的方向。

“咱们就这样吧。”

房间里只有一把椅子，椅面溅到一些油漆，靠背已经损坏，只能用来垫脚。阿格尼丝轻轻关上厨房门。门外，孩子们早已为卧室吵得不可开交。她把坏椅子挪到门口，自己坐了上去，“为什么有我还不够？”

舒格惊讶地眨眨眼，仿佛不敢相信自己听到的话。他晃着脑袋，捶着胸脯说：“不是啊，我的夫人，为什么有我还不够？”

“我从来也不看别的男人。”

“我不是那个意思。”他疲惫地揉着眼睛，“你为什么和我在一起了还是不能戒酒？嗯？我给你买最好的衣服，一天有多少小时我就工作多少小时。”他盯着墙面，视线却穿过了墙面。“我甚至想，如果我们自己生一个小孩，也许就好了。但是不，就算那样也不够让你安定下来。”

他粗暴地抬起她的手肘，试图将她从椅子上拽起来，但她晃晃身子，又坐了下去，好像一个和平示威者的抵抗。

她处于一种危险的中间地带：酒劲已经激起斗志，但又不足以发疯。再喝几口，便会进入卑鄙、恶毒的毁灭性状态。他定定地看着她，像是等待着暴雨从山间泻下。在雷雨爆发前，他再次扶起妻子。

她挣脱他的束缚，坐了下来。这次她笔挺地坐着，向他久久投去冰冷的目光，内心迟迟不肯接受这个现实。“不，不够。告诉你，这种事情不会发生在我身上，我是什么人，你又是什么人，自己照照镜子。”

“不要让自己难堪了。”他揪着她的衣领说。

舒格暴力地将她揪出门。这一次，她没有喊叫。他拖着她的头发往门口走，阿格尼丝把自己压在门上，好像这样就能永远把他关在家里。他把门重重甩向她的后脑勺，好像她只是一片卡住的地毯。他抬脚跨越她的身体，布洛克鞋尖正中她的下巴，白如凝脂的皮肤立刻出现一道鲜明的裂口。

“求你不要走，我爱你。我真的爱你。”

“是，我知道。”

当出租车驶向矿口路尽头时，孩子们都聚到走廊里，阿格尼丝闪着珠光，披着羽毛，瘫在地上，像一件被随意丢弃在地板上的华服。

就这样，红色皮箱从没搬进过矿工的房子。舒格接连几日都没有回来见她，再次出现时，他也没有带着箱子。箱子已经搬入了琼妮·米克尔怀特家里，她在床下为他的东西腾出了一些空间。阿格尼丝起初并不知情。有一天深夜，舒格突然来到家里，温柔地亲吻着她下巴上的裂痕，将她平放在客厅的折叠沙发上。

渐渐地，舒格开始规律地在值夜班期间到家里来利用她。他等到深夜，孩子都入睡时，便身着熨好的衬衫，吹着口哨若无其事地进门。她帮他脱衣服，看出他的内裤被另一个女人清洗、煮沸消毒过。完事后，他会在床上躺一会儿，待阿格尼丝依偎过来，他便要离开。如果她做了夜宵，那他就多待一会儿，但如果她开始提问或者埋怨，他便要离开，并且一走就是好多天，作为对她的惩罚。

待他走后，阿格尼丝就睡在折叠沙发上，因为没有他，她便无法独自上床。她睁着眼，整夜盯着天花板，听着隔壁的孩子们睡得香甜。在搬进新家的第一个秋天，凯瑟琳每晚都会爬到妈妈身边，一起躺在不断滋生的潮湿的霉块上。

“为什么我们不干脆回观景山？”凯瑟琳在耳边问道。但受伤的阿格尼丝不能向女儿解释。如果她回莉齐家，他就再也不会来了。

她要留在她被丢下的地方。

她要接受每一点他愿意施舍的温柔。

终于，篝火之夜[1]到来了，空气中弥漫着柴火和烧焦轮胎的气味。利克和凯瑟琳站在窗前，欣赏着自制的烟花在浓稠的夜空绽放。街上的小孩互相对放烟火，好像在发射导弹。似乎是难得的玩乐。

电视机仍然半包裹在床单里，搁置在客厅的角落，没有实现它的职能。凯瑟琳瘫坐在沙发上，湿发裹着浴巾。这一晚，母亲又该睡到沙发上去了，她又要听她哭泣到深夜。

黑暗中，阿格尼丝在厨房里静静地等待。从关了灯的厨房里正好能看到矿口路。每天晚上，她都会站在这里，等待那辆黑色出租车的出现，一旦有引擎声传来，她便满怀希望。她已经喝了一整天的酒，但无济于事，只是一味地在藏在厨房水槽下的酒和窗台之间来回走动。孩子们能从碗柜开闭的声音中数出母亲拿酒的次数。

“妈妈，我们晚上吃什么？”利克坐在沙发上叫道。

阿格尼丝的手从下巴的疤上放了下来。她看看电磁灶上的锅说：“我给你热点汤吧。”

“里面有豌豆吗？”

“有。”

1 篝火之夜（Guy Fawkes Night），又称盖伊·福克斯之夜，是指每年十一月五日在英国举行的庆祝活动。按照传统习俗，当天人们会搭建篝火，燃放焰火，焚烧象征火药阴谋策划者的假人。

“哎呀，有豌豆就不要了。”利克说。十五年来，他一直不爱吃蔬菜。这总是被忽视，他很受伤。

“切，本来就是豌豆汤，你这个笨蛋。”凯瑟琳嘲笑道。

利克抬起一只脚扯掉了她头上的毛巾，连同一小缕头发也扯掉了，然后为了撒气，把毛巾甩到了房间的一角。你倒是捡啊。他用唇语示意。他和凯瑟琳心照不宣，要在母亲身边小心行事。

凯瑟琳起身去房间的另外一头捡毛巾。她听从外婆的警告，一直保留着自己的处女身份。如今她也快嫁给小唐纳德，再也不用和谁挤在一个卧室里，或者和母亲凑合睡在霉块上，所以她也懒得计较。只要是想着迟早能离开，她便能老实待在家里。

凯瑟琳把头发包好，给利克竖了个中指，然后到厨房去看母亲。阿格尼丝像只无头苍蝇一样在厨房里到处乱转，时不时从水槽下的柜子里拿出一个塑料袋，把里面的瓶子拿出来，倒满一杯，再长饮一口。凯瑟琳用脚趾悄悄扒开柜子，看到母亲不是往嘴里倒漂白粉，心里顿时轻松许多。

闻到锅里已经结块的汤，凯瑟琳皱起了鼻子。“妈妈，要不我们叫个中餐外卖吧？”

“好啊好啊！”利克在隔壁喊道。

凯瑟琳只是说了“中餐”，但阿格尼丝听到的是“舒格”。最近她能把所有的事情都和他关联起来。她的眼神忽然有了焦点，“我可以打个电话给出租车行，问问他们舒格今晚来不来，”她轻快地说，“说不定能让他捎点中餐过来呢。”

凯瑟琳长叹一声。车行已经警告过阿格尼丝不许再给他们打电话，舒格列了一长串条件，如果她还想让他回家，就必须遵守，不给车行打电话就是其中一条。这是他的感情赎金。但是呢，如果他知道了孩子在挨饿的消息，想必能回来几个小时吧，这样她就能拥有几个小时的快乐。她要是打扮一番，也许舒格还能在沙发上和她待一整晚。她干了一大口酒，构思好了脚本：语气要正常，清醒，不要带有强烈的目的性；电话里的声音要轻松，带有微笑。之前这样尝试，没有一次成功，但不知为何，今天她极想再试一次。

阿格尼丝在人造皮革电话桌边坐下，点了一支烟，放松神经。拨号后，她把婚戒转到正面，仿佛要给电话那头的人展示。金色的戒指已经褪成了肮脏的黄色。

一个女人用尖厉的声音应答了，语气中带着不耐烦。“北部出租车！”琼妮·米克尔怀特答道。阿格尼丝与她只有一面之缘。

“喂，琼妮，是你吗？我是贝恩太太。”

“哦，你好，我能帮你什么吗？”琼妮波澜不惊地问道，像是转角遇到一个人，结果是你最不想见的那个。

“能不能麻烦你转告舒格，让他给家里打个电话。”阿格尼丝说。她在想，琼妮是不是知道他已经离开了自己。她想知道出租车行还有谁知道舒格不再和自己同床共枕。

“我问问。你等一下啊。”琼妮放下电话，到公共广播上做通告。电话那头暂无回音。良久，琼妮的声音再次打破寂静。“你还在吗？”

阿格尼丝此时正在吞云吐雾，她赶紧吐尽口中的烟。“在呢！接上他了吗？”

琼妮停顿了一秒，阿格尼丝身体僵硬起来，准备迎接拒绝。“接上了，他说一会儿就给你打电话。”

阿格尼丝顿时高兴起来，胸中充盈着希望，她渴望再次见到自己的丈夫。她想为他穿上那件酒红色天鹅绒连衣裙，她思索着还有没有时间除一除腿毛。

琼妮又说话了。“阿格尼丝，你听我说，他可能没有把全部情况都告诉你。”她开始结巴，“我……我想跟你说，如果你发现了的话……我不是有意要让事情走到这步田地。我自己有七个孩子。我真的，我……对不起。”

舒格到家时，最后一朵烟花已燃尽。孩子们闷闷不乐，已经饥肠辘辘地上床睡觉了。叫来的中餐外卖，阿格尼丝一点也没碰。她看着舒格狼吞虎咽，头发垂落在碗里，露出头顶的秃块。事情到了这般田地，他居然胃口不减，阿格尼丝心都碎了。她坐在一堆尚未拆封的行李中间，揉着太阳穴。红色皮箱仍旧不见踪影。“她持家有方吗？”

“也没有。”他头也不抬地说。

阿格尼丝给自己灌了一口长长的酒，直到自己需要呼吸才把杯子放下来。她喘过气来，问道：“那，她好看吗？”

“我跟你电话里头说过了，我不想聊她。”他撕开一片面包，“你让我先静静地吃会儿饭。我不是来这儿吵架的。”

阿格尼丝沉默良久，思索下一句话应该怎样开头。她左手握紧餐刀，挣扎于一刀捅死丈夫和求他多留一晚的选择之间。再次开口，她努力让自己的声音平缓而冷静。不去看他，能让这容易些。“所以我们的新生活不会开始了，是吗？”

舒格忽然不吃了，他耸耸肩，说道：“这就是我们的新生活了，阿格尼丝。我没法再生活下去了。”

她双手蒙住脸。手指上的指甲油仍然水亮，好像是刚涂的一样。“那你他妈为什么把我带到这儿来？”

舒格把餐盘推开，他的胡须沾满了辣椒酱。“我要试试看。”

“试试看什么？”她的声音因愤恨而沙哑，“我以为是你想搬出来的。”

“我要试试看你是不是真的会来。”

阿格尼丝一把抓住他的衣领。舒格捡起他的钱包，狠狠地吻了她，舌头用力撬开她的嘴唇。他一节一节移开她的手指骨，才得以挣脱。她深爱着他，现在，他必须彻底摧毁她，才能永远离开她。阿格尼丝·贝恩，一个稀世珍宝，他不容许别人去爱。他不容许她留有任何让别的男人修补和宠爱的余地。

9

阿格尼丝喝了整整三罐拉格啤酒才有力气走出门。一群女人站在篱笆外，双手像汽车保险杠一样抱在胸前，好像自她四个月前搬进来以后，她们一直在那儿等着。寒冷似乎也不能影响她们。她们脚下的水泥地上散落着烟头，篱笆柱上摆满了污渍斑斑的茶杯。阿格尼丝出现在门口时，聊天声戛然而止，她们齐刷刷的动作仿佛是一个模子复制出来的。她高昂着头，向对面穿丝袜和拖鞋的女人们投去一个傲慢的微笑，让黑色高跟鞋落在地上的声音清脆而响亮。她径直穿过人群，朝矿工俱乐部走去，走向遗忘。

女人们看着她走过，没有人说话。走至百米开外时，才有人喊道："我们还没翻脸呢吧！"是布赖迪。她蓬乱的头发依然没有梳理的痕迹，粗壮的大腿包裹在男士运动裤和家居服中。

阿格尼丝头也不回地答道："怎么那么想呢？"

"你都没请我们去你家聚餐。我们还是不是朋友了？"

"什么聚餐？"阿格尼丝转过一半脸。

“咳，不然你穿那么时髦干什么？”

“去矿工俱乐部。我想去看看你们平时都做什么消遣来着。”

女人们面面相觑。她们紧张地摩挲着自己的圣克里斯托弗[1]徽章。“别白折腾啦。”布赖迪说道，“那些男人不喜欢我们女人混进去。在我们这玩会儿，我们请你喝个欢迎酒。”布赖迪从篱笆栏杆后掏出一个大玻璃瓶。她倒掉自己杯里的液体，满上伏特加。“过来跟我们讲讲你的故事。”

阿格尼丝走近几步，看到杯中的苦涩液体吞噬着杯子边缘的茶渍。当纯伏特加慢慢升高至杯缘的时候，她微微抬手示意，并摆出一副一本正经的微笑。布赖迪斜视她一眼，将酒斟至满溢。“妈呀，我可不能让你小瞧了咱。”

阿格尼丝客气地谢过布赖迪，接过杯子。女人们上下打量这位新邻居：细带高跟鞋，高高梳起的黑发，华丽的貂皮大衣。阿格尼丝盯着冷清的大街，任她们肆意审视。夜幕又要降临，路灯点亮，一群野狗在臭水沟中寻觅食物。一条狗在某个地方撒尿，其他狗也尾随其后，在同一个地点撒尿标记。阿格尼丝面向这群女人，看着她们饥渴的笑容。“干杯吧。”她一一碰了碰她们的茶杯。

有人拿出一包烟草，自己拿了一份，然后传下去。金蒂舔舔卷烟纸，往里面放了一小撮金色烤烟。“别抽这个了！”阿格尼丝打断她，因为发现了一个回报伏特加款待的办法。她从貂皮大衣

---

1 圣克里斯托弗（Saint Christopher），同时受到天主教会及东正教会礼敬的圣人。

里拿出自己的肯西塔斯香烟。

布赖迪盯着这金光闪闪的包装，还有镀金的打火机。“老天啊，我们这儿搬来个英国女王。”

“不用从嘴里挑烟丝的话，那真是不一样的。”金蒂赞同道。

女人们每人抽出一支香烟，长长地吸一口，安静地回味这高级的香气。她们用大拇指和食指抓住香烟，像是捏着一支吹管玩具。她们仔细地观察阿格尼丝，只见她的红指甲在夜色里跳跃，像一群小瓢虫。她们吸烟吸得脸颊下陷，而她把烟夹在修长的指间浅吸，然后另一只手抬起茶杯，贪婪地灌下一口酒。

“你哪儿来的呢？”金蒂问道，一边伸手去摸阿格尼丝的绿宝石耳坠。

“老家吗？在杰米斯顿。但我在东区各个地方都待过，经常搬家。”

“整个东区呢！”布赖迪复述道，一副洞悉一切的样子点了点头。“看来还是个地道的天主教女人。是什么风把你刮到我们这旮旯来啦？”

阿格尼丝一时语塞。“我，我男人说这地儿挺好的，生活方便，孩子安全，”她略微停顿，“邻里也友善。”

“那是，”布赖迪笑着说，“这儿不是什么度假胜地，但老早之前确实像你说的那样。矿几年前就倒了，这年头谁也捞不着活儿干。男人一茬一茬地下岗，大白天只能蹲家里。”

“但也有人干活儿。主要是填坑，把以前的矿坑填起来，不能再叫小孩掉进去了。”诺琳补充道，“不能再出事儿啦。”

"出事儿？"

"是啊，因为一直有些瓦斯缝儿。他们要先把甲烷抽出来才能干活。注意哟，干活的男人是知道这个风险的，他们可是走一步，看一步。但天有不测风云啊，有这么一天，这矿忽然就塌了，那爆炸大得把地下的男人全烧没了。留下好些没了爸的孩子。"金蒂一边说，眼睛一直盯着阿格尼丝的耳坠，"留下好些没着没落的女人。"

她们都把眼光转向那个皮包骨女人的房子。布赖迪叹了口气。"科琳·麦卡文尼，你别怵她，她刀子嘴，豆腐心。"

"她也是你表妹吗？"

"哦，是啊，但是没有血缘关系，你知道吧。她只是把她家詹姆士看得很紧。那位之前可是个美男子，长得那叫一个结实，在矿口监工的，还把她接到高楼里坐电梯呢。结果呢，也被那矿给烧了。肩膀跟脖颈上的皮全都剥下来，现在还红得跟猴儿屁股似的。"女人们都低下头，好像在行礼。"但脸上还是个美男子。"

"话说，你男人之前提着那些个讲究箱子是上哪儿去啊？"金蒂忽然问道。

"他是个开出租车的，有时候就得带着行李去值班，"她扯了个并不牢靠的谎，"他经常值夜班。"

金蒂咂了咂嘴。她伸出一只手搭在阿格尼丝的手上表示同情。"姐们儿，我们也不是三岁小孩儿了，他看着可不是只去上个夜班啊。"

布赖迪的烟头在金蒂面前晃了晃。"哎哎，你别管她，没那么严重，啊，我们的意思就是呢，咱都是有男人的女人，也都知道男人那点事儿。”

女人们都吸了一口烟，沉默着表示同情。诺琳却提出了担忧。“他不着家的话，你怎么养活孩子啊？”

钱确实是个问题，她心如刀绞。“我也不知道。”

女人们无奈地你看看我，我看看你。布赖迪先说：“要帮你领上低保。你下周一早上去社保办公室，告诉他们你要申请残疾人保障金，不然他们每周四就要给你发失业救济金。”

“他们会给我上残疾人保障金吗？”

“换我可不担心这个，他们只要看一眼你那地址，保准就批了。你看看你住的这地儿。”布赖迪朝着空荡荡的街上挥挥手。“又不是明天天上就能掉下来活儿。残疾人保障金是我们唯一的指望了，每个周一，就是我们指望得上的日子。”

阿格尼丝举起伏特加茶杯，望向杯底的沉淀。之前泡的茶一定加了很多牛奶。

布赖迪面带微笑，帮她斟满。“哎，我就知道你好酒量。”说完吸一口烟，“我第一眼看见你就知道了。人家都当你是什么了不起的大人物，浑身珠光宝气的，城里来的洋娃娃。但是你身上透着一种悲伤，我能看出来，所以我知道你肯定喝得不少。”

其他人都点点头，哎哎称是，像一群乌鸦。伏特加茶杯停在了阿格尼丝嘴边。

“你只要是酒就喝吧？”布赖迪问。

“对不起，什么？”阿格尼丝放下了茶杯。

“你酗酒吗？”布赖迪解释道。

“我没酗酒啊。”

“你看啊，姐妹，你抬着一杯伏特加，站在大街上就灌下去了，你这个样子，不签残疾人保障金都说不过去。”

“你们不也抬着伏特加吗？”阿格尼丝被冒犯了。

女人们露出讥讽的微笑，她们把茶杯微微前倾，好让她在橘黄的路灯下看清楚。每一个杯子里都是泛白的茶水。“不是啊姐妹，我们喝的都是馊茶，”布赖迪假装责备，“只有你是咣咣咣喝酒，跟喝白开水似的。”

阿格尼丝脸唰地一下红了。女人们抿着嘴，露出怜悯的微笑。她们的眼皮耷拉着，瞳仁在昏黄的路灯下漆黑一块。阿格尼丝又看看自己的茶杯，一口气把余下的伏特加灌入嗓子里。

布赖迪抬起手。“你听着，一次戒一天之类的屁话，我也听过，我自己也经历过。六个小孩，连带个吃白饭的老公，你说我不酗酒我都不信。”她踩着拖鞋踱灭了最后一点烟头，“最后我是被断片儿给整怕了。每天至少有五分钟，我一觉醒来，根本不知道自己在哪，谁说了些啥，谁跟谁打起来了。进厨房泡杯茶，每个人都斜眼儿看你，你再看看他们，有一个小孩眼圈儿都打青了。然后你去照照镜子，发现自己的眼睛也是青的。”大家都同情地点点头，没有一个人笑。

金蒂补充道：“有一次我在多兰的商店里和人聊电视剧，那人头一晚上还被我揪着头发在街上拖着走。”她紧握双拳，浑身颤抖，接着又指了指皮包骨的房子。“你们还记得上次科琳以为艾莎在对大詹姆士抛媚眼吗？”

布赖迪咂嘴道：“瞎说，他们是亲戚，但好多人不记得。”

“哟，那你告诉科琳他们是亲戚啊。”金蒂转向阿格尼丝，“我们科琳现在不喝了。她现在心归耶稣了，到哪儿都记着。但是这个星期一，她又没忍住，扎扎实实喝了口。她先是去邮局把保障金领了，然后全部换成酒灌下去。她的小孩在家里饿得嗷嗷的，她却在外边喝得一分钱都不剩。喝完了，拎着个塑料袋上路边捡了好些狗屎。白的，黑的，坨的，稀的，袋子填得满满当当。完了上那条路去。”金蒂手指远处的煤山。“她橡皮手套一戴，就开始砸狗屎。呵，艾莎那家门口儿，被狗屎盖得缝儿都不透！她一边砸，一边撕心裂肺地喊，大詹姆士，你还是个男人就出来见我。”

“为什么啊？”阿格尼丝问。

“哎，我正要说呢。”金蒂朝科琳的家门口瞥了一眼，“整个地方都是她砸的狗屎，隔着几里地都能闻到。窗户上啊门口小路上啊到处都是。虽然说我对艾莎也没什么好感——她男人被矿上辞退了，拿了一小笔补偿，被她全部拿去玩宾果，还赢了一点儿钱。但是啊，我绝对不赞成像个野人一样往人家家门口砸狗屎。”

布赖迪接了下文。“结果呢，大詹姆士不是在跟艾莎搞。他是在上班！你能想得到吗，上班！他找了个运垃圾的兼职，但是没法告诉别人，生怕人家去残疾人保障处那儿告发他。”

金蒂亲吻了她的圣克里斯托弗。“科琳在这儿怀疑他搞女人，其实人家只是在外面想多赚点儿钱。”

“感谢上帝，让我尝过断片的滋味。”布赖迪庄严地在胸前画着十字，“姐妹，你看，我知道你为啥要喝酒，啊，日子有时候确实不好过。我现在不沾酒了，但时不时地还需要这个宝贝。”她掏出一个儿童阿司匹林瓶子。“布赖迪的小伴。”

“阿司匹林吗？”阿格尼丝问。

“等会儿！”布赖迪舔舔上嘴唇，凑近阿格尼丝，“这是安定。如果你想尝尝，只尝一点没事儿。如果你尝了还想要，我来供你，给你特价。”布赖迪按下瓶盖，再一拧，塑料瓶打开了，她微笑着倒了两粒在阿格尼丝掌心。“来，尝尝，欢迎来到矿口区。”

10

母亲不见踪影。他把一颗洁白的乳牙捧在手心，小小的门牙，泡在血和唾沫之中，他觉得自己可能要死了。这是七岁小孩都会经历的事情吗？他害怕如果舌头不小心碰到牙齿，所有牙齿都会掉下来。他需要找母亲问清楚，但哪里都找不到她。

舒吉倚在铁门上，脸贴着生锈的门框，观望一群野狗在街上游荡。五条公狗反复骚扰一条弱小的黑色母狗。它们游走而过，发出亢奋的吠声，舒吉也把嘴唇挤在栅栏板条之间，跟着狗唱起来，“吁，吁，吁”。狗的吠叫，仿佛是对他的呼唤。平时，母亲是不许他擅自在大门口逗留的，但今天母亲不在。

他穿着板鞋的脚牢牢定在地面，头伸出门外，左看看，右看看。他屏住呼吸，跳出门又跳进门，这是他常玩的游戏，与此同时，他的目光一直留在小路上，想要看到她。

她不在。

舒吉被路上那群野狗的吠声吸引到门外。他捡起自己脏了的金发娃娃，扔到小路上。达夫妮砸落在地，发出粗糙的尖叫，溅起雪花般的灰尘。他一脚跃出门外，像一条小鱼似的，拎起她就往屋里走，在身后重重关上房门。他转身看看对街，没人到窗前观看，也没有人到布赖迪的窗前观看。没有任何人围观。她还是不在。

舒吉又把门打开，跟着野狗上了街。几个穿男士拖鞋的女人站在街角，激动地聊着什么。他走近时，她们都明显降低了音量，其中一位转身，向他行了个礼。舒吉假装若无其事地蹦跳着过去了，一直路过山上的小教堂，朝远处走去，一路上踢起羽毛般的灰尘，逐渐玩得忘记了回家，越走越远。他路过天主教学校，里面的学生晨休时在操场上玩耍，于是躲到一棵七叶树下偷看，心想自己为什么没有在上学。那天早晨，电视里没有放卡通片，所以他知道不是周六。母亲有时会把他的衣服晒在外面，但那天她既没晒衣服，也没说话。

操场上的男孩们把一个水袋踢来踢去，他们在舒吉反应过来之前就发现了他。“你看什么？”一个棕色皮肤的小男孩说道，他身旁还有个哥哥，他们是皮包骨科琳·麦卡文尼的儿子。舒吉本能地将达夫妮藏到身后。

“你好。”舒吉礼貌地挥挥手。他模仿着那些矿工老婆的样子，后脚点地，行了个屈膝礼。

男孩们都张大嘴，拥到锈迹斑斑的栏杆前，上下打量这位门外的小男孩。科琳的小儿子泽比尔用手抠着栏杆上的绿漆，问道：“你为什么没上学？”

“我也不知道。”舒吉耸耸肩。操场上的男孩只比他年长几岁，但因常年在户外，皮肤黝黑，体格结实，他们会去沼泽地探险，玩恶作剧把猫扔到采石场里。舒吉还见过这些男孩帮他们的父亲搬卡车上的货。

弗朗西斯·麦卡文尼眯起眼，说：“因为你妈是酒鬼。”他盯着舒吉，等待自己的嘲讽在他脸上产生作用。

泽比尔·麦卡文尼往嘴里放了一片绿漆。“你咋连个爹都没有？”他的声音已经有了男人的低沉。

“我，我有。”舒吉结巴道。

泽比尔笑了。“在哪儿呢？”

舒吉确实不知道。他曾听说自己的父亲是个大流氓，一边养着别的女人的孩子，一边把他车后座上的三教九流全部睡了个遍。但他不好承认，只得说：“他在值夜班，给我们赚钱去度假。”

上课铃响了，巴里神父走到操场召集学生。泽比尔一只手伸出栅栏，长手指一把抓住舒吉的娃娃。弗朗西斯笑得像个三岁小孩，他也加入了疯狂抢娃娃的行列。舒吉不得不躲到七叶树后面。“我要去跟巴里神父告状，把你抓来上学！”男孩们叫道。

舒吉把达夫妮紧紧抱在胸前，脚后跟一转，拼命往回跑。路过矿工俱乐部时，还能听到麦卡文尼兄弟喊巴里神父的声音。

矿工俱乐部看起来年久失修，空空荡荡。舒吉跳起来抓住窗户上的栏杆往里东瞄西看，然后又在院子里逛了一圈。地上东倒西歪躺着几个啤酒桶，麦芽酒流到地上，和一摊汽油混在一起，发出一圈圈彩虹般的光。舒吉跪在地上，将达夫妮的头发浸在这七彩的小酒泊里。拿起时，达夫妮的金发却染成了乌黑的颜色。为什么没有染上美丽的彩虹色呢？他又把她放下，这次等了很久，娃娃的眼睛自动闭上，好像睡着了，但她脸上仍在微笑，舒吉便知道她是开心的。再次拾起时，黑色的液体流下她的脸颊，滴在白色的针织裙上。她一头廉价的金色假发变成了毫无光泽的黑色。他呆看着达夫妮，一时间忘记了母亲。达夫妮散发出奇怪的气味。

他在酒泊里逗留了一会儿，时不时往路上瞥两眼，确定神父肯定不会来找他后，才飞奔过马路，跑到一个从未见过的林荫小道里。树丛背后是一排矿工的公共花园，花园旁是一个大砖棚，平而方，没有窗户，入口昏暗，一扇残破的绿漆大门洞开着。砖棚旁边扔了一个大如衣柜的洗衣机，通常是医院或者政府大楼里用的。它太大了，垃圾工人也搬不走，所以只能丢弃在砖棚旁边生锈，肥大的苍蝇在周围飞来飞去。

洗衣机里脚朝天躺了一个男孩，身子像只断了骨头的猫一样蜷起。“想不想来跟我坐个过山车？”

舒吉看到这景象，惊得说不出话来。

男孩在滚筒里翻腾着，一会儿脚在上，头在下，一会儿头在上，脚在下。“你看看多好玩啊！”他诱惑道。

舒吉交出达夫妮，让她先试玩。男孩抬起头，黝黑的长腿蹬得直直的，像一只钥匙孔里的蜘蛛。接着挺起了背，站在滚筒里。他几乎和洗衣机一样高了，起码有八九岁的样子，已经开始抽条。

“你好呀，我叫约翰尼，我妈妈叫我帅尼尼。”他紧张地微笑着，“她说本来这应该是个摔跤手的名字，但我觉得就是瞎扯。”

他一巴掌甩在自己胳膊上，是个摔跤手赛前的热身动作，拳头在空中比画着。“你叫什么名字，小家伙？”

“休·贝恩，”舒吉的声音里透着羞涩，“舒吉。”

男孩眯起眼睛审视他。眼皮耷拉下来的样子，一半是怀疑，一半是鄙夷，舒吉记得这是他在课上举手时矿工们的孩子看他的眼神。他也记得外婆经常用这样的眼神看父亲。他的脚不自觉地屈成了内八字。

男孩忽然又笑了，这瞬息变化的脸色把舒吉吓了一跳，像是打开了一个灯泡的开关，空房间被男孩的笑容点亮。

“你是拿着一个洋娃娃吗，舒吉？”男孩叫他名字的语气，好像一个老朋友。还未等舒吉回答，他又接着说：“你是个小姑娘吗？”他走到草坪上。

舒吉又摇摇头。

“如果你不是小姑娘，那你肯定是个小基佬。”约翰尼收起了笑容。他的声音低沉而亲切，像是在和一条小狗说话。“你不是个小基佬吧？”

舒吉不知道基佬是什么意思，但他知道肯定不是什么好词。凯瑟琳想打击利克的时候就这么叫他。

“你不知道搞基是什么吗？搞基就是和其他男孩搞见不得人的事儿。”约翰尼此时和舒吉站得很近，几乎是他的两倍高。“基佬就是想当小娘儿们的男人。”

帅尼尼的肤色白中带黄，好像在茶水里浸过。他长着泛黄的皮肤，蜜色的头发和眼睛，好像琥珀色的拉格啤酒。他笑的时候露出的都是恒牙。舒吉用舌头舔舔他门牙处那个大缝。约翰尼忽然抢过舒吉手中的娃娃，一把扔进滚筒里。“看，她想坐过山车！”

接着他贴到舒吉背上，双手掐住舒吉的腰，一把把他抬进了洗衣机。在舒吉爬进滚筒时，他还在背后助推了一把。舒吉抱紧达夫妮，望着筒外的天，半截腿贴着金属面，瑟瑟发抖。

约翰尼抓住外面的把手，左右轻轻转动，像是在晃一个摇篮，舒吉被晃得翻了个跟头，狠狠摔在滚筒上，被吓得龇牙咧嘴，浑身锁紧，像一只受惊的猫。达夫妮从手中滑脱，在滚筒里四处磕碰。

约翰尼继续轻柔地摇晃。“怎么样，不错吧！”

这摇晃让舒吉想起那个海盗船玩具，就在外公最喜欢的那个面包店门口。他不由自主地笑出声来。

“等等。”约翰尼说。他握紧了把手，身体贴到机器上借力，更剧烈地摇晃起来。舒吉的腿脚直接画了个半圆，达夫妮撞到了筒顶。约翰尼使出了吃奶的力气转动把手，脖颈的肌肉都突起来。舒吉开始在滚筒里转圈，一圈又一圈，他的头撞到了金属片上，脚从身后踢到自己的头。

忽然，旋转慢下来，舒吉撞上一个铁堆。一只大手抓住了其中一个把手，暂停了这场离心运动。疼痛穿过舒吉划破的膝盖、瘀青的小腿，一直从脊椎冲向脑袋，耳朵里传来一阵尖锐的轰鸣。泪眼模糊中，他看到那双大手不停地捶在约翰尼脑袋上，约翰尼只能护头躲闪。这双大手的主人太高，舒吉看不到他的脸，只看到布满文身的粗壮臂膀，击打着约翰尼裸露的脖子和肩膀。

“我什么时候告诉你能玩洗衣机？”那具无头身子训斥道。滚筒里伸进一个肥大的手指。“把那个给我弄出来，不然我给你点颜色看看。”

那具身影又迅速消失了。约翰尼站在滚筒旁边，像一条落水狗。他的笑容消失了，耳朵耷拉下来。他钻进滚筒拉出了舒吉。“你听好，给我出来，不然我给你点颜色看看。”

滚筒外的白日光线刺眼，舒吉脑袋里的疼痛夺走了这个世界的颜色。

约翰尼打量了舒吉一番，只见小男孩大腿处有一道金属划痕，血从腿根流到脚下，胳膊和腿上都出现了明显的瘀青。他推着舒吉，穿过苍蝇群，顺着一股馊酸奶的气味，来到阴冷的垃圾堆旁。

黑暗中，约翰尼用自己的口水沾湿手掌，抹在小男孩的脸上和腿上，结果越抹越脏。血没有被唾沫抹掉，反而混在一起，形成黏糊糊的一团。舒吉吓坏了，眼睛瞪得滚圆。约翰尼扯下旁边的大羊蹄叶子，在舒吉的伤口上摩擦。直到血红的伤口被一层绿色的黏膜覆盖。叶绿素的刺激产生剧痛，小男孩的脸都扭曲起来。

“不要乱动，死小基佬。”约翰尼之前的友好语调一去不复返。舒吉看到约翰尼父亲在他发黄的脸上留下的巴掌印。

垃圾棚里很静，只有苍蝇的嗡嗡声。约翰尼不停地揉搓，直到小男孩的呼吸平静下来。舒吉的腿从白色变成红色，再变成深绿色。慢慢地，惊恐从约翰尼脸上褪去，他又假笑起来，面色在垃圾棚的阴影中显得异常黑暗。

帅尼尼站起来，逆着日光显出一道瘦长的身影。他把糊状的叶片递给舒吉，然后脱下了运动裤。“别嗷嗷了，”他咬牙切齿地说，“现在你来给我揉。”

舒吉回到矿工俱乐部时，太阳已经晒干了彩虹色的酒泊。达夫妮被他留在了洗衣机滚筒里，他再也不想回头。

上楼梯时，走廊里传来母亲打电话的声音。“米克尔怀特，操你妈的，你告诉那个嫖娼的新教杂种，有本事不要吃着碗里的看着锅里的！”每个脏字，都用标准女王口音发出来。“贱人，小婊子，不知好歹，比个面包还不如。”听筒重重砸在电话上，旁边的铃被震出回音。

舒吉在走廊尽头转个弯，看到母亲跷着二郎腿坐在电话桌旁边，膝上放着一杯“茶”。她看到舒吉，惊讶得好像他是从地毯上长出来的。她既没有注意到他缺失的门牙，也没有注意到他红一块绿一块的腿。

阿格尼丝脸上带着她开厨房柜时一样的迷糊表情。她摘下耳环，甩到墙上，才再次拿起电话。“我现在有心情告诉你外婆她该去哪儿了。”

家距离公交车站只有扔颗石子的距离，但利克走得十分缓慢。白天青年培训计划的劳动使他双腿发沉，家里的糟心事又使他心里发沉。他只想为画画留出平静的一小时，但自一年前搬到矿口区之后，就再也无片刻平静。

他知道凯瑟琳今晚不会回家了，她现在已经能熟练地在日渐崩溃的母亲鼻子底下“作案”，完全隐藏她和小唐纳德的秘密生活。她告诉母亲的是公司如何剥削劳动力，不得不加班到很晚，需要在外婆家留宿。利克目睹了母亲对生活费的焦虑，凯瑟琳每周给家里的补贴是她莫大的安慰，因此她也就不敢多说一句。利克知道凯瑟琳其实正躺在小唐纳德母亲家的充气床垫上，但不肯献出自己的贞洁，非要等他娶了自己。利克很生气，自己在外练习很多年，最后第一个离家的竟是凯瑟琳。

现在还是白天，房间里却亮着刺目的灯光，所有的窗帘都赤裸裸地拉开着。事情不妙。客厅里，舒吉在纱窗帘和窗户之间来回游荡，鼻子和手掌都贴着玻璃，他的头悠悠地前后晃动，但没有人去阻止他。看到自己的哥哥在往家走，他的嘴动道：利克。玻璃上出现一个小油印。

纱窗帘舞动起来，窗户上出现一道影子。阿格尼丝来到小儿子身后。利克一只手举在半空，另一只手放在大门上，示意自己要回家。阿格尼丝看着他笑了，母亲灿烂的笑容传递着千万条信息，呆滞的眼神仿佛在告诉利克：母亲的魂魄已经飘远了。

她又消失了，消失在电话桌上，消失在酒瓶里。

利克拾起他的美工包，转身向门口走去。客厅传来断断续续敲玻璃的声音。舒吉的嘴唇夸张地开合。“你，要，去，哪，里？”

利克无声地唇语道：“去外婆家。”

舒吉努力地咬字。“我，跟你，去，行吗？”

“不行，太远了，我背不动你。”

他没有告诉舒吉的是，他曾找到过自己的亲生父亲：布伦丹·麦高恩。他的地址就在阿格尼丝的电话簿里，被许多不同颜色和质地的笔勾画出来。好像这些年来，阿格尼丝一次又一次回去找过他。冬天的时候，利克曾照着地址找到一排维多利亚式廉租公寓，在街对面坐了下来。他看到一个下班回家的男人，样貌已经十分陌生，但一样疲惫地弓着背，眼睛是一样的浅灰色。男人在路边停下车，从利克身边路过，礼貌地点点头，再无其他。

进门时，屋里出现三个小脸，争相迎接。利克看着那热闹的一家人坐在窗前吃饭，有说有笑，孩子们站在椅子上相互争辩，男人看着他们，不由自主地大笑起来。利克坐在路边看了很久，然后把地址揉成一团，扔进了排水沟里。

利克背起美工包，走出了家门。他没有回头，生怕看到窗前舒吉祈求的表情。快要下雨了，到观景山还有很长的路要走。他感到疲惫，他已疲惫了很久。他只想好好休息一晚。

11

苍白的日光透过纱帘，刺痛了她的脸。一个喷嚏把她摇醒。阿格尼丝睁开眼，眼前是石笋质地的奶油色天花板。呕吐物涌上来，嘴唇也无法闭上。右手触到光滑的锦缎扶手椅，手指随即寻到熟悉的烟洞。她勉强直坐着，手捧一个响着忙音的听筒。

她就那样坐着，头歪向一边，像个打开的脚踏垃圾桶。又闭上眼，倾听脑中的轰鸣像潮水一般来来去去，撞击着头骨。轰鸣声退去时，她能听出家里没有人，天还早，但舒吉已经自己去上学了。他已经缺课许多天，许多天里，他都站在她面前，等着母亲做点什么。学校对此十分不满，巴里神父说，如果舒吉再不正常出勤，就要通知社会工作办公室[1]。

有时她早晨睁眼便看到小儿子站在面前，凝视着自己。他已

1 英国法律规定，适龄儿童必须上学，并保持一定的出勤率。如果社会工作办公室（Social Work）和教育部门（Education Authority）被告知儿童未按规定出勤，且不能提供正当理由，其父母有可能面临高达一千英镑的罚款。

经穿戴整齐，肩膀被书包带压着，显得矮了一截。他自己洗过脸，湿漉漉的头发梳成两边，但只梳了额头，没有梳后面。她躺在椅子上，还穿着昨天的衣服。她抿抿干巴巴的嘴唇。“早上好。”舒吉说，然后就转身去上学了。他不会不告而别，让母亲不清楚自己很快就会回来。他曾勾住她的小拇指这么承诺过。

房子里静悄悄的。她把头埋到手掌心，让血液回流到眼球。舒吉没有像平时那样站在面前，桌上是一杯冷茶，表面已结成一层膜。一片白色吐司上插了一把刀，上面沾的黄油太厚，涂不开。她一只手拦在眼睛前面，透过指缝寻觅咖啡桌上能镇静自己的东西。她一一倾斜桌上的杯子，看里面有没有啤酒，但杯子都是空的。于是拿出一包烟，抽出里面最后一支，急忙递到嘴边，颤颤巍巍点燃，深吸了一口。

吸烟没有奏效，她又把沙发里里外外翻了个遍，找在犄角旮旯里喝剩下的啤酒罐子。接着在房子的各个角落徘徊，希望能摸到一瓶被遗忘的啤酒，连洗衣篮和伪装成百科全书的录像带盒子背后也没有放过。她在厨房水槽边跪下，翻出一个又一个空购物袋，直到自己的半身都淹没在蓝色和白色的塑料袋里。

一阵恐慌袭来。她从一个房间踉跄到另一个房间，不满地咂嘴，时不时需要停下来往茶杯里吐痰。她终于找到那个黑色皮包，从里面摸出钱包，按开了金属扣。一枚硬币在硬质的绒毛底部孤独地滚动。那天是周四，所有周一和周二的补助费早已被掏空了。

星期一晚上，阿格尼丝曾一夜未眠，躺在床上等待时钟转向八点。时间一到，她画好不对称的眼影，脚踩高跟鞋，来到矿口街，去领矿工老婆们所谓的“周一残疾补助金”。她站在领补助金的队伍尾端，挺胸抬头，双手在衣兜里偷偷发颤。她努力不去看那些衣着单薄、化纤夹克摩擦得窸窣作响的女人，遗世独立般地站着，任她们一边卷烟，一边咳痰。

一周三十八镑的补助金，要喂饱一家人。领补助金的母亲们望着商店里的桶装牛奶，好像在看奢侈品。

阿格尼丝用女王一般的姿态领来补助金。她跳过牛奶柜，直接走到商店前端，一口气买了十二罐嘉士伯特酿啤酒。她愉快地和印度收银员聊天气，他只是沉默。收银员身后挂着一尊蓝色大象装饰，她怎么也看不顺眼，但她仍优雅地关上钱包，等他把冰凉的啤酒罐一个个装到塑料袋里。身后的女人们拿着钱数出了声，嘴唇跟着嚅动，先是面包的钱，然后是速冻薯条的钱，然后是香烟的钱，停顿几秒后，沮丧地把面包悄悄放回了货架。阿格尼丝溜到街上，在小店后门的一堆碎玻璃前蹲下，打开了一罐冰冷的啤酒。

星期二早晨，她喝了一罐酒，就又来到小店里。她走在公路上，双膝优雅地一起一伏。她以儿童抚养费的名义申请了周二补助，八镑五十便士。趁着酒劲，她告诉印度店员，他身后的蓝色大象让自己“眼花缭乱”。

现在已经是星期四了。她看着空空如也的钱包，夹杂着悲伤和自私的眼泪盈出眼眶。她一只手划过污秽的烟灰缸，心里盘算着下一步。

酒精在身体里渐渐分解，她难以集中精力看电视，于是去洗了个热水澡。热水能暖身子，缓解皮肤里的疼痛。她冲掉头发上的汗水和发胶，然后用法兰绒毛巾抹掉牙齿上残留的酒味。她仰起头，让自己充分浸在瀑布一般的热水中，思索着怎样才能拿到一点钱。她柔软的腰部横贯着一条深红的沟痕。被划伤时，她曾晕过去，黑色丝袜粘在了肉上。她把手指戳到这条沟里，像火车一样缓缓顺着轨道滑动，她想起了格拉斯哥的火车，还有火车轨道桥下的帕迪市场，市场里就有一家当铺。

想到这里，她来不及擦干身上的水，便套上睡袍，开始在家里搜刮可以当钱的物件。日光下，屋里每样东西都显得一文不值。她翻转着手中一个个意大利瓷器玩偶，甚至试着把黑白电视抬走，但也不可能徒手抬着电视走到城里去。于是走到卧室里，考虑是否要当掉珠宝。所有零碎金银都放在一个老旧零钱包里：母亲送的克拉达戒指[1]，外婆送的珠宝盒，凯瑟琳的洗礼手镯。她犹豫许久，才极不情愿地关上了抽屉。

之后她故作轻松地路过利克的工具盒，脚指头轻轻推了推盖子。里面是空的。利克把所有的行头，用得上的和用不上的，都带到青年培训中心了，因为他从阿格尼丝上次去当铺的经历中吸取了教训。她挠了挠手心，一脚踢翻工具盒，开始检查凯瑟琳的衣橱。出乎她意料的是，女儿的衣橱里竟也没有几件衣服，好像这里住着一个根本不打算在这里住下去的租客。地上有一双高跟麂皮靴，她拿在手中端详，可惜靴子早已被雨水和泥泞毁了容。

1 克拉达戒指（Claddagh Ring）是爱尔兰的传统婚戒，是爱尔兰的文化遗产，象征着爱情、友谊和忠诚。其整体式样是两只手捧着一颗心，心上戴着王冠。

无望中，她打开了装着高级毛巾的亚麻橱柜，在一个垃圾袋里，装着那件她用布伦丹·麦高恩的钱买的复古貂皮大衣。她扔掉垃圾袋，将双手埋在顺滑的毛皮里。那是一种纯粹的金钱的触感。

她在一小时内打理好了头发，披上大衣，走上了去往帕迪市场的公路。迎着车潮，昂着头，脸上带着自知的微笑。矿口路上的砂石漏进高跟鞋，像是海滩上的沙粒。飞驰而过的汽车吹乱她的头发，她挺起脊梁，假装享受。砂石在她趾间挫磨，她仍步伐稳健。往来的司机都放慢了车速，欣赏这不寻常的一景。她的脸被烈日和羞耻灼烧，但她甩甩头发，继续向前，心里却不住地觉得自己像个疯子。

每次路过公交车站，她都徘徊许久，假装在等车，扬起手腕，浮夸地看向一块并不存在的手表。待车流稀疏，她便向下一站走去，脑中仍在轰鸣，心如火烧。在距离当铺还有四英里的时候，一辆公交车在她身旁停下，车里的矿工媳妇们盯着她，但她左顾右盼，貂皮大衣里伸出一只手，示意其离开，好像公交车配不上她的高贵。

走到市郊时，空中飘起了小雨。细碎的雨滴落在大衣上，像发胶一样闪着晶莹的光。阿格尼丝穿着高跟鞋的双脚已十分疲惫，但路过与第一任前夫生活的街道时，因为害怕碰上熟人，她加快了脚步。不一会儿，大雨倾泻下来，被淋透的大衣拍打着她的光腿，像打湿的狗尾巴。她找了一栋出租屋的门廊躲雨，看着路上的公交车溅起浪花般的脏水。在那一瞬间，她有些想念那个天主教老好人。

黑色睫毛膏顺着她的脸颊淌下来。她掏出兜里一坨皱巴巴的卫生纸，折起包着痰的那一面，用另外一面擦掉了眼睑下的黑线。貂皮大衣有的地方已经被雨水浸透，形成一个个小水泊。她从两个衣兜里各拿出一座瓷器，在大衣上摩擦，直到把芭蕾舞女郎的脸擦得白白净净。

街对面是一栋长长的灰色大楼，楼左边是出租车车库，成堆的黑色出租车、面包车零件像恐龙骨似的架起来，车库背后传来广播的声音。再往后是一间小办公室，透过肮脏的窗户，阿格尼丝看到墙壁上挂了一排新的风扇皮带和轮毂盖，一罐油和几瓶机油。这是一个为职业司机服务的车库，不适合临时驾车者。没有包装好的三明治，也没有地图可看。

阿格尼丝推开门，铃铛声响起。她站着的地方很快形成了一块水泊，一个穿工装的男人应声而来。

男人有一头红发，矮胖结实，头直接与肩膀相连，好像脖子是一种并不必需的奢侈品。他揩揩手，看着眼前这位美人，惊讶得说不出话。

“真是抱歉，打扰您了。”阿格尼丝操着最标准的米尔盖口音说道，“我刚才淋了些雨，能否借您洗手间一用？就是，收拾收拾。”她指着自己的貂皮大衣。

“嗯……”他摸了摸小胡子，“我的洗手间不向顾客开放。”

阿格尼丝拉扯着大衣，水滴像雨一样落下。“哦，那好吧。”她说，目光移到污浊的地板上。

他上上下下打量了她很久，然后挠了挠粗壮的胳膊，宣布道："哎，你看着也不像个顾客啊，那用吧，没事。"

他领着她走过车库。报废的出租车往地上漏了许多机油，使高跟鞋行走十分困难。大衣上的雨水滴到油腻的水泥地上，便像泪水一样滚走了。

"嗯，你等一下。"男人说着，打开一道红色薄门，紧张地一步钻了进去。屋里传来空气清新剂的"呜呜"声，不一会儿，他抱着一摞杂志和报纸出来了。"设施有点简陋，但你需要的都有了。"他把着门的时候，一个大胸金发女人的图片从他手臂底下钻出来，颇有挑逗意味地向她眨眨眼。

阿格尼丝走进那个肮脏的洗手间，牢牢锁紧了门。她站在镜子前，久久地端详镜中那个落汤鸡。洗手间里没有吹风机，于是她抓了一大把手纸，按压在大衣上，用打扫地毯的方法清理着大衣，结果越是按、拧，滴下来的水就越多。

她忙活了很久才觉得有底气重新回到车库里。一开门，男人就站在面前，冻得瑟瑟发抖，手拿两个不成对的杯子。"你看起来需要喝杯热茶。"

"我看着有那么糟糕吗？"

"哎呀，不是。"

她接过杯子，发现有一点点油腻。"我看着是不是像个落汤鸡。"她嘴上这么说，心里希望男人能否认一番。

"应该是个落汤貂。"

趁着男人在找干净座位，阿格尼丝细细观察了他。她去洗手间期间，他已经洗了脸，但脖子和鬓角没有照顾到，留下一圈油渍，粉色的额头上还沾着一束湿发。他是个挺俊的男人，她想着，是那种结实可靠、矮种马风格的俊。他揪出一个吧台凳，阿格尼丝注意到他的左手只剩下大拇指和另外两个手指。其余两个手指像是他紧张时候自己嚼了吞了。

他看到她的目光，便把手缩了回去。“这个说来话长。”

被逮到赤裸裸地凝视，阿格尼丝也很尴尬，连忙说：“谁没几个呢？”

“缺了的手指头吗？”

“不是，”她笑了，“说来话长的事情。”

“比如你要当那件大衣，也是说来话长？”

她又笑了，但这笑声异常刺耳，她马上制止了自己。他这次也没有和她一起笑了。于是她再次端出米尔盖口音，好像在暗示自己嫁的是有钱男人，住的是豪宅。“我没有要当掉这件大衣，你说什么呢？”

男人不假思索便继续道：“我还知道，你要么是从巴利斯顿，要么是从路斯格兰[1]走过来当这件大衣的。”他看向一边。“哎，不对！拉瑟格伦有当铺啊。”他又思忖许久。“你应该是从……”他健全的那只手打了个响指，“矿口区过来的！”

阿格尼丝的脸唰一下白了。

“我说得对吧！”

---

1 巴利斯顿（Ballieston）和路斯格兰（Rutherglen）皆为格拉斯哥周边小镇。

“不对。”

他顿了顿，端起自己残缺的茶杯，从杯口望向阿格尼丝。“哎呀，你看看我，太失礼了，小姐，对不住啊，我还以为你要把大衣当了买酒喝之类的。”

阿格尼丝嘴唇都凉了，她放下茶杯，直视他的双眼。“不是这么回事。”

“哎，真的吗？”

“是。”

“那就最好了。”

“怎么讲？”她问道，尽管不太情愿。

“因为警卫们那旮旯的当铺关门了，要修天然气。”她瞪大了眼睛，试图捅破他的忽悠。他只是扬起一边眉毛。“我只是说，我没有要失礼的意思，但是老实说，我也是过来人，多少能看个大概。”他举起那只残手，做出发誓的样子，勾勾两个手指。

阿格尼丝重重地放下茶杯，说：“谢谢您给我用洗手间，我现在得走了，我丈夫会很担心我。”

“行吧，你走吧，就这雨，你得走上大半天儿呢，说不定在路上还能把你丢了的那枚婚戒给捡回来。”

阿格尼丝绷不住了。她高抬起头，撩开额上的湿发。“你到底想干吗？”

他失望地垂下嘴角。“我不想干吗。哎，反正不是你想的那种。我只是说，小姐，你刚才进门时候那副狼狈样儿，我光看你的脸，我也能看出一二。”他放缓了说话的节奏，“我之所以能看出来，是因为我自己也是过来人。没别的意思，你别小题大做，把茶喝完，行吗？那茶是我新泡的。”

阿格尼丝又端起茶杯，用它掩饰自己的震惊，填补这冷寂的空气，镇静胃中的翻滚。

“那，你去过匿戒会[1]了吗？”

阿格尼丝空洞地望着他。

“匿名戒酒会？”他唱了起来，“一天一天来，耶稣哟……”

见她没反应，他问道：“那你起码愿意承认自己酗酒吧？”他歪着头，像个失去耐心的小学老师。“你进来的时候抖得可是天塌地陷。”

“我……我那是冷，还淋湿了。”

他笑了。“你要是真冷，那应该是膝盖打战，牙齿上下磕。像这样儿。”他模仿一个冻坏了的疯子，瑟瑟发抖，“但是呢！你要是像只无头苍蝇一样到处找酒，你就会这么抖。”男人疯狂抖动起来，好像诈尸一般。

她心里生出一股难以言喻的羞耻。“你怎么就知道。”

“我还知道，你那貂皮大衣顶多能当来六瓶伏特加，可能再加一顿炸鱼。”他掏掏牙齿，“因为当初我妈就是这么干的，我是想拦住她。我还知道呢，六瓶伏特加喝光，一顿炸鱼下肚，再搁那儿阴沟里头睡几个晚上，你也就得败血症了。”说完，又勾了勾残缺的手指。

---

1 匿戒会（AA，即 Alcoholics Anonymous 的缩写），意为匿名戒酒会，是一个国际性互助戒酒组织。

两人相对无话，静坐许久。男人拿出一包烟，自己往嘴里送了一支，给阿格尼丝递过去一支。阿格尼丝深深吸了一口，像个从饥荒中逃出的人。她的肩膀松懈下来，望望周围的车库，缓下一口气。“你认识一个叫舒格·贝恩的出租车司机吗？”

“应该不知道。”男人答道，小心地看着她的脸色。

“他是个矮个儿肥猪，头发也没剩几根了，还觉得自己是个风流公子。”

“谁不是那样啊。”他笑着说，“他是哪个车行的？”

“北方出租车。”

“那不认识了，他们的车都停在红街上，远着呢，我可能从来没见过这人。”

“那，你要是见着他能帮我修理一下他的刹车吗？”

他笑着说：“当然了，为了你这么个美人，干什么都行。”

男人掐了烟，又开始端详阿格尼丝。“你不会是为了他弄成这副模样的吧？”阿格尼丝没有回答。他发出了嘲笑。“哎哟，你看看你，为了一个男人把自己搞这么狼狈。”

她又骄傲地耸起肩膀。“那又怎么样？”

“你要是真想把他拉回来，知道怎么办吗？”他等她回答。

男人啊，总是觉得自己万事都有办法，她想。“怎么办？”

“不难。你就自己过自己的。”他一拍巴掌，双臂展开，做出隆重揭幕的造型，“过好自己的日子，你他妈就得给他看看，你过得有多漂亮。那个傻逼见不得你好，你偏偏就好，气死他。我跟你保证。”

12

终于，凯瑟琳把舒吉拽到了伦菲尔德街。小男孩几乎每次转弯都要在街角横横地站一会儿表示反抗。他一只脚踩住另一只脚的鞋带，一句话不说，只狡猾地看着姐姐，让鞋带自己松开。

“你他妈就是故意的！”凯瑟琳压着怒气说道，这已经是她十分钟内第四次蹲下给舒吉系鞋带。

“我没有。”舒吉脸上露出满意的微笑。他从兜里摸出一本母亲的爱情小说，打开搁在凯瑟琳脑袋上阅读，像是在用小茶几一样。凯瑟琳站起身，夺过书，狠狠甩在弟弟的大腿上。她再次抓住他的手腕。“如果我们错过这趟车，就要等很久很久才有下一趟车，到时候你嗷嗷‘我累……我饿……我想喝水……’的时候，”她模仿他的号叫，“你就不要怪我不理你。”

“我不是这么说话的。”舒吉不满地嗤之以鼻，两条腿扯开，艰难地跟随着姐姐的步伐。他挣脱她的手，于是她又停下，把舒吉的肩膀转向自己。“舒吉，我们说好做好朋友的，不是吗？”脸上却是威胁的表情。

他鼓着气说："我才不要做你的朋友。"

她托住弟弟的下巴，轻轻转向自己，他的眼睛不情愿地看过来。她用手梳了梳舒吉整齐的发线，像阿格尼丝那样把他浓密的头发分成两半。两年间，弟弟长大了许多，但这种成长很难形容，他个子高了，但身形却萎缩了，就像是面包在烤制过程中膨胀太快而回缩，以至于不再蓬松。凯瑟琳能看出，弟弟变得更加自我，也更加小心翼翼，处处提防。他只是个还不满八岁的孩子，但看起来却时常更加成熟。

"听好了，到时候你一定要给我乖乖的。"路边走过一对穿彩色雨衣的老夫妇，凯瑟琳对他们点点头。"算我求你了，好不好？我现在摊上这事儿非常麻烦，你只要帮我一点点就行。"她看着他的小脸，那张噘起的小嘴，让他看起来像个倔强的老婆婆。凯瑟琳泄气地垂下双手。"行吧，你赢了，但你不能告诉妈妈今天我带你去哪，不然她会死的，听见了吗？她会死的！"

舒吉不情愿地抬起头看着她问："为什么？"

"舒吉，如果你告诉她，她就会受不了，就会喝得更猛，到最后就停不下来了。"凯瑟琳站起身，打开零钱包，包是沃利给母亲的礼物，酒红色，上面画了一匹骆驼。她数出够两人的公交车钱，然后说："如果她喝太多，她心里最后的好就都被酒冲没了，那么'欻'一声就没了。到时候，利克肯定一句话都不跟你说了。"她扣起零钱包，皮质金属扣发出令人愉悦的"咔嗒"声，她的表情缓和了些。"哦哦，你看，车来了。"

他们吮着棒棒糖，鼻子贴在公交车顶层的玻璃上往外看。公交车摇晃着过了桥，凯瑟琳手指克莱德河的骨架——一个永久废弃的起重机，向舒吉诉说小唐纳德是怎样放弃了造船的事业，又计划到非洲工作。

“为我祈祷吧，舒吉……”她请求道。

“我有一个名单，这就把你加上。”他咕哝道，脸上糊满了糖。

凯瑟琳相信弟弟的确在为很多事情虔诚地祈祷。她边抠大拇指，边担忧自己是否做了对的事。自从舒格离开母亲后，她便一直告诉自己，这不是我的错，但收效甚微。不过心里自私的那部分总是深觉不公：就因为母亲丢了男人，自己也要一起放弃吗？

下车后，他们路过一排样式相同的棕色民房，每一栋房前都有围墙，却不见花草。凯瑟琳径直走到一栋楼前，没有打招呼便推开沉重的铁门，走了进去，站在陌生的门厅地毯上招呼弟弟跟上。舒吉从未见过这栋房子，见姐姐对这里的一切轻车熟路，他突然有些害怕。

房子里很温暖，锅炉费似乎交得很足，空气中弥漫着烤土豆和肉汤的甜蜜气味，地毯从门厅顺着楼梯一直铺到二层，凯瑟琳在楼梯口坐下。她脱下防风衣挂在扶手上。舒吉听到不同的房间传来不同电视频道的声音。客厅里正在播放老字号[1]的比赛，二楼某个卧室在播放吵闹的卡通片。凯瑟琳亲吻舒吉冰凉的脸颊，正了正他的领带，说：“要乖，记得了吗？”

---

1 老字号（The Old Firm），格拉斯哥凯尔特人及格拉斯哥流浪者两支球队的共同称号。

她牵着弟弟来到房子后部一间温暖的餐厅，背后与一个狭小的厨房相连。他们进门时，餐厅里六七个陌生男人一齐转过头来。凯瑟琳放开弟弟的手，走到一个唐尼·奥斯蒙德[1]模样的男人面前，亲吻了他的嘴唇。

“我们还在说你去哪儿了呢。”男人说，手指背轻柔地抚摸她冰凉的两颊。

“你去试试拉着这小子从挤满了人的市中心走过来。”她转向缩在门口的弟弟，“舒吉，别站着了，过来叫叫你赖斯卡叔叔。”

舒吉踏入餐厅，一股烤火腿的气味冲昏了他的头脑。凯瑟琳为他介绍门口的一众男人，他们口中叼着烟，向着花园里吞云吐雾，十分陶醉。他抱住凯瑟琳的大腿，那些人的名字，他听一个忘一个。之后，她牵着他来到角落一把扶手椅前。“这是你赖斯卡叔叔。”她说道，从背后轻轻推了弟弟一下。舒吉伸出一只手，礼貌地握了握男人巨大的手掌。

他对父亲的记忆极其模糊，以至于一时间以为椅子上的男人便是他。男人有着相似的粉红面颊和精心修理的半圆胡须。他像舒吉在照片上见过的一个人，那张照片被母亲藏在装内衣的抽屉里，只不过这人的头发仍根根分明，染成深棕色，每一根都货真价实。男人伸出手拍拍舒吉的胳膊，把他拍得生疼。“好久不见了，小伙子！现在情况真是不妙！”他笑了，眼里闪着快乐的光。

---

1 唐尼·奥斯蒙德（Donny Osmond，1957— ），男歌手，美国偶像。

凯瑟琳又把舒吉介绍给那个吻了自己的男人。“这就是唐纳德，你记得的，对吧？唐纳德哥哥跟我要结婚了。”

舒吉抬起头望着姐姐。“那我有蛋糕吃吗？”

唐纳德向前一步，与舒吉握握手。他似乎是从下往上梳头的，像一个新鲜的蘑菇。他面色红润，人高马大，态度友善，他也大力拐了拐舒吉的胳膊。“我算是看出来了，能看出来他们真是像啊。”他吼道。

“真遗憾，你不能去造大船了。”舒吉真诚地说。

“没事的，小伙子。”唐纳德说，“到时候去非洲了，你来看我们吗？”

凯瑟琳狠狠瞪了唐纳德一眼，抱起舒吉，把他从门口一直推到小厨房里，路过一堆冒泡的热锅，角落里的油炸土豆在滋滋作响。凯瑟琳将舒吉介绍给了唐纳德的母亲，佩姬阿姨。佩姬眼角延伸着快乐的皱纹，耳朵尖粉扑扑的，似乎所有的部位都那样又小又尖。凯瑟琳往舒吉耳朵里咕哝了几句，舒吉一字一顿地重复道：“谢，谢，您，请，我，到，家，里，吃饭，佩姬，阿姨。”

“那，他现在在哪？”凯瑟琳问道，并放下了弟弟。“你不知道我说了多少谎话才把这小子拽过来，可别告诉我他没法来啊。”

舒吉的后脖颈上被扁粗的手指头弹了一下，感觉很像泽比尔·麦卡文尼在学校里趁老师不注意时候给他的打击。“哎哟！”

“儿子，不要背对着你老爸。”门廊被一个身着黑西装的男人填满，他个头不高，但十分魁梧。舒吉警惕地看了他一眼，看到了那张照片里的浓密胡须和敏锐眼神。男人脸皮泛红，干净的粉色头皮上盖着几缕梳上去的棕发。他的鼻子小巧精致，和坎贝尔家的大鼻梁很不同，他的眉毛又黑又直，藏住了一双富有神采的眼睛。舒吉看着他，不禁摸了摸自己的脸，想知道自己是否有同样圆润的粉色面颊，是否唇上也有厚厚的胡须。

男人身后站着一个女人，两手恭敬地叠在一起，等待被介绍。舒格转了转他小拇指上的戒指。“你就不给老爸一个拥抱？”

舒吉已经很久没有见过父亲。舒格每次回家，都要等孩子睡着后才到。舒吉抱紧了姐姐的大腿。凯瑟琳替弟弟先开口说：“舒格，他害羞。你还这么弹小孩，也怪不得人家不亲近你。”

“这是我贝恩家的秘诀，先发制人。”他蹲了下来，舒吉听到男人庞大身躯引发的风声，还有他兜里碰撞的硬币。“你领带挺漂亮啊，开始让姑娘们心碎了吗？要继承老爸的风流了？”他身后的女人往前走了几步，弄出一些动静。

“我早就说过，球赛日出门根本不行。”女人一脸疲惫，勉强挤出一个笑容，眼角眯成一条线。她比舒吉的父亲还要矮，也就是非常矮。头发扎紧，隐约能看到灰色的发根。她身着款式简洁的V领毛衣，胸前一个巨大的普林格尔狮子图案，下身着女士长裤。看起来与舒吉学校里那些晚饭后站在垃圾桶旁边吸烟的女士有几分相似。

凯瑟琳面无表情地走向前。“幸会，琼妮。”她们握过手，又尴尬地拥抱了一下。

舒吉的脑袋几乎要折在脖子上，他的嘴张开可能有一阵子，因为凯瑟琳给他使了个“别闹”的眼色。他的父亲仍然蹲着，目光一刻也不离开自己的儿子，脸上带着欣慰的微笑。舒吉扯了扯姐姐的衬衣，让她弯下腰，然后两手罩住她的耳朵说：“凯瑟，琼妮坏，你不要喜欢她，她就是偷我爸爸的那个婊子。”

“跟你新妈妈打个招呼，”舒格试探道，笑容始终如一，“来，抱抱你新妈妈。”

“不要，明眼人都知道面包哪头抹了黄油。”舒吉说。他放开了叛徒的大腿，一时间自己也不记得是哪里听来的这句话，也许是偶然从母亲的电话咆哮里。

“哼，你马上就需要一个新妈妈了，舒吉，你那个旧妈妈恐怕要被送去屠宰场。”舒格膝盖咔嗒着站了起来，他眨眨眼，“不过更有可能是去红灯区。”

琼妮向舒吉微微招手，接着递过来一个纸袋，说：“别理他，孩子。他那心肠有时候就跟穷人家的橱柜一样空。”她拿着纸袋走了过来，袋子看起来很沉。“什么都不用叫，叫我琼妮就行。”她往袋子里瞄了一眼，“我家斯蒂芬妮已经穿不下了，但它们还很新，我也舍不得扔，你看看，喜欢吗？”

舒吉摇摇头，嘴上却说：“是什么？”

她走近一步，打开纸袋，像是要喂一只小猫，紧接着，婊子琼妮又退后一步，说：“你要自己看了才知道。”

舒吉的父亲端着一杯牛奶从厨房出来，胡子上一圈白奶油，他倚着墙，看着舒吉缩到墙角。舒吉想要退后，装出无所谓的样子，但纸袋里的宝贝向他发出召唤，他的腿不由自主地向它走近。用脚趾掂量一番，很沉。于是他用手指打开袋口，里面现出八个鲜黄色的轮子。他拿出其中一只轮滑鞋，眼睛瞪得如铜铃一般。

“我就不明白，你为什么不给他安德鲁的旧足球。”舒格对琼妮说。

轮滑鞋的表面是蜜蜂色的麂皮，中间勾勒着白色条纹，白色鞋带穿梭在十几个小洞里，鞋帮几乎达到他的膝盖。他喜欢极了。

“你该对琼妮说什么呢？”凯瑟琳督促道。

他想要假装不在乎，想要把鞋子放回去，然后拉起凯瑟琳就走。他觉得自己像个叛徒，和凯瑟琳简直是半斤八两。

佩姬阿姨高调的声音从厨房传来。“舒格，你真是不知道那个败家子都干什么了。”

舒格向侄儿投去轻蔑的目光，接着又将目光转向凯瑟琳，那眼神让她直想捂住自己的胸和肚皮。

小唐纳德先说话了。“不是！叔叔，不是这样的。我有个工作，工资可高了，底下还能使唤四十几个伙计呢！”

舒格喝尽杯中的牛奶。“但我还在等你上出租车行呢。”

“今后说不定你还能在伦弗鲁车行看见他呢。”凯瑟琳一边说，一边帮助舒吉套上了轮滑鞋。然后她转过头，凑在小唐纳德面前说：“我也有自己的事业，你不能指望我搬来搬去，像你的影子一样到哪都跟着。”

舒格看着她凶自己的侄子，大笑起来。“唐尼小伙哟！我以为你多胸有成竹呢。结果呢，风水轮流转啊。”

唐纳德看着自己的叔叔说："那是个钯矿，工作挺不错的，我记得那地儿好像叫德兰士瓦[1]。他们说会把加文区差不多所有的铆工都带上，派飞机把我们送过去，还包住，甚至提前付一个月的薪水。还有比这更好的买卖？去非洲要咯！"

"你要去做黑鬼头子了！"舒格说，他下嘴唇骄傲地翻向外面。

"不要在孩子面前说那个词。"凯瑟琳说。她帮助弟弟站稳，慢慢滑向门口。"去大厅里玩，记得把门带上。"他们看着舒吉往外面去了，他双臂展开寻求平衡，手指凌乱地张开，像小鸟漂亮的翅膀。每一步都越来越顺滑，但很快就滑到了地毯上。他们眼看他开始在地毯上拖着轮子走路，他的脸上是太阳一般的灿烂笑容。

舒格咂咂嘴，十分不满。"我觉得那不是我亲儿子。"

舒吉垂下双臂，不再艰难地蹚那片地毯，好像终于感知到轮子的重量。

舒格转向凯瑟琳。"你觉得她要知道我见了他会说什么？"

凯瑟琳看看舒吉，只见他脸上放光。"不行，我们绝不能说他来过。"

舒格脸上生出一个刻薄的笑容。他用学校恶霸挑唆人打架的语气说："你倒是让他说啊，让他告诉他妈啊。"

凯瑟琳一把将舒吉和他们之间的门关上。舒吉听到门背后传来父亲狂野的笑声，以及凯瑟琳的追问："你既然要这么欺负人，

---

1 德兰士瓦省（Transvaal），南非一省份。

干吗还叫我带他过来？”

舒吉整个下午都穿着轮滑鞋在地毯上画线，尽一切努力损坏它。另一个房间里，大人们在为非洲南部一个他以为叫“乔安娜的鸟”[1]的东西争吵不休。他听到凯瑟琳说，圣诞节前就要搬到那边去。他好奇黑人到底长什么样，以及他们为什么需要小唐纳德这种人去管着才能工作。他好奇姐姐为什么要离自己而去。

---

1 舒吉以为大人们在讨论“乔安娜的鸟”（Joanna's Bird），实际应是南非城市约翰内斯堡（Johannesburg）。舒吉并不知道非洲南部（the South of Africa）和南非（South Africa）的区别。

13

黑色的煤灰山像海浪一样绵延数里。焦炭灰尘在利克脸上覆盖上一层薄薄的灰色，使他原本消瘦的脸庞更加憔悴，他的大鼻子更加笔挺，他细碎的胡须更加浓重。他轻盈的刘海不再随微风飞舞，而是沉沉地垂在额头。他仿佛一张石墨素描画里的人，和他自己画的那些黑白画有几分相似。

上山的路十分漫长。山上稀松的煤灰不断渗进鞋子，每一步，沙尘都越陷越深，几乎要淹没膝盖。细小的尘土见缝插针填满了每一寸空隙，覆盖在他的乐福鞋上，鞋面的流苏像一条沾满灰土的肮脏马尾。下坡时，飞舞的炉渣又像饥饿的海浪一样在身后追逐。外面的沙尘虽无大碍，但他心中的空虚却像大山一样压过来。煤灰层层涌起，好像要将他冲散，掀起地下更深层的黑暗。随着一次次被灰尘淹没，他越发感到自己的渺小，仿佛要变成一个看不见的幽灵。

穿越煤山最好等到无风或是下雨的时候。当风像巨大的舌头一般舔舐着表面的煤灰时，漫天黑粉，就像蚀刻素描玩具破裂后泄出的内容物，或是像千万支铅笔削下的粉末。如果不慎入口，好几天后舌头上仍会有余味。但是雨后的煤山是驯服的，它疲惫地凝固起来，好像死了一样。

利克爬到一个煤堆顶坐下。他点了一支烟屁股，眺望着这片荒废的煤矿和远处的矿工小区。小区在一片沼泽地里整齐排开，像工人在磨平的地毯中央排开的玩具模型，形成一幅透视图。就算从这个角度，利克也能看出它小巧玲珑的美。

他从防风衣兜里拿出素描本，用软铅笔宽的那一头粗描远处的地平线，但手指上的煤灰在纸上率先留下了污迹。矿坑小区模型的设计师当初一定是个小气鬼，那些迷你小卡车在哪里，农场的小动物在哪里，还有珊瑚一般的小灌木丛在哪里？利克看着许多着黑衣的身影在矿工俱乐部周围徘徊，心中好奇是否这位设计师并不喜欢快乐的彩色小人偶。

他的目光越过小树模型和成片的沼泽地，向远处望去。格拉斯哥开往爱丁堡的火车像一部玩具车，将这块被遗弃的土地与外部世界隔开。火车搭建起一条没有终点的隐形围栏，许多年前，政府为了节省工人开支拆除了本地唯一的火车站，之后人们能依靠的是一班每天只开三趟的公交车，去哪儿都一个小时起步。

现在已是傍晚，矿工们最年长的儿子拿着啤酒和吸胶毒来到铁轨边，忧伤地望着每半小时飞驰而过的欢笑脸庞，手伸进表妹的毛衣里偷偷摸她们的乳房，然后趁火车临近时，飞快地从车头前奔驰而过，头发差一寸便被卷走。他们朝车窗甩出盛满尿的啤酒瓶，当火车司机回头发怒嘶吼的时候，他们才能感到自己在世界的一席之地，一丝活着的快感。

自从煤矿关闭之后，这些小孩从枯树上折下许多干树枝，铺在铁轨上。看到火车轻易地碾轧过去，他们便捡来石头和方砖，火车再次碾过，飞溅的碎石击中了一个男孩的眼睛，那男孩不比舒吉大几岁。于是他们不再往铁轨上铺东西，而是拿用来点吸胶毒的打火机油点燃周围的芦苇。利克曾目睹轨道两旁的棕黑泥土燃起熊熊烈火。然而，火车依旧隆隆向前。

利克用嚼过的铅笔描绘着这荒芜的景象。独自坐在那里，他没有发现，自己画画的时候，耸起的肩膀总能放松下来。

早起变得愈发困难。眼睛闭上时，他的身体是自由的，因此不忍让阳光进来。他在学徒铺的出勤越来越晚，他能看出师傅也差不多放弃了，他们就这样冷漠地彼此敷衍。

师傅是个浑身腱子肉、讲求实际的男人，一开始还会说一些精心练习过的高谈阔论，随着时间的推移，他被利克似要看穿他的凝视激怒，言语间增添了许多恨意。利克听着他抱怨这一代人会怎样毁了国家的未来，脑袋像节拍器一样点了又点。师傅嘴角攒着唾沫，大手一挥，将利克的刘海抹向脑后，露出这个年轻人空洞如玻璃球的双眼。师傅做建筑三十多年，见过一代又一代的男孩被迫加入政府规划工程，满嘴脏话，毫无动力可言。长大后散落四处，各自成家，就又需要找个稳定工作养家糊口。三十多年，他从未见过利克这样的年轻人。

他愤怒地摘下耳后的铅笔，刺向利克，在离他下巴半寸的地方停了下来。利克从不躲闪，因为早已在阿格尼丝手下操练多年。他轻轻关上眼睛背后那道门，灵魂悄然离开，留下一具僵硬的身体，一地石灰，一壶冷茶，和一个愤怒的师傅。

师傅本想让他滚蛋，但这是青年培训计划，只要撒切尔还给他发一天工资，他就愿意让年轻人再多留一天。

团队里总会需要一个端茶倒水的人。老学徒支使利克去商店买苏格兰格子漆，让他把一堆只有半寸之差的铁盒按从小到大的顺序排列。利克对他们的嘲笑不屑一顾，反而开心地接受了这毫无意义的单调工作，至少自己的思绪能在无限的世界中遨游。

现在，在这寂静中，他翻开素描本，从页中间抽出两个信封。第一个信封是薄薄的航空邮件，整洁的淡蓝色信纸，背后贴了一枚画着跳羚的邮票，这是凯瑟琳从德兰士瓦省寄来的信。他小心翼翼将信转到正面，不忍心读，生怕信的内容会扎伤自己的心。他希望凯瑟琳对阳台上的摆设和干香肠的热情不会冲淡对他的思念，让他觉得自己被轻易地抛弃。

但伤心总比愤怒要好，他伤心时是个体面的客人，里外如一，安静可靠。当初凯瑟琳远嫁到南非时，全家人都气得不行。阿格尼丝在伏特加里泡了一天之后，凭一己之力把凯瑟琳的床垫从卧室拖到了路边，兄弟两人只能眼看着姐姐的东西和垃圾堆归置在了一起。

利克拾起第二封信，这封信已十分陈旧，页角在反复的阅读下卷成一团。信封由厚厚的胶版纸制成，好像贵重的水彩画布。他的大名用花体字写在正中：亚历山大·贝恩先生。下面还用尺子画过一条线。利克打开信封，拿出印刷的信。信纸的摩擦充满质感。他满是污垢的手指划过熟悉的边缘，闭着眼睛都能熟练背诵信的内容。

尊敬的贝恩先生：

经过仔细的检阅，您的申请和作品已通过审核。我们很高兴地通知您，您已被艺术学院无条件录取（本科）……

他叠起信纸，装进信封。他知道后面说学校会寄来详细入学信息，自己需要主动联系并注册，才能进入他梦寐以求的学院。他知道学校九月开学，但那也是两年前的九月了。他回想收到录取通知书的那年，舒格离开了母亲，凯瑟琳一边守住家门，一边照看弱小而受惊的弟弟，而母亲每天只是坐着，头埋在炉灶中。

石化的煤山上清冷而安静，他喜欢这一点。做着自己的白日梦，他起先无视了那声音，直到它越靠越近，越来越清晰，令他无法再无视。那是一双雨靴踩地时放气的声音。舒吉来了，他满脸通红，出现在煤灰山的山顶上，平时粉嫩的面颊上铺了一层灰，眼睛和嘴巴周围有一圈湿粉色。利克连忙将信藏在身后，小心地塞进了无袖夹克里。

“我不是让你等等吗？”舒吉呻吟道。他的下唇在灰色迷雾中像一个粉色泡泡。

“你要是跟不上，就别跟我说要来。”他觉得之前他们已经有过这段对话；他们好像一直在进行这段对话。他站起来，准备再次出发。他像一只长腿蜘蛛，在墨黑的水面上试图站稳脚跟。他蓝色的尼龙冲锋衣好像一只金龟子的背壳闪闪发光。他在陡坡上迈开大步，想以此摆脱自己的弟弟，也许他就会丧气地走回家，但舒吉坚定地跟上了。

利克听着弟弟在背后喘得像个哮喘病人，他的宁静被打破了。他早该告诉弟弟不要来，但弟弟是个出了名的叛徒，他学会了告密的技巧，实践起来却有些笨拙。他会为了一点点回报而供出最关键的信息，每次都用力过度。阿格尼丝被激怒的时候，曾举着橡胶拖鞋追着利克满屋跑，在他身上留下紫色的伤痕，而舒吉站在一边，满脸冷酷的笑容。

利克不明白母亲为什么会管他上矿山的事，肯定不是因为煤灰，或是这潭深不见底的黑水，他认为，是他身上的灰让阿格尼丝感到不安。邻居们看到他灰头土脸地走回家，阿格尼丝就再也无法假装自己高人一等，只是在这块被遗忘的痛苦之地暂时栖身。她愤怒的，不是儿子可能置身危险，而是自己的尊严会被伤害。

这时，利克后脚一蹬，送出一阵沙雨，身后传来舒吉微弱的咳嗽和呻吟。舒吉嗷嗷直叫，像一只生气的獾，利克哈哈大笑，只得答应弟弟在回家的路上也泼自己一次。

利克几大步冲下山坡，在底下等着弟弟。煤灰像山体滑坡一般往下倾泻，舒吉的腿飞快交替向前，不料三步路后，脚下的煤灰忽然变得坚硬，惯性使上身前倾，他重重跌倒在地，脸朝下滑完了余下的路。磕磕绊绊地停下后，他很快被周围的煤灰包围，煤灰像一座饥饿的坟墓，飞快地吞噬着他。利克弯下腰，一只手抓住弟弟的背包，将他拽了出来。煤灰里露出一张黑色小脸，白色的大眼睛一眨一眨，满是困惑与恐惧。

利克忍不住又笑了。“我跟你怎么说的？你下坡得悠着点儿，不然整块山坡都要被你弄塌了。”

“我知道，但是那个土已经开始滑了，我好怕我被埋掉。”舒吉甩了甩头发上的土，“我要是死了，妈妈饶不了你。”

利克把弟弟按在地上坐下。“你干吗要说这些烦人的？正常一次不行吗？”

舒吉扭过身背对着哥哥。“我挺正常的。”

利克看到弟弟脖子上似乎泛起红晕，小小的肩膀开始颤抖，似乎在哭泣的边缘。利克转过弟弟的肩膀说：“我跟你说话的时候不要背过去。”他仔细地看着舒吉的脸，并没有流泪的迹象，利克便知道，弟弟只是极端地羞赧和沮丧。“学校里那些小孩还在打你吗？”

“没有。”他挣脱了利克的手，“有时候会。”

“不要被影响到。这些人只要看到一点点比他们自己特别的东西，就要轰上去。”

舒吉抬起头。“我告诉巴里神父了，我叫他去制止他们，”舒吉抻了抻裤子上的褶，“但是他只是让我放学以后留下，然后逼我读那些遭受迫害的圣人的故事。”

利克嗤之以鼻。“这个没用的老杂种，就知道老教会的规矩：

‘莫埋怨，现实有可能更残忍。’”他脱下乐福鞋，抖出里面的煤渣，“我上学的时候，就听说有个老神父会偷偷摸一个不爱说话的小男孩。想不到吧？”他抬起头，认真地看着舒吉说：“他没碰你吧，舒吉？就是巴里神父。”

舒吉脸上滑过一丝阴霾，利克有所察觉，便停下了手上的动作。“没碰。”舒吉小声说道，紧接着他语速加快，来不及组织成完整的句子，“但是他们说我跟他有动作。他们说我做了肮脏的事情。但是我从来没有，我保证。我连什么是脏的事情都不知道。”

“我相信你，吉吉。他们就是想骗你呢。”利克将弟弟揽入怀中，紧紧抱住，几乎要把他的脸压进自己肋骨里。“哎，你今年多大来着？”

舒吉没有立刻回答，他享受这窒息的拥抱。接着，他用经过深思后的口吻，像是站在黑板前背书一样说道：“七月十六日。下午四点二十。分娩困难。利克，生你非常艰难。”

“操，干什么呢！”

舒吉把脸使劲埋到利克怀里。“我就是觉得我们应该了解彼此。”他严肃地补充道，“八岁了，我马上就八岁半了。”

“老天爷！你干吗就不能直说？总之你够大了，是时候合群一些了，你必须努力试着融入其他男孩。”

舒吉抬起头，大口换气。“利克，我很努力的，我一直都很努力。那些小孩把衬衫尾巴都露在裤子外面，一点都不知道害臊，然后他们还踢来踢去。我还见过有人把手伸到裤子后面，然后拿出来闻。真的太……太……俗了。”他找那个形容词找了很久。

利克放开了他。“舒吉，如果你要生存下去，就得再努力一点。”

“怎么努力？”

“就是，首先呢，不要再说‘俗’这个词了。你是个小男孩，不是个老大妈。”利克吐了一口痰，“然后你要注意走姿，不要太娘娘腔了，不然你就是让自己成为他们的靶子。”他开始夸张地模仿舒吉走路的姿势，臀部一摇一摆，手臂往两边甩，像是没有骨头。“走的时候不要交叉腿，要给你的小弟弟留出空间。”他抓住自己裤裆处的一个鼓包，漫不经心地抚弄着，“膝盖不要太弯，步伐要更长、更直一点。”

利克自如地走动画圈。舒吉跟在他身后模仿。他用尽吃奶的力气稳住双臂，要走得自然十分不易。

他们像两个穿越沙漠的牛仔，踱步前行。矿山上有一座矿井，如格拉斯哥大教堂一般宏伟，孤零零地被遗弃在远处，像是月亮上独坐的一位巨人。破碎的玻璃附着在庞大的半圆窗框上，高度不足以远眺风景，却刚好够让阳光透进洞穴。尚且完整的窗户则被煤灰覆盖。矿井的远处是一座高耸入云的烟囱，雨天时，几乎看不到顶。地上散落着各种管道和铁杆，末端清晰可见钢锯锯断的痕迹，在矿山正式废弃之前，山下的居民到这里来，掠走了一切能带走的东西。

“你在这儿等我一下。”利克在地上画了一个圈。他抓住舒吉，把背包放在他身上，拉下包上的拉链，舒吉被沉甸甸的包压得一屁股坐在地上。“你给我放哨，好吧？如果你看见有人过来，马上喊我。”利克从自己的包里掏出螺栓钳和撬棍。

舒吉点点头，感觉身上轻了不少。“为什么我们要干这个呀？”

“我跟你说了一千遍了，我要存钱，我有自己的规划，总不能一辈子当青年培训计划的学徒吧。”

“我在你的规划里吗？”

“别闹。”他手指矿井，“现在能捡的越来越少了，反正不容易，所以我可能得有一阵儿，听见了吗？”他拉起拉链，把弟弟转过身去。“睁大眼。”说完，便溜进巨大的黑暗矿井。舒吉看着哥哥跨过一个个光点，终于消失在煤矿大教堂的阴影中。

舒吉在地上胡画了一会儿，地上的泥土深厚而柔软。他先是画了一匹马，接着又画了阿格尼丝。他喜欢画鬈发，不管什么东西都要画上鬈发，显得欢快。

利克早已跨过了矿井最远的边缘，想要在电线和照明发电机之间的墙上抽下一些铜芯。矿井关闭不到三年，煤矿日渐散架，矿主只好卖零件换钱。矿工和儿子们也学会了钻空子，想从中捞一笔。电线中的铜芯纯度高，他们便打开接线盒，划开电线管，把里面掏得一干二净。利克到场时，地上到处是从墙里扯出的电线，只剩下划破的橡胶管，像是被吸去髓的骨。他跟随外部电线，来到深埋电线的主楼。在离矿井三十米开外的地方，有许多电线悬挂在半空。上一个侵略者已经扯走了所有能够得到的电线，留下像割裂的大动脉一样的残余。利克弯下腰，用撬棍尖锐的一头开始挖地。

一个小时过去了，他抬起头，隐约闻到小区那边飘过来的烟火气，烧煤的气味告诉他天色已晚，最好在天黑前回家。

他一边割，一边心想，要是舒吉再大些，不像现在这样整天哭闹，他就能带走更多了。铜芯本身已经很沉，但厚厚的橡胶圈才是累赘，然而剥掉橡胶圈再运走并不明智，之前有矿口的年轻人因为偷铜芯被抓，罚款数额比整个矿坑的铜芯加起来价格还要高。

利克往肩上套了一截不算长的电线，像攀岩绳一样绕了几圈，他耍着撬棍，穿过一排排灰色的日光斑，融入阴暗的冬日午后。他想象有一天能搬进自己租的房子，就在加尼特希尔山顶，靠近格拉斯哥麦金托什艺术学院，卖铜攒的钱足够支付，甚至能留一点钱贿赂弟弟那个告密者。快乐的思绪感染了他，踏出矿井时，他几乎要笑出来，但周围反常地安静。告密者跑了。

舒吉本来想玩扔石子。扔石子很好玩，上次他想将石头扔到窗户里边去，试了一个小时终于成功，石头落地，传来刺耳的回声。利克回来后因此扁了他一顿。

这一次，舒吉便只是在原地绕圈，时不时停下来，抓着胯部空空的裤子，像牛仔一样张着腿走。他全神贯注，一心只想变成利克那样的正常男孩，虽说那样的姿态没有任何优雅或体面可言。这时，他终于看见了那个陌生男人，一路飞奔过来，脚下带起阵阵飞舞的煤灰。当舒吉意识到危险，发觉自己也应该逃跑的时候，男人几乎已经追上了他。

这时他本应警告利克。他唯一的任务就是在保安过来的时候跑到矿井里通知利克。男人已经朝他过来了，舒吉往黑漆漆的矿井那边看了一眼，朝相反的方向跑去。

舒吉顺着山坡狂奔，空空的背包左右舞动。他冲向第一座小山丘，双腿陷入松软的煤灰里，雨鞋发出难堪的放气声。他跑到山顶时，看到男人向自己大步奔来，像利克一样蜻蜓点水般地掠过了松软的地方。舒吉慌了，他翻过山顶，开始逃命。他感到男人势不可当的力量，那双大手几乎要抓住自己的腿。下山时，山顶的煤灰在身后急追直下，他一步落空，栽倒在两山之间的沟槽里。这时，男人来到山顶，舒吉看着他的身影屹立在逐渐暗淡的天空下，肩膀松弛，双拳紧握，看样子十分沮丧。

舒吉继续在沟里逃命，男人像猎鹰追逐田鼠一般紧随其后。

煤渣山很快到了尽头，只有大片泥潭与之相连。男人很有可能几步路就将他擒住，于是他跑得更快了，越过页岩和杂草渣，直到野草和泥潭的交界处。他踉踉跄跄，高高的野草在耳后噼啪作响。他到了一个没有脚印的地方。

舒吉来到一簇茂密的黄色草丛边，一脚跃到一块草堆上。男人站在对面的山顶上，肩膀随着喘气一上一下，他两手张成扩音器，粗鲁地喊道："我迟早逮住你，小偷崽子！"然后便转身离开了。

舒吉躺在草丛里，直到确信男人已经走远。他躺了很久，胸前早已湿透，泥炭把上一场雨的湿气全部释放到他的衣服上，留下死气沉沉的一层土。煤山横亘在他和矿口区之间，那个男人拦在他和家之间。他想象着男人可能的残忍行径，一系列鲜活的暴力蒙太奇影像在脑中上演。舒吉不愿被活埋在这片煤田中，他只想回家。地上忽然出现一股暖流，他尿湿了自己。

冬日的下午倏忽而去，失去太阳的天空是一块铁灰色的毛毯。舒吉顺着煤山周围的一片沼泽地往回走，进程十分漫长，他的腿渐渐被蓝裤子的褪色刺激得发红。他来到一个炒锅形状的洼地，深灰色的泥土陷进地表，像一块没烤透的蛋糕。如果要绕着洼地走的话会很费时，但如果直接穿越，那么很快就能到家。小区的灯光在远处闪烁，给头顶的云层打上一层暖光，像是橘色床头灯。舒吉粗略地默念了一段祷告，便爬下了洼地。

下陷的洼地只在地表约三米之下，但边缘十分陡峭，他不确定到时候能不能再爬上来。随着“噗”的一声，他双脚落在泥地里，试探着跨出了第一步。洼地又湿又黏，像一块湿肥皂，但多少还算踏实。他抬起前脚，放到平滑的一块表面。撑得住。他抬起脚，看了看雨靴留下的脚印，前一秒还清晰可见，后一秒却神奇地消失了。

他大着胆子在光滑的泥面快走几步，刹住，然后飞快跑回边缘，看着身后的脚印神秘消失。他觉得自己被自己的影子跟踪了，而眼前隐去的脚印便是印证。他湿冷的脸上绽放出笑容，一时间忘记了自己擦破的大腿。他开始在泥地里滑翔，双手像机翼一般举起，与自己的隐形小伙伴跳起了舞。他小声给自己唱起了歌。

穿着雨靴跑到洼地对面其实只需一分钟。他纵身一跃，开始了这小小征程。他踏着小碎步，脚上的雨靴发出“啪啪啪”的声音，就像一只胖手扇着一条胖腿。双脚落在泥地上的声音沿着洼地的边缘回响。这时，他注意到脚步声的变化。

“啪啪”声变慢、变深了，出现一种湿湿的“噗”声，好像勺子的背面碰触一碗冷粥的瞬间。走到一半时，他已十分疲惫。膝盖需要抬得更高，脚步就更慢。雨靴快要扒不住脚，他的脚趾像爪子一样急切地抠住鞋底。

慌乱中，他走偏了方向，在离岸边大概四个利克那么长的距离，他再也无法将双脚拔出饥渴的泥地。于是干脆甩掉了红色小雨靴，赤脚前行。不一会儿便后悔了，洼地就像洗澡水那么湿，走了两三步便不得不停下。他感到湿滑的泥巴像一条贪婪的舌头舔舐冰棍一样吸吮着自己的双脚。他过不去了。

他就算要死，也要死在雨靴里。他满脑子只能想到她发现自己没穿雨靴的样子，一定会提起拖鞋在自己的尸体上鞭打。于是他挣扎回去，又把两脚放进雨靴。他抓住一只靴子，使劲往上提，结果是脚往泥地深处蹬了一寸，泥水溢过了鞋扣，漫过了小腿，就快要及膝，裤子顷刻间湿了。他感到脚趾间流动的泥水。终于，他放开靴子，站直身体，继续迈步。因为不知道还能做什么，他又唱起了歌。

“所有的——孩子都是我们的——未来。把他们教——好，让——他们带路。”[1] 舒吉看着泥水溢满另一只雨靴，看来拔掉靴子走已不可能。“让——他们看到自己内心——的美丽。”

---

1 歌词出自惠特妮·休斯顿的歌曲 *Greatest Love of All*。

他越唱越起劲，声音十分洪亮，努力模仿广播里听过的声音。“许久以前——我已决定，绝——不委屈——在任何人——的阴影里。成败——都跟随自己的——信念。纵然——他们要剥夺我的一切，也无法——夺走我的——尊——严。”

忽然，身后传来一声低沉的叫骂。“我操，干什么呢你，当自己是惠特妮呢，给我上来。”

舒吉没看到洼地边缘的人影，就算听到声音，也很难辨识出夜色下在远处站立的利克。“你他妈在底下干吗呢？”

舒吉闭上眼尖叫道：“啊啊啊啊啊，你这坨屎，臭狗屎杂种，快点儿，快点给我拉出来！操你妈臭屁狗杂种！”

黑暗中传来泥巴飞溅和脚踏湿地的声音。

“你倒是他妈的动啊！”舒吉听到一双长腿大步流星踩着泥巴向自己走来。“给我拉出来，傻逼！”

湿漉漉的脚步声越来越近，舒吉听到了熟悉的叹气声，那是利克在暗暗咒骂。利克一把抓住弟弟的背包，像拔一棵杂草一样把他拔了出来。舒吉觉得自己忽然来到了自由的地表。接着，利克像握缰绳一般握住了舒吉的风衣，将他往边缘拖。

“哎呀，别，等一下！别呢！”他们只好刹车。利克靠近弟弟的脸，想看看究竟他又在扯什么劳什子。“放开我，放开我！”

“你是傻吗？”利克一把将舒吉拖到洼地边上，甩了他一耳光，他看起来十分生气，巴不得尽早离开。

“我回不去了，”舒吉激动得手舞足蹈，“我雨靴丢了，她会杀了我的。她还在给邮购目录付钱呢。”

“哎哟，我的老天啊！”舒吉头顶的帽子松开了，他听到哥哥重新滑回洼地的声音。那边先是传来咕喃抱怨声，然后是双脚挣脱泥地吞噬的声音，安静片刻后，终于响起利克靴子的“啪啪”声，舒吉的衣领子就又被拎起来了。利克拽着弟弟从洼地走回小区，一路上不肯放手，舒吉光脚走在地上，不停地抱怨石头硌脚，许久利克才肯让他穿上雨靴。舒吉穿鞋时才注意到哥哥仓促的步伐，他的眼睛望向远方，时不时回头望一眼矿井，看起来十分亢奋。

“快点儿！”利克摇晃着舒吉的肩膀，修长的手指压在他背上。舒吉向哥哥眨眨眼，这是他头一次见哥哥锁紧眉头。看着这奇怪的表情，他正想发问。

但利克的声音里有些异样，像是嗓子里塞了什么东西，舒吉很害怕。利克脸上还沾了不少黏稠发黑的血。他的左眼角有一块瘀青，就像灯光下的一块黑洞，下嘴唇被撕裂，肿胀得厉害。他把手伸到嘴里，取出了下假牙，疼得龇牙咧嘴。下牙有一颗不见了，还有一颗裂开了一条缝，粉色的牙龈从中间整齐断开，像是有人狠狠给了他下巴一拳。

“你还好吗？”

“操——”利克呻吟道，“我不是跟你说了给我放哨，那个保安来了你就应该去警告我。”他揉揉下巴，舒吉看到他手指关节处被擦去的皮肤。利克的眼睛在黑暗中发出惊恐的光。“我把他伤重了，舒吉。但是我没办法，都是你的错。”

利克把烤瓷牙放到兜里，舒吉既没有看到铜芯电线，也没有看到之前带去的撬棍。他们小跑起来，利克每跑几步就要回头看看有没有人跟踪。舒吉的雨靴也没有穿好，湿透的袜子摩擦着脚趾上的皮肤，但他不敢叫哥哥慢下来。

两人终于来到社区的小路上，沐浴着昏暗的橘红色路灯，心中升起无限感激。当利克不戴假牙说话时，他的脸便塌陷了一半。要听懂牙缝里那些含混的词语十分困难，但舒吉从他眼里读到了恐惧和失望。

14

利克再也没有去偷过铜芯。矿口的保安被送进医院，他的头骨被撬棍敲裂，脑浆子像一摊散牌一样散落一地。警察挨家挨户搜查谁是施害的年轻人。查到利克家的时候，阿格尼丝让警察在门廊楼梯口等。她摆弄着自己廉价俗气的耳环，甚至懒得假装生气，应答的口吻像是在说他们光是来敲她门就已经侮辱了她。她轻易就把警察都打发走了，利克从未如此感激有这样一个利落的母亲。

阿格尼丝甚至都没有问过利克，她根本不会去想是他。布赖迪·唐纳利站在自家门口抽着烟，看着警察在街上前前后后忙碌。她还很惊讶居然不是自己家哪个小孩干的，她说，保安落得这样的结局，是再好不过。反正那人的合同也快到期，到时候能享受终身残疾社保，至于脑子被砸坏，也无所谓，反正之前他话也不多。

从那年冬天一直到初春，利克的牙齿每天都在疼痛。NHS[1]给换新假牙的速度很慢，所以每次出门，他才会把那两截假牙戴上，走路时也要咬紧牙关，因为一开口说话，假牙便会滑脱。在家时，他干脆不戴假牙，像个地包天的卡通乌龟。每次看见舒吉，他都要把他压在身子下面掐，掐出瘀痕。舒吉觉得自己亏欠哥哥，也不敢叫出声。

后来 NHS 终于帮利克换上了新的假牙，但新牙的咬合角度很奇怪，把他的原生牙龈磨肿了。舒吉像个门徒一样跟在哥哥身后，手里拿一片白面包，利克疼了，他便撕下一小片白面包，揉成团，好让他塞在牙缝里舒缓水泡带来的疼痛。有许多次，阿格尼丝洗衣服的时候都会在舒吉裤兜里发现一片被遗忘的白面包，僵硬而发霉。

很快就到了暑假，路上站满了麦卡文尼家的小孩以及他们的堂表兄弟，还有他们堂表兄弟的堂表兄弟。他们将两周的温暖时光利用到极致，脚边一个足球，从街头踢到巷尾，骑着单车大呼小叫，往空中送去许多灰黑色的尘土。

舒吉总是离他们远远的。

他总觉得哪里不对，好像是自己身体里的某个部件没有组装正确，旁人都能看出来，只是他自己无法感知。总之有个地方就是不同，就是错误。

他几大步跑到房子的影子底下，从篱笆墙下钻了出去，一直

---

1 NHS（National Health Service），英国国家医疗服务体系，承担保障英国全民公费医疗保健的责任。

来到那片环绕小区的沼泽地。他走了很远，久违的阳光落在他的背上，穿透毛衣，皮肤在热气下有些刺痛。他离开平地，在高高的野草间踏出一条新路，并不断顺着新路绕圈，直到杂草丛里出现一个平整的椭圆。踩平的野草变成一块厚实的地毯，舒吉脱下雨靴，开始照着利克的指示练习走路。

他从椭圆的顶端开始，走向另一个顶端。第一圈并不理想，仍是细碎的步履，摇摆的手臂。他气嘟嘟地捏紧拳头，转过身准备重新出发。这次，他步伐更加稳健，前腿张开，给胯部留出足够的空间，每跨一步，都确保鞋底踩实。他脱下毛衣，擦了擦额头上的汗，教训自己几句，又继续练习。

整个下午他都在草地上走路，每一次都告诉自己要慢一点，再慢一点，手臂不要摆得那么奔放，要像利克一样，像个真正的男孩一样。其他的男孩好像天生就是这样不假思索，理直气壮。

阿格尼丝坐在窗前的椅子上，望着外面的路。小孩成群结队地在街上戏耍，但舒吉不在其中。早上十点半，她已经打扫了房子，化好妆，虽然不出门，但仍然穿上低领毛衣和配套的灰色裙子。她坐在那里喝着拉格啤酒罐里的酒，心想自己的孩子到底去哪儿了。

百无聊赖中，她从扶手椅把手上捡走从袜子上蹭下的白色毛球，把厕纸叠成整齐的方块，再折起来放进衣兜里。想到自己一直在付这套三居室的房租，两个儿子却没有表现出一点尊重，很是痛心。接下来的八年，她每周要抠出五镑钱来供这间房，而他们在房里只顾大摇大摆，鞋子爱穿不穿。

这时，对街的那道歪门开了，她坐直了身子。麦卡文尼家的小孩蹬着单车气势汹汹地冲进灰尘里。她不得不承认这些孩子都很漂亮，他们母亲放任自流的养育态度，把他们养成了一群野狮。他们的长发粗壮坚硬，棕色眼睛深邃迷人，像极了他们的父亲。

阿格尼丝曾把他们家的二女儿请回家里过一次。她并非有意为之，只是那天用醋水擦窗户时，看到小孩在街角的垃圾站玩耍，她实在看不下去，便招招手，用半个苹果把那个叫小脏鼠的女孩引到自家后院。她用一把硬背梳子给女孩梳头，解开长发上的结，把后脖颈位置的头发捋顺。一个多小时过后，她惊喜地发现女孩的头发是那么直顺，那么光洁，如丝绸一般泛着虎斑猫的迷人棕色。她们一起把头发梳成马尾、法式发髻、法式长辫，就是凯瑟琳小时候去上学梳的发型。那个下午她们都很快乐。

科琳发现后闹翻了天。还没走出自家门，嗓子已经喊破了。她像一场暴雨一样突袭了阿格尼丝的家，朝她嘶吼道："你他妈以为你是谁啊？你是这儿的主儿吗？也不看看我是谁！你给我管好你自己家那个小基佬。"

然后是狂野的口水战，阿格尼丝酒意正浓，她眼睛也不眨，淡定地把梳子放在大腿上摩挲，心想，接着说呀，我倒要让你看看我还能怎么用这把梳子。

有时候，阿格尼丝偶尔会遗憾她们之间不能和平相处。因为两个女人的生活有太多相似的不幸，只是阿格尼丝打死也不愿承认。之前从金蒂那里听说，大詹姆士曾一度把辞退补偿金挥霍在废车和男孩的空气枪上。那年圣诞节，科琳被逼得去偷精品超市的东西来做晚餐。她们都尝过吃了上顿没下顿的滋味，本来可以因此走得更近。她们也都分别在深夜翻着弗里曼邮购目录，心里盘算着怎么把保障金一份掰成三份用。如果给儿子买这个，给女儿买那个，那我自己能买什么？这是一个母亲的算盘。

她们也曾分别在自家沙发后面藏过一个又一个下午，躲着信用卡公司来催债的人。矿口区的女人们都曾经趴在地毯上，爬过地板，像某种奇怪的团体花样游泳。催债人是个穿着松垮西服的瘦猴，他总是恬不知耻地从人家窗户外面往里窥看。多年来他一直见证着空房子里的沙发后面莫名其妙地飘出一缕缕烟。

科琳甚至通过布赖迪间接地教会了阿格尼丝逃电费，怎么用发夹撬开电表，又不弄坏锁。每个月有一个星期日，她能拿回之前缴的所有电费，两个儿子便得以坐在火热的电暖炉前舔几个冰淇淋。她拿着一堆银色硬币好像手握一串珠宝，然后阿格尼丝会再放几个硬币回去，就等于拿到了两倍的电费补贴。读表工的数字永远也对不上，阿格尼丝能预想到他在酒吧里苦闷的样子，和信用卡催债人手舞足蹈一起抱怨着矿口会从牙缝里挑肉过日子的女人们。

科琳一把将小脏鼠拥入怀里，阿格尼丝不明白她为什么这么恨自己。她渴望的都是科琳所拥有的。科琳重视家庭，她与家人关系十分紧密，家人也都在身边。她的孩子个个都很结实，但也都还小，需要母亲照顾。最重要的是，她的男人还在，她唯一有过的男人一直守在她身边。她还有上帝，且在她看来，上帝将她置于众人之上，作为道德标杆，起到对周围人的监督作用。她也的确身体力行，像是个执行大老板任务的忠实高管。对科琳来说，诈骗和偷盗是一回事——无可避免的原罪，而黑丝袜和高跟鞋则是另一回事——要致命得多。

阿格尼丝喝光了啤酒，看到麦卡文尼家的野孩子们骑着单车回到矿口街，科琳走到门口迎接他们，手拿购物袋，跟在滚滚尘土后面。这时，阿格尼丝注意到一个人。

科琳家的男人大詹姆士正躺在生锈的纱窗后面休息。他身上很脏，是已经脏了还是一直这么脏，阿格尼丝也难以辨认。她清脆地踩着高跟鞋过了街。他正平躺在车下，身子底下洒了一圈机油，像糖浆一样沾在身上。阿格尼丝用戒指敲了敲车皮。

“干吗?”他喘着粗气，阿格尼丝的手上几乎都能感觉得到。一件工具掉到了地上，他便像螃蟹一样从车底费力地钻出来，用了很久。

她这次使用了一系列不安但随和的微笑，等他完全站稳时，她发现他比自己高了两个头。他有着爱尔兰人的黝黑肤色，油光细腻，污渍和机油反倒成了漂亮的陪衬。他脖子的一侧在矿井爆炸事故中被烧伤，留下了疤痕，后脑勺的发际线也不对称。但即使是这样，他仍然十分英俊。她恨极了。

“你家科琳在吗?”她问。

詹姆士警惕地看了她一眼。目光很快转移到她的低领毛衣上。“你跟我绕弯子，别自不量力了。”他干巴巴地说，“说吧，想干啥?”

阿格尼丝垂下眼睛。他的手肥厚粗糙，长满老茧。“我想请你帮个忙。”

“哦，行啊。”他露出了阿格尼丝见过的所有男人的那种笑容。他的虎牙向内收拢，好似一个圈套。

“我真的没有办法了。”她说，“我儿子有点麻烦，那个小的。”

他的笑容收了起来，眼睛还盯着她的身子。“是，他是有点毛病。你得看好他，那小子总是叽叽歪歪，话多得像个小姑娘。我那天还瞧见他跳皮筋，你得把那个势头掐死在摇篮里啊。”

“所以我才来找你。”阿格尼丝抱起胳膊，但他的眼睛不肯从她胸口移开。

“你想让我儿子扁他一顿啊？”

“不是！”

“轻轻地来几下，让他支棱起来。”

“不行！那不是他的错，小孩长大的时候没个男人在身边，不容易。”

“你不是有个利克吗？”浑身污泥的男人琢磨了一下他自己的话，他嘴角酸刻的浅笑表明他也瞧不上阿格尼丝的长子。“那你到底想找我干什么？”

她终于放下身段。“我只是看见你会跟你家小孩一起玩。”

男人身上没有显出一丝怜悯。他的硬心肠在镇上是出了名的，即使是对自己孩子也一样。“是，你到底想让我干什么？”

“我想，我可以给你几镑钱，然后你下次去钓鱼的时候能不能带上他，或者是教他踢踢球什么的？”

他面部肌肉紧张地蠕动，表明他在考虑这个提议。“阿格尼丝，我不要你的钱。”

阿格尼丝顿时觉得自己十分冒昧。她想立即掉头回去喝一杯，冲掉自己的愤怒和羞赧。“是，那是，对不起，打扰你了。我就是觉得……算了。没事。”她挺直了脊梁，准备带着耻辱回到对街去。

“等会儿，我不是说你什么也不能给我。”大詹姆士又露出笑容，虎牙如刀尖一般。他一只手在肮脏的围裙上擦了擦，擦过肚子上的肉。

机油和汗水的气味事后在她身上停留了很久。他的阴茎相较于他的身体要黑很多，像是从没洗过，或者，她希望，是过度使用导致发黑，类似鸡腿下端发黑的部分。她很奇怪为什么它不像他身体其他地方一样是蜜糖色。

他拉起裤子让阿格尼丝站起来的时候还有些勃起，一切完成得十分迅速。结束后，他做贼心虚地将阿格尼丝推到门外，像一个窝囊废，一个冲动购物，事后又羞于退货的顾客。他含含糊糊地说，星期天能来接舒吉去钓鱼，就在附近一条堵满垃圾的小河。

一开始，舒吉吓得缩了回去，好像这个计划糟糕透顶。那晚，阿格尼丝躲在浴缸里大哭了一场，边哭边擦掉身上的机油，觉得自己真是个傻子。舒吉听到母亲坐在冷水缸里独自哭泣，而且头脑清醒，不是平时喝醉时的顾影自怜，便卖力表现出对钓鱼的兴趣，只要能让她重新开心起来，做什么都行。

他自己计划好了那一天，写时间表，核对时间表。把午餐菜单和当天的穿着也定下来，还想好书包里的每个小包分别要装什么东西：番茄三明治、和大家分享的机器人玩具、一副小塑料太阳镜，还有一条圣诞小炮仗。他把所有东西准备就绪，各自归位，然后像条小狗一样乖乖坐在床边。

星期日的早餐后，街对面的房子苏醒过来。长手长脚的麦卡文尼儿子们冲出家门，往父亲的破货车上装各种各样的袋子和棒子。弗朗西斯将一个盛满蛆虫的桶递到门外。阿格尼丝听到对面的热闹，跑到舒吉的房间门口，对着里面大汗淋漓忙着包塑料袋的男孩做了个激动的表情。

“瞧，我说什么来着！”她算是比舒吉还如释重负。

舒吉的眼睛一直盯着对面的那辆卡车。他顺着每个防风衣口袋摸了摸，好像一位做弥撒的神父。“我要给你钓一条最大的鱼。”

“当然了。”阿格尼丝咂着嘴说。

“我——我现在能过去了吗？”他问。

阿格尼丝思忖片刻，心中的自尊拦住了她。“别，你就在这儿等着，麦卡文尼先生会来接你的。”

大詹姆士这时也出门了。“现在可以过去了吗？”舒吉又问。

利克那天早晨本来想睡懒觉，一个星期的劳作之后，他盼望着好好平躺一天。一直听着两人的磨蹭，他蒙着被单大喊一句：“过去吧！我的老天爷啊，赶紧过去吧！”

阿格尼丝朝着隆起的被单捶了几拳。“不行！我说了，麦卡文尼先生会过来找我们的。”她望着那个黝黑的男人三两大步跨下楼梯，几脚把零件踢到那辆福特科尔蒂纳下面。他把几个袋子移到了车后座，用绳子固定起来，然后从车背后绕到路上。阿格尼丝紧张地摩挲着大拇指。

舒吉满怀期待，双手挥舞。阿格尼丝拍拍他的兜帽，说："你给我乖乖地跟着麦卡文尼先生，他怎么教你就跟着学，不要给人家添麻烦。好不好？"她亲吻了他热乎乎的小嘴，上嘴唇上还有一滴汗珠。

利克的被单又说话了。"不要淹死了，傻蛋，我可受不了。"

老货车的引擎响了，把他们两人都吓了一跳。手刹放开，大车抖了几抖。大詹姆士瞄了一眼后视镜，便驶上了主路。舒吉脸上出现了慌乱。卡车驶向了与他们相反的方向，路的另外一头是死胡同，沼泽的领地，勺子一般的地形，车子到了那里通常别无选择，只能一直绕着勺子的边缘开一圈再倒回来。

阿格尼丝咬了咬嘴唇。"我觉得他应该只是掉个头。"她试图说服自己，"要不我们去门口等吧。"

小儿子点点头，满脸通红。他们站在大门口，调整站姿，好像要准备登上舞台。两人手牵手来到路边。远处，货车正在掉头往回开。

他们骄傲而笔直地站着，好像那些在中央火车站等待的人一样。舒吉一只手牵着母亲，另一只手拿出一个湿瘪的番茄三明治。阿格尼丝摇摇手指，说："好了，擦擦你的脸，要记得妈妈说的话。"

货车并没有减速，大詹姆士甚至连看都没有朝他们看一眼。车从他们面前飞驰而过，卷起隆隆煤灰。他们在那里站了很久，看着灰尘缓缓回落。

待尘埃落定，对面传来一阵哐哐当当的敲打声，科琳抬起一扇半卡住的窗扇，探出头来，看到母子两人站在街边，眼里流过一丝怀疑，问道："你俩站那儿看啥呢？"

阿格尼丝只能笑笑，好像是刚刚去追了一趟公交车，结果发现不是自己的那一班。她的假牙泛着耀眼的白光，红唇已沾染了黑色的煤灰颗粒。

小儿子坐在后院的一个小煤坑里，在三明治里挑着热番茄。阿格尼丝以为他要哭闹，但他没有。她把电表打开，掏空里面所有的闪亮硬币，去多兰的杂货铺买了一大把巧克力和一块鱼片。当她把那块小小的鱼片递到他手中时，以为他能像平常一样手舞足蹈起来，但他也没有。

他只是把煤灰从火热的脸颊上抹去，耸了耸肩。"反正我也不想去。"她流下沮丧的泪水，说了声抱歉。他抬起头问："为什么？"

"你爸爸是个烂人。"

利克在压力之下去和舒吉踢了一会儿球。阿格尼丝站在窗前看着，很明显两人都踢得十分勉强。她从水槽底下拿出了一罐嘉士伯特酿在手里把玩，思索要不要召唤心里的魔鬼。如果喝醉的话，天黑之前她准能到街对面打一架。她在一条干净的长椅上坐下，拉开了装着勇气的易拉罐。

科琳正在把路边的垃圾桶往屋里搬，半路上停下来跟左屋的邻居扯了一会儿闲话，手指女孩子气地扭着胸前的十字架。阿格尼丝能看出她心情不错。整个早晨，女人们绕着那辆散架的科尔蒂纳出出进进，夹紧屁股，一副要大飨绯闻的样子。看得出她们都想要社交。布赖迪·唐纳利扯了扯夹进胯部的丝袜，阿格尼丝见了，心里还有点爽快，她们的脏裙子、茶色丝袜、洗松了的紧身裤和家居服，让她的优越感油然而生。

阿格尼丝喝酒是讲策略的。她想在大詹姆士回家后再出门，向科琳诉说那个男人油腻的手指对自己做了些什么，一定要让他看到。但如果酒劲来得太快，等到对峙的时候，她脑子会变慢，说话也会稀里糊涂，无法讲清事实。

阿格尼丝酒劲刚上头便看到一个陌生女人往街上走来。女人正对着手上的地图找地址，点数着一栋栋相同的小楼。这女人显然不是本地人，她的头发一看便花了大价钱打理过，也能看出她不是天主教同胞，因为她手拿鲜红色皮包，脚上是相配的鲜红色皮鞋。

科琳脸上滑过的疑虑表明她也不认识这个女人。只见女人走近社交圈，向科琳言语了几句，科琳点点头，灭了烟，端起自己那杯冷茶，扭头看了看身后，将这位陌生女人领了过去。绯闻社交圈很快散了。

阿格尼丝身子向前挪了挪。那个女人大概是社工，她猜想，希望自己已经提前打过电话。近来社工在矿口区查得很严，专门打击那些拿着失业保障金却在偷偷找活儿干的，还有申请了残疾保障金却爬到房顶利索地安着电视天线的。但是女人并没有待那么久，走的时候，漂亮的红皮包还挎在胳膊上。阿格尼丝看着她优雅地跨过车子残骸，礼貌地走出邻居家门。然后从包里拿出一副高级太阳镜，将额前的头发别到脑后。阿格尼丝颤了一下，她知道科琳一定会大发雷霆。太阳镜？这个婊子以为她是谁？只见这个高雅女人昂着头向远处走去，逐渐从视线中消失了。

阿格尼丝还在等科琳出门，但她始终没有出门。

麦卡文尼家的三个女儿饿着肚子在街上游荡，好像三个幽灵新娘。她们的金发干瘪地形成一道面纱，挡在眼前，夏天穿的蓝色长裙也因多年的水洗而褪了色。阿格尼丝短暂地闭上眼，再睁开时，大詹姆士的货车头已经从对街冒出来。天还早，但麦卡文尼的屋里已亮起大灯。寡淡的灯泡下，阿格尼丝能看到里面的人穿梭于各个房间。她打开一罐新的啤酒，几大口灌了下去。

她在卧室里换上了一条能惊艳众人的裙子，穿上那件玻璃珠镶边的、让科琳心生敌意的兔毛毛衣，又在首饰盒里找出最大的几枚玻璃宝石戒指，每一枚都如鹅卵石一般大，但拙劣的镶嵌工艺使其边缘凹凸不平，时不时刮破丝袜，勾坏毛巾。宿醉的早晨，她偶尔会发现自己的脸上和手上被划了几个口子。阿格尼丝戴上这几个极具杀伤力的首饰，喝下最后一罐啤酒，她知道，时机已成熟。

她踉跄着来到门外，手倚在破烂的篱笆上。她深吸一口气，顿时有些头晕目眩，跌了不少士气。这时对面传来尖叫声。

麦卡文尼家的门忽然大开，他们最小的儿子不要命似的冲到街上。科琳明亮的叫骂传遍了这里低矮的房子。“詹姆士·弗朗西斯·麦卡文尼！你比一个新教狗还不如！”阿格尼丝站在空荡荡的路中间纹丝不动。这条街前前后后的孩子们都停下了玩闹，各家的窗户都打开一条缝。她知道女人们都调低了电视音量忙跑到窗帘后面。

“怎么着，有本事打我们呀，你以为你是家里的老大了是吧？等我把我兄弟全都叫来，我看你还当什么老大！都怪我当初没听我妈的话，跟了你这个奥兰治杂种！”

一个尖锐的男声响起，但听不清说了什么。科琳叫得更猛了：“我就不小声！你连跟上帝的誓言都敢打破，上帝不可能原——”也许这时大詹姆士掐住了她的脖子，阿格尼丝猜想，因为街上突然安静了下来。科琳再次说话时，怒气收敛了大半。“你以为你要去哪儿，詹姆士，去找她吗？”

大詹姆士·麦卡文尼夺门而出，他的T恤领被撕破，好像之前科琳整个人都吊在上面。他还穿着长筒雨靴，双手各提一个黑色塑料袋，里面装着像是床单细软之类的东西。他的脸上和烧伤的脖子上都留下了红色的抓痕。他迅速钻进货车，启动了引擎。

阿格尼丝在路中央犹豫不决；她捏紧珠光宝气的拳头，酒醉而骄傲地站着，他不可能看不到她。果然，他开到她面前，迅猛地摇下车窗，像一个震怒的迷路司机一样。“你到底想怎样，嗯？臭婊子。”他的语气就好像“婊子”是她的名字，“来啃骨头了？是不是有点快了啊？应该等肉凉了再来啊。”

大詹姆士丢下那句话便飞驰而去了。待车转过路口，科琳才来到门口，一脸发疯的样子。“詹姆士！詹姆士！”她喊道。

阿格尼丝跌跌撞撞地回到路边，酒精使她失去了平衡。詹姆士故意来了个急转弯，后轮与她擦身而过。路面像往常一样升起厚厚的煤灰。

阿格尼丝站在对面使了个眼色，但科琳此时并没有心情见她。科琳瘦削的脸上带着半死不活的疯狂与空虚。她身子向后一倒，重重地跌在柏油路上，两腿张开，双眼空荡地躺在灰尘里。

阿格尼丝在路上左顾右盼，像是要把脚扭进靴子里，又像是想逃离一个虚拟的车祸现场。她也分不清楚自己到底想干吗。

房间里的窗帘被微风吹起，窗外，矿口区的女人们没有一个前来帮助。窗前，麦卡文尼家的四个小孩从高到矮一字排开，好似俄罗斯套娃，同样漂亮的脸上是同样的悲伤。总有一天她要给他们每人都洗个实实在在的热水澡，专门给科琳看，阿格尼丝这样想。

水沟边传来头发被梳子撕扯下来的黏滞的噗噗声，像是老旧地毯被撕破的声音。阿格尼丝闻声来到发疯的女人面前。只见浓厚的灰尘中，一个人四肢缠结，灌满啤酒的阿格尼丝一时间难以理解这一景象，还以为科琳在撕她的足球背心，再往前走几步，她才看清原来这女人正在撕扯自己的头发，噗，噗，头发一把一把往下掉。

阿格尼丝来不及思考便冲到这个蔫了的女人面前，跪在地上压住她发狂的双手，然后用整个身子紧紧将她抱住。“这又是怎么啦，嗯？”阿格尼丝问道，语气中的善意让自己都始料未及，毕竟她不是来帮忙的。

科琳在她怀中瘫软下来，阿格尼丝轻轻地将科琳的手放到腿上，一丛丛的头发仍攥在拳头里，她又掰开她的手指，将头发一缕缕地抽掉，好像在清理一把梳子。科琳空洞的眼神在尘埃中游移，很久才开口。“他下岗以后我就该离婚了，结果我还跟着他过。我说了多少次不想再生了。”科琳双手颤抖起来，“自打矿山关了以后，他每天不分早晚骑在我身上，像个打了鸡血的十九岁的男人。什么外射的鬼话，根本屁用没有。”

阿格尼丝看着科琳头上的秃斑，流血的地方已经沾了许多灰。“五个小孩，在什么女人身上都够折腾了。”

科琳抽泣着说：“他就算想要一百个也不是不可能。我就想，麦卡文尼，我操你妈的，我就干脆不让他碰了。”她眼里流出两行汹涌的泪水，顺着她高耸的颧骨淌下，从下巴滴到衣服上，像是漏水的龙头。她突然看向阿格尼丝，似乎是第一次见她。“可能他从那时候就开始乱搞了。”

阿格尼丝陷入了困境。换作其他人，她一定会告诉她们，慢慢就过去了，虽然她自己知道，这种事会像巨石一样永远压在胸前，所以她没有对科琳说。想到现在两人算是难姐难妹了，阿格尼丝心里不禁平衡了不少，科琳的遭遇反而让她振奋起来，咬住嘴唇，忍住没笑。

矿工媳妇们现在上街了，众表姐表妹，左亲右戚，在房子四周不安地围成一圈，好像科琳忽然间成了一只野兽，而她们不知如何靠近。

“她过来找我的时候态度可好了，还戴个墨镜。那种高档货，棕色镜片的。她说她叫伊莱恩，想跟我单独说几句。我还以为她是邮购目录那边的人，来推销什么圣诞节小孩的东西。”

科琳呻吟起来，她松开手指，捏起裙边，一扯，单薄的裙子被撕成两半，一直开口到肚脐眼。她身子一歪，又瘫倒在路边。

“老天啊。”阿格尼丝抓住撕破的裙边，试图帮她保留一点体面。科琳没有穿内裤，她细卷的阴毛在灰黄的皮肤衬托下十分扎眼。“来，我们回屋，快点，起来起来。”阿格尼丝试图扶她站起来，但因为醉酒，自己也无法平衡，两人一起跌进了尘埃中。阿格尼丝一只膝盖擦破了皮。她又试着把科琳拖进屋，但这女人就如同一堆散骨，皮肉都松懈着，一头又栽了下来，像个不听话的孩子。阿格尼丝气喘吁吁地站在她身边，汗水和唾沫混在一起。“你不能就这么躺在这儿。”

科琳闭上眼，两手划过身下松软的灰尘，像是在抚摸一条高级棉床单。她说话的语速变慢，语气加重。“我不管，就让那个詹姆士听听。让他知道，他老婆，露着屄死在马路上。”

路边几个骑车的小孩局促地笑了。阿格尼丝重重地摇了几下科琳的肩，发现她居然很享受。于是她又摇了几下。“太太，你自重点行吗？”

科琳的眼睛张开又闭上，呼吸渐渐弱下来。

阿格尼丝掐了她几下。“醒醒！你到底是咋了！吃什么药了？”

那堆软骨头没有应答。

篱笆墙上趴满了前来围观的女人，像一群多事的乌鸦。消息很快传开了。科琳的表姊妹们在一边叫嚣着为她鸣不平，詹姆士的姐妹们在另一边挥着拳头，为他的名誉辩护。他几近八十岁的母亲破口大骂，挥起一把掉毛的墩布，庄严得像举镰刀一般。

阿格尼丝一时没有别的办法，她站在路中央，伸手到裙子里脱下了自己的丝袜和内裤，然后磕磕绊绊地给科琳穿上。那感觉有点像给洋娃娃穿衣服，只不过这个洋娃娃的手脚并不是僵硬的塑料，而是流着血的瘫软的骨肉。

救护车到来时，科琳再说不出话。阿格尼丝和她一起瘫在了灰尘里，她昂贵的白色内裤在一片污浊中闪着高级漂白粉的荧光，穿在这个瘦女人的身上，成了一块松垮的尿布。这个女人配不上如此的善意，她这样想。

15

他的样子让她想起香肠的肠衣，只是少了几分颜色，更像是抹得太开的腮红。他的样子像是被榨干了。莉齐两只手握住他的一只手，靠在自己的脸上，脸颊触到那只手上隆起的蓝色血管。那双手曾经给粮车搬了二十年的货，曾在马路上铺过柏油，也曾在北非杀过意大利兵。

而如今，沃利连呼吸都十分困难。他的肺像是被刨丝器搓着，一不小心就有可能被擦破而终止运作。莉齐拿出袖子里别着的手帕擦了擦他的脸，现在他的嘴一直张着，嘴角干裂。她想再吻他一次，留下最后一点回忆，留住这个曾经英俊的男人，留住这个此刻依旧英俊的男人。

邻床的老人们都睡过去了，莉齐看到护士给他们每人都注射了吗啡。于是她解开大衣扣，放开头巾，抬起沃利的手，拉下他的被单。一开始她想躺到他身边，贴着他石化的身体大哭一场。但爬上床时她改变了想法。她仍披着大衣，一跨脚，骑到了他身上。

别人可能没注意，但莉齐确信自己看见他的眼睛忽闪了一下，嘴角上扬，露出一个狡黠的微笑。她温柔地前后扭动，但并没有淫荡的意图，只是想再紧贴着彼此，隔着睡衣和内裤，感受他的温暖，为他的病痛带来一点点安慰。这是她欠他的。

莉齐一边摩擦着沃利，一边点燃香烟，深吸一口，再把烟吐在沃利脸上。她知道他是多么想念自己的荣爵烟。

“您还好吗，坎贝尔太太？”一个声音从背后传来。一只手轻柔但坚决地握住了她的手肘。“现在没事了，亲爱的。”这个声音说道，那只手将她从床上缓缓拉下来。“没事了，啊。”

莉齐被移开时，沃利没有动弹，睡衣被莉齐揉过的地方有些许褶皱，无其他变化。护士淡然地掐灭了她手中的烟，又放下了她的裙子，没有说什么。莉齐被引到自己的座位上，嘴唇触到一个玻璃杯，被送了一口水。整个过程，修女护士给予不断的安慰，像抚摸小猫一样安抚着她，这使得莉齐产生了向她倾诉心事的冲动。她捧起修女护士的手，说：“上帝，求求你，不要带走他，不要再带走他了，求求你。”

阿格尼丝化着厚厚的妆，在舒吉看来，更像是往脸上刷了几层漆，盖住了之前忘记摘下的几副面孔。他不远不近地跟着她，时不时停下来去捡她貂皮大衣里掉出来的东西。

阿格尼丝大摇大摆地进医务室的自动门，迎面跑过来一个满脸关切的护士，以为她需要帮助。舒吉看到护士企图将阿格尼丝押在破旧的轮椅上，但阿格尼丝推开了她，径直向肿瘤科走去。舒吉听到护士对一位男护理员说，那女人一定是哪里的女工[1]。

“她才不是。”舒吉说，语气里带着几分骄傲，“我妈妈这辈子一天工都没做过。她太漂亮了，不需要干活。”

尽管失去了光泽，这件旧貂皮大衣仍然让她显出一种优越。黑色系带高跟鞋在大理石地面的大厅里踱出久远的回音。右鞋鞋跟的牛筋底已经磨光了，虽然她用黑色记号笔重新给皮鞋上了色，但脱漆的鞋尖还是在地上摩擦出了魔鬼般的尖厉声音。

她的鞋刮过一间间病房，里面探出一个个憔悴的面孔。一位高大、面善的修女护士走出护士站，拦住了阿格尼丝。护士手里抱着一块绿色夹板，像是抱着一块盾牌。她站在面前有如一堵小墙。“不好意思，我能帮你什么？”护士疲惫地微笑着问，“我是米辰修女。”她指了指自己蓝色护士服上的工牌。

在阿格尼丝看来，这位护士比当年和莉齐一起当护士的那些彪悍的格拉斯哥女人友好多了，那些女人能抱住周六在酒吧惹事的男人，徒手拔出他们肋骨间的碎啤酒瓶。这些护士看多了无意义的人间暴力，大都脸色冷硬。米辰修女显然已经非常尽力。阿格尼丝看看护士宽大的身形和小巧的工牌，上面的字好像动了起来。她深吸一口气，努力让自己看起来没有喝过酒。“不用，谢谢，我知道我要去哪儿。”

米辰修女训练有素的微笑纹丝不动。“真的知道？嗯？快十点

1 原文为 a working girl，是妓女的委婉语。

了，探视已经结束了。”

阿格尼丝冲着护士狠狠眨了几次眼，护士的鼻头像一颗小草莓，阿格尼丝细看了一会儿，传达自己的同情，让她知道自己是算好时间才来的。她趾高气扬地把自己戴满戒指的手指放在护士粗壮的胳膊上，手指一根根落下，仿佛在弹钢琴上的音阶。“我来这儿看我爸爸。”

阿格尼丝充满酒气的酸臭口气扑面而来，护士没有一丝躲闪。“你爸爸的名字是？”格拉斯哥病患显然已让她身经百战。

“沃……威廉·坎贝尔。”

护士本来要查询夹板上的名单，听到这个名字却停住了。“哦哦，知道了。”她的表情终于没有绷住，几种复杂情感流露出来。她又抱紧了夹板，一只手轻柔地搭在阿格尼丝胳膊上。阿格尼丝目不转睛地看着那只手。

“哎呀，亲爱的，”她的语气是一反常态的温柔，“你爸爸的情况，我真是很抱歉。你爸爸是我们最喜欢的一个，真是太帅了，而且一点儿也不麻烦。”她凑近阿格尼丝的耳朵，神秘地说道：“但是我有点担心你妈妈，她好像不是很能接受。那天晚上我去查房，收拾晚饭的盘子，走到你父亲那床，就发现帘子还半掩着。你说，那个点儿了，不应该啊，我就把帘子拉开了，结果看见你母亲骑在他身上直扭呢。”

舒吉可能觉得护士是个好人，但阿格尼丝不同意。如果那天没有喝酒，她也许不会笑出来，如果这位好护士没有满脸同情地把手搭在她胳膊上，她或许也不会笑出来。但她并不清醒，也并不打算接受别人假惺惺的同情，于是她笑了。一开始她浅笑中带着抱歉，接着身子一激灵，爆发出阵阵狂野的笑声，她笑得前仰后合，旁若无人。末了不留情面地问道："你是嫉妒了吗？"

米辰修女丰满的下巴猛然合拢。"上帝啊！"她的草莓鼻也皱了起来，"要不要我提醒你，这是间公共病房！"

舒吉看到母亲的拳头攥了起来。"哎，得了吧。"阿格尼丝咂咂嘴，眼里还带有笑意。她也凑近说："他们在一起快四十七年了，她还不能伤心吗？"她貂皮包裹的手臂往前一摆，将宽大的护士推到一边，犹如拉窗帘一般轻松。她踱步至病房门口，转身时的高跟鞋在地板上再次尖叫。"我爸爸可是个美男子。"

舒吉在角落里等着母亲去开门，他轻轻地来到目瞪口呆的修女身后，心想，护士现在对外婆大概又增添了一分怜悯，老太太不仅要照顾临终的丈夫，还要招呼一个烂醉的女儿。舒吉戳戳护士厚实的臂膀，她吓了一跳。

"对不起，"他的语气像电话卡里的自动回复，"她刚才有点冒昧了，请见谅，但她真的是个好人。"他接着问道："所以这里是人去天堂的地方吗？"

修女米辰手抚在胸口，还在平复刚才的惊吓。小男孩只与她一拳之隔，穿着整齐的西装，双手背在身后，像个老头，好像整个医院都是自己家的。她也想戳一戳他，看眼前的一切是否真实存在。"噢，小朋友，你不能随便这样偷偷摸摸的。"

"我知道自己要走哪里，我才不偷偷摸摸的。"他正了正自己的细领带，"您能回答我吗？"

修女眨眨眼，说：“天堂？应该是的吧。有时候是。”

舒吉咬起了嘴唇。“所以人也能从这儿去地狱吗？”

她想告诉他这应该取决于班次，在英超联赛日入院的大多是要下地狱的。她打量了他一番，觉得他顶多也就八九岁。“不是的，小朋友啊，不经常去。”她扯谎道。

舒吉好奇地伸出手，把玩起护士衣兜里的手表链。“他们从这儿去天堂是坐公交车吗？”护士轻蔑地笑了，她伸出洒过消毒液的手，想要拍拍舒吉的脑袋，他本能地躲开了。“不要拍我，我才梳过的。”他嘟着个嘴，又靠近了些，继续把玩表链。

米辰修女的手尴尬地伸在空中，一时不习惯被拒绝的滋味。“你真是个爱整洁的小朋友。”

“我妈妈说不管怎样都要把自己收拾体面。”

护士朝走廊尽头看了一眼，问道：“所以那女的是你妈妈？”

舒吉点点头。“嗯呢。”他把表链一圈圈地绕在自己手指上，悄悄地瞥了一眼她的脸。“没事，你不喜欢她也没关系，她有时候会在厨房水槽底下拿酒喝。那会儿谁也不喜欢她，我爸爸也不喜欢，我姐姐也不喜欢，我哥哥也不喜欢。但是没事，利克本来就谁也不喜欢。我妈妈说他有社交障碍。”

修女闭上了眼，那双灰色的眼也算是看尽了世间百态。“她经常那么喝吗？”她问。

舒吉放下了表链。他看着她，皱起了眉头：“我能应付。我还能做家务，催她按时睡觉呢。但是护士小姐你还没回答我呢。我妈妈说外公马上就要去天堂了，那他是坐公交车还是出租车啊？”

修女的手从胸口移到了脖子上。“哎哟，小朋友啊，不是那么一回事儿。他们不是坐公交车。不过有时候会坐上一辆黑车。”她掐住一小块脖子上的皮肤，好像那是一条项链。“但是人去天堂的时候，一般不会把身体带走。”

舒吉下嘴唇嘟了起来，右眼闭上，表示十分难以置信。“心也不带走？”

“不带。”

“眼睛也不带吗？”

“嗯……不带。”

“连手指头也不带吗？”

“不带的，亲爱的。他们手脚也不带，鼻子也不带，什么都不带，因为去天堂的不是人的身体，是人的灵魂。”

舒吉看起来好像松了一口气。修女护士能察觉到他肩膀上如释重负。他油亮的皮鞋打了个转，寻着香水的气味到病房去了。在双开门前，他停下脚步。

“那如果你的身体不去天堂，就算有别的男孩在垃圾堆里对你身体做了不好的事，也没关系，是吧？”

公共病房的门啪地打开了。房间里，灯光昏暗，穿米黄色病号服的男人们支在雪白的病床上。房间的远侧，沃利的病床被橘黄色的探视椅包围。每把椅子上都有一圈孤零零的反光，莉齐独自坐在其中，她的灰色大衣、灰色裙子和褐色丝袜被鲜艳的塑料椅衬得分外灰暗。

阿格尼丝两手一甩，在空中画出一道悲伤的弧线，然后手掌捂脸，好像要演一出吓人的躲猫猫，她影子逆着走廊里的白光，觉得自己站上了在国王剧院的舞台。她一边走，一边滑脱包袋和大衣，在身后留下一路零碎。为了针对护士，她把鱼嘴高跟鞋挂在床沿，爬上了父亲的病床。莉齐看到女儿鲜红的大脚趾指甲从破丝袜里戳出来，心里凉了一截。阿格尼丝也坐到父亲身上，抱着他号哭起来，好像她是他的情人。沃利没有动静。莉齐站起身，也不说话，只是把女儿的黑色裙子拉到白色衬裙下面。

病房门开了一条缝，舒吉出现在门口，手里捧着一堆母亲的物品。“你要不是有个脖子，你得把你脑袋也丢了。”

这年轻的声音激起了老人的一点反应。一位身穿羊羔毛毛衣的女访客双臂叉在胸前，麂皮莫卡辛鞋指着老人的方向，满脸不快。穿西服的男孩一路走一路收集母亲掉出来的东西，那件貂皮大衣像湿毛巾一样拖在身后。外婆冲他笑了，这笑容是她周末看电视时那种心不在焉的笑容。舒吉觉得她一点也看不出难过，反而平静而从容。他在外婆身边的空椅子上坐下，拉起她的手，一起看着阿格尼丝下床。外公的脸在昏黄的灯光下显出炼乳的颜色，他皮肤薄而脆，好像一张捕蝇纸，紧紧贴在那笔挺的坎贝尔鼻梁骨上，与鸡叉骨有几分相似。舒吉这样觉着。

阿格尼丝在母亲另一侧的空椅子上坐下，拉起了她的手。但莉齐说：“探视时间已经结束了。”

阿格尼丝摇头晃脑地说：“妈妈，我真的不容易，我很久都没有勇气过来。”

“哦，你现在看着不是挺有勇气的吗？”

“我刚刚才把家里的事儿处理完。只要事情了结，我肯定就好了。我还可以加入戒酒会。”她说谎了，最后一句话听起来十分空洞。

“我从来不喜欢什么戒酒会。那种地方那些不三不四的人才会去。上帝给了你意志，你就应该用来拯救自己。”

三代人沉默许久，手牵手连成一线。阿格尼丝手上的廉价大戒指和莉齐的手关节一样又蓝又粗。过了一会儿，阿格尼丝从袖子里抽出一截手纸，擦擦眼睛，递给了莉齐，莉齐做了同样的动作，把纸递给舒吉。舒吉将纸折到没有眼影和痰的一面。阿格尼丝从黑色背包里拿出两罐啤酒，“呲”地撬开，然后熟练地把瓶盖扔回包里。“我觉得我接受不了，他们都要离开我吗？”

莉齐从舒吉手里要回手纸，矜持地遮住了易拉罐上的半裸美女。“我感觉又回到了他刚从战场回家那会儿。我真不想他这么快就又走。”

舒吉看到穿羔羊毛毛衣的女人向两罐啤酒抛来嫌恶的目光。他想转过去提醒母亲，却看到她的心思早已飘走。母亲刚才说的话，她也一句都没听见。舒吉把手伸向外婆羊毛大衣上的纽扣，把所有小花形状的塑料纽扣摆正，花瓣在上，叶子在下。两个女人你一句我一句地说着，但谁也没有在听谁说，舒吉就这么等着。

病床上的老人艰难地呼吸着。氧气在他的肺部肿瘤周围迂回流动，发出粗粝的喘息。阿格尼丝咬紧了牙关，烤瓷牙面相互摩擦，像是两个瓷盘子在打架。“我当初就不该跟那个杂种走。”她点燃两支烟，给母亲递了一支，“等爸爸醒了，我跟他检讨。”

这番话让莉齐回过了神，她吸了口烟，又将烟圈吐在沃利脸上。“你爸爸不会好了。”

阿格尼丝拍拍床。“我爸爸会好的，他是打不倒的。”

“阿格尼丝！医生说了，他这次回不了家了。”

阿格尼丝又啜了一口酒，舒吉看到母亲的眼影与泪水交融，脸上流下两行黑水。“凭什么人就得躺着任生活糟践呢？”

莉齐耸耸肩。“唉，现在抱怨自己可怜又有什么用呢？”

又是长久的沉默。夜色越来越深，以至于到了清早。羊羔毛毛衣女人终于走了，不一会儿，修女护士端进来两个茶杯，换走了下流的易拉罐。护士没有多言语，阿格尼丝便知父亲大限将近。护士又给沃利打了一针吗啡，让莉齐用冰块给他缓解嘴上的疼痛，然后把隐私帘拉拢，将四人围裹其中。舒吉的腿坐麻了，但此时此刻，他懂事地忍耐着。

寂静中，阿格尼丝逐渐清醒过来。她翻开弗里曼邮购目录，企图抑制身体的颤抖。邮购目录从二月那期开始便破损不堪，因为舒吉八月要开学，需要准备他长个儿的衣服。她把茶杯倒满，速度比之前缓和了一些，然后转向母亲问道：“他走了你怎么办？钱之类的问题。”

莉齐耸耸肩。“你是怎么办的呢？”

阿格尼丝瞥了一眼病床上的父亲。“我不想说。”

莉齐让小外孙倚在自己身上睡着了，她伸手将他靠拢过来。确保他睡着后，她才开口说：“我想告诉你一件事儿，阿格尼丝。

但你不要评论，我不想被你批判。”

阿格尼丝直起了身子。“什么事儿？你还好吧？”

莉齐摇摇头。“我对你太苛责了，我知道。”她停顿片刻，似乎在等阿格尼丝否认，但阿格尼丝没有否认。“我从来都不喜欢舒格。但我也不应该对你那么狠。”

“没事。狠点儿也是应该的。”

“不不。我曾经和你是同样的处境，可能我只是希望改善一下你的处境。”

莉齐又看了看熟睡的男孩，才开始讲述她的故事。舒吉双眼紧闭，但其实并未入睡。他仔细地听着她接下来说的每一句话。

莉齐深吸一口气，憋了很久才开口。“再难再累，阿格尼丝，都要坚持下去，就算不是为了自己，也要为了孩子，坚持下去。做母亲的就是这样。”

年轻的莉齐拿着一把墩布，在出租屋的台阶上一级一级打扫，时不时停下来用手拧墩布头上的水。漂白粉的酸腐气息和松脂把她辣出了眼泪。她提着沉重的铁桶来到街边，将脏水泼到下坡路上。穿着半截衣服的小孩顿时为这条新的河流欢呼雀跃起来。

那个早晨余下的时间里，莉齐就着阿格尼丝的婴儿澡盆洗被单。她错过了公共洗衣房的洗衣时间，但没有告诉任何人。她曾经非常享受那个过程，那里没有男人的打扰，没有小孩的哭闹，女人们能自在地聊聊教堂里无法说的家长里短。她只需付过钱，便可来到自己的水槽位，把窗帘和工服全部丢进滚烫的深水里。

趁衣服泡水的时候，女人们便围成半圆，把绯闻揉进泡沫里。整个杰米斯顿就没有洗衣房里听不到的新闻。

如今她知道她们是在谈论自己。她们等着她的衣服甩干，愉快地告别，离开大家的视线，便一起将她的名声扔到地上，像块烂骨头一样践踏。

她搓洗衣服上的污渍时，铁盆边溅起巨大的浪花。她嘟囔了几句脏话，但至少，她不需要再为他洗衣服了。不需要再为沃利·坎贝尔洗衣服了。这小小的澡盆如果装下他的灰黄色工装，就没有水的空间了。

正当她红着脖子卖力洗衣时，阿格尼丝过来了。小女孩跳着舞，镶褶边的白袜子使劲吸着地上的肥皂水。莉齐一把抱起女儿，把她放到厨房的地板上，重新为她系好头上的红色蝴蝶结。“你是不是又饿啦？”

莉齐的手指一一数过食品架，不禁皱起眉头。架子上的食材所剩无几：几个满是麻坑的土豆，一小块猪油，还有一小撮见底的面粉，像是从空气中压榨出来的。她的手越过一个空面包筐，挪开一盒肥皂粉，三个鸡蛋从背后滚了出来，个个均匀饱满，光洁无瑕。她把猪油放在平底锅里热化，破开蛋壳，肥厚的蛋液滚到油上，顿时散发出丰富的香味，滋滋作响。她转过身，一根手指竖在嘴上，对阿格尼丝做了个“嘘”的动作，阿格尼丝抬起圆圆的脸蛋，也竖起一根手指，放在自己的小嘴巴前面，跟着妈妈去了。

小女孩坐在母亲的腿上，两人从同一个盘子里飨食三个宝藏般的鸡蛋。蛋黄又稠又油，糊在莉齐的牙齿上，她看到阿格尼丝的唇上也糊了一层。吃饱喝足，她摇着膝上的阿格尼丝，聆听窗外的小孩玩印第安人游戏，聆听窗外燃气工厂呼叫工人回位的鸣笛。她想知道当一个工人仍能走回燃气厂的时候，心里是否有半点羞耻。她记得沃利曾有过怎样的感受，直到那天他说他再也受不了了。

那天，天气很温暖。打开窗户便能听到街边小印第安人和傻牛仔们尖叫打闹的声音。莉齐在屋里聆听，忽然间，小孩们的尖叫变成了兴奋的欢呼，好像发生了什么事。街上来来回回穿梭着什么，人们的说话声此起彼伏，但都重复着同样的话语，一个个传递下去，好像某种原始电报。莉齐悄悄来到窗前，透着窗帘缝一探究竟；邻家的女人们都赤裸裸地将头伸出窗外。小孩子向窗前的母亲们喊着新闻，母亲们又转身将新闻传递给屋里的人。

忽然，莉齐背后传来敲门声。她看看阿格尼丝，一圈厚厚的蛋黄还糊在小女孩嘴边。她擦干净女儿的嘴，毁灭了证据。门是从来不锁的，外面又有那么多管闲事的新教鬼，无论是何等闲人，她一定不能让对方抓住把柄。她走到门廊的镜子前，往头发里注入一丝生气。同时脑子里一幕幕地回忆自己欠的债，确定都已还清，又瞥一眼空空如也的架子，心中踏实了许多。于是打开了大门。

窗前泻下的蓝绿色的光洒在男人的肩上，像一层薄薄的灰。男人一言不发地站在门口，似笑非笑。他放下肩上的帆布背包，塞满行李的背包能自己立在地上，几乎与莉齐的鼻子齐高。她不知道自己为什么要那样说，也许一时想不到别的话可说。

“那里面最好不要都是脏衣服哟。”

他笑了。她之后为此感到欣慰：他只是笑她，而没有让她的疑惑打破了愉快的气氛。“我能进来吗？”他往前跨了半步。

一时间，她感觉自己认不出他了，这个陌生的男人。他的脸就像是她在格拉斯哥某条街上会见到的脸，如果对方向她半点头致意，她也会半点点头，但更多是出于礼貌，而非真的认出对方。

莉齐还是退后一步，让陌生人进屋了。他将沉重的帆布背包拖进屋，关上了门，然后摘下帽子。正整理毡帽的时候，他看到了桌子后面盯着自己的那双眼睛。

“这是她吗？”他问。

莉齐只能点点头。他上一次见她的时候，这个小女孩还包裹在坎贝尔奶奶手织的毛毯里，像一小条火腿。几年里当然也给他寄过圣诞节的照片和复活节的卡片，但亲眼相见，还是不同。他觉得自己是第一次真正亲眼见到她。他贪婪地欣赏着她乌木般的黑发，璀璨的绿眼睛，还有可爱的微胖的双腿。沃利双膝跪地，眼泪止不住地流下来，她是个健康快乐的小女孩吧，他如释重负，宽慰极了。接着他打开背包，从里面拿出一个漂亮的洋娃娃，手绘的衣服，明快的脸色，又拿出在非洲买的串珠发带，在意大利买的纸质十字架，一个接一个。还有条纹纸包装的彩色硬糖、更多的洋娃娃，每一个都是不同的肤色和形状，是莉齐从来没有见过的人种。沃利每往地上放一样，阿格尼丝就捡起一样，直到她围抱不过来，只能捡一样，扔一样。阿格尼丝倚着沃利的膝盖，玩弄着手中的财富，他将鼻子埋到她的头发里，沉醉在她新鲜的奶香气中。

沃利跪地的时候，莉齐轻柔地抚过他的脑袋，轻得几乎没有触碰。他的后脖颈变成了一种她从未见过的枫糖色，泛着甜蜜的金黄。在脖子下方和衬衫的交界处，又看到健康的淡金色，与晒焦的部分界限分明。她悠悠地缠绕他耳后的一缕鬈发，没有发油的包裹，反而散发着被阳光浸透的鲜活琥珀色，发根和发梢是如此不同，她几乎没有认出来。眼前的人，她几乎没有认出来。从前她深爱的那个一头乌发的男人哪里去了？她手指穿过他的鬈发，猛然拽了一下。

沃利抬起头来看着她。他闭上一只眼，歪嘴笑了起来。他是真的。他回家了。

报纸之前并没有相关的消息。她每天都要看报，有时两次，有时十次。有时她从医院回来，会跑到绿地背后的公共厕所里，坐在余温未散的马桶上，阅读老德夫林先生落在那里的报纸。新闻总是会报道出征北非的英勇年轻人又夺得新胜利，也会提及格拉斯哥、因弗内斯和爱丁堡的好儿女牺牲的消息，整页整页的名单，光是杰米斯顿街区都出现了那么多名字。每个星期日，到教堂做祷告的家庭络绎不绝，他们低垂着沉重的头颅前来为逝去的儿子做祷告。后来名单越来越长，她也数不清了。戈尔迪先生，年轻的戴维·艾伦，还有二十三岁的科特雷尔兄弟，光他们两人就留下了七个失去父亲的孩子。

这些不幸的士兵都被宣告死亡，但沃利没有。她告诉母亲伊索贝尔，希望还在。但伊索贝尔经历过苦难而漫长的一生，她把自己最小的女儿搂在怀里，告诉她要把希望放在一边，而专注眼前的现实问题，好好打工，把两人喂饱。“希望越大，失望越大。”伊索贝尔说。

现在这一切都不重要了。沃利·坎贝尔回家了，而莉齐在接受这个现实之前就已经开始忙里忙外。窗外很近的地方，人群欢呼着他的名字，她知道战友们很快会过来找他。她把阿格尼丝抱到晾衣柜旁，拨开一叠毛巾，从柜子深处取出一个铁盒，轻轻打开，浓甜的马迪拉蛋糕香气顿时充盈了整个房间。柜子里还深藏着一块泛着油光的火腿，莉齐揪下一大块，连同蛋糕一起放到阿格尼丝腿上。“妈妈需要你在这儿静静地坐一会儿。”然后对着女儿把门轻轻关上了。

他们很快就要来找他了。

莉齐迅速脱下内衣裤，来不及亲吻，甚至来不及拥抱，这一切都不足以弥补她曾承受的等待和空虚。她双手撑在木椅子的左右把手上，弯下身来。她感到他从背后靠近，一开始十分模糊，好像他是街上尾随的一个路人。但他开始抚摸她，亲吻她的后颈，然后感觉到他粗鲁的插入。她凝视着他黝黑的手，陌生的手指抓住自己雪白的手臂。他慢慢地插入她的身体，起初缓慢，继而越来越快。没多久，他整个人像条毛毯一样铺在她背上，二人融为一体。

他们很快就要来找他了。

他的气息与她记忆中的有所不同。他的头发里有种烂熟橘子的香气，对她来说过于甜腻。她转过头去看他，他也正专注地看着自己，她确定这是他了。那碧绿夹杂黄铜色的眼睛，像是夕阳刺穿榉木叶林，是那双眼睛，没错。

在阿格尼丝出生好几年前的一天，沃利带着莉齐换乘了三趟公交车，来到凯尔温格罗夫博物馆。她此前从未踏足过如此富丽堂皇的建筑，只能怯生生地跟着沃利在大厅里穿行。她觉得自己的鞋跟弄出了刺耳的噪声，裙摆露出大衣的部分过长，但沃利没有在意。他摆开粗壮的双臂，为她在人群中开辟出一条小路。他的姿态好像在宣告自己有和拜雷斯路那些高知一样在此行动的权利。过后他才坦言，自己是因为来修过屋顶才知道了这座雄伟建筑的存在。

那是一个难得的下午。砂岩楼梯的尽头，一幅油画正在展出，画面上是一条慵懒的小河，岸边伫立着一排枝叶繁茂的毛榉树，秋日的野花仍旧泛着金黄。沃利看着她直笑，她便忘记了裙边的烦恼。他的眼睛颜色像是从油画上提取的，灰绿色背景下点缀着斑驳的小鹿身上的红棕色。现在，当她在他脸上寻找这双眼睛时，她找到了自己心爱的人，那幅绿色油画虽然换了画框，但色彩依旧鲜艳。

屋里的角落里传来模糊的杂音。她忘记了。她曾因担忧这件事而夜不能寐，现在到了这个关头，她怎么能忘了呢？

沃利停下了动作。他抬头往角落看去，好像有什么不喜欢的东西在靠近。莉齐感到他滑出自己的身体。他重新穿好制服，向角落走去。他蹑手蹑脚，手掌张开，好像那东西会一不小心跳出来，从他身旁逃跑。窗帘后发出婴儿的哭声，沃利把摇篮上的帘子拉开时，婴儿爆发出一声哭号。

她永远也忘不了那一刻他的表情。沃利宽厚的后背对着自己，转过头，静静地盯着她。房门在那一刻被挤开了。战友和他们的老婆一哄而入，手里是一盘盘三明治和一瓶瓶喝掉一半的麦金利威士忌。她只来得及在啤酒开罐的瞬间放开扶手椅，勉强站直。沃利热烈地拥抱每一位战友，眼睛却死死盯着她。她只能站在屋角，隔着欢乐的人群，用嘴唇示意道：“对不起。”

祝福的人群陆续离开，他们把帘子重新合上，然后躺到了床上。他说他累了，但莉齐能清晰地感受到他身体里的酒精散发的热气。她觉得也许自己的羞愧也在散发同样的热气。他们没有说话，也没有抚摸，只是各自躺着。那一刻，她觉得他比远在埃及时还要遥远。

翌日早晨，莉齐醒来，沃利早已穿上了他的高档羊毛西装，裤子略显宽大，样式也有些过时，上衣比以前松垮了许多。他搜到了杂货店老板送的午餐肉、火腿和蛋糕，做了油炸午餐肉，正往女儿嘴里喂，每次阿格尼丝摇头拒绝，他都会哈哈大笑，宠溺地用最后几块马迪拉蛋糕哄她开心。

她不愿意见他碰那些肮脏的食物。她想起了基尔菲斯，那个O形腿的杂货商，她已不记得这一切的开始，只记得一切都显得龌龊不已。是为了多得几个鸡蛋吗？为了拿到比配给多一点点的肉吗？还是为了剩下的几片面包？这些事情怎么好向沃利开口呢？

那个男婴是基尔菲斯的孩子，此刻正自顾自地咿咿呀呀。沃利背对着他，就像什么也听不到。

莉齐从帘子后面出现时，沃利站了起来，但没有看她一眼。他扣起衣服纽扣，吻别阿格尼丝，然后从旧婴儿车里取出了那袋干净床单。莉齐看着他抱起了襁褓中的小男孩，男孩伸出粉嫩的胳膊抱住沃利，对他流露出的深深善意表现得极为信任。沃利将小男孩放到童车里，温柔地给他掖了掖针织毯，然后朝门口走去。

她不自觉地跟了上去，一只手压住童车。“你要去哪儿？”

“外面。”

“你还回来吗？”

“当然回来啊。”他为这个问题感到微微惊讶。

莉齐觉得如果自己开始哭，也许就再也停不下来了。她放开了童车手柄。“我对不起你，”她耳语道，“我能多分到点儿肉，吃的好点儿。我也不知道。我……我不知道你还会不会回来。”

“我知道。”他再没有多说一句。

她几乎是在祈求了。“发现以后我把能找到的药都吃了，吃了好大一把，但是已经来不及了。”

“我不需要知道这些，莉齐。”他捧起她的脸，轻轻一吻，这是自两人在圣伊诺克火车站告别以来她得到的第一个吻。她从未允许基尔菲斯吻过自己，觉得有必要向他说明这一点。

他说：“是我对不住你，我走得太久了。”说完便推着童车，带着这个没有血缘关系的婴儿，走进了温暖春天的早晨。

这是她经历的最漫长的一天。

夜晚的街灯亮起时，沃利已经回到家。莉齐在窗前站了一天，她听到他一路上都在吹口哨。德夫林太太过后告诉她说，自己被沃利吓了一跳。一开始她还以为是个远东来的印度伙计，因为他铜亮黝黑的皮肤实在耀眼。接着她说，他上楼梯时一路踏着小碎步，又唱又跳，好像把自己当成弗雷德·阿斯泰尔[1]本人了。

他来到家门口时，手里既没有童车毛毯，也没有婴儿。他将妻女搂在怀里，莉齐嗅到了他身上凉爽的新鲜空气，好像来自远方开阔的原野。

沃利晚饭吃得很香，两大碗浓浓的奶油豌豆汤配咸羊肉丝。莉齐不能告诉他这些珍馐的来处，或是用以交换的途径。好在他也没有问，莉齐感到庆幸。

那一晚，他们躺在窗帘后，她蜷在沃利怀中，轻抚他手臂上茂盛的毛发。她转过身，问他孩子在哪里。

沃利抱紧她，斑驳的绿色眼睛直视着她的眼睛，只说了一句：“什么孩子？”

---

1 弗雷德·阿斯泰尔（Fred Astaire，1899—1987），本名菲德利克·奥斯特利兹（Frederick Austerlitz），是一位美国电影演员、舞者、舞台剧演员、编舞家与歌手。

16

阿格尼丝后来常常想起母亲讲的故事，尤其是在父亲死前的那些天。肺癌终究还是将他带走了，他到最后一刻也没有停止挣扎。

父亲在三月湿冷的一天下葬，墓地选在兰希尔山公墓背后的一处缓坡上。清醒的日子里，阿格尼丝会为父亲哭泣，继而为自己哭泣。她嫉妒父亲对母亲的爱，悲叹自己从未被舒格这样爱过。

喝酒后，她又会给母亲打电话，在电话里埋怨她摧毁了自己对于父亲的美好记忆。什么样的男人会让自己妻子的孩子就这样凭空消失？但一个月后，母亲也死了，再也没有人在电话那头听她哭闹。

伊丽莎白·凯瑟琳·坎贝尔死于不慎滑倒。

当阿格尼丝终于求到出租车来矿口接她去医院时，莉齐已经离世一个半小时了。痛苦万分的阿格尼丝走到孤寂的矿口马路中央，冲着出租车的灯光，一头栽倒在尘土里。

终于来到医院，阿格尼丝见到了处理事故的警察，警察说公交车司机受到了重创。“他是个好人，”他们说，“多年来勤勤恳恳为公司效劳。”但是他怎么也没料到一个老妇人会自己从路牙子上倒着走回去。他肯定是不想害她的，但是倒着走反而显得她是真想离开这个世界。这是他们的说法。

尽管警官的脸被帽檐遮住，阿格尼丝还是能察觉到他在上下打量自己，好像在说，就你这么个醉鬼，不把你母亲逼成那样才怪。他们冷漠的眼神与温暖的话语十分不相称。“这种事也很常见。”他们这么说，意思好像是莉齐选择了一种懦弱的方式结束生命。但母亲永远不会选择懦弱。她是个合格的天主教徒，阿格尼丝是了解她的。

又过了几天，殡仪馆放出了莉齐的遗体，安置在母亲生前的卧室里给阿格尼丝作道别。利克帮助她将房间里的双人床立起靠在墙上，为棺材和支架腾出空间。父母生前的床垫直立在地上，永远也不会放下了。阿格尼丝从织物柜里拿出一条宽大的床单，覆盖在床垫上，使它变成了一个美好回忆的幽灵。哀悼父亲还未足一月，就被推到了母亲的遗体前，阿格尼丝的骨头里都渗透了对酒精的渴望。

她独自坐在莉齐打开的棺材旁，戴着她能找到的最为肃穆的头巾，身穿几周前才穿过一次的黑色针织裙。先是父亲去了，如今母亲也去了，观景山现在已经没有值得留恋的光景。她不再往地毯上铺纸板，任由前来悼念的人群踩毁。

棺材里的莉齐看起来十分瘦小。殡仪馆给她化了很厚的妆，遮掩车祸在脑门上留下的巨大裂缝，还把她被轧碎的双手藏在了衣服的丝绸袖口里。阿格尼丝为她摆放好《圣经》，将圣犹大挂件放在丝绸衣服上。她再也不想重复这个过程。

阿格尼丝要求给莉齐穿上她那套橄榄色的礼拜西装，并把头发根染回原色。殡仪馆让她带一顶帽子来遮住母亲头部的伤，但她给了他们一张母亲的照片，要求把她的头发挽成一个结实的发髻，以修饰脸形。工作人员尽力照做了，但莉齐的脸上留下了厚厚的蜡感，失去了她原有的气质。她的脸颊上没有了快乐的红晕，小巧的鼻头也失去了粉色的生命力。阿格尼丝弯下腰亲吻了母亲，她哭着请求她的原谅。

眼泪哭干了，她坐起身，听着隔壁传来电视的嗡嗡声。她取下最后一对没有流落至当铺的耳环，轻柔地穿进母亲的耳洞。“我知道不是一对。”她把左边的耳环绕紧，“不过爸爸看见肯定会被逗乐。”

她把莉齐的胸针也调正，这是一个精致的圣母与耶稣锡像，是娜恩·弗兰尼根专门从法国卢尔德带回来的。“可怜的娜恩，她应该看好你的。”她叹了口气，“干吗要做这种傻事？”

阿格尼丝往一团卫生纸上吐了点唾沫，抹在母亲的两颊，但厚厚的妆丝毫未动。“我这次要做三文鱼罐头三明治，不做奶酪三明治了，可以吗？上次招待爸爸那些朋友做的奶酪三明治，在外面放一天都硬了，那些没良心的还跟我翻白眼。我看见八婆安娜·奥汉娜嘴都要翘上天了，还有那个多莉，跟她家约翰说‘我们大老远从多尼戈尔赶过来，连片肉都见不着。’”

阿格尼丝用自己的亮色口红给母亲涂上，又用大拇指沾了一点点，轻拂在她干枯的面颊上。她想要抚平母亲的翡翠色圆帽，但又怕碰到她的后脑勺，于是用一把小梳子拨了拨她额前的红棕色鬈发。“看，脸上有点颜色，人看着就精神多了。”话说一半，便哽在了嗓子里。

阿格尼丝在母亲身边守候了一整晚。四月湿漉漉的早晨，莉齐的棺材在沃利的棺材上方埋葬。土地十分潮湿，只能先排水，再把棺材放进去。

葬礼结束后，阿格尼丝把三明治用纸巾包好放在盘子里，让舒吉端着绕屋子走了三趟，一直到宾客的皮包被塞得鼓鼓囊囊，三文鱼和黄油的香气直往外冒。舒吉被推回来，阿格尼丝又把他送回去，手上又多了沉沉的一盘肉食。

招待会结束回家时，天已经黑了。矿工媳妇们还稀稀拉拉地倚在大门口，趁着下雨休息。她一直清醒着，因为怕母亲在上头看自己，但现在，利克陪在身边，她便将自己交给了特酿啤酒，让疲惫的心浸在这琥珀色的甜味里。

利克刚打开素描本，阿格尼丝就来到他面前，见他从背后的一个信封里取出一张长长的、写满了数字的纸。他略有些尴尬，但仍娴熟地遮住拨号盘，缓缓拨出了一串非洲号码。原来这就是那个凯瑟琳一直不肯给她的号码。一种前所未有的孤独感向她袭来。

她努力从利克的只言片语中攫取尽量多的信息，但他说话过于简洁。她又竖直了耳朵去听凯瑟琳的声音，站在矿坑潮湿的门廊前，阿格尼丝仿佛听到金丝雀在空中啼鸣，想象着凯瑟琳整日被华丽的地毯和热带鲜花所围绕，它们有着她一辈子也没听说过的名字，记载在她一辈子也没读过的书里。打心眼里，她希望凯瑟琳是幸福的。她希望凯瑟琳能让利克把听筒交给她一次，然后阿格尼丝就能亲自告诉电话那头的女儿自己是多么想让她回家。

"凯瑟琳，是我，利克，"他说，"抱歉，这是妈妈要给你打的。是，她就在我旁边。"他充满犹疑地上下打量着阿格尼丝。接着是短暂的停顿。阿格尼丝听到凯瑟琳在电话那头的声音变得焦躁。"别担心，我不会，我答应过你，一定不会。"

"你喜欢南非吗？"片刻停顿。"哦，他还行啊。差点儿死在矿口了，但是现在还好。还是有点儿怪，你知道吧，就是，有点儿怪怪的。"他伸手盖住了话筒，压低声音说道，"杰拉尔德·菲茨帕特里克和帕特里克·菲茨·杰拉尔德[1]，那种。"

电话那头传来笑声。阿格尼丝戳了戳利克。"哦哦，对了凯瑟琳，唐纳德在吗？不是，我就是问问。就是，我要告诉你个坏消息啊。嗯，就是，外婆去世了。"接下来是长久的沉默。

阿格尼丝比画道：她哭了吗？

利克挥手示意她站远一点。"上星期她被一辆公交车撞了。当时她没注意，发生得太快了。哎，好吧。不是，我跟你说，我，

1 两位爱尔兰同性恋男性。

我也不知道怎么跟你说这个，但是，外公也去世了。我没逗你，不可能逗你啊。但是我们不想让你伤心。嗯，三周前。”他开始从牙缝里挤出话来，“实话跟你说吧，是我决定要瞒着你的。被留在这个鬼地方就是这样，坏人总得我来做。”又是漫长的沉默。阿格尼丝觉得她听到了凯瑟琳的道歉，又或是啜泣。“那……你要回来吗？哦，哦，好吧。哦，好，那，恭喜啦。”

阿格尼丝指着自己：她想跟我说话吗？她故作随意地比画道。

利克叹了口气。“凯瑟，你听我说，你想跟妈妈说话吗？没醉，没怎么醉。挺伤心的我觉得。好，我说，好。不用，那随你便吧。谢谢。”说完，便把电话挂了。

阿格尼丝的手悬在半空，直到电话挂了才发现自己一直抓着电话线。利克耸耸肩，低头对地毯说道：“她太难过了，不想说话。”他揉揉自己的酸下巴。“他们晚饭吃南非香肠，穿成串儿跟水果一起烤了吃。恶不恶心你说。”

17

她半个身子吊在床边。舒吉一看这个奇怪的角度，就知道她昨晚又喝得天旋地转。他把她的脑袋移到床上，以免她被呕吐物呛到，然后搬来一个桶放在床边，又轻轻地拉开她奶油色的裙子，解开她的内衣扣。他想帮她脱鞋，但发现她并没有穿鞋，也没有穿黑色丝袜，大腿白得刺眼，腿内侧有了新的瘀伤。

舒吉安排了三个茶杯：第一杯是自来水，用来润喉；第二杯是牛奶，用来缓解胃酸；第三杯是酒，舒吉从房子各处搜集来精酿和黑啤，用叉子搅在一起。他知道她首先拿的只会是第三杯，因为这才是她内心伤痛的解药。

他靠在母亲身边，聆听她的呼吸。她的气息里夹杂着香烟和沉睡后的酸腐味，于是他跑到厨房，找到第四个茶杯，盛满清洁牙齿的漂白剂。他从自己的《帝国教皇史》作业本里扯下一页纸，用铅笔写道："危险！洗牙齿，不要喝。不要不小心吞下。"

他听到大门轻轻关上的声音。利克上班大概又要迟到了，他总是不愿意离开自己被窝的庇护。在被单的遮掩下，他的生活有种与世隔绝的质感。舒吉顺着窗帘的缝隙望出去，看着哥哥耷拉着溜肩，拖拖拉拉向远处走去。第一批矿工的孩子们已经在上学的路上，提早到校的男孩们会先踢一会儿足球，他们和把舒吉围起来轮流踢打作乐的是同一批人。舒吉找到母亲的圆珠笔，在作业本上行云流水地签上她的名字，贝恩太太。这名字现在看来已不合时宜。

钟表显示时间还早，足够他悄悄溜进弥撒，于是他背过身去，双手合十，耐心等待着。母亲的梳妆台整洁有序，这是她的作风。当她不犯酒瘾的时候，就会将首饰盒里的宝贝拿出来，不论贵重与否，一件一件细心擦拭。有时她会把所有小饰品都摆在梳妆台上，和舒吉玩首饰铺游戏。她让舒吉为自己选出新搭配，将耳环和项链做成不同的排列组合。如今精致的首饰被陆续当掉，这个游戏也变得愈发困难了。

他凝视着母亲在镜中的映像，她的背脊随着睡眠的呼吸一起一伏。舒吉打开一管睫毛膏，抹在自己鞋子上，将那条灰色的裂缝盖住，然后又涂了些在自己的睫毛上，睫毛瞬间变得修长卷翘，十分漂亮。这时，阿格尼丝像一具骨架模型一般坐了起来。他连忙将睫毛刷往膏管里塞，但怎么也塞不进去，只能悄悄丢进梳妆台下的抽屉里。

但阿格尼丝根本没有看他。褪去的醉意使她神经紧绷，一下蹦了起来，硬邦邦地站着，一瓣乳房露在胸罩之外，而那瓣胸罩也挂在昨天的衣服外面。很快她又倒下了，瘫跪在床边，好像要准备睡前祷告的样子。

小儿子一定早就到学校了。她知道他去学校前一直在床边看着自己，像个被囚禁的幽灵，但当她睁开眼时，他已经离开了。她支撑自己坐在床边，两膝之间夹着那桶水，努力平息太阳穴的跳动。呕吐物涌了上来，她像只噎食的猫一样拱起背，昨日的生活画面缓慢地在脑海中浮现：客厅单薄的椅子、钟表、空荡荡的家；看到自己时而在厨房和客厅来回奔走，时而跪在地上抠踢脚线里的灰。她又看看钟表，窗外街灯亮起，家里的窗帘仍旧拉着，儿子已经放学在回家的路上了。

除此之外，思绪就像洗衣机里的旋转板，甩出零碎的画面。看到一部电话机，一辆出租车，一人一桌的宾果游戏，喝酒，没中奖，继续喝酒，还是没中奖，旁桌的一个女人靠近自己，问是否还好。她问女人有没有孩子，女人说没有，便走开了。然后是回家的出租车，陌生的司机，车在一处黑暗的路口停下，她记得司机的脸，记得自己的尖叫，被他的须后水呛到的感觉，最后只剩下巨大的恐慌。

呕吐物涌上来了。剧烈的咳嗽让她满脸通红，秽物喷在手上、床上，还有黑色的皮包上。她抬起黏糊糊的手，气喘吁吁地躺了回去，像个溺水的病人。另一只干净的手小心翼翼地划过床单，摸了摸两腿间的柔软地带，一阵新的酸痛袭来。想吐的感觉再次涌上来。

过了很久，她才有力气再次从床上坐起。急切地想要泡个热水澡，但电表上不足半数的余额意味着水只有温热。浅水处，她能看到大腿内侧的红色瘀伤和黑色的煎饼大小的抓痕，像是那一块皮肤下的肌肉已经死亡。水很快就凉了，她瑟瑟发抖地擦干身子，套上一件毛衣。她用尽最后的力气，往头上喷了些发胶，往眼睛上扑了些蓝色眼影。然后一屁股瘫在扶手椅里，麻木地仿佛一具蜡像。

一串轻快的敲门声响起，伴着长指甲急切的刮蹭声，蜡像悄然不动。“阿格——尼丝！阿——格——尼丝。是我！”金蒂·麦克林奇进来了，她站在阿格尼丝面前问了句：“我能进来吗？”她低头看着这个僵硬的女人，尖声笑了起来。“哎哟哟，姐妹，你看你，喝得挺差不多了啊。跟你说，我也是过来人啦。”

矿坑姐妹里，金蒂是唯一一个擦厚面霜，喷伊丽莎白·雅顿香水的女人。她会在晴天戴针织头巾；她的脚很小，喜欢穿舒适的平底鞋；她胸前戴着圣克里斯托弗徽章，对人说三道四的时候爱引用《圣经》。如果说阿格尼丝酒后总生出忧愁与懊悔，那么金蒂酒后则变得尖锐而刻薄。她经常叉着腰，指点这个世界的错误，批判每个人大大小小的毛病。酒过三巡，她的眼睛就眯成一条线，像个厨艺比赛里的挑剔评委。据说矿口区的每家人都曾把这个泼妇从家里打出去过。

金蒂对着阿格尼丝可怜地摇摇头。“要不要我给你烤一小片面包啊？”她说着便摘下了花头巾。

阿格尼丝点点头，嘴角只能勉强挤出一个短暂的客气微笑。金蒂自己去了厨房，面包就在烤面包机旁边放着，但她翻开一个柜子，又翻开一个柜子，阿格尼丝便知道她是在找酒。顶层的柜子够不到，她就跳起来，再跳，再跳，像条小疯狗，脚上的平底拖鞋“啪啪”扇着地板。

过了很久，金蒂回来了，手里端着一片烤得梆硬的面包。她用那尖厉的童声问道：“姐妹昨晚过得不太好？”眼睛则一刻不停地扫视着房间的各个角落。

“是。”

“哎呀，好吧，我没法久待，没法久待啊姐妹，就是来跟你喝杯茶。还有事儿等着我呢。”她脱下大衣坐了下来。

阿格尼丝想把盘子放在椅子扶手上，不料手抖得太厉害，面包整个掉在了地上。

“啧，啧，啧。你看看你这样子。你这状态可不太行啊。”

阿格尼丝两手蒙住脸。她的脑袋酸痛，四肢也酸痛，整个身子好像被揍了一顿。

“哎，我也不想看你这么难受。”金蒂斜眼看着她，吸吸鼻子，“你家里也没酒了吧，是吧？”

经过一番搜刮，她早已知道答案。阿格尼丝只好说：“厨房水槽底下还有一罐，在漂白粉后面，那个塑料袋里面。”她的脑袋晕得像在泡水。

金蒂吸吸鼻子。“那我们来一小口，帮你调剂调剂？”

阿格尼丝点了点头。金蒂从沙发上弹起来，几乎是蹦跶进了厨房，如阿格尼丝所料，她轻易地“找”到了那罐酒，不一会儿便端着两个茶杯回来了。她把茶杯放在桌上，小拇指拉开了特酿的易拉罐，将啤酒倒在茶杯里，白色泡沫泛起，她一根手指顺着空罐抹了一圈，然后送到自己嘴里，像是在舔奶油。

“啊，真不错。”她发出舒适的呻吟，“咱们茶都不用喝了，就喝这个吧。”她移开了目光。“我本来不该说，但是，你看着确实不太对啊，我心软，见不得主的造物受苦受难，你懂吧？”

金蒂像过家家似的，两手端着啤酒，递到了阿格尼丝嘴边。阿格尼丝接过茶杯，端到嘴边，浅抿了一口，胃里再次翻腾起来。她又喝了一口，习惯性地把茶杯放到椅子深处，隐秘地藏匿起来。

金蒂抬起她的茶杯，也抿了一小口，满意地咂咂嘴，再喝，再喝。直到整罐啤酒耗尽，两人再也未说过一句话。阿格尼丝感到酒精将呕吐物重新冲回了肚子里，颤抖的骨骼也平静下来。她摸摸自己的大腿，胸中涌起一股怒火。

看着罐底渐空，金蒂便说：“哎，我得走了。”她拿出手帕擦了擦杯沿的口红印。“再来一小杯你会不会好点儿？”她吸吸鼻子说道。

阿格尼丝虚弱地点点头。

金蒂狡猾地眯起眼。“我看你那水槽底下也没酒了。这屋里还有别的藏酒处吧？”

阿格尼丝想到了几处常用的地方：电热管背后和衣柜最高层。她摇了摇头。

“哦！那，我本来也得走了。”金蒂失落地说，她嘴角的法令纹深陷下去，“但你看看你啊，我现在要是走了，你八成就断气了吧！你兜里有钱吗？我可以帮你去小商店跑一趟。”

阿格尼丝伸手从椅子底下掏出一个钱包，一打开，里面只剩下几张口香糖纸。她想起了那个出租车司机和那个黑暗的街角，怒火再次涌上来。

“周二领的补助都没啦，姐妹！”金蒂沮丧地问。

阿格尼丝摇摇头。

金蒂像是得了痔疮似的开始如坐针毡，望望自己的空杯子，又望望阿格尼丝的空杯子。最终她叹了口气，皱着鼻子说道：“唉，那，我看看我的包吧。”

这个娇小的女人一把拎起她巨大的皮包，放到膝盖上翻找，整个人几乎爬了进去。阿格尼丝听到钥匙和硬币的碰撞，接着是液体流动的甜蜜声响，只见金蒂抽出三罐常温嘉士伯啤酒，说道：“你可以过后再付我钱。”她重复了那套优雅的倒酒、等待、舔手指的动作。第三罐啤酒下肚，两个女人才觉得做回了自己。

“我昨晚去女儿家了，你真得看看她家那个烂摊子。”金蒂用脏手帕擦了擦自己的鼻头，“我家里有个不干活的老酒鬼，但我还是把家里收拾得干干净净的。”

“那个新宝宝怎么样了？”阿格尼丝漫不经心地问道。

“哎，还行吧，我觉得。她跟你一样爱小孩。”金蒂漠然地答道，“当然了，现在她领的补助就多了。我就告诉她，你应该拿一点钱出来请个保洁。太脏了。老实说啊，有时候我看着她，我都想不通自己怎么生了这么个玩意儿。”金蒂越说越激动。“她踢脚线上的灰能有那么厚。她就眼巴巴地看着我，好像要说：‘妈妈，你就不能帮帮我吗？’我就跟她说：‘我已经养大了我的小孩。我，不，干，了。'”她在空中比画了个停的动作。

阿格尼丝伤感地点点头。她好想拥有一个住着孙子孙女的房子，她好想让自己的孩子重新回到房子里。

金蒂接着说：“吉莉恩的大儿子那天叫我外婆，我差点儿没把他舌头给揪出来。我倒是不在意，但是他奶奶让他叫自己雪莉，老不死的，我才不做家里唯一一个老太婆呢。”她端起茶杯饮了一口，眼睛越过杯口望着阿格尼丝。“我说，你静悄悄的怎么回事？”

“我？……没事儿。”阿格尼丝说。

“阿格尼丝，我就算是喝多了，也能看出来你在说假话。”

金蒂沉默着饮干了杯中的啤酒，许久，阿格尼丝终于小声问道：“金蒂，我告诉你件事，你能答应我别说出去吗？”

对面的女人眼睛里忽然有了光。她在胸前画了个十字，说：“我用我的命发誓。”但不慎画反了方向。

“我昨晚喝断片儿了。”她一五一十地将玩宾果和坐出租车的经过告诉了金蒂，还撩起上衣，给她看强奸犯在自己胸前留下的指印。

娇小的金蒂摇了摇她的一头鬈发。“这个狗杂种，对一个神志不清的女人下这般毒手。这是什么世道啊，嗯？人跟人咋这么互相伤害呢。要在我年轻时候，他们早把这野猪抓起来送到特隆门大街上揍了。”她比画了一个铁丝网戳进这男人屁眼的动作，然后拿出手帕擦了擦鼻子，又用同一块手帕擦了擦啤酒罐上的灰。她沮丧地看着那罐酒，问道：“你真的找不出钱来了是吧？”

阿格尼丝望着啤酒罐里最后一点金色液体被倒进杯中。脑海中，她已经翻遍了电视收费表、燃气表和电表，全部空空如也。她悲伤地说："是。"

"你能给哪个男朋友打电话吗？"

阿格尼丝想起了自己身上的淤青。"不。"

金蒂不说话了，只是静静地回味着最后一口金色饮料。"要不，我们给那个小伙子打个电话？"她问，"就是那个，头发全部朝后面梳的那个年轻小伙子。"她模仿了一番时下在球星和歌星中间流行的鲻鱼头。"我听说他日子还算富裕，平时也喜欢来两口。"

"谁？"

金蒂思索片刻。"兰比，啊，就叫这个，我们可以给他打个电话。"

伊恩·兰伯特的故事被矿口的姐妹口口相传，现在所有人都知道他被媳妇抛弃，什么也没留下，没过几天矿场又倒闭了，从此一蹶不振。家里没有女人需要供养，他便把遣散费藏匿在床底。当其他的矿工在酒吧里散钱或是养家糊口的时候，兰比家床底有一沓钱，他还出门找了份修电视的零工。姐妹们都说，他不是当情人的料，顶着一个球星的发型，样子却像个愣头青，相貌上实在不如人意。尽管嘴上这么说，这些女人仍时不时给他端去烤土豆配肉，还有几碗冻好的鸡汤。她们总说，兰比是个好人，不去外面鬼混，矿上关门了也能找到活儿干。她们想着法子给他喂些剩饭，惦记他那笔遣散费，多多少少够自己家小孩吃一年多了。

金蒂又插嘴道："我们仨来个小舞会？"

阿格尼丝看到见底的茶杯，开始慌乱起来，只好点点头。

金蒂像只野猫似的从椅子上蹿了起来，一把抓来电话桌上的电话簿，舔舔小拇指，开始翻找L开头的记录。她读出一个名字："L. L. 兰伯特，C先生。"她检查了地址，确认是兰比，便拨了他的电话号码。等待提示音响起，她清了清嗓子。电话那头传来一个男人的应答，虽然那是一个周四的中午。

"哦，喂，兰比呀，"她操起自己最标准的口音，"我是小金蒂呀，哎，对就是我……我就住在小区另外一边。你应该认识我家约翰吧。我以前总跟马丽·麦克卢尔一起出去。哎，对。"她顿了一秒。"马丽？她最近吃安定把人都吃垮了。是啊，可惜了。马丽可是个好姑娘呀。我上次还听说她在布莱斯伍德打工呢。哎，幸好不是我，啊。但你也知道，平时喝杯小酒怡情跟把自己卖了换药可是两回事儿啊，真是这样的。这姑娘真的可惜，我是眼睁睁看着她吃上安定的，后来是一塌糊涂。可惜，真的。"金蒂吸了吸鼻子。

"哎，不说了，我给你打电话，是想问问你有没有空过来跟我朋友喝一杯啊？"她停顿一秒，"是有点儿早，但是我跟你说，我朋友她可是个大美女，我早就想撮合你们见面啦！哎，阿格尼丝·贝恩。对，就是她。跟伊丽莎白·泰勒神似！可能就脸白了点儿！"金蒂兴奋的笑声飘到客厅，她示意阿格尼丝去化个妆。"那你来吗？好！我想求你个事儿，兰比，你来的时候能不能带点吃的喝的？哎，我们这儿不太够啊，对，漂亮着呢！又会打扮，又会说话……对，我们来小聚一下，你带六罐啤酒、半瓶烈酒就行。哎，再带点儿你自己喝的。记着是路拐角那栋房子。”

金蒂挂了电话，告诉阿格尼丝那人一小时后就到。她开始捡拾地上的空烟盒和易拉罐。“姐妹，我要是你啊，就去梳梳头，搽点儿粉，把身上青一块白一块的都盖上。把自己搞得可人一点儿。”

她们在不安的等待中度过了一个小时。男人到了。金蒂给他开了门。他坐在沙发边缘，挤在自己那件时髦棒球衫里，局促得像个十五六岁的小伙子。阿格尼丝这才意识到，小区里关于他的一切传闻都属实。金蒂简单介绍了彼此，熟练地将男人手里的塑料袋接了过来。

“幸会，阿格尼丝。”他说话的时候露出一排整齐的白牙。

阿格尼丝抛出仅剩的一点魅力。“谢谢你大老远跑过来看我们。这穷乡僻壤的，找点儿乐子不容易。”

“是啊，我这么一个糙汉，被两位这么漂亮的大美女请过来，也不是天天有的事儿。”兰比说。金蒂听了，发出淫荡的尖笑。

阿格尼丝不为所动。她靠回了扶手椅。“所以，你们不是亲戚吗？”她问，“我还没见过这小区里谁跟金蒂不沾亲带故的。”

“没有，我前妻跟麦卡文尼家是亲戚。我是奥哈拉家的，我们住的那片儿挺破的，屋顶都是平的。”

“那边长大的小孩居然有你这样的气质。”阿格尼丝评论道。

兰比对这番嘲讽一笑而过。“怪不得你成了小区的人物呢，新鲜血液啊你是。”

金蒂从塑料袋里抽出那半瓶斯米诺伏特加，往三个茶杯里各倒了半杯。又在伏特加上倒了一层嗞嗞作响的汽水[1]。橘黄色饮料弹出丰富的气泡，看起来和生姜麦芽酒一样喜人。“哎呀，我马上得走了。”她吸吸鼻子，饮了一大口。

兰比抽的是手卷烟，他把烟草撒在烟纸上，伸出粉色的舌头舔湿纸的边缘。“我以前就见过你，”他对阿格尼丝说，“那时候我就想，你这么出众的长相，肯定有男人了。”他卷起第一支烟，递给了金蒂。

“不论贵贱都要……”

“她是离了婚的自由鸟儿啦，”金蒂打断了她，“她才是那个有福气的。没了个天天在身边打呼噜的胖子，哪个女人活得不潇洒？是不是啊姐妹？”

“你是个真女人。”兰比说。

阿格尼丝想知道他为何看起来如此年轻却说得好像自己懂什么是真女人，但她什么也没说。她长饮一口，伏特加的味道清冽好似漂白粉。兰比开始卷第二支烟，每一个动作都细致悠缓，阿格尼丝看到他干净的指甲，他泛着粉红的耳朵和脖颈，像是刚刚洗完热水澡。“但是，你看啊，男人总有有用的时候吧？”他猥琐地笑道。

这话逗乐了金蒂，她晃着两条小短腿，像个小姑娘似的咯咯笑起来。“根本没有一点儿屁用！”她叫道，“阿格尼丝，你听听这个不要脸的愣头青说的，当我们是三岁小孩儿呢。”伏特加的冲

---

1 原文为 Irn-Bru，一种苏格兰产的橘黄色汽水。

劲儿让她脸上泛起阵阵红晕。“兰比呀，最近在跟人约会吗？”

“在啊，一两个姑娘吧。”他看向阿格尼丝，“我就是随便玩玩，探探行情。”说完给阿格尼丝送去一个秋波。

“呃！男人都一个德行，是吧，阿格尼丝？连那种几个月大的小男孩儿，都喜欢躺在那儿玩自己的小东西。”

“那你呢？”他问阿格尼丝，“你有对象了吗？”

金蒂又兴奋起来，抢先回答道：“她！”她声调高了好几度，“我们这位，专门让格拉斯哥出租车司机随叫随到！”

这句话像刺一样戳进阿格尼丝的瘀伤里，她抬起茶杯，默默地接受了这份“赞誉”。

金蒂把塑料袋放在两脚中间，残忍地再补一刀。“如果你不是开出租的，人家还不感兴趣呢。”

“哦，是吗？”兰比说。他直勾勾地看着阿格尼丝，皱起眉头问道：“那你对他们满意不？”

金蒂再次打断对话。“她这是没得选，这是个诅咒！她只要一听见那发动机响啊，就自己跳上去啦，裤子一脱，计价器一开。哎，就搞上啦！”

房间突然冷下来。空气逐渐凝固，阿格尼丝面如铁石。现在酒精已经完全浸入血液，话语不知不觉从她嘴里蹦出。“金蒂·麦克林奇，你个狗娘养的，贱婊子。”

贼眉鼠眼的女人停下了愚蠢的笑，说：“哎哟，至于嘛，我又没别的意思。”她贪婪地把茶杯整个盖在脸上，但她的眼睛一直尖锐地观察着一切。

兰比浑身不自在，望望这个女人，又望望另外一个女人。房间出奇地安静。他说："呃，那个，我差不多该走了，啊？"

金蒂一扭头，脚尖优雅地避开了地上的塑料袋，她示意兰比不要乱说话。"哎哟，别往心里去，她就这样。昨晚上受了情伤啦。你得留下来，逗她乐乐。"

那个下午，阿格尼丝一言不发，金蒂给她倒什么，她就喝什么，兰比给她卷什么，她就抽什么。他尝试打开各种各样的话题，但每当轮到她开口时，她只有力气说"是"或者"不是"。不知多少罐酒过后，金蒂终于看不下去了。

"兰比，你是个好小伙儿，我也不知道她是中什么邪了，"她尖酸地说道，"平时可活蹦乱跳了。"

"没事儿。"他的脸颊已经和金蒂的一般红了，却没有脱掉那件尼龙棒球衫。他一定也非常不舒适，阿格尼丝想，也许是因为家中没有一个帮他熨衣服的人，他有些羞赧。

"哎呀，但是我也不想让你走的时候觉得，你是去一个老太婆家喝酒了。来，放点音乐，我们来搞个小派对。"

兰比伸展手臂打开了莉齐留下的立体声音响，他随意抽了一盒磁带放进卡槽。"我媳妇以前可喜欢听这个了。"他自言自语道。

"哟哟，你听听这声儿，这姑娘唱歌真是绝了。"金蒂在喝酒的间隙感叹道。她苍白的小手在空中随着旋律摇摆。"兰比，你给个面子，去把那摊烂泥扶起来吧。"

他看看阿格尼丝，有些局促不安地说："不了，让她休息吧。她不想跳舞。"四分之一瓶伏特加和六罐啤酒下肚，他只放下了些许戒备。

“贝恩女士！”金蒂像个女校长似的吼了起来，“这可是个派对！我们这位男客人带了这么多酒过来呢，你给我跟他跳个舞！”

阿格尼丝看看兰比，这男人紧张得像个学校迪斯科舞会上的中学生。她用力挤出半个微笑，告诉他没关系。兰比抖着腿站起来了，他拉起她的手，像管道工艰难拔一团堵塞物一样将她拽了起来。阿格尼丝自从早些时候坐下后就再未动过，酒精和久坐让她双腿瘫软，兰比在自己的怀中接住了她，他们一时间看起来好像相识多年的恋人。

“哎，这就对了嘛。”金蒂一边叽叽喳喳，一边给自己偷偷加酒，“把她好好给我抱住喽。”

两人磕磕绊绊跳了一支怀旧而悠缓的华尔兹，像是舞会的终曲。他们汗涔涔的身体交织在一起，互相依靠着。他们的脸只有一拳之隔，她才发现兰比为这场小小派对专门刮了胡子。他的脖子上有一片发红的鸡皮疙瘩，身上散发着淡淡的须后水的松木香气，没有一丝性的意味。

“你跳得真好。”他对她说着宽心话。她努力表现得投入，但灵魂却离开了房间。

金蒂已经喝干了酒杯。“你倒是亲他呀！”

“我自从离了婚，还没这么跳过舞呢。”

“你个没良心的，人家给你带了这么多酒，亲人家一下啊你倒是！”

“要不我改天晚上来带你出去玩？”

“他走了可就不来啦！”

阿格尼丝几乎比兰比高了五公分，加上他们的年龄差距，说她是在和利克跳舞也不为过。她看到他从耳朵到下巴的地方有一条长长的刀疤，这种伤疤并不少见，但出现在如此年轻的一张脸上，未免有些可惜。她颤颤巍巍地摸了一下。

“啊，你还是看见了。”他羞涩地说道。

“你和我大儿子长得很像。”

“给他亲一个啊，真着急。”金蒂说完，手上又开了一瓶酒。

阿格尼丝的手在年轻人脸上逗留，心里则念起了自己的大儿子。即使利克在面前时都令人思念，无论远近，他总是能让她感到十分孤独。而兰比，这个男人，不经意间已经把手放到她的脸上，唇放到她的唇上。金蒂高兴得手舞足蹈。阿格尼丝触到他微张的嘴唇，他的吮吸，他潜入深处的舌头。他背后的手也越来越低。

“哎哎，你俩别干什么让我忏悔的事情啊。”金蒂扇着扇子，对自己十分满意，觉得自己挣来了这份酒。

阿格尼丝背上那只礼貌的手开始向她的臀部滑去，手指在她尾骨受伤的疼处捏了一把。呕吐感再次袭来，她猛一转头，但是太迟了，她一口吐出了胃里所有发酸的液体：啤酒、伏特加、汽水，一股脑儿喷在了兰比的时髦外衣上。

“啊！我操！”男人惊声尖叫，胆汁淋遍全身。

“妈妈？”舒吉站在门口。

阿格尼丝瘫回到椅子上，蒙住了双眼，任由滚烫的泪水泉涌而出。男人看看眼前这个破碎的女人，看看门口穿校服的小孩，又看看只顾着把余下酒瓶往自己包里装的金蒂，夺门而出。他把舒吉推搡到一边，身后的金蒂冲着门廊喊道：“兰比，好孩子！她平时不是这样的！我改天给你电话，再来玩儿啊！”

前门“嘭”地砸上了，小个子女人叹了口气，她看到桌上散落的香烟，便搜刮到一个盒子里，然后轻巧地放进自己的背包。她一一摇晃每一个酒罐，如果听到液体的滚动声，就全部倒在茶杯里，两三口便一饮而尽。最后，她重新戴上针织头巾。

“就这样吧，我还有事得走啦。”

18

舒吉挑了个离足球最远的地方站立。当球从操场另一边滚过来时，他故意假装向球跑去，但总是小心地确保其他男孩先接到球。平时他更愿意站在球门一边的阴凉处看女生跳皮筋，跳得好的能一口气从绳头跳到绳尾，姿态十分优雅。

他耳后突然响起一声潮湿的碰撞。原来是自己的侧脸被一个足球撞了，脸被砸得很疼，好像被人狠狠扇了一巴掌。足球反弹到对手那一侧，很快送进了球门。

弗朗西斯·麦卡文尼在舒吉面前停下了，他是麦卡文尼家的长子，受科琳和大詹姆士矛盾的影响也最深，几乎是一夜之间被迫成为“一家之主”。科琳用布赖迪的蓝色药丸麻痹自己的时候，他就在照顾自己的弟弟妹妹了。只见他躬下身子，脸和舒吉只有一寸之差，口水喷到对方脸上还是热乎的，他说：“他妈的争点气，别天天跟个小基佬似的。”其他的男孩闻声赶来，像街边的野狗一样围成圈，眼里满是贪婪。

“你想变成女孩吗？”弗朗西斯笑道，他展开双臂，在人群中做着表演。舒吉摇摇头，只想用手遮住脸上的红肿。“你是不是想穿女生的裙子啊？”

“我不想。”舒吉嘟囔道。

“别跟我回嘴，小基佬。”弗朗西斯仗着比舒吉高半个头，一把推在他胸膛上，“你就是个小基佬，小变态，你跟巴里神父干了那种事，你们都得下地狱。”

他身后先是响起了此起彼伏的讥笑声，接着讥笑声演变为节奏一致的呼喊：“扁他！扁他！扁他！”弗朗西斯举起右手，准备扇在舒吉的左脸上。舒吉灵敏地躲开了，但弗朗西斯早有准备，另一只手马上抄起一记勾拳，击中了他的太阳穴，然后转身，对后面的众人说：“我爸爸管这叫抓耗子。”

舒吉躺在地上，两只耳朵嗡嗡作响。这时，眼前出现一双穿着松垮袜子的腿。穿袜子的女孩连珠炮似的骂了起来，瀑布般的长发抖落柠檬水的香气。“弗朗西斯，你欺人太甚，你够了！你有种试试打我，小心我揍扁你！我的表哥可比你的表弟多。”她脚后跟一转，凑近舒吉。舒吉看到男孩们在她身后一边竖起中指，一边向后撤退。

女孩的膝上有痂，袜子口的松紧带已经垮了，舒吉目不转睛地看着。她两手撑住舒吉的腋窝把他拉站起来，舒吉在她裙子下看到了内裤的花边。“你应该打回去，”她说，“我打赌，你要是打他一次，他就再也不敢惹你了。”舒吉还在考虑该先揉哪一边的脸。“你想哭吗？”女孩问。舒吉点点头。“等一下，我们先转过那个路口你再哭。我不告诉别人。”

她正牵着他离开操场，男孩们却越过栏杆追了上来。“你俩是要去玩洋娃娃吗？”姜黄色头发的男孩叫道。只见女孩闪电般跑到栏杆前，一把揪住男孩的领带，男孩瘦削的额骨撞在杆子上，发出响亮的“咔嚓”声。“快跑！”女孩大吼。

他们身后扬起一阵尘土，两人马不停蹄地奔跑，直到矿口缓坡的半山腰才停下。

终于喘过气，柠檬味头发的女孩开始大笑起来，她的门牙中间有一个小指那么宽的缝隙，鼻子上有一排雀斑，蓝眼睛像猫眼大理石一样闪闪发光。

“你的表哥真的多到能打败麦卡文尼一家吗？”舒吉问道，努力地抑制住泪水。

她摇摇头。“没有，我家就我和爸爸。他能跟你为一个电视遥控器打起来，但也就那样了。”她耸耸肩，“我叫安妮，我比你高一年级。”

“哦，但是我没有见过你。”

“我见过你，所有人都见过你。”安妮手指山顶一片临时改造房。“我们就住在里头一个房车里，我领你回家，我在，他们就不敢碰你。”她挺起瘦瘦的胸膛，“你住哪儿？”

舒吉就要指向矿工平房，但手停在了半空。她可能正在醉酒，可能在对着电话咆哮着要求见父亲。“我现在还不想回家。”

“现在是星期四，”安妮机灵地说，“喝酒的钱肯定都已经花光了吧。”

舒吉斜眼瞥着女孩。“你怎么知道？”

她挽住他的手。“我有一次见过她，你妈妈，她那天正坐在我家门口，我从来没见过说话这么好听的人。”

“希望她没有打搅到你们。”

“没有，哪里的事。她身上可好闻了，她还帮我编了个法式发辫。”她的脸忽然阴沉下来，“他们说她坏话，我好生气，你应该帮她战斗。”

“我在帮她啊！”他说，“多数时候都是帮她抵抗自己，但是那个也算。”

女孩无奈地叹了口气。“我已经不管我爸爸了，他想喝死，那就由他吧。他现在挺迷茫的，他很想我妈妈。”

“她死了吗？”

“差不多吧。她现在住在坎伯斯朗，跟我弟弟们还有个半职业足球运动员在一起。”两人来到那片临时改造房。“但是说真的，你们应该继续抵抗，我听别人说，她为了酒把自己都卖了，说你得找个新爸爸，还说你们现在落到这个地步，都是她惹的祸。”女孩带着向往说道，“但是她是我见过最漂亮的人了，她要是我妈妈就好了。”

十二辆房车围成一个规整的半圆，有人用矿上的砖头给凹凸不平的泥地铺上一条石路。袖珍小屋里满溢着各式各样的生活用品，小路上四处散落着塑料玩具和破烂的家具。这种赤裸的风格让舒吉大为震惊。安妮跨了两级石阶，来到一辆米黄色房车前，一只棕色的大型德国牧羊犬拦在门口。舒吉小心翼翼地跟随她进了屋，书包紧紧抱在胸前，战战兢兢地绕开一脸警惕的狗。房车窄而长，中间是一小间厨房，小餐厅在屋子的尽头。屋顶上悬挂的支架吊着一台彩色电视机，正语速飞快地播报着赛马结果。浅浅的水槽里堆满了脏塑料盘子。一队蚂蚁勤奋搬运玉米片的画面映入眼帘。

“这就是我家啦。”安妮说。

舒吉的目光穿过阴暗的小餐厅，隐约看见一个男人。男人佝偻在当天的报纸前，手握一支圆珠笔，在赛马的名字下面画线。“你吃了吗？”她问，“要不我帮你做个麦片，帮你把牛奶热了也行？”

男人湿润充血的眼睛抬也没有抬一下。舒吉见他抬起茶杯喝了一口，又回到了赛马。他努力地不去想象自己母亲在这里的画面。

房车的后部有一道小门，安妮将舒吉推了进去。一座粉色宫殿出现在眼前，房间内很整洁，两张单人床紧凑地放在一起，每张床上都有一条迪士尼公主图案的毛毯，四面墙上都安着单薄的架子，上面摆满了彩虹色小马。每个角落都一尘不染。

“有点乱，不好意思啊。”安妮说。她一屁股陷入了床间三寸厚的粉色地毯里。“我平时会打理，但是他要想整天坐在一堆垃圾里，我也没办法。”她拍拍身旁的空位，舒吉便挤了进去。“你妈妈酒醉了会怎么样？会不会像那样颓废？”

“不会，她会特别醉，然后就特别生气。”他说，“我就害怕她伤到自己。”

“你是说自杀吗？”

“会吧。有时候我去上学之前会把所有的药片都藏去卫生间。我还知道我哥哥每天去上班之前都要把他的剃刀带走。”他玩弄着地毯上的一个小洞，“但是我经常担心她把自己搞得更糟，自尊也不要了，别人就不愿意跟她说话了。就因为她这个样子，我姐姐已经去非洲和黑人一起生活了，我哥哥也要攒钱远走高飞。”

安妮从床底下摸出一本涂色本。她涂的颜色都挺搭，但是涂出界了，舒吉看了不禁有些失望。“矿上关了以后我就留下来照看我爸爸。”安妮说，“我妈妈啥也不管。”她随意翻着书，突兀地问道：“你想玩涂色吗？”

舒吉摇摇头。他的眼睛止不住地望向墙上那些快乐的彩色小马。

“你想玩我的小马吗？”安妮问。她一直在观察他，但舒吉表现出毫无兴趣的样子。“我妈妈每年圣诞节和复活节都会送我这个。但是有时候她会送式样重复的，我就知道她根本没有用心挑。”

安妮跳上一张床。“你看，你妈妈还帮我给这匹小马编了辫子呢。”她递给舒吉一匹玫红色小马。小马的马鬃和尾巴都是紫色塑料，又长又滑，梳成整齐的辫子，发尾处用塑料面包封口夹做成蝴蝶结。她从架子上收集了一把小马，然后跳下了床。小马是各种各样颜色的塑料制成的，每一匹都画着长长的睫毛和快乐的笑容。“你来当黄油威士忌，棉花糖，还有这个小花。我就当蓝色小美女，因为我最喜欢这个。其他小马都想偷它的漂亮发夹，但是它飞快地跑了。”

塑料玩具小马看起来像是蓬松的狗玩具，但它们对舒吉来说有着独特的魅力，安妮让他玩了一整个下午。他们用卡通人物的声音给每匹小马配音，让它们在床单上自由飞驰。他们用梳子一遍一遍地梳马鬃，直到静电让塑料马鬃飞散起来。

后来安妮玩腻了，显得烦躁不安。她的小胳膊伸到床底下更深的地方，从粉色的花边里掏出一个牡蛎壳烟灰缸，里面除了烟灰，还有两支抽了一半的烟屁股。安妮打开车窗，点燃一支烟屁股，浅吸了一口，将烟雾从窗缝吐了出去。她像父亲那样歪着头说：“不好意思，他有时候就让我这么心烦。”

她把另外半支烟屁股递给舒吉，舒吉噘起嘴，一本正经地摇摇头。安妮一耸肩，一屁股坐回地上，烟在她齿间紧紧夹着。

舒吉正要把棉花糖和蓝色小美女放在磁带围成的赛马场里，安妮却唐突地问道：“舒吉你真的摸过约翰尼·贝尔的小弟弟吗？”

舒吉酸疼的脸顿时涨得通红，他记起了帅尼尼，那个洗衣机里的男孩。忽然间，他只想把这些女孩的玩具都扔掉，把它们推得远远的，好像这样就能把自己做过的污秽之事推走。“没有。”他说谎了。

“啥感觉呀？”她依旧问道。她往小马身上不停地粘星星贴纸，半截烟还挂在嘴角，百无聊赖、无精打采的样子和那些工会工人一模一样。

“我说了我没有。”

升腾的烟雾刺辣，她闭上了左眼。“嗯，我也会说我没有，但是我就摸过。我摸过奥希尼家几个男孩的，还有弗兰·布坎南的。”

“但是你才九岁！”舒吉说。他现在已经离小马远远的，“这些男孩已经在大学校了。”

“我差三个月就十一岁了。”安妮长吐一口气，空中出现一个形状优雅的完美的烟圈，“他们把我领到矿口那个旧卷绕机旁边，然后给我喝酒。”

“你没有告诉巴里神父吗？警察会把他们抓起来的。”

“没有。”她像灭烟一般干脆地回应了他的质疑，头倚在床边，脸上恢复了平静，“但是也不划算，那个酒苦死了。”

舒吉为她的满不在乎感到震惊。他又想起了自己的母亲，蜷缩在这个铁盒里，和安妮的父亲，还有他散发着尼古丁恶臭的手指。他知道她会厌恶这里，但她还是来了。他感到胸中升起一腔怒火。“你为什么要这样？”他气冲冲地对安妮说，“为什么你们女孩儿总是要由着男孩儿？”

她淡紫色的小马刚才还在优雅地兜圈子，现在，她放下了玩具，说不出一句话。

门外的牧羊犬开始狂吠，莫名地上蹿下跳，舒吉感觉整个房车都跟着抖了起来。

“哎呀，叫什么叫啊，兰博！兰博！”安妮从床上弹起，冲出了那个迷你的卧室。房车院子里一阵骚动，原来是牧羊犬碰上了另一条外来的狗，龇牙咧嘴地向对方扑去。

舒吉一分钟也待不下去了。他不愿再去假装玩女生的玩具或者摸中学男生的脏东西是什么正常的事情。他不愿与柠檬水女孩为伍，也不愿与阿格尼丝为伍。他想做个正常人。

他拿着书包站了起来。安妮正冲着兰博大吼，让它放开那条外来狗。电视机那边传来模糊的杂音。舒吉不愿去想象阿格尼丝在这间屋子里的情景，不愿去想象这个满手烟味的男人触摸她的样子，不愿去想象自己的母亲给安妮梳辫子，只为了一罐常温啤酒。

这一切想象让他愤怒难抑，于是他拉开书包，往里面塞了两匹小马。

每个上学日的最后一声下课铃响之前，舒吉的胃总会突然绞痛，他便举起手，礼貌地请求离开教室。面色惨白的尤安神父便在心里默默咒骂这个准时拉肚子的小孩。一开始，他还会叫他等到十五分钟后正式放学。舒吉总会顺从地点头同意，但龇牙咧嘴，身子别扭地歪向一边，面露难色，迫切之情显露无余。其他学生的注意力也很快被他一系列眨眼咂嘴的痛苦动作分散，神父便只好点头许可。

晚些时候，大腹便便的神父在办公室开起玩笑，说煮卷心菜和牛肉碎是矿工的饮食习惯，自己吃了胀气。他说起那个礼貌的小男孩，那个班里唯一一个能清楚区分“我可以吗”和“让我来”[1]的学生，每天下午三点一刻准时要闹肚子，他已经能按照这个校准手表时间了。

---

1 May I 和 Can I。

于是舒吉每天下午都会在马桶上度过最后几分钟的上课时间。他把裤子脱下来，以防万一，但渐渐发现自己只是消化不良，并不会拉肚子。胃里的绞痛来源于一种不安的期待，他不知回家后又要面对什么，于是深深地恐惧。

阿格尼丝近来已清醒了许多，但舒吉的胃绞痛并未痊愈。对他来说，她的清醒周期短暂而不可预知，就像格拉斯哥的晴天，总是出现在漫长的阴雨天的间隙。于是他不再计算。标记母亲清醒的日子就像标记每一个短暂美好的周末，越是留意，这美好越是转瞬即逝。于是他也不再标记。

舒吉来不及留意他自己身上的变化。

不知从何时开始，胃绞痛莫名地消失了，生活和从前大不一样。他记得在十一月的一个周五下午，自己像往常一样放学回到家。家中的每一处细节都诉说着当天发生的故事。窗帘紧闭，将寒冷隔绝在外，台灯发出温暖的光。他总是胃里一紧，怀着希望打开一条门缝，好听到屋里的动静。他知道每一种声音的含义。如果是号哭，那么昨晚大概出了事，她会将他搂在怀中，控诉那些伤害她的男人。如果屋里传来吉他演奏和忧郁的和声，那么很快，散发着体温的屎便会湿润他的裤裆。

听到母亲在打电话则不一定是坏兆头。他隐蔽在前门和通风门之间，耳朵贴在冰冷的玻璃上，只为听清她的语气。她醉酒时不一定会哭天抢地，也不一定是口齿不清，而是变得过分礼貌，操起假正经的米尔盖口音，翘起上嘴唇，字句间充斥着复杂的单词，时不时说出“毫无疑问”或是“万分不幸”之类的话。

一旦听到这些，情况就不妙了。她已开始哀叹自己的处境，但又尚未彻底失去理智。她让舒吉在身边坐下，和他讲述自己的遭遇，言语里没有了悲戚，而是充满愤恨。她把抽了半截的烟放在一旁，手指一页一页翻着电话簿，找到一个号码，就让舒吉拨一个号码。

“五五四，六三三九。”

小儿子拿着听筒，听着电话那头的“嘟嘟”声，祈祷着不要有人接电话。听到应答时，他的心凉了半截。

“喂？”电话那头传来一个陌生人的声音。

“喂，您，您好，抱歉打扰了。”阿格尼丝躺在扶手椅上连连点头，“我找卡姆·麦卡勒姆先生。”

“谁？”

“卡姆·麦卡勒姆。”舒吉重复道，“1967 年到 1971 年，他住在丹尼斯敦。他是东区的公交车司机，开乔治广场和谢特尔斯顿之间那条路，他有一个姐姐，叫勒妮，勒妮嫁给了乔克。”

如此详细的奇怪介绍让电话那头的人感到迷惑。“对不起啊，小伙子，我们这儿没有卡姆这人。”

“这样啊。谢谢您，打扰了，对不起。”阿格尼丝听了，嫌恶地骂一嘴，让舒吉接着拨下一个麦卡勒姆的号码。

若真找到了阿格尼丝想找的人，就更麻烦了。电话那头的男人会说：“谁啊，我就是。你想干吗？”

舒吉的心一沉。“哦，好，请稍等，麦卡勒姆先生，我给您转接一下。”

阿格尼丝半信半疑地扬起眉，真的是他？舒吉蒙着话筒点点头。“那好。”她抬起满杯的拉格啤酒，拾起一包崭新的烟。舒吉递过话筒，像个顺从的秘书。她端正坐姿，好像这样就能让那个麦卡勒姆在电话对面看到自己。她修长的手夹起新点的烟，另一只手把话筒端在嘴边。

“狗——杂——种。”一声低沉的嘶吼是她的自我介绍。

“喂，谁啊？”男人问道。

“你个狗日的，嫖了就跑，你个畜生，杂种。”

男人每次都会挂断电话，这次也一样。阿格尼丝长吸一口烟，再灌一口酒，手指不停地戳着重拨键，一接通，她就笑起来。

“你敢挂我的电话，你他妈有种试试再挂我电话！”

“你他妈谁啊？”

“你以为你这么跑了，我就拿你没辙了，嗯？对一个小姑娘做那种事情，你个人渣。你的心肠是石头做的……”

卡姆·麦卡勒姆会再次挂断。有时他脑子转过弯来，会直接吊起话筒。阿格尼丝便只能继续翻阅电话簿，像点菜一样寻找下一个发泄对象。她按照字母顺序搜索，找到了又一个曾经对不起她的男人，布伦丹·麦高恩。“来，我跟你讲讲这个人渣的事情。”她下巴夹着话筒和舒吉说道，“丢了我是他这辈子最大的错误。”

就这样，她在电话桌前坐到天黑，又在一片漆黑中坐到深夜。烟头上的火是她唯一的光亮，舒吉坐在电暖炉旁边听她咆哮，不敢开灯，怕灯光赶走她的睡意，怕一开灯，她就像飞蛾扑火似的朝自己扑过来。

有了这些经验，舒吉便趴在通风门口，把屋里的情况听得一清二楚才敢进门，他不希望听到她的哭声，或是乡村音乐，或是她为冲着电话大骂一场而做的准备。就算是一片寂静，也能引起他的胃绞痛。一次，他听到了一种由寂静生发的震耳欲聋的嗞嗞声，以为终于万事平安，便卸下包袱，甩着手进了门。不料见到阿格尼丝跪在地板上，身穿黑色紧身裙和厚大衣，像是在祈祷，但她的手背瘫在油毯上，整个脑袋都伸进了烤箱里。原来这寂静是场欺骗，寂静的嗞嗞声，是煤气带走她的声音。

自那以后，他再也不相信安静的预兆。

要说好的迹象，莫过于厨房里的锅碗瓢盆声，洗衣机的晃动声，刀叉在水槽里的碰撞声，还有锅里的热汤咕噜咕噜的冒泡声。听到这样的声音，他便站在走廊里，抠着墙上的石灰，故意等母亲发现自己。这些日子里，舒吉看到母亲时，总是被一种迷醉的惊喜所包围。

比麦卡文尼家的男孩还要可恶的学校恶霸，当数那些父亲还有工作的孩子。他们的午餐都经过微波炉加热，裹着面包糠，包在锡纸里，一人一份。他们的父母都还年轻，纵容孩子的胃口，随时想吃什么就给什么。他们喜欢嘲笑那些吃炖菜和牛肉碎的孩子，捏着鼻子，嫌弃对方身上有股馊卷心菜味。舒吉被这样嘲笑时，他把脸埋进衣服里使劲闻了闻，土豆卷心菜炖火腿和羊肉碎的香气扑鼻而来，对他来说，这是温馨的气味，他为此感到幸福。

有时舒吉回到家，会听见外人的声音，这时他会靠在走廊里听一阵，以确定来者的身份。友善的邻居已经很久不造访了。似乎在矿口区住得越久，来者越不善。

访客中最坏的当数矿口区的叔叔们，这是一群哆哆嗦嗦的男人，没有几根头发，还总是显得湿漉漉。他们想来看看阿格尼丝没有男人怎么过。他们带来许多巧克力棒和啤酒罐，在室内仍然穿着夹克。

舒吉知道自己的出现会干扰他们肮脏的心思。偶尔有那么一个铁了心要留在她身边的叔叔，会假装对舒吉表示关心，给他塞几根巧克力棒，然后问："他在学校学习咋样啊？他是不喜欢在外面玩吗？"

舒吉渐渐长大，男人们便不再为他寒暄，也收起了假惺惺的微笑。十岁的舒吉，在他们眼里是个碍事的男人。

如果桌上还有未开启的啤酒，阿格尼丝便会让舒吉坐在男人旁边，自己靠着椅背抽着烟，眯着眼睛赏玩他们如坐针毡的样子。她在喝酒的间隙仔细审视，好像眼前的男人是块窗帘，需要找一条匹配的床单。她向男人讲述自己的小儿子是如何聪明，成绩是如何好。男人只能边听边点头，眼睁睁望着自己的计划从指缝间溜走。有的人已经花了不少酒钱，将阿格尼丝灌到了刚好乖乖听话的境地，准备来一场汗涔涔的云雨，到头来却被一本儿童卡通书挡住了。

回访的客人们便学聪明了许多，他们带来廉价足球、塑料风筝，一切能让舒吉走向室外的玩具。那些饥渴难耐的，干脆在舒吉手里塞上一把油腻的硬币，"拿着，去看个电影吧。"他们说。舒吉漠然地看一眼这病恹恹的男人，像个公交车售票员似的将硬币装进书包里，还不忘说声"谢谢"，然后走到客厅，打开电视机。

当然，这一切的前提是，舒吉在他们仍在客厅时到家。如果男人已经进了卧室，舒吉就没有钱可拿，也不会有人关心他长大以后想做什么。

这些陌生叔叔固然令人生厌，但他们的目标仅仅是阿格尼丝。对舒吉来说，各类阿姨婆婆则要坏得多。她们就像是阿格尼丝最坏的品格的化身，每次来访，都要和母亲一起喝到天昏地暗，舒吉只能被迫同时照顾两个女人，看她们瘫在烟灰缸旁边，分享一个咬烂了的烟头，然后一起控诉那些将她们推下深渊的男人。和男人不同，她们在一起只有无休止的抱怨。

这些面容枯槁的女人总在清晨出现，像一只只野猫。母亲好不容易清醒了五天，也能被她们顷刻间灌倒。这些女人好像隔着一条街也能听到她的颤抖，于是自告奋勇地端着廉价啤酒前来营救。即使阿格尼丝决心要在那天禁酒，她们也会专门在她面前坐下，喝给她看。痛苦总爱结伴。没过多时，她便开始觊觎脚下的塑料袋了。

如果舒吉在家没去学校，他会坚决把女访客阻拦在外。这些人在送晨报的工人上门之前就已经提着一袋子酒守候在门口。表面上看，她们像是好人，但舒吉不会上当。他会把她们礼貌地推到石阶上，反锁起大门。她们只好站在信箱旁叫喊：“你妈妈不在家吗？我就是来跟她喝杯茶！”她们祈求道。阿格尼丝躺在家中，瑟瑟发抖，支离破碎，浑身的血液都在呼唤一杯温热的啤酒。舒吉只想抄起刀叉，甩在她们凹陷的脸皮上。

而她们也能一如既往地推门而入，像冬日寒潮侵袭。

她们等着早课铃声响起，确定舒吉已离开，便大方闯入。下午四点，舒吉偷偷潜回家时，总能看到她们得意的笑容。

金蒂阿姨是其中最坏的一个。她总是在舒吉刚进门时便缠着他，要他亲一个。金蒂阿姨温热的舌头贴在脸上，好像一块肥牛肉片。下雨天，阿格尼丝还要求他给这个小个子女人揉脚。多年的酗酒腐蚀了她的轮廓，她的小脚在棕色紧身裤里蠕动，而按摩激起的愉悦使她的脸越发扭曲干瘪。她从不给舒吉掏钱。

金蒂憎恶舒吉，因为阿格尼丝出于对他的歉疚，会要求自己不间断禁酒。如果没有他，她们两人恐怕早已遨游于特酿的海洋中一去不复返了。

"你现在几年级啦？"小脚捧在舒吉手中的时候，她问过一次。

"小学五年级。"舒吉答道，他的眼睛一直盯着金蒂。

她转向了他的母亲。坐下已有半日，她却还戴着头巾。"哎哟，这有点儿晚了，阿格尼丝。不过吧，现在也还来得及。"

"来得及什么？"他问。手指按着她的拇囊。

"把你送去路易丝的学校。"

舒吉脸上闪过一丝惊愕，他睫毛扑扇，皱着眉头说道："但是你家路易丝脑子有毛病。"话一出口，他立刻意识到了不妥。

金蒂把脚从他手中移开，身子往前一倾，一根瘦骨嶙峋的长手指戳在舒吉的小胸膛上。舒吉看到了她痛苦扭曲的脸，便知道她又被自家老公打了，阿格尼丝曾经这样和他说过。金蒂开口了，下嘴唇看起来好像随时要裂成两半的样子。"我家路易丝需要特殊照顾，她学校里还有毛驴呢，你们学校有毛驴吗？"

“没有。”

“那你就该去她那个学校，因为那里有毛驴。”她满意地把嘴浸入啤酒泡沫里。

“妈妈，告诉她我脑子没病。我不要去上毛驴学校。”他的声音里带着哭腔。然而他的眼睛始终没有离开金蒂。

阿格尼丝闭着眼睛，半支香烟快要从指间滑落，啤酒像雨滴一样落到她腿上。金蒂瞅准了机会，她挂上一个假笑，对舒吉说道：“那儿的小孩都跟你一样。你会交到很多朋友，顿顿都有热饭吃。”

“我有朋友。”他撒谎道。

“上这个学校啊就好像去冒险，你可以在那边过夜，星期五才回家，只需要在家待一个周末。”

舒吉见过星期五送路易丝回家的校车。他见过麦卡文尼的男孩们朝车子扔石头。他只对路易丝有模糊的印象，记得她和利克一般安静。星期天的路易丝总是比星期五时看起来要开心。

“你听我说。你到了那儿就不会那么格格不入了。”金蒂想转回去和阿格尼丝说句话，但阿格尼丝早已陷入老年人一般的呼呼大睡。“那就这么定啦，阿格尼丝？”她捅了捅这位沉睡的母亲，“明儿我就给学校打电话，能直接把舒吉安排在路易丝班上。”金蒂两腿一甩，双脚精准地落到舒吉手中。

舒吉深知，路易丝只不过有些许迟钝，长期经受家人的忽视让她变得害羞而孤僻，因此言行总是慢半拍，被小区的人当作笑柄。布赖迪·唐纳利曾说金蒂其实是出于自私才把路易丝送去特殊学校，这样就有更多的时间去培养她最喜欢的孩子，斯特拉·阿图瓦。

阿格尼丝事后回忆，当她醒来时，舒吉和金蒂已经在地上扭打成一团，圣克里斯托弗的挂坠扣被扯断。利克问起舒吉事情的原委，舒吉也只记得自己在某一刻狠狠扭断了金蒂的大脚趾，她的膝盖“咔嗒”一响，整个人跌倒在地，哭爹喊娘地求饶。在那之后，一切记忆都模糊不清了，好像是透过望远镜在看风景，但却拿反了方向。

舒吉出于习惯把耳朵贴在门上听了一会儿，然后走进门廊。两旁的墙面似乎被炖菜的热气和壶里沸腾的热水蒙上了一层湿气。他鬼鬼祟祟地摸进客厅，看到她站在厨房门口，手上在重新包裹一块乳白的猪油。她染黑的头发柔软地垂下，白色的发根若隐若现，脸上未加修饰。包裹猪油的时候，她顺着水槽上方的小窗户向远方的沼泽地眺望。她脸上是平静的神情。

他终于挺直了背，小腹的疼痛也消失了。她看到站在阴影里的小儿子，便走了过去，抱住他的小脑袋，将他搂入怀中。舒吉抱住母亲的腰，母亲把脸埋在他软软的发丛中。“嗯……你有股新鲜空气的味道。”她说完，捧起他的脸颊轻轻吻了几下。

“你有股菜汤的味道。”他说。

“那可真不错！去，把你校服脱了。我给你泡点儿茶。”

“真的吗？”

她把他赶出厨房。客厅很舒适，弥漫着吸尘器和柠檬味家具清洁剂的气味。电暖炉开着，而窗帘紧闭，将小区的寒冷隔绝在外。他打开电视，电表开始闪光，提示余额不足，只能继续六个小时，看电视简直是纯粹的奢侈。他踢掉脚上的鞋，脱下校裤，解开了白衬衫的扣子。他把脱下的衣服堆在地上，穿上干净内裤，坐在巨大的方形咖啡桌中间，半张着嘴巴，盯着电视。

阿格尼丝端了一杯热茶，把茶杯和一个碟子放到他面前。

“这是干啥的？”他问。

“这是给你的。”她说。

舒吉看看碟子里金黄的苹果派，伸出一个指头碰了碰。他能感受到面皮上冒出的热气。母亲提前把茶杯和碟子都放在烤箱里预热过。苹果派煎得棕黄酥脆，外面撒了一层雪白的糖霜，在热气里融化成一层薄脆而甜蜜的皮。点心的两旁是黏腻的苹果酱，也冒着热气，在碟子上冒着小泡。手指一压，苹果派发出清脆愉悦的声音。

舒吉茫然地看着碟中的点心，担心自己无法下咽。胃里又出现了奇怪的响动，他害怕再次绞痛。不过这一次，疼痛并没有发生，一股暖流在腹中散开，好像照进了橘黄的阳光。舒吉在心里笑了，他抬起双脚，尾椎撑在桌上转了一圈又一圈，小小的咖啡桌闪烁着快乐的光芒。

阿格尼丝选择了邓达斯街的集会，因为不愿被熟人发现。她尝试着时不时参加匿名戒酒会的集会，但未见效果。看着那些落魄的男男女女，她心中难免为自己感到羞耻。白天她都要绕道走，只为不和他们打照面。

虽然她的出席时断时续，但一些日子过去，东区的戒酒会也渐渐让她熟悉得再无容身之地。团体中大部分年纪较长的男人都已经到她家拜访过；她在那些孤僻、慌张的女人脸上，也看到了自己的影子；她越来越难否认自己与她们的不同。于是那一晚，阿格尼丝没有下车，乘着公交车一直到了邓达斯街。她想给自己一个全新的开始，想要找到一个更高级的酗酒者群体。

邓达斯街的聚会位于市中心，在皇后街火车站和布坎南汽车站之间，因此吸引了相当广泛的会众。这座砂岩建筑曾被用作商贸办公楼，但经过六十年代的剧变，现在更像是一所管理不善的小学。它早就被剥去了华丽的浮雕，在低劣的市政用棕色漆、白色灯管和剥落的油毡下窒息。对阿格尼丝来说，它看起来很符合匿名的感觉。

邓达斯街戒酒会有一间廉价的、长期租用的高顶会议室。房间前面有一个略微升高的舞台，上面摆放着一张折叠桌，后面排着六把塑料椅子。左边是一个较小的前厅和一条细长的走廊，用来放一个骨灰盒和一罐饼干。这里有一种中转站的气质，但常客们用日历和从卢尔德、罗马、布莱克浦寄来的明信片装饰墙面，营造出家的温馨氛围。

阿格尼丝把舒吉早早哄上床，自己搭着公交车来到城里，但也不确信是会顺利到达戒酒会，还是会半路下车到盖洛门的酒吧里玩宾果——前车之鉴。她用尽所有力气才爬上邓达斯的楼梯，进门时，没有看到一张熟悉的脸，她松了一口气。空气中是浓烈的香烟气味。人们在座位上紧张地扭动，每个人都和邻座保持着礼貌的距离。咳嗽和吐痰声时时刻刻在房间的不同角落响起。这里不如其他戒酒会那么充满温情，人与人之间少了些感应，对视时只是客气地笑笑，这正是她需要的匿名感。她坐在中间不显眼的地方，但后脑勺总感觉有别人的目光在灼烧。她穿着及脚踝的马海毛大衣，不合时宜地隆重，但偏偏是这样，她才自在。

屋角几个小声交谈的人来到台上，分别在六把椅子上坐下。一个英俊的银发男人从桌后站起身，他双眉浓重醒目，棕色的眼睛炯炯有神。尽管阿格尼丝筋肉抽搐，神经紧张，还是不禁心中一颤。

“大家好，”他的声音响彻大堂，“感谢各位来到周二晚的集会。不认识的朋友，我做个自我介绍，我叫乔治，我也酗酒，在邓达斯街待了……差不多十二年了。今晚看到很多熟悉的面孔，很欣慰，也看到为数不多的新面孔，很遗憾。”

他指节粗壮的拳头放到了桌上。“今天在台上的有我们的老朋友，还有一两位新朋友。”他两旁坐着的几个人在座位上挪了挪，笑了笑。“在介绍他们之前，让我们一起，用一分钟的时间，向上帝祈求帮助。”男人低下头，他的银发在灯光下像圣诞流苏一般闪耀。阿格尼丝眯起眼睛，想看得更清楚一些。整个房间的人都低下了头，闭上眼，一起吟诵宁静祷文[1]。阿格尼丝早已将祷文背得滚瓜烂熟，但从未留在心里。

---

1 宁静祷文（Serenity Prayer）是最早由神学家尼布尔创作的无名祈祷文，后来被称为宁静祷文。匿名戒酒会与其他的某些项目常常采用此祷文。

集会开始，台上的人讨论起会议议程，传递成员的近况以及哀悼。阿格尼丝听到一位成员不久前去世的消息，酗酒最终还是夺走了她的生命。接着，乔治介绍了桌上的几位新人，请他们分享自己的经历。一位操着干瘪本地口音的瘦削男人开口道：“大家好，我叫彼得，我是个酗酒者。”他讲述自己先是与妻子失去联系，接着儿子们又相继染上酒瘾，后来甚至沾染毒品，他的眼睛渐渐湿润。阿格尼丝觉得自己能凭男人扁平的发音，愤怒的语气，以及话语中掺杂的格拉斯哥人自造的短词，定位出他具体住在哪条街。她并未对他的遭遇感到惊奇，反而觉得可怜，因为这个男人一辈子也无法摆脱他的口音注定的命运。

分享还在继续，她的心思早已飘到九霄云外，五脏六腑都在渴望酒精的抚慰。这时一个声音响起。“你，那个黑头发的，紫色大衣的女士，”乔治直指着她，“你愿意和大伙儿分享吗？”

阿格尼丝本想摇头，结果自己的双腿一紧，不自觉地站了起来。她曾经在之前的集会上有过许多次类似的动作。她转向左边，再转向右边，嘴角微微翘起。所有人的目光都聚焦到她身上，但她看到的只是一片模糊的色块。她忽然很担心自己的大衣，怕久坐把它压出了褶皱，结果失神了一秒，才结结巴巴地说：“大，大家好。我叫阿格尼丝，我是，我是嗯……我应该是，是酗酒的。”

周围传来不温不火的支持。“欢迎，阿格尼丝。”

阿格尼丝想要继续，却怎么也开不了口。一只手不停地在背后摸索，试图抚平大衣上的褶皱。一时间屋里静得只剩下咳嗽声。

“我身在火焰，却未烧毁。”英俊男人的声音打破了寂静。

“什么？”阿格尼丝说。

“Ego sum in flammis, tamen non adolebit，”乔治说，“我在火焰之中，但我没有燃烧。圣阿格尼丝的哀悼。”

“哦。”她不知自己是该站着还是该坐下。

“真理啊，不是吗？”他向在座的成员寻求肯定，“我身在火焰，却未烧毁。就让这句话成为我们的希望。今天在座的每一位都曾在火中挣扎。”他清清嗓子，张开手臂，像个游乐场的小贩。“我们不是都为了一口酒燃烧过吗？我们身体发热，大汗淋漓，心里在发慌，嗓子在冒火，是不是这样？”众人低声表示赞同。“那就对了。”他满意地感叹道，“美酒谁不爱？但美酒烧身，堪比汽油！它滋养你内心的魔鬼，让你自己成为恶魔，你燃烧起来，所到之处皆化为废墟；所爱之人不愿引火烧身，所以离你而去，财富被烧光，家庭被烧垮，事业被烧毁，名誉被烧坏，当你的所有烧为乌有，你仍在烈焰中，无法自拔。”

人群陶醉了。“是啊，我真不知怎么告诉你们自己的遭遇，我拥有的一切都被喝酒喝没了。后来等我自己醒悟过来，决心戒酒，向周围人寻求帮助，却发现自己孤立无援。他们觉得我连碰都碰不得。”人群怜悯地发出啧啧声。“我向前一步，想要寻求帮助，结果所有人都往后退了一步，他们害怕我的火会再次造成伤害。他们说：‘不要帮他。他不配。’他们说：‘这人永远都不会变的，最后只会把你也拖下水。’”

英俊的男人摇了摇头。屋里变得非常安静。“但是，到最后，这句话还是会应验，是不是？我身在火焰中，但我自己没有烧毁。”他擦擦嘴角溢出的唾沫，“这就是圣阿格尼丝教给我们的道理。就算在最黑的黑暗中，也要有希望。”

阿格尼丝茫然地看看这烟雾缭绕的房间。她抚顺裙子和大衣，刚准备坐下，男人的手又指过来。“火焰不只是终结，还是全新的开始，因为所有烧毁的，也能被重建，在灰烬中，你也能涅槃重生。”

阿格尼丝客气地笑笑，努力抑制住翻白眼的冲动。

讲话的人已经尽力了。集会继续，成员们的目光重新回到台上。阿格尼丝长长地吁了一口气，觉得这是今晚的第一次呼吸。

这时，一只手搭在了她的肩上，一只女人的手，苍白细腻，但手背上青筋突起，想必是上了年纪。女人凑到阿格尼丝耳边，低声说了几句话。她凑得太近，阿格尼丝无法转身，也看不清她的脸。

“哎，说的是啊。那些老杂种烧不成圣阿格尼丝，就把那姑娘脑袋给砍了[1]。这就是男人！狗日的。”老人又拍拍她的肩，咳嗽一声，坐回了自己的椅子。

---

1 圣阿格尼丝（Saint Agnes），古罗马圣人，也作圣雅妮，是基督教敬奉的童贞女及殉道者，生活于公元四世纪初的罗马。传说阿格尼丝貌美，约十三岁时自称除了耶稣以外别无所爱，矢志不嫁。求婚者因没得逞而揭发她信基督教，当局把她投入娼门作为惩罚。嫖客慑于她的正气不敢侵犯她，有一人企图侵犯她立即双目失明。罗马皇帝戴克里先迫害基督徒时期阿格尼丝以身殉教，她被判处火刑，但当她被绑到火刑柱上时，身下的木柴却烧不起来，火焰也无法接近她，于是一位军官拔出剑刺向她的喉咙。

19

在舒吉十岁生日之前，阿格尼丝从她的灰烬中重生了。有三个月的时间她滴酒不沾，之后又在煤矿加油站找到了一份夜班工作。她用了四本邮购目录来安排圣诞节，在圣诞树下堆满了礼物，往桌上放了四种红白野味，虽然她没有钱支付其中任何一样东西。当舒吉和利克挺着小肚皮满意地躺在电视机前时，她并未意识到，他们并不需要这些东西。她的清醒，以及这份清醒带来的平静生活，足以让他们感到幸福。

邮购目录的账单陆续寄到家中，但这不是工作的唯一原因。这份工作的意义在于，它能打消孤独感，让她在漫漫长夜有事可做。如果不值夜班，她便只能坐在家中无所事事，直到睡意袭来。她经常在夜里想念舒格，想念那些再也不来电的老友，想念莉齐和沃利，想念远在南非的凯瑟琳。夜班能让她远离酒精。

加油站里有个小商店，是方圆一英里内唯一一个售卖香烟、糖果、冰棍和薯片的地方，是荒野中心唯一的灯火。她拉开抽屉，拿出几个乒乓作响的脏硬币，放进几个零钱，然后把几盒烟、几瓶牛奶从安全玻璃底下推出去。这也算是一种社交生活，她对此感到满意。

一周四个晚上，阿格尼丝坐在安全玻璃背后，凝视着远处无尽的黑夜。每隔一段时间，就会有一两辆出租车过来加油。有的会向她借背后那个阴冷潮湿的小厕所的钥匙，有的会向她要一份当日的报纸，或是一罐冷汽水。在安全玻璃两旁，他们和她闲扯雷文斯克雷格[1]的罢工，克莱德河的消亡，他们生活中相似的事情。出租车司机习惯待在玻璃窗后；他们自己的夜晚便是和隔板与挡风玻璃一起度过。阿格尼丝渐渐喜欢上这样的陪伴。

随着时间的推移，有几个司机成了常客，有几个人开始和她一起休息，停在玻璃窗旁边吃个三明治。自从她开始在加油站工作，小店的生意好了很多。有的司机专程多跑几里路来找她，想和这个美丽的女人多待一会儿，看她见到自己开心的样子，看她听自己讲故事时的大笑。只有在下一个司机停车的时候，他们才会离开。

有时她已经在和别人说话，其他司机便会在周围兜圈子，直到她有空为止。他们看着她，好像害羞的小孩看着一盘美味的饼干。她能看到出租车在空旷的路上来回开，等待与她十分钟的平静时光，要是见她和别的司机有说有笑，心里一酸，车子还会轰轰发起脾气来。

---

1 雷文斯克雷格（Ravenscraig），苏格兰北拉纳克郡马瑟韦尔的一块土地，曾是西欧最大的热轧带钢厂所在地。

有些年长的司机只会买货架底部的商品。对于他们来说，这是一项打发时间的娱乐，阿格尼丝并不介意。他们长伸着脖子，看她在货架间游走，拿取糖果点心；她弯下腰去捡报纸或是在货架底层取东西的时候，他们玩味她的裙子在臀部收紧的样子；他们欣赏她的毛衣垂下时，胸罩和玫瑰色皮肤隐约可见的样子。阿格尼丝深知孤独的痛楚。

寒冬的几个月过去了，阿格尼丝开始收到各种各样的礼物。起初是一些小东西，几盒批发土豆，几罐腌大蒜。有一天早晨，有人送来几盒卫生巾。接着，个别司机带来更贵重的礼物，比如二手冰箱，二手便携电视机，或者其他卡车运送的家用电器。一次舒吉放学回家，发现嘎吱作响的防风门新上了油，又一次回家，看见发霉的厨房也被重新刷了漆。

有时夜班接近尾声，很长时间都没有司机经过，她便坐在窗口，凝视着远处的矿口区，通过数路过的夜班公交车来算时间。在这些夜晚，她坐在自己的安全玻璃后面，慢悠悠地翻着弗里曼邮购目录，花掉自己还没挣到手的薪水。天边渐白，她准备下班，从货架上顺一根巧克力棒，再给自己拿一包烟，然后把门打开，和晨班售货员换岗。走在回家的路上，天边的太阳会把煤灰山照得金光闪闪，但很快，阴沉沉的天幕便盖过来，给矿口区蒙上往常的灰色。

路上遇到清晨前往城里做清洁工的女人们，她会哼唱一声礼貌的早安。这些疲惫到骨子里的女人摸一摸胸前的十字架挂坠，低声回应一声“哎”，便头也不抬地走开了。一个体面的天主教徒怎会在如此不道德的时间回家，她们永远无法理解。对这个大清早就抹着口红，涂着鲜红指甲油的女人，她们充满了非善意的怀疑。那些有幸还在工作的男人路过阿格尼丝身边时会抬头微笑。他们掩饰好自家媳妇做的午餐盒，跟她说着早安，向她狡黠地眨眼。

回到家后，她把巧克力棒塞到舒吉枕头下面，再用一杯热茶和一个吻把他唤醒。在利克床边，她放上前一晚洗好的外套。两个男孩在各自的床上安静地面对面躺着，聆听她伴着晨间广播唱着歌。没有人敢眨眼，生怕打破这美妙的咒语。

在加油站工作两月有余，她第一次遇到了他，那头红发公牛。他不像其他司机。一般司机在青壮年过后，都走上了相似的道路，多年的久坐生活拖垮了身体，全套苏格兰式早餐和夜宵在腰间永远地沉淀。随着时间推移，出租车压弯脊梁，肩膀圆成一个柔软的驼峰，脑袋也向脖子前方突出。那些经常值夜班的司机因长期不见日光而脸色惨白，唯一的颜色是因酗酒引发的红斑痤疮。他们手指上总喜欢戴一枚硕大的主权戒指，享受手握方向盘时金光闪闪的虚荣。每次看见那枚戒指，阿格尼丝总忍不住想起舒格。

红发男人第一次从车里走出来时，她努力地忍住盯着他看的冲动。想必他做出租车这行不久，肩膀仍然挺直，脸上的红润气息来自日光和新鲜空气，而不是深夜的酒吧和黑啤。他高大健硕，给车加油时昂首挺胸地站立，单手将车门一甩，车身整个震荡起来。他红色的鬈发在闪烁的荧光灯下发着光。有的司机第一次看见她时会惊艳得忽然退缩，但他没有，也没有朝她微笑。她坐在玻璃窗后面，双手叉在胸前，像是在等一个遗忘了约定的恋人。她把零钱放在小抽屉里推给他，他喃喃了一句谢谢，便回到了车里。

过了几个星期，他才再次出现。这一次，阿格尼丝在他还未靠近窗户时就开了口。“你干这行不久吧？”她咧开涂了口红的嘴唇，小抽屉以一个欢迎的姿势推向了他。

“啊，什么？”他说，好像思绪被突然打断，“你隔着玻璃，我听不见。”

阿格尼丝认出了他的斯特拉斯克莱德口音，她使出了自己最好的女王口音。“我在问，你是不是做出租车司机不久啊。”

“你为啥这样问？”他尖锐地回答道。温暖的呼吸在玻璃上蒙了一层雾气。

阿格尼丝的微笑僵住了。“就是，这儿有很多出租车司机经过，但你看起来……比其他人要开朗。”他看着她，好像在看一条会说话的狗。她继续喃喃道：“就是，你看起来没有那么麻木，毕竟开车那么辛苦，天天被乘客刁难。”

“那你是觉得自己很会看人喽？”

他的问题使阿格尼丝震惊，这下是她说不出话了。红发男人往抽屉里撒了几枚硬币，硬币落下，叮当作响。“给个一品脱牛奶，一个白面包。四面烤那种[1]，不要软的。要新鲜，不要把它挤坏了。”他指指那个安全抽屉。

---

1 此处指的是平底锅面包（Pan Loaf），这是一种在平底锅或锡罐中烘烤的面包，它是英国常见的一种面包。这个词本身主要流行于苏格兰和北爱尔兰地区，以便将其与普通面包区分开来。

她愣了一秒钟，然后才回过神来，起身去拿面包。走到店铺中央，她悄悄回头，想看看他是否在看自己，结果他眼睛盯着脚，好像他的鞋上写着文章。她看着他骏马般的鼻子一呼一吸，肩膀一起一落。他看起来很疲惫，厌恶而疲惫。阿格尼丝回到窗前，从抽屉里递过去一小瓶牛奶，他伸出一只大手抓去了。她把面包也放在抽屉里，他这才说："你会压到我的面包。"阿格尼丝目瞪口呆地看着他。面包稍稍一推就能装下，但他不满意，脸上泛起桃红色。"不是跟你说了嘛，不要从这儿推过来。"

"没事的，面包有弹性。"她手指在面包上一按，像是在做新鲜面包的广告，湿润的面包弹回了原状。

男人不说话。

阿格尼丝羞怯地笑了。"哎，我也没办法，我又开不了这门。"她一只手放在胸前，睁大了眼睛。"你看，我一直是一个人在这儿。"

红发男人左右踱步，面红耳赤。他喘着粗气，不停地眨眼、看脚。

"这个面包你到底是要还是不要？"阿格尼丝凑近窗户问道。她的毛衣扯到一边，她知道这时肩膀上应该能露出胸罩的黑色肩带。于是她半眯着眼睛笑起来。

他一拳打在玻璃上，她被吓得跳了回去，好像自己被扇了一巴掌。"老天啊，我一老实人还不能好好吃片面包了还是咋的。"

阿格尼丝心里的魔鬼被唤醒了。被如此无视让她的士气一落千丈，只想借酒冷静。她伸出光亮鲜红的指甲，打开用胶贴合的那面，抽出一片厚面包，像丢一条死鱼一样丢在抽屉里，推给了人高马大的红头发。

他低头望着抽屉里的面包，好像她往里面拉了一坨屎。“你倒是拿着呀。”她催促道，微笑和肩带都收了起来。红头发抽出面包，温柔地捧在手里。抽屉被拉回去，发出尖锐的金属刮蹭声。阿格尼丝又放了一片，把抽屉推了出去，男人拾起来。就这样，她放一片，他捡一片，他小心翼翼地叠放着面包片，像是在整理瓷器。她觉得他从开始拿第一片面包起就再也没敢喘气。他身体里的某个地方像爆胎一样呲呲作响，他低头看看怀中的半个面包。阿格尼丝继续操作抽屉。

“我以前在矿上干活，后来矿被关了。”他低声说，“你咋知道我不是开车的？”

“我就是知道。”阿格尼丝说，“我有经验。”

“是吗？”

“我都能写本书了。”她往抽屉里又扔了一片面包。

“我真不知道他们是咋干的这活儿，”红头发说，“一天天的，啥牛鬼蛇神都遇得上。”

“不是人人都有这个本事开夜班车。你开多久了？”

“差不多一个月了。”

“挺寂寞的，是不是？”

男人抬起头，好像此刻是第一次看见她。“是，很寂寞。”他说，眼里满是疲惫。

她把最后一片面包推给他。“那，明晚再来。我给你从这抽屉喂一袋麦片。”

男人第一次露出了笑容，他的牙齿整齐洁白。“好。”

“记得带一个塑料袋，因为我要一粒一粒给你。”

舒格离开后，家里也来过其他男人，但没有一个把她带出去过。阿格尼丝整个白天都在等待。午饭前她已沐浴梳妆，但还需等到八点，他说八点才会来电。电子钟闪烁着霓虹数字，像是在倒计时。她一整天都在家中徘徊，在热切盼望和绝望放弃中摇摆。此刻坐在梳妆台前，她越来越自觉愚蠢。她在脑中已经列出一长串千万不能告诉这个陌生男人的事。那些难堪的往事让她喉咙哽塞，只想喝一杯酒。

舒吉安静地在她身旁若有所思地坐着，双手乖乖地放在腿上，两脚整齐地交叉，脸上是同样痛苦的神情。阿格尼丝努力地把自己的生活整理成一个体面的故事，但这故事越发让她感到枯燥贫乏。那些不能诉说的往事在她心中留下一个又一个巨大的空洞。这些空洞让她成了一个仿佛从 1967 年就开始沉睡的女人，那是她遇到舒格的那一年。

红发公牛名叫尤金。这是个好名字，既古典，又普通。这是个家中长子的名字，有着坚毅而诚实的品格，注定成为母亲的骄傲，但绝不是母亲的快乐。在阿格尼丝看来，这是天主教母亲给将来从事圣职的儿子起的名字，一出生便像什一税贡品一样被打上标记。

窗外传来尤金出租车的鸣笛声。阿格尼丝紧张地蹦了起来，梳妆台上的小香水瓶微微震颤。她看看手比十字求好运的小儿子，只见他捧起双手，充满希望地对她笑笑。利克倚在门口，双手叉在胸前。她向他要了一个好运的吻。舒吉看着母亲搂住利克的脖子，一开始他一动不动，接着他慢慢放开双手，也抱住了她，不停地在她脸颊上亲吻，直到她像个高中生一样咯咯笑着把他推开，又去照照镜子，看脸上的胭脂有没有被抹去。

在傍晚柔和的灯光下，她再次目睹他的英俊。他穿着宽大的翻领西装，油亮的头发朝后梳了厚厚一层，他把一辆黑色出租车开出了劳斯莱斯的气质。尤金打开驾驶座的门，走了出来。阿格尼丝看到他细薄的领带和金光闪闪的领带夹。她意识到，这是第一次他们之间没有隔着安全玻璃。他为她打开后座的车门，她头都不抬也知道此刻的矿口区女人们是怎样在窗帘后窃窃私语，面前仿佛袭来一千条窗帘掀起的微风。于是她抬起戴着戒指的手，撩起额前的头发，骄傲地昂起头颅。她几乎能听到她们后槽牙磨碎的声音。

“地方好找吗？”她关车门时问道。

“好找，一点问题也没有。”他说，眼睛盯着发动机，“我让你久等了吗？”

“没有没有。我刚才准备得太匆忙了，白天时间过得太快了。”她努力在语句间穿插几个随性的浅笑。

“哎，你收拾得挺好。”他赞许地朝后视镜里看看。

“噢，那我就放心了。”她一边说，一边动了动胳膊，好让袖子上的流苏甩起来，“我都不知道要穿什么。”

阿格尼丝以前从未去过大奥普里剧院，它位于格拉斯哥南边的戈万路，属于城市里衰落的街区，由一座老旧电影院改造而成。情侣们会去那里看乡村音乐之夜、排舞和枪战比赛。可能是乡村音乐的乐趣，也可能是枪战的魅力，无论何故，奥普里都深深吸引着格拉斯哥人，一周中的每个晚上，这里都是人山人海。在一天的几个小时里，来自克拉克斯顿的埃德娜·麦克拉斯基可以做一回肯塔基美女，而她的男人小斯坦则会穿上皮马甲，戴上有大穗子的帽子，成为赏金人斯坦。

尤金泊好车，再把阿格尼丝扶下车。奥普里的老式西部霓虹灯照亮了街道，潮湿的柏油路闪闪发光。人群鱼贯而入，阿格尼丝觉得自己好像在出席一场大型首映式。尤金走到队伍前面，亮出他银闪闪的警长徽章，便畅通无阻地携着她进门了。

剧院的内饰和从前的电影院大不同了。观众席被分为两层，前方是一个巨大的舞台。一支乐队站在台上演奏，主唱身着棕褐色皮裤，长了一脸麻子，发式梳成摇滚油背头。他双手握住话筒，把支架靠在腿上，好像是抱着自己的心上人。他陶醉地唱着歌，嗓音带着浓重的约翰尼·卡什的腔调。

舞台前方是一个小舞池，几对老年夫妇在手摇弦琴的伴奏下跳着四方舞。穿紧身牛仔裤的老男人把臂膀浑圆的家庭主妇们抡来抡去，合着乐队的节奏，一拍两步，全然沉浸在久违的二人世界里。奥普里的女人们要么穿着牛仔装，戴着斯特森帽，要么穿着花边装饰的大号名姝裙，头发上还插着羽毛。阿格尼丝低头看了看自己的黑色紧身裙和皮大衣，是在邮购目录上花了一笔巨款购入的，还寄回去两次才改合身。而此刻，环顾房间里的牛仔裤和褶边裙，她真是恨极了这套衣服。

尤金牵着她穿过人群。他穿着皮靴，棕褐色西装外套下有一条枪带，上面有一个工具箱装饰，两边各放一把闪亮的小手枪。人们熟悉地朝他点头，他也僵硬地点头回应。舞池周围有一些小圆桌，坐着许多年轻夫妇，尚未醉到无所顾忌奔向舞池的地步。尤金拉出一把椅子，让阿格尼丝坐在房间的正中心，而不是某个看不见的角落。他脱下她的外套，她让他的大手在肩上游移，让他刚好能嗅到自己头发间的香水味。

乐队的鼓点感染着人群，舞池上的人们有节奏地踢踏、跳跃，使整个地方充满生气。空气中飘着浓稠的金黄威士忌香味和皮革装束的温暖气息。天色尚早，但人们的兴致已十分高涨。几身便宜行头也能让人如此放肆欢乐，阿格尼丝觉得实在有些可笑。

“你觉得咋样？”尤金问，脸上挂着骄傲的灿烂笑容。

“真是有意思极了。”

“真的。格拉斯哥才是狂野西部的起源，你知道吧。在工作日都能在玛丽希尔路上被剥了头皮。”尤金怡然自得地说，“我真的挺高兴我们终于能一起来这儿玩。”

“我也是。”

“我发现我今晚才敢肯定你有两条腿。”他笑道，“不然我还一直觉得你下半身都是加油站的凳子。”

“希望你没有太失望。”

“没有，没有。”尤金又笑了，他像做正式介绍那样伸出一只大手，“幸会了。跟我说说你自个儿呗。”

“没什么特别可说的。”阿格尼丝开始不安地转动一个打湿的啤酒杯垫，然后悠悠地讲出了她脑中排练过的故事，“土生土长的格拉斯哥人，天主教家庭，一直平平淡淡的。”

“哎，我也是。”

“我离过婚。”阿格尼丝迅速补充道。她觉得这句话听起来比“我的男人离开我，去跟一个黄脸婆过了”要好得多。

尤金愣了一秒，这一秒对她来说太过漫长。“你们合不来吗？”天主教男人问。

他失望了吗？她无从得知，只好摇头，随着一阵马刺的响声，一位女服务员出现在桌前。她松了口气。服务员是个漂亮女人，穿着紧身浅色牛仔裤，戴一条响尾蛇皮带，蛇头连着蛇尾。“哟，警长好啊，最近过得不错吧？”她模仿着得克萨斯口音，但尾音仍然保留着格拉斯哥戈尔伯尔斯的尖声调。

“嘿，贝尔。还行吧。”尤金朝阿格尼丝伸出手，“这是我朋友阿格尼丝，她第一次来。”

贝尔冷冷地朝阿格尼丝的方向点点头。“那，警长，最近骑着新马车在城里转悠吗？”

“唉，也是没办法。”

“那，找个日子，让你也带我出去遛遛。”这下听起来是正宗的好莱坞南方口音无疑。她凑得近，衬衫领在胸前扯开。“我们可以到本泰兰去跑一跑。我侄女在海边有个大篷车。”

阿格尼丝好奇是否得克萨斯州也有海边的大篷车，这么想着，不禁咯咯笑了起来。女服务员低头看着她，仿佛在看一只害虫。

“再说吧，嗯。”尤金在座位上挪了挪。

贝尔叹了一口粗气，大拇指抠在皮带里。“那，要点点儿啥？”她恢复了纯粹的南城口音。

“我来个一品脱半的。”说完，他看着阿格尼丝。

“呃……我就要个可口可乐。”阿格尼丝答道。她一天中最害怕的时刻还是到来了。

“就一可乐？”

“加点柠檬？”她已经尽力用了最随和的语气。

“这就来。”服务员又叹了口气，嘟嘟囔囔地走了，还不忘像头臃肿的母牛一样左右摇摆屁股。

阿格尼丝看了看尤金的脸，见他没有多瞥一眼，感到欣慰。“她人看起来还不错。”

“嗯，还行吧。”尤金敷衍地说。

“贝尔[1]这个名字很美啊。”

“是美，但可惜她真名叫杰拉尔丁。”

阿格尼丝笑了。“原来如此啊，警长。”

尤金慷慨地任她讥笑自己，她于是更放松了些。“是啊，她就叫杰拉尔丁，加特科什人。我都怀疑她是亲手杀了那条蛇，然后做了皮带。”

“那我最好小心点儿喽。”

---

1 贝尔（Belle），意大利语里意为美女。

“对，那女的八成能把她老公宰了做新鞋。”

酒来了，他们静坐着欣赏排舞，许久之后他才再次转向她说：“所以……你为啥不点酒？”

阿格尼丝又在脑中排演一遍自己过滤的生活版本。“噢，我身体不太适应酒精，每次喝完，第二天都头疼得要命。”她紧张地挠了挠后脖颈。

尤金似乎不打算接受这一谎言，他们之间闪过一丝心照不宣。“好吧，那，以后再说吧。”

“再说吧。”她努力转移话题，“所以，为什么小镇警长现在还单身呢？”

“我还想问你呢。”

“说来话长。还记得你刚才说的，老公做的鞋吗？”

“啥？所以我应该当心你？”

“嗯……有人说我是个离婚女人，就想找个配对的。”她吸了一口可乐，“轮到你了。回答我吧。”

他顿了许久，先是抿了一口淡啤酒，又饮了一大口威士忌才说：“唉，我之前结婚很多年了，其实一直到去年，但是她得癌症去世了。很突然。”

“对不起。”她把自己的手放到他手上，“我父亲也是得癌症去世的。”

他只是点点头，又分别喝了一大口两个杯子里的酒。他的啤酒杯上凝着水珠，看起来十分清新。

乡村音乐停了下来，乐队告知观众要休息片刻。一对大汗淋漓的夫妇走到面前，女的穿着妓女的花裙子，男的穿着典型的牛仔服。“嘿呀，警长，别来无恙？”女人扯着格拉斯哥人特有的大嗓门问道。尤金介绍这对夫妇叫莱斯利和莱斯莉，是这里的常客。

小个子男人莱斯利一脸坏笑地说：“如果你看见我媳妇，不要告诉她我跟我小情人在这儿玩！”

“老天啊，像是谁还没听过似的。”他的太太翻了个白眼，已经厌倦了他的陈年老笑话。“我们就是想过来看看警长你好不好。”莱斯莉两只藕节般的胳膊叉在大胸前，手里玩弄着十字架挂坠。“还撑得住吗？”

“还行。”尤金显得有些被问住了。

“我们还在教堂里给你做祷告呢。”莱斯莉说，“好像还是昨天的事，是吧？”

“是。”他说，眼睛紧张地瞥向阿格尼丝。

“唯愿上帝保佑她，庇护她。”莱斯莉转动着十字架。

尤金举起威士忌以示感谢，但没有喝。

阿格尼丝注视着莱斯莉的一举一动。只见她上下打量着尤金，眼睛从他干净的头发移到补好的夹克，再到洁白的衬衫领子。想必这也是位明察秋毫的女人，此刻一定在心里琢磨，谁帮他熨的衬衫？谁给他做的热饭？“你家几个妹妹咋样啊？”她终于问道。

“好得很呀。”他说，“我虽然是老大，但你要是见了就知道，我真不如她们。她们做事的老练劲能把玛士撒拉[1]比下去。”

---

1 玛士撒拉（Methuselah），又译为默突舍拉。据《圣经》记载，他是亚当的第七代子孙，是最长寿的人，据说在世上活了 969 年。

“哎哟，她们只是不放心你。告诉你家科琳，我挂念着她哪，还有她的几个小娃！大詹姆士的事儿真是辛苦她了。告诉她我过几天就寄几件旧衣服过去。我家杰拉尔德最近抽条了，像根野竹笋似的噌噌往上蹿，我真是不知道矿上关了以后你家科琳怎么供五个小娃穿衣服的。”

尤金像石头一样坐着，威士忌杯子举在半空。阿格尼丝片刻后才反应过来，她脸上的笑容也垮了。

“我听说自从矿山关了以后，那地方都败落得不行，什么吃安定的劳什子都搞出来了。还有啊，我听说她对门儿后来还搬来一个酗酒的婊子。”她转向阿格尼丝，期待获得女性同盟的支持，“要是我年轻的时候，区教会早把她撵走了。我们这些老实人家中间容不下这种人。”

听到这里，铁血牛仔翻了个白眼，拉起媳妇小枕头般的胳膊，朝舞池走去了。“哎哟，那，回见啊！”女人轻快地说完，还向阿格尼丝招招手，“真是幸会啊，亲爱的。”

阿格尼丝点点头，她的眼睛早已模糊，黑色眼线快要化成墨水。莱斯利夫妇离开后，两人沉默许久。“所以，你们所有人都在嘲笑我，是不是？”她问道。

“不是，”尤金晃着那头红色鬈发，像个心急的小孩，“我没有。”

“每个人都在嘲笑我，”她几乎是自言自语道，“我对你来说就是个大笑话。”

“不是。”他重复道。他硕大的粉色手掌在桌面上摊开，舒格也总是这样，努力假装真诚的骗子都会这样。

阿格尼丝看着那双摊开的手，心里有一部分已经做好了被他伤害的准备。“所以，科琳·麦卡文尼到底是你什么人？你们家这些关系转来转去，她要是你表妹，亲妹，你家挤奶工，我都不奇怪。”

尤金叹气道：“你问我，你家难不难找，我说不难找。其实，我没有说清楚。”他缓缓饮下一口酒，把手掌摊开，又说道：“科琳·麦卡文尼是我亲妹妹。”

剧院里欢快的杂音戛然而止。阿格尼丝觉得莱斯利夫妇一定在盯着自己。他们眯起眼，在她的侧脸、裙摆、戒指上都烙下了羞耻的标记。她让这些话在心中沉淀。琥珀色的啤酒呼唤着她的名字，仿佛喝下去，一切都会好起来。

接着，她发现尤金在说话：“我家科琳只是八个小孩里的一个，全都住在矿口区，传统爱尔兰家庭，你也知道什么样儿。我爷爷是第一批矿工，之后我们也就在这行干下去了。他们那代人，没啥想象力。”他挤出一个温暖的微笑，但她不为所动。

“那，她是怎么说我的？”阿格尼丝挺起了腰板问道。

“哎呀，你不用担心她。她什么破事都要说一嘴。”他的手掌卷了起来。

“我用脚指头都能想到……”

“这个小地方嘛……”尤金安慰道。

“我是个酒鬼……”

“又没什么其他稀奇的事……”

“我连当妈也当不好……”

“左邻右舍的大家都认识……”

“我就爱给自己丢脸……”

“各自该管好各自的事儿……”

“我就是个肮脏的婊子。”

听到那最后一个词，他在座位上尴尬地挪了挪。果然是天主教好人，家中长子，坚毅中正。

“我明白了。”她静静地说。

“我得问一下，”片刻后他说，“我的意思是，我真的非常非常不好意思。”她看到他粗壮的脖子在抽搐，“但是我还是得问，你有没有睡过她男人，大詹姆士？”

阿格尼丝犹豫了。多年的酗酒会打乱你的记忆。“你记得你干了这事的那晚吗？”旁人重复的询问会让你失去对事实的感应。她在彻底醉晕过后遗忘的事，或小，或大，或喜，或悲。事实是，她没有与詹姆士同房，至少不是自愿。他借虚假的承诺侵入她的身体，然后将承诺弃之荒野。这比通奸更加罪恶，她尚且说不出它的名字。

“没有。我从来没有睡过他。”她用自己所能的最坚定的语气说道。

尤金把酒杯端到嘴边，看起来很高兴二人达成了一项共识。阿格尼丝正襟危坐，头颅高高昂起，高到有些不适。“那些都是流言蜚语，我家干干净净，一尘不染。”

一个瘦削的男人登上舞台，他衣衫褴褛，面色憔悴，顶着一头威利·纳尔逊式的白色长发，前面的部分因多年吸烟而发黄。

他冲着话筒叽叽喳喳喊起来，像是在跳苏格兰吉格舞。

“乡亲们，父老们，又到了激动人心的时刻，正——午。对你们爱尔兰老牛仔来说，也就是晚上十点半。”众人亲切地笑了起来。“这是枪手们的舞会，所以请大家排好队，我们可以开始第一轮比赛了。”

尤金抓住这个机会，一口气干掉杯子里的啤酒。“好嘞，你起来。”他站起身，未等阿格尼丝做出反应，便把她从椅子上拉了起来。他甩甩衣襟，露出腰带两侧的小手枪。他从腰间取下枪套，给她套上。枪套太松，调整到最紧也是垮在一边。“那好吧，看我。”

“台上的牛仔会数到三。”他定定地指向一边，“只有他数到三的时候你才能去摸枪，明白了吗？好，等他数到三，你拔枪，瞄准，拉安全阀，然后扣扳机。”说完他拔出其中一支枪，比画了一个疾速射击的动作，“不用担心瞄得准不准，只要扣扳机快。”

“不行，我会丢死人的。”

“我们进来的时候已经把脸丢在门口了。”尤金指指自己那块闪亮的警徽，“没事，我是镇上的警长，你是我夫人，没人敢招惹你。”

阿格尼丝只听见她是“我夫人”那一句。

台上的瘦男人宣布女子组枪战开始，女人们陆续排好队，个个都武装到位。阿格尼丝从未注意过这些枪，但此刻，它们无处不在，长的、短的，闪烁着玩具的光泽。尤金把她搁在队伍里。“我不行！”她小声叫道。

“别着急，就假装对面那人是科琳，保你一瞄一个准！”

队伍前端的两个女人率先上阵了，相隔六米，站在锯末铺成的地板上。瘦男人介绍她们为安妮斯兰天使和德尔塔·戴尔德丽。他高举双手，大声朝话筒喊道：“哎一——哎二——”刚数到三，两个女人迅速掏出腰上的手枪，水平举起，拉下安全阀，扣动扳机。一声炮仗般的爆破声响彻全场。烟雾四散，戴尔德丽显然占了上风，她朝着枪口轻轻一吹，剧场里爆发出一阵欢呼。

“哦，对了，”尤金说，“我忘了你得起一个艺名。”他狡黠地笑笑，回到桌边，又点了一轮酒，然后对她竖起了肥硕的大拇指。

轮到阿格尼丝的时候，舞台上早已是二氧化硫烟雾缭绕，仿佛是篝火之夜。台前的女人问阿格尼丝要了艺名，写在纸上，递给了主持人。然后把她领到台上，面对另外一位女人，她的对手。遗憾的是，对面的女人和科琳没有一点相似之处，她头发扎成马尾，脚上穿着皱巴巴的白袜子，上身是短款格子布夹衣，少说也有六十岁，看着像是学校食堂里做饭的婆婆。

瘦男人宣布枪战开始。左边的枪手叫亚利桑那·安，台下响起掌声，安提起裙边，行了个屈膝礼。右边，男人手指着新枪手，说出了她的名字：涅槃凤凰。掌声再次响起，阿格尼丝认为她的掌声要比对方的热烈许多。

男人开始数数。“哎一——哎二——哎三——”

“抱歉。等一下，等一下！”阿格尼丝大叫，只见她蜷缩起来，把手包夹在了两腿中间。台下传来笑声，阿格尼丝脸红了。

男人示意重新开始。阿格尼丝铆足了劲，舌头伸到了牙齿外面。所有男人都在注视着她。“哎一——哎二——哎三——”

一声枪响，紧接着又是一声枪响。阿格尼丝睁开眼，食堂的婆婆在对面举起胜利的拳头。

警长上阵了，他一口气打到半决赛，阿格尼丝只能独自坐在台下，焐热了一杯冰可乐。他轻而易举地打败了所有男枪手，一种奇怪的自豪感在她心中萌芽。她发着呆，任由自己的心思飘移。她想象着他们在一起会是多么漂亮的一对，又想到科琳和其他对自己说三道四的邻居，不知有多少是他的兄弟姐妹。

警长最终被乐队主唱打败了，主唱的艺名叫高歌的水管工。这位满脸麻子的男人似乎是真心喜欢这项杂技，好像是在自己卧室里一边放着肯尼·罗杰斯的专辑，一边勤奋练习过。他一副愁苦相，经过自认为完美的矫正，拧成了克林特·伊斯特伍德[1]的效颦版本。

水管工最终得了冠军，奖品是几杯免费饮料。他爬上舞台，和乐队重新开始演奏。越来越多喝得红光满面的夫妇也鱼贯走入舞池。警长牵着阿格尼丝走到舞台中央，用年轻人早已不屑的正式礼节，伸手将她抱紧。

“我喜欢你给自己挑的那个名字。”

“谢谢，但你也没提前警告我。”他的身体温热，散发着甜味，呼吸中带有热气。她让他抱着自己，身体紧贴在他宽阔的胸膛上。

“你表现很棒。”他语气里透着真诚的自豪，她高兴极了。

---

1 克林特·伊斯特伍德（Clint Eastwood，1930—　），美国著名演员、导演。

"没有吧，我三秒钟就被打死了。"

"想成科琳也不管用吗？"

"我眼睛都闭上了。"

尤金不可抑制地大笑起来，眼里是微醺的光彩。"要是比美的话，你就是冠军。"

"嘘——别说太早，我家里有几条旧窗帘，等我回去缝一条大花裙，下次穿来。"

尤金听了，一脸受宠若惊的表情，他轻轻摇了摇她的肩。"还有下次吗？"

"有啊，应该有吧，我都已经盘算好下次的裙子了。"

"太好了，我等不及了。会是那种花里胡哨的妓女裙吗？"

听到这个词，阿格尼丝打了个冷战，好像被他踩了一脚。他感到她在自己怀中变得僵硬。阿格尼丝缩了回去，冷空气重新充满了她和他曾紧紧相依的空间。乐队唱起一首新歌，悲伤的心碎曲调，让女人们相拥起舞，随着哼唱。

"那你是怎么戒掉酒的？"

"你可以去问你家科琳。"这回，尤金僵住了。

"不喝酒，难忍吗？"他热切地问。

"难，而且越来越难，不是越来越轻松。"

"为啥？"

"嗯，你每天都比前一天更强大一点，但不论你是想喝还是不想，酒它就在那里，跟在你身子后面，像一个影子。诀窍是不要忘记。"

“忘记什么？”

“各种各样的事情。”她叹了口气，“不要忘记你有多虚弱，喝了酒以后你状态有多差。有时候你觉得，你对它有控制了，能掌握它了。”

“你肯定已经控制住了。”他淡淡地说。

她抬起头来看着他。“所以才要去戒酒会，去参加戒酒会很重要，因为你永远都控制不住。”

“我喝酒没有影响到你吧？”

她顿了一秒，说：“没有。”

“有吗？”

“哦哦，没有。只是想跟你一起喝一杯，做个正常人。”

“噢，我觉得你挺正常的。”

他的回应是如此自然，如此迅速，她猝不及防。“信不信由你，那是我很久很久以来听到的最好的赞美了。”

他们继续跳舞，她努力地调整心情，努力斩断杂念和羞耻，努力点燃刚才的白日梦。他可以成为拯救她于黑暗的人，一个朋友，恋人，或是父亲。她能为他洗衣做饭，她能重新开始保养自己。他能为她补贴家用。他们能一起度假。他能到连锁大超市里为她买东西，买满一个购物车。她能给他爱情。这就是她白日梦的内容。

他们之间的冷空气又一点点地挤走了，冲动之下，她问道：“既然科琳告诉你我是个败类，为什么还要约我出来？”

他许久都没有回答，她有些尴尬。后来他给出的答案，也显然已经过深思熟虑。“我这么多年来一直很寂寞，在我媳妇走之前很久就是这样了。你别误会，她是个好人，像我家科琳一样的好人，但是我们这几年，都是各过各的。”台上的音乐和他声音里的忧伤并不匹配，“但是你想啊，我大半辈子都在地下待着，一天完了也没啥新鲜事，日复一日，二十年，两个人还有啥可说的呢？但她生前是个好女人，每天回家，都有一顿热饭等着我，有肉有汤，盘子都是烫手的，因为她放在烤箱里热了一整天。我们就着一大桌子热饭热菜，但是没有话可说。反正是没有什么值得说的。”

他继续说道：“我今年四十三岁了。比我爸死那年还大了四岁，所以我这辈子早应该完了。我本该早点儿退休，来地面上，这辈子和她，不说话地过完。”

她听到他的哽咽。“我第一次看见你的时候没仔细看。我那时候也没听说过你，科琳还没提过你的名字。那都是女人家的事情，是吧？她们不跟男人讲那些闲言碎语，教堂的传闻，那是她们专属的。我只知道，第一次看见你坐在那窗户后面，我觉得我看见一个同样寂寞的人，我们兴许能说上话。”他的嘴唇颤抖了，“我那时候才觉得。我还不想就这么完了。”

阿格尼丝吻了上去。尤金，坚毅中正的尤金。他的嘴唇干硬，泛着甜味。

20

阿格尼丝背对着门坐在地毯上。床边的收音机放着轻柔的情歌，她跪坐着，粉色脚指头一摇一摆，跟着音乐哼唱。舒吉看着母亲专注地低头整理她的内衣裤。她整理了所有的样式，颜色从黑到白，白色又分为亮白、乳白和看得出来已经穿了很久的那种白。舒吉来到母亲身后，抻开自己的小脚趾，和她的脚趾交织在一起，然后围抱住母亲的肩膀，注视着她工作。

她提起一条花边内裤给他看，内裤前面是纱布衬垫，两侧都是花边。“你觉得这条怎么样？”她捏着侧面的缝线问，“我觉得好像太低腰了，会不会有点过时？”

舒吉看着这条内裤，似乎想起了什么。他瞥了一眼内裤，又瞥了一眼窗边的白色蕾丝窗帘。她循着他的目光看去。“你这个狡猾的小东西！”但她并不生气，靠在他身上，把内裤扔到了弃物堆里，“这就解决了！”

舒吉捡起一件旧胸罩。他把肩带拉长，再放开，倾听皮筋断裂的声音。“利克肯定能用它做一支弹弓，我只要拿五块煤团，就能把麦卡文尼家的窗玻璃全都打碎。”

阿格尼丝掰开他的手指，把内衣扔到了弃物堆里。“那他们这辈子也不会饶了我。”

“你为啥要整理这个呀？”

阿格尼丝把一件丝质睡衣举在面前，放在眼睛下方前后摇摆，像是辛巴达的神秘后宫。“我只是需要把它们归置一下。”

“何必呢？巴里神父跟我们说，只有你自己能看你自己的内衣裤。”

“哦……那个巴里神父，他说得对呀。但是，不瞒你说，我有个夜游，”她凑近舒吉，神秘地说道，“但是是在白天。”

“是跟那个开出租车的吗？你不会让他看你的内裤吧？”

她大笑起来，拍拍他的小鼻头。“是，是跟我的大姜饼人。但是不会的，我不会让他看我内裤的。”

自从答应带她过去，他就兴奋得不得了，接她上车以后每隔几分钟就要说一遍“你肯定会喜欢的”以及“希望你能喜欢”。尤金把车开到了阿格尼丝从未见过的小路上。一开始，察觉自己远离城市喧嚣的阿格尼丝有些沮丧，她原本以为他们会一起去城里的高级餐厅吃一顿午饭，或是去国王剧院看一场戏，因此专门打扮了一番。

此刻两人站在土地上，面前是一条巨大的深沟，尤金挠了挠后脑勺。“妈的，我得背你过去。”

黑色高跟鞋陷入了泥地里，她随时都可能摔倒。“万一你没站稳我掉下来怎么办？”

他朝深沟里看了一眼。“噢，不用怕，你会死得很快。”

他在泥地上单膝跪地，像个骑士一样把脊背留给她。阿格尼丝轻巧地抬起裙摆，不怕抬得太高，被他看到腿，但怕露出黑丝袜上笨重的夹扣。

她双腿缠绕着他，他轻松地站了起来。下坡的路十分危险，有一段嵌在土里的光滑台阶，但再往下走，台阶被腐蚀，道路被坍塌的巨石挡住。尤金紧紧抓住峡谷一侧，缓缓前行。有几次，他不得不把阿格尼丝放下，向前爬一截，再引领她越过障碍。到达底端时，两人都气喘吁吁，浑身是泥。

他们所站的峡谷是由几千年来缓慢流动的水雕刻而成的。溪水与千年的红色砂岩沉积物融汇，呈现铁锈般的红色，近乎稀释过的血液，使阿格尼丝感到不适。红色砂岩倾盖在头顶，随着溪流的意志缓慢起伏。水流中央，一块巨大的砂岩沉积突起，像是水中生长出的祭坛。虽然峡谷在底部变宽，但却在顶部变窄，被树木和苔藓覆盖。她抬起头，几乎看不到天空。尤金灿烂地笑着。

“魔鬼的布道台，”他骄傲地说，“美绝了，是不是？”

阿格尼丝整个身子都靠两个大脚趾撑着，鞋跟卡在了泥土里。“嗯，我看出来你是个正宗的矿工了。”

他的手在砂岩上温柔地来回摩挲，流露出思念。“第一次来的时候是跟我爸爸，那时候还没什么人知道这地方。他会摆上一把小躺椅，打开几罐啤酒，让我们在这儿跑啊笑啊，一玩就是好几个小时。”尤金环顾四周，眼里都是过去的好时光，“这水冻死人，但是我家科琳喜欢在里边游泳，她腿可长了，轻轻松松就把我们几个打败了。”

阿格尼丝对着这血红的溪水皱起了眉头，她把晚装手包塞到腋窝底下。“她游一圈上来估计都变成魔女嘉莉[1]了吧。”

尤金弯下腰，捧起一掌血水。“不不，能直接喝的，新鲜得很，你看。”

他把水捧到她面前，她手捂着胸膛连连摇头，结果回头她便希望自己喝了那捧水，因为尤金顿时丧了气，他把手放到裤子上擦了擦。“我真是犯蠢了，啊。我是怎么想的，把你这样一个女人带到这种地方，啊？”

“不是的，只是和我想象的有点不一样。”她一手拂过红色的砂岩，试图从这里找到他记忆中的温暖，“可能是因为，我们两个都太久没有经历约会的场面了。”

“那么明显吗？”尤金把他布洛克鞋上的灰尘擦到裤腿后面。他用拇指指甲挖出一块红色石头，紧紧地捏住，直到指关节发白。“我只是个无名矿工，但我敢打赌，如果我们使劲挤压这石头，时间到了，它就会变成钻石。”

阿格尼丝笑了。她把手包冲着他打开。“你怎么不早说？现在终于开窍了！”

两个德国游客进来了，他便背着她出了山洞。这一次，她将

---

1 《魔女嘉莉》(*Carrie*)，拍摄于 1976 年的美国超自然恐怖电影，改编自斯蒂芬·金 1974 年的同名小说，讲述的是一位女高中生利用超能力杀人的故事。

自己整个贴在他身上，并故意把嘴唇放在离他耳朵很近的地方。尤金为他们计划了一整天的约会，不论最后是什么形式，她都决心不再破坏一点点。

他开车到了坎普西山，走到山的另一侧需要穿过一片沼泽，她没有一句抱怨。他们坐在绿坡那头眺望远处的城市。还未等她开口，他便坐到上风口，为她挡住前方呼啸的大风。他拿出一个用旧格子呢毯子裹起来的篮子，放在地上，摊开了提前准备的食物。

这是一顿简朴而丰厚的餐食。有厚厚的奶酪三明治，奶酪被切成与面包相同的厚度，一篮子鲜红的大草莓，以及他在家烤的一整个食堂大盘的香肠。精致不够，数量来凑，尤金准备的这一餐，足够厂子里的整班矿工饱餐一顿。

“你前妻的胃口是有多大？”她问。

“哈，她是吃挺多！”他让她嘲笑自己，阿格尼丝再次感受到他的善意。尤金从运动包里拿出啤酒。“你不介意，对吧？”

她抠抠裙子上的土。“请吧。”

他准备了一品脱热过的牛奶和大瓶包装的汽水以供选择，她指指汽水，他便倒了一瓶在保温杯里。“你不喝酒的时候都喝什么呢？”他提问时表现出真诚的好奇，这不是只针对她的问题。

但她从中听出了别的意味，于是说：“大多数时候是仇人的眼泪吧，如果喝不到，就喝茶或者自来水。”

说完，两人高亢地说了句“干杯！”从她坐着的地方能闻到顺风刮来的，那股熟悉的泡沫丰富的淡啤酒气味，她顿时有些后悔让尤金坐在上风口。她掰下一小块三明治，切达奶酪香气四溢。

因为怕厚重的黄油把面包沾在假牙上，她每次只掰下鸟食那么大的一块。

“不好吃吗？”

“好吃啊，好吃，”她说，“我只是在回忆上一次有人给我做饭是什么时候。”

“啊，天哪，你看看他们，怠慢你太久了！”

她张开双手哈哈大笑起来。“天哪，谢谢你，这就是我一直想说的话！”

“哎，我还会做奶酪片、火腿沙拉，如果有材料的话。我还会单手开罐头，还会煮溏心蛋。”他像个骄傲的男孩一样抬起下巴。

阿格尼丝手捂在胸口，陶醉地说道：“麦克纳马拉先生，你之前都躲到哪里去了？”

也许以后他会告诉她，自己是怎样把野餐盒偷偷带回家，像个口袋里装满烟酒的高中生；他会告诉她，自己是如何把砧板搬到卫生间，锁着门做了那个厚厚的三明治；他会告诉她，自己有个女儿伯妮，以及伯妮是怎样喜欢窥探自己。但这都是以后的事了，很久以后了。这些事都可以慢慢说，他不愿破坏她美好的一天。

阿格尼丝用手背捂住嘴，打了个哈欠。尤金笑了，自己也打了个哈欠。“是啊，上夜班就是容易困。”

“看看我俩白天的样子，像两个夜行动物被放出来了。”

尤金喝了一口啤酒。“有这个工作，我还是挺满意的，虽然要到处跑，就像是，像一只……”

“嗯，像只白鼬。”阿格尼丝接话道。

“女士，你刚刚是把我叫成一只黄鼠狼[1]了吗？”

“别的男人算，但你绝不是。你知道吗，我超爱白鼬的。你肯定能被做成一件漂亮的鼬皮大衣。”阿格尼丝又打了个哈欠，目光转向城里的方向。格拉斯哥此刻是那么遥远，只是青翠山谷中簇拥着的一团灰色的硬块。他们看着午后的太阳从低矮的云层间掠过城市。“我们能在这儿待着，看看夜灯吗？”

“如果你不嫌冻，当然可以。”

天气仿佛会听话，顿时往荒原上送来一阵冷风，吹过阿格尼丝的头发，她打了个冷战。尤金敞开衣襟，拍了拍城墙一般的胸膛，好像在告诉她，这里就是归宿。阿格尼丝太矜持，不愿爬过去，于是站起身，摇摇晃晃踩着高跟鞋，走过野餐布来到他身边。

他环绕双臂，将她庇护在怀中，阿格尼丝闭上了眼。他们就这样依偎了很久，没有说话，只是静静地眺望着远处阴霾笼罩的城市。她在他怀中感到温暖，她向后靠着，完全信任他的怀抱。他用手揉去她小腿上的冰凉，她看着他手指上的雀斑在自己骨感的膝盖上游移。

当他亲吻她脖子的时候，她再次闭上双眼，心甘情愿地忘记了不给他看自己内裤的承诺。

“醒醒！”她拼命地晃了他几下。小儿子眼睛睁开了一条缝。她站在他窗前，怀里抱着一堆深色的衣服，弯下腰兴奋地对他耳

1　黄鼠狼是黄鼬的别名。

语道："快穿衣服！我们要来一场大冒险。"

阿格尼丝把舒吉拽到路上时，他眼睛仍然半闭着。在矿口区的深夜，泥炭沼泽漆黑一片，四周除了水声和蟾蜍的叫声，一切都很安静。自从认识了尤金，生活不再处处是恶意，不再像一个无止境的黑洞。舒吉哼哼唧唧，她则欢乐地笑着，拖着舒吉在黑暗中行走，嘴里唱着情歌。"对不起，我从未允诺要给你一座玫瑰花园[1]。"她的另一只手上拎着六七个黑色垃圾袋，其中一个里面传出叮叮当当的金属碰撞声，好像是罐装啤酒。

他们走上了前往格拉斯哥的高速路，偷偷潜过加油站，一直来到公路旁的橡树树荫下。她静观路况，等到车流的空当，然后飞快地小跑到路中央的安全岛上。他们像难民一样蹲在茂密的灌木丛里，阿格尼丝咯咯笑着，从黑色垃圾袋里拿出一把铲子和一套小园艺铲。

"来，我们动作要快。"她耳语道。说完她拿起小铲子，撬起一块柔软的泥土。"一枝都不要落下！"

舒吉坐在床头，身上的盗窃套装还没脱。他咬着嘴唇，心里想着那个红发男人，那个亲吻他母亲，让她重新唱起歌的男人。他想向利克问这件事，但哥哥藏在层峦叠嶂的床单中，舒吉明白打扰他美梦的代价。他一摇一摆地踩着地毯来到窗前，把窗帘拉开一条缝。

---

1 来自琳恩·安德森（Lynn Anderson）的歌曲 (*I Never Promised You A*) *Rose Garden*。

眼前的景象一开始让人匪夷所思。曾经杂草丛生的公租房花园一夜之间换了面貌。灰黄的、齐腰高的杂草丛此刻五彩斑斓，大簇大簇肥硕的鲜花在微风中摇曳：桃红色、奶油色和猩红色的玫瑰，像快乐的气球一样在舞蹈。

他走进清朗的早晨，捡起飘落在地上的花瓣。一抬头，只见五个麦卡文尼家的小孩趴在篱笆上，像是被风吹来卡住的塑料袋。他们目瞪口呆地看着这些美艳的花儿，惊讶得忘了闭上嘴。“你从哪儿弄来的？”小脏鼠问道。

“我也不知道。”舒吉撒谎道。

“哎，昨晚上都没有。”她说。她的唇边沾了一圈麦片渣子，老鼠一般的头发贴在耳旁，朝西边打了个结，好像在风中指路。

“也许它们就是凭空出现的，”他说，“就像魔法。”

拿嘴喘气的家伙们发出了低缓的笑声。长子弗朗西斯一只手越过篱笆，扭掉了一整枝白玫瑰。

“嘿！”舒吉尖叫起来，并立刻意识到自己反应过度，“别，请你不要这样。”

男孩爬上篱笆，直到高处的木板抵住他的肚脐。“谁他妈敢拦我？”他威胁道。

“这不是你的花，你不能随便动！”

“也不是你的花，你个智障。”小脏鼠啐了一口，眼里闪着兴奋的光，准备好好干一架。她只有舒吉一半的年纪，却在气势上占了上风。

“你以为它们一夜之间都长出来了？”弗朗西斯问。

“也许吧。”

“天哪，你真是个傻基佬。”小脏鼠说，龇着尖锐的乳牙笑着。麦卡文尼兄妹们在篱笆上蹦蹦跳跳，合唱着：“傻基佬，傻基佬。”他们的声音荡漾在安静的街道，比冰淇淋车的广播都要响亮。

“你喜欢屁股和小鸡鸡。”弗朗西斯说，“我妈妈说要离你远点儿，不然你会把手伸到我屁眼儿里！”这群小孩疯狂地摇晃着篱笆，不停地抓挠着他。他们轮流朝花园里吐唾沫，唾沫星子飞得老远，溅在花瓣上，溅在舒吉身上。然后一个接一个地从篱笆上剥落，一路讥笑着回家了。进门时，小脏鼠开心地回头摇摇手。

舒吉见这支暴力的童子军回了家，便撩起黑色毛衣的袖子擦了擦脸上的唾沫。但刚擦完他就后悔了。科琳·麦卡文尼正站在窗前抽烟，双手交叠在骨瘦如柴的胸脯前，枯黄的脸上划过一个尖刻的微笑。

所有窗户都大开着，录音机在窗台上放着歌。阿格尼丝站在玫瑰花丛中，只穿着一条剪短的牛仔裤和一件旧棉T恤，上衣的肩带被她拉下来，以免破坏晒黑的轮廓。这个夏天异常炎热，一连串漫长而干枯的晴天，对于人们的热情，太阳报以中暑和水泡。

阿格尼丝翩跹着，像是牵着一位虚拟的舞伴。“把你的小屁股挪出来，跟妈妈跳个舞。”她的喊声在整个街区回荡。

在卧室的阴凉处，舒吉哭丧着脸坐在床边。他从早上开始就是那副苦脸。“听我说，你不能一整天都坐在屋里，”阿格尼丝哄着他，“太阳再过几天就没了，得再等一年才出来了，到时候你就后悔吧。”她挥着铲子转啊转，像个疯子一样。他自己也未料到，母亲前所未有的快乐会刺痛他的心。母亲的快乐都来自那个红头发，他做到了舒吉未曾做到的事。

阿格尼丝好像成了玫瑰花神，她的肩膀和脸颊在夏日里泛着明亮的粉色。多年的寒冷和酗酒让她欢乐的面颊上透出皮肤下蜿蜒的玫瑰色血管。就像是迪士尼本人为她上了色，让她摇身一变成了个更有血有肉、有烟火气的白雪公主。

阿格尼丝半个身子探进了舒吉的窗户，双乳歇在窗台上。但这也好过像个神经病一样在院子里跳舞，让大家笑话，他想。他从未为清醒的母亲感到难堪，这是一种新奇而不适的感受。

舒吉用手撑着床，以免忍不住攥起拳头。他梦到过自己沮丧挥拳的样子，有时是因为那些白拿的玫瑰，有时是因为麦卡文尼家的坏小孩，但大多是因为，他为母亲的幸福等了那么久，现在它终于到来了，他却高兴不起来。

他抬起头，她仍在痴痴地笑，却很有感染力。她的手臂被玫瑰刺划伤了，也并不在意。“别像个老太婆一样坐在屋里，来后花园找我。”

阿格尼丝说完便从窗前消失了，舒吉又哭丧了一会儿。一只白手从利克的床单里伸了出来，威胁地指着舒吉，然后大拇指一扯，威胁地指了指后花园。舒吉知道自从母亲戒酒后，哥哥熬夜更厉害了，最近一直在大卷图画纸上描绘着他准备在房间自己那侧搭造的木柜的图样。第一层是复杂的组合柜，用来放置他的唱片和音响，旁边是一个低矮的松木书桌，自带书架，这样他就有一个舒适的地方可以画画，然后在与弟弟隔绝的地方尽情发挥想象力。在利克外出做学徒的时候，舒吉便久久地翻阅这些图纸。利克的设计是将组合柜直接嵌入墙里，舒吉抚摸着这些图纸，喜欢这种永久性的感觉。

屋里仍旧传来花园里母亲的歌唱，利克气鼓鼓地翻了个身，弄得金属床板咔咔响。舒吉顺从了他的警告，闷头走出阴凉的房子，来到阳光下。他转弯来到后花园，发现她正弯着腰，手里拿着一根水管，在给一个白色的金属盒子装水。

她把唐纳利家破旧的冰箱推倒在地。一年来，它一直待在房子阴暗的角落发霉发臭，等待市政人员把它运走。但市政要求冰箱要搬到路边才能运走，布赖迪家虽有四个壮实的男孩，这台冰箱还是久久地放在那里，没有人动。夏天，它散发着发酸牛奶的气味，冬天则是阴森森的臭味。阿格尼丝拉出了所有的抽屉往里灌水。沉重的金属门像棺材盖子一样打开。

几种情绪在纠缠。他既想跳进冰箱，把自己关在里面，又想表达自己的爱，告诉她，儿子为她幸福而高兴。他想要告诉她自己的秘密，像她曾经用她的秘密粉碎了自己一样。

“妈妈，我有病吗？”他轻轻地问。

阿格尼丝穿过花园，用冰凉的手摸着他发烫的脸颊，“感觉到了吗？你在发烧呢。你才十岁，你这个年纪呀，就是这样。你从小长这么大，妈妈知道不容易。”她不由分说地脱下了他的黑色卫衣和裤子。“留内裤还是不留？”她问。

“当然要留。”他嚷嚷着，手臂叉在胸前，“我们又不都在非洲。”

冰箱里灌满了凉爽的自来水，被放倒后，那个蔬菜盒子的世界天翻地覆。分隔仓被移除，冰箱变成了一个巨大的浴缸，底部和两侧笔直，比普通浴缸要深一倍。他缓缓沉入水中，水从两侧溢出，接着猛地站起来，惊慌失措地看着阿格尼丝。

“你要把我的草都打湿吗？”她笑着说。

舒吉双脚一抬，像块石头一样落入凉水中，水瞬间像瀑布一般溅到草地上。在水底，世界停住了，一张皱巴巴的脸在水面上冲着他笑。心中的愤怒荡然无存，他放了一个屁，从水下冒出许多大泡泡。

那个下午，他几乎一直泡在冰箱里，皮肤早已皱得像一坨粥皮，也不起来。阿格尼丝坐在边缘，抽着烟，拿着从前盛酒的茶杯，喝着真正的茶。溢出的水把她的牛仔裤染成了湿蓝色，但她也不生气，他感到高兴。

他像小鱼一样为她表演不同的表情，她抚摸着他墨黑的头发。“你长大后想变成什么样的人？”

“你希望我变成什么样？”

阿格尼丝想了一会儿。“平静的。”她又抹了抹他的湿发，“不那么忧虑的样子。”

他的脸拧成了一个思考的结。“我也不知道。我只想跟你待在一起。我想把我们带到一个全新的地方，可以重新开始。”舒吉滑落水中，激起另一层波浪。再次浮起时，他的嘴和水面持平。“你爱那个红头发男人吗？”他突然问道，“他会当我的新爸爸吗？”他往下沉了一点。

她没有回答。

“他是麦卡文尼家的人，他们家人都是坏蛋。”

阿格尼丝从牙缝里吸了口气。“哎，他们也不都是坏人。”

“他们就是他妈的坏。”他身子一松，又放了个泡泡屁。这本没有那么好笑，但他们都努力笑了。

她原本微笑的脸上又布满了阴云。“我们两个人生活太久了。”

舒吉看到母亲抿着嘴，站起身去拿烟和火时深深叹了一口气。她的视线越过冰箱，投向遥远的褐色泥炭田。“我们两个人生活太久了，”再次叹气，“不应该这样。”

阿格尼丝撕开了用来支付邮购目录的现金信封。加油站的薪水为她的脸上送去一抹红晕，她递给他一张崭新的蓝色钞票，让他拿着这整整五英镑去冰淇淋小贩那里犒劳自己。整个小区的煤气表都被撬开了，人们取出铜制硬币，飞奔到街上，争相成为第一个尝到甜冰的人。脏兮兮的小孩欢笑着赛跑，家庭主妇们则上演了一场诙谐的竞走。

冰淇淋贩卖车只颤颤巍巍地喊了一轮“苏格兰之花”，就面临着被人群挤翻的危险。贩卖车是一个粗糙巨大的白色锡盒，更像是一个三岁孩子瞎画的车的形状。它的光辉岁月已一去不复返：侧面被砸的几个洞后来被扁螺丝钉固定的锡片和木头碎片盖住。它的底盘很高，小孩要踮起脚尖才能够到滑动玻璃窗。如果不把甜食推到玻璃上，他们就看不到要卖的东西。开车的意大利小贩吉诺很喜欢这个设计，因为能轻易地观赏到女孩的胸部。

舒吉站在叽叽喳喳的队列最后。他前面是肖娜·唐纳利，这个女孩就住在隔壁，是布赖迪最小的也是唯一的女儿。她转过身朝他眨了眨眼，把她的上衣拉低，露出了她运动胸罩中间那个粉红的蝴蝶结。当一个女孩上头有四个哥哥的时候，她对男人的德行便琢磨得异常清楚，作为唯一的女儿，她便总能被第一个送到冰淇淋车面前。肖娜做出一个蛤蟆似的滑稽表情，然后翻了个白眼。

金蒂·麦克林奇啰唆了半晌，要了她的卷烟和薄荷巧克力，她身后的小孩没有现金，但每人手里都提着一扎空啤酒瓶，每个瓶子值十便士。他们把瓶子高高举到窗前，乒乒乓乓地完成支付，然后不紧不慢地享受换来的奖励：一分钱的口香糖和雪糕，便宜的巧克力鼠和粉色棉花糖——论个数发放。舒吉撑着屁股站在队伍后端，安静地心算着吉诺少找别人的钱。

他们整晚都坐在沙发上看电视剧，吃巧克力棒。吃完一根，马上撕开下一根，撕闪亮包装纸的清脆响声不绝于耳，很快，所有的巧克力棒都被消灭了。这种感觉十分美好，像是变成了百万富翁。舒吉躺在沙发上，一边往嘴里塞巧克力，一边抬头看看母亲的脸，她六边形的大眼镜里映照出电视的画面。阿格尼丝吮吸着薄荷夹心外圈的巧克力，对电视里的人指指点点。对她来说，苏·埃伦·尤因就是她的倒影，只不过是更诙谐的版本。她很理解这个酒鬼角色，每次角色在剧中喝醉，她便咂着嘴对利克说："哟，这不就是我吗？"说完哈哈大笑，露出沾满巧克力的假牙。苏·埃伦散发着虚假的魅力，使她的悲剧近乎让人羡慕。阿格尼丝对电视说"这是种病，知道吧"和"可怜的女人，她没法控制这事儿”。舒吉看着女演员假惺惺地抖着下嘴唇，一切都是作秀。脑袋伸到烤箱里的时候呢？满屋子煤气的时候呢？那些深夜的流泪、不穿裤子的叔叔，还有那个从来不回家的姐姐呢？

窗帘拉开着，橘红的灯光漫过街区，甜点摊关门了，街上只剩下稀稀拉拉几个小孩。巧克力也吃完了，他们安静地坐在沙发上，感受饱足的空虚，心不在焉地看着电视上广告里的假猩猩。

“休，给我跳支舞。”阿格尼丝冷不丁地说。

“嗯？”舒吉从地毯上滚过来。

利克哼唧了一声，他不喜欢母亲把弟弟当宠物。为什么要在这个刚硬的世界里鼓励他做一个柔软的男孩呢？他决定不插手了。母子两人听到利克甩上了卧室门，便知道他要埋在被窝里，戴上耳机继续画画了。

“来，给我跳一个，让我看看现在的小朋友都是怎么跳舞的。”阿格尼丝往租来的卡带机里放了一盒磁带。当她把珠光宝气的兔毛上衣拉过大腿的时候，舒吉知道她的思绪又飘走了。

“嗯，你就这样站着。”他双脚与肩宽，“然后这样……”他开始扭动臀部。

阿格尼丝模仿着他。“这样吗？”这个动作在她身上显得自然了许多，更像是女人的舞步。

“然后你甩甩肩膀，手微微动一下。”他学着电视上一位穿垫肩菠萝戏服的黑人歌手那样生硬地抖起肩膀，“然后这么做。”他越抖越快，手掌大幅度地朝臀部相反的方向摆动，像是在滑雪，又像是在发癫痫。

“这样吗？”她问，她的动作好像是中风了。

“嗯，差不多。”他不是十分肯定，“接着做这个。”他像个机器人一样抽搐起来，前一步后一步地跳着，脚步好像在灭火。

阿格尼丝模仿了一番，结果柜子里的玻璃器皿都微微一震。“你确定今天的小朋友都是这样跳舞的吗？”光是做这一套动作已经让她满脸通红。

“哎，是呀。”舒吉说，他的肩膀离地越来越近，双手抱在头两侧，像是在忍受头疼。这就是珍妮特·杰克逊的《控制》的舞步。

“我得休息几分钟。”她瘫倒在沙发上，点起一支烟，“你接着来，我看着学。我想在和尤金去城里之前好好学会几支舞。”

舒吉顿时觉得被欺骗了。如果他不知情，也许就把《战栗》的僵尸舞也教给她了。那支舞才是压轴。歌曲切到下一首，他的舞蹈继续。他的手像烟花一样撒开，自觉地摇摆，脑袋前后晃着，像是在甩一头长发。他迈着触电般的步伐，做着对男孩来说可能过了头的臀部动作。他沉醉在歌声里，好像伴舞音乐是歌剧，而不是十三岁的初中女孩喜欢的流行歌。

“真棒！好流畅的动作！”她感叹，“我下周去跳舞也要这样，尤金会爱死的。你等着吧。”

他享受她的关注，心中的喜悦开了花，他开始像电视里的男孩一样陶醉了，丢弃了自觉，所有的旋转和摇摆都是电视人物的样子。正当他模仿《猫》中的跳跃时，忽然惊叫一声，落到地上，他的叫声尖细，像个女孩，半夜被利克吓到时他也这样尖叫。舒吉呆呆站着，手指张开，他一开始没有看到，也不知他们在外面看了多久。窗户对着街对面的麦卡文尼一家，五个小孩趴在窗前，笑得快要断气。他们快乐地拍打着窗户，小脏鼠像少女般性感地转身，舒吉才意识到她是在模仿他。

他看看自己的母亲，她是否早就看到了他们？但她只是看看舒吉，吸了一口烟，头也不回地咬牙说："如果是我，我就接着跳。"

"我不行。"泪水在他眼眶里打转。

"你要是这样，他们就赢了。"

"我不行。"他的胳膊和手指仍然冰冻地张着，像一棵枯树。

"不能容他们得逞。"

"妈妈，帮我，我不行。"

"你行，你一定行。"她仍旧笑着，"头抬得高高的，让他们见识见识。"

她做起家务来一塌糊涂，有时候你宁愿饿着也不想吃一口她做的菜，但此刻，舒吉看着母亲，理解了她的过人之处。每天，她化上妆，整理好头发，高昂着头，从她的坟墓里爬出来；当她喝得尊严尽失，第二天仍会穿上最漂亮的大衣，然后出门面对世界；当她和孩子在挨饿，她依然打扮得光鲜亮丽，让别人艳羡自己虚假的富足。

重新舞起来很难。想要重新感受音乐，重新搜寻到心中那个自信的角落，需要额外的努力。一开始，他的手脚都无法一致，渐渐地，像一趟始发的列车，他的舞步慢慢走上正轨，最终全速前进。他试着收起过于炫丽的动作，不再疯狂扭臀甩手，但这种本能始终在他心里，不可遏制地涌出。

21

穿着蓝袜子站在足球场中央，他像往常一样最后被挑中。他预料到了这一结局，但落单的伤痛丝毫不会减轻。那个胖小孩、有哮喘病的小孩、瘸腿的小孩和喜欢癞蛤蟆的拉克伦·麦凯都在他之前被选中了。在十一月的小雨中，队员们被要求脱掉上衣。他在球场上东走西撞，揉着胸口，不知是被雨冻僵了，还是被风刮热了。

教练冲他喊，问是不是太冷，如果冷的话就该多跑几步。他薄薄的平底鞋在湿漉漉的草地上吱吱作响，而蓝袜子的男孩们穿着钉子足球鞋飞快地跑过去，把草皮撕成了几块。他装模作样地朝球的方向跑去，但从不敢真正碰球，他不会犯这个错误。教练放弃了鼓励的叫喊，改作辱骂的嘶吼。他是个上了年纪的教练，但体格硬朗，年轻时候是个苏格兰曲棍球冠军。几年前，当藤条被学校禁用时，他几乎准备放弃教学，但最后发现藤条的作用微乎其微。在多年窥视小男孩们灵魂的黑暗角落后，他能轻易摸到他们的命脉。

他在嘴边把手拢成一个喇叭喊道："你倒是动啊，贝恩！你这个小基佬。"男孩们中间顿时爆发出一阵笑声。这些队员在筋疲力尽中用仅剩的一口气拼命地嘲笑着他。

舒吉没想到，他以为不会跟风的拉克伦·麦凯也笑了。这一天本可以像任何一个平常天一样缓缓过去，但是他笑了，那个满脸污泥的金发男孩笑了，他嘴边的鼻涕混着泥一起裂开，幸灾乐祸地奔跑。舒吉抬起冻僵的腿，跑到操场对面。拉克伦靠近球门站在场边，等着球送来。"你笑什么？"

"啥？"

"我说，你笑什么？"

"我想笑就笑了。"男孩从腿上抠下一坨土。他的衣服破旧不堪，也不合身，因为是他哥哥的旧衣服，里层翻到外侧，短裤也是借来的，那种你到了体育馆才发现忘带装备，于是想退到后面改看书时，别人扔给你的破裤子。他的腿很脏，污垢积了好几层，袜子也是黑色的正装袜，而不是名牌运动袜。

"但是……但是……"舒吉结巴了，不住地上下审视着这个男孩。

"但你妈什么啊？"男孩威武地站在舒吉面前，脑袋像好战的黄鼠狼一般晃着。

"你凭什么觉得你有资格笑我？"

球从他们的头顶越过，其他男孩像赛马一样奔跑着，厮咬着，好像很害怕被分开似的。教练停下了小跑，喊道："喂，两位女士，喝完下午茶，该他妈踢几个球了吧！"

舒吉也许能回敬几句聪明话，但开口前一个飞来的拳头将他击倒在地。他背撞在撕破的草坪上，泥水立刻浸没了他裸露的背脊。

“麦凯！我怎么教育你的？”舒吉看着站在自己脸前面的金发男孩，等待着报复的甜蜜滋味，只见教练温吞地说：“不是说了吗，永远，不能，打女孩儿。给我回去比赛。”

拉克伦因愤怒而浑身颤抖。“你以为你比我强，小娘儿们？”他吐了口唾沫，“放学以后我俩出去单挑。”挑衅的亢奋在球场上下荡漾。

接下来的比赛里，其他男孩故意在舒吉身边慢下来，对他低吼一句“哦哦哦耶耶耶，你死定了”，或是说已经等不及了，巴不得马上到三点，等等。麦卡文尼的儿子们一边说要站在舒吉这边，一边跑到金发男孩身边，火上浇油。

下午的课在众人鄙视的浪潮中结束了，没有人关注讲台上的老师，每个人的眼光都聚焦于教室后排坐着的那个死定了的人。几个女孩投去同情的目光，大多数人只是在幸灾乐祸。从前他无视的黑板上方的大钟，此刻也飞快地摇着指针。连钟都那么激动。

肮脏的金发男孩出现了，他在人群的包裹中晃荡着，深深陶醉在同伴的崇拜中。一个星期前，他们还说他身上有一股屎味；两个星期前，他们问他母亲的福利簿中是否包含了整容费。现在，他坐拥他们虚假的爱戴，笑得像一条幸福的狗，几乎忘记了自己是为什么而争斗。

舒吉看着他，越发感到受伤。他本可以报告老师，然后请求留在教室，他本可以等其他小孩的兴奋劲过了，再悄悄溜回家。

然而他看到了这个金发脏小孩，看到他得意的笑容，他跌落到了世界的谷底。下课铃响了，疲惫的老师睁一只眼闭一只眼，任学生们拥着两个男孩到外面。人潮将他们运到学校的一个阴暗角落，紧邻学校食堂背后的垃圾桶。

拉克伦笑着，人群为他欢呼，好像面前是一位勇猛的角斗士。他们围成半圆，包围着面对面的两位勇士。舒吉的背被许多手指戳着向前，面前的金发又把他推向后，他觉得自己像笼中的兔子。“你他妈离我远点儿，死基佬。”拉克伦狠狠地说，再环视围观的人群，都兴高采烈得不得了。

舒吉身后的人群接住了他，将他再次推向前。边上站着的小脏鼠和弗朗西斯说道：“你现在咋不跳舞给我们看啦？”这句话对其他人来说没什么意义，但不妨碍他们把这当作天底下最好笑的笑话。

舒吉胸中的怒火炸裂了，他的牙齿几乎要咬掉嘴里一块肉，在神志回归前，他一个箭步飞了出去。拉克伦的脸瞬间从胜利的得意变为了恐慌，但太迟了，舒吉的拳头已经落了下来。不料火气虽大，但力气却很弱，他的手腕弯了一下，打上去像是扇耳光的声音。脏男孩先是愣了一秒，接着便怒不可遏。

“噢……你就这么让他打吗？”弗朗西斯已经嗅到了血腥味。

“当然不。”男孩答道。那是一句反问。舒吉咂了咂嘴。

他们的身体先是紧紧锁在一起，双方都试图将对方扳倒在地，拉克伦围抱着舒吉的腰，不断将他举起，想要放在自己的颈骨上，每一次都会滑倒，两人继续陷入纠缠，像是一支粗笨的舞蹈。舒吉把双手抬高，趁对方抱腰的时候尽全力击打他的脸。但他力气太小，缓冲不足，着力点也不正。两人虚弱得势均力敌，战斗的无力让无聊的小孩也看不下去。这将是一场羞耻的角斗，赢家只能靠将对方熬到投降。

弗朗西斯伸出一只脚勾住舒吉的脚踝，两个男孩像恋人那样扑倒在地，然后弗朗西斯用一只前脚掌踩住舒吉的毛衣，将他钉在地上。一拳、两拳、三拳，拉克伦趁机在舒吉脸上落拳。血从鼻子里流到嗓子里，他侧过身，血喷到水泥地上，形成一块猩红的糨糊。

舒吉胸膛上坐着拉克伦，一只手被弗朗西斯踩住，浑身动弹不得。他只能躺着，听嗓子里血流汩汩。人群心满意足地走了，眼泪这才流了下来。

黑色的血像蛛网似的在舒吉的左脸上蔓延开来。他踏上了漫长的泥草路，其他孩子走在矿口区的马路上，兴致勃勃地讨论着刚才的盛况，仿佛刚刚目睹的是满天的北极光。

太阳在天空中低垂，脚下的草又尖又硬，是初秋的霜。他在矿工俱乐部后院停下，摆弄那些空啤酒桶。如果把手指塞进孔洞里，桶就会发出酵母味的嗝声。一些大男孩会聚集在这里，给桶打嗝，然后舔掉手指上的啤酒，学着无声电影里的人转圈圈，模仿醉态。他们不知道醉酒的真正面目。舒吉恨自己没有这份玩心。

他在角落里心不在焉地给酒桶打着嗝，等待其他的小孩回家。他潜行在长长的芦苇丛中，从一个水洼跳到另一个水洼，踩着旧电视和废弃的婴儿车，渡过了这潭死水。路过一片踩烂的草地时，舒吉停了下来，思忖片刻是否要练习走姿，结果大脚趾不小心撞到一块大石头上，终于没忍住，眼泪大颗大颗地落下，心中充满对自己的怨恨。

他带着不吃晚饭的决心，爬过铁丝网，来到后院的绿地。他在放倒的冰箱前停下，拨开死昆虫的尸体，将自己血淋淋的头埋到水里。他在地上静静地跪着，屏着呼吸，但羞耻的灼热不肯散去。揉揉脸上的血，水里便散开一簇簇粉色的流苏，舞蹈着，旋转着。真美啊，他想，可是立刻就为这个想法而后悔了。

不知何时，利克站到了舒吉身后，揪住他的领子。“给我进来！我他妈等你一下午了！”

房子里热闹极了，每一盏灯都在奋力地发光，利克和肖娜·唐纳利——楼上邻居的小女儿——一起忙着挂金色旗子。墙上挂着巨大的粉色条幅：宝贝的一岁生日。在“宝贝”旁边，利克用透明胶布整齐地贴了一张图画纸，上面用彩色铅笔写着“阿格尼丝”。木餐椅都靠墙排列，沙发被推到角落里。香肠穿成串，多汁的小块菠萝依偎着橙色切达奶酪。每一面桌台上都放着一碗咸花生，四周围绕着一升装的塑料瓶汽水，丰盛而爽口。

“这是要做什么？”舒吉问，一边擦擦脸上的水。

“这是她的生日。”肖娜说。她正在展开一套打结的星星灯，看见舒吉，她眯起眼问：“你脸上那是血吗？”

“那是鼻血，脑子长得比头骨快就会流鼻血。”舒吉耸耸肩说。这个解释似乎很有道理。“反正我妈妈只有二十一岁！她亲口告诉我的。”他狡猾地向菠萝块移步，“我猜她可能已经三十多岁了，但是你们别跟她说这是我说的。”

“这是她戒酒后的生日，小笨蛋，她清醒一年的纪念日。”利克正站在椅子上往柜子边角绑气球，脸上挂着微笑，如此罕见的表情，舒吉不禁驻足观看。

肖娜嘲弄道：“你缺太多学校功课了，舒吉。你说话就跟那些上流小孩似的，我还以为你是班上头几名呢。”

“头里都是屎还差不多，”利克说，“可能因为这个才流鼻血。”

“咳，你老妈今年都四十五啦。”

“就是，我都快二十一了，你这个傻子。”

舒吉一时难以消化。“但是她让我给她买二十一岁的生日快乐卡。”

“啥？每年都是？”肖娜问。

“是呀。”

利克用“看我说什么来着”的眼神对着肖娜点点头。“我知道，我知道。”

“你知道什么，我做的事情都是为了让她开心，好吧？为啥没人告诉我这是她的戒酒生日？我本来可以准备一个礼物的。”他感到受伤，便把手指插进花生碗里，使劲往碗底钻。

“嘿，别碰那个。”肖娜朝他脑袋上猛拍了一下。

“告诉你？真是笑话了。我们怎么敢告诉一个告密者，你根本守不住秘密。”利克说。

“我守得住。”舒吉陷入沙发里，一颗一颗往嘴里送花生，细细品味炸花生的咸甜味，品味这屋里少有的富足的节日氛围。“我现在差不多守着五百个秘密了。”

“你守不住。你就是头号叛徒。”利克嘲笑道。

“你闭嘴。”一颗花生。“我知道一百万件事儿。”一颗花生。“你都不知道。”

“什么事儿？”

“就是，啥事儿？”肖娜说。他们停下了手头的活计，都转过来看着他。

他尝到了吊人胃口的甜蜜滋味，一千种可能的答案像一千扇门，悬在空中。他开始管不住自己的嘴，又嚼了几颗花生，然后微笑着说道：

“这个嘛。”一颗花生。“我知道肖娜。”一颗花生。“从卖冰淇淋的意大利人吉诺那儿。”一颗花生。“收钱了。”一颗花生。“因为他想要她。”一颗花生。“看他毛茸茸的鸡鸡。”一颗花生。

肖娜以铅笔裙允许的最大速度从椅子上跳了下来，横幅都脱线了，但还是太迟。舒吉早就逃之夭夭，消失在门外——逃命，也是一个叛徒的基本技能。

“你看看，我说什么来着！”利克在背后喊道，“头——号——叛徒！”

聚会上来了很多客人，陌生人为彼此留出指缝大的空隙，一起尴尬地挤在狭小的客厅里。墙边整齐排列着不成套的椅子，都是肖娜向左邻右舍借来的。邓达斯街戒酒团都坐在一边的椅子上。他们抱团围坐，吞云吐雾。除了频繁的慢性咽炎的咳嗽声，一切都很安静。偶尔有人打破沉默，聊聊天气，或是周三集会成员杰妮的不幸遭遇。但人群很快回到各自吸烟的愁苦姿态，盯着自己的脚，与医院候诊室里的惨淡景象十分相似。

肖娜·唐纳利在门口放哨，等待阿格尼丝的到来，她柔软的双腿从窗帘后露出一截，白皙的小腿因期待而微微抽搐，屋里的几个男人看着她踮起脚尖时上下颤动的小腿，狠狠往烟头上嘬了几口。

屋子的另一边坐着几位邻居：布赖迪、肖娜的几位长兄，还有金蒂·麦克林奇。金蒂一脸酸相，苦于找不到啤酒。这几位听说有个聚会，都兴冲冲地前来，结果发现屋里没有一滴酒，只能痒痒地坐着。他们明目张胆地观察着对面内敛的戒酒团，戒酒团仍在自觉地盯着地板。

舒吉把脸上的血清洗干净，把自己打扮得像个四十年代的黑帮分子，黑色衬衫配宽大鲜艳的基普领带。他自己熨了衬衫，在袖子的外沿留下了薄薄的折痕，看起来像个纸片人。他绕着屋子，给客人们送上堆成小山的切达奶酪和菠萝块。女人们优雅地举起半截肯西塔斯香烟，好像这就是零食，然后礼貌地说："不用了，亲爱的。"舒吉端着奶酪绕一圈，又回到原处，端起花生再绕一圈。为了应付这位勤奋的侍者，客人开始抓取并不想吃的点心，堆在自己的膝盖上，干净的裤子和裙子被花生和奶酪的油脂染脏了。他们希望舒吉能消停一会儿，好让自己安静地看会儿地板。舒吉的兴致被客人们礼貌的鼓舞推向高潮，他绕得越发起劲，在热烘烘的屋子里一圈又一圈地转着。

角落的桌子上放着两盒礼物，小小的礼盒被巨大的桌子衬得十分扎眼。大多数人都没想到要带礼物，大多数人其实都不知道自己为什么要来这里。两份阿格尼丝即将打开的礼物，一份是一本《简·方达健身体操》，另一份是整盒用婴儿生日纸包装的二百支西班牙香烟。

“真可爱啊，是不是？”一位邓达斯街的女人一边感叹，一边用烟指了指电炉壁炉架上盖着的聚会装饰。

“你喜欢吗？”舒吉流露出诚恳的惊喜，因为他对利克和肖娜精心布置的那块粉色婴儿生日横幅不是很有信心。

“喜欢呀，她一定会为你骄傲的。”她高兴地说。女人脸颊上有两块红晕，像是刚吹了很久的风，嘴角带笑，有种年轻女孩的开朗。舒吉很怀疑她是不是个真酒鬼。

“利克一整天都在忙活这个，”他说，“我从来没见过他对什么事儿这么积极。”

“是吗？你们做得都可棒啦，你妈妈肯定要高兴死了。”女人灿烂地笑着。

“真的？”他仍有几分不自信，“不会，我了解我妈妈，她要是看见利克往她的壁炉上挂东西，肯定会气死的。胶带会把柜子上的漆粘掉的。”说完，又拿起菠萝盘子准备绕圈。

肖娜的小腿剧烈地抖动起来。“哎！哎！来了！来了！”她从窗帘后现身，又在身后拉起窗帘，露出了她的短裙和用她母亲的化妆品描绘的脸。“现在，请大家，嘘——”

所有人都在嘎吱响的椅子上调整好坐姿，始终没说过话的人也把食指放在嘴上。个别摆了个笑脸，闪烁几下便消失了。利克关掉天花板上的吊灯，屋里瞬间一片漆黑。

外面传来出租车在路边刹车的声音，然后是熄火的声音，接着，沉重的车门关上，院子的大门打开，贯穿始终的是细高跟鞋骄傲的“咔嗒”声。客厅的玻璃门开了，门廊里出现一个女人的窈窕身影。“惊喜！！”屋子里爆发出一阵欢呼，打断女人说了一半的话。几个上了年纪的男人顾着抽烟，错过了口号，于是弱弱地补充了几句，“哎，惊喜啊，朋友。”

舒吉径直冲了过去。“妈妈！你要不要菠萝，好吃得不得了！”

阿格尼丝一下倒在门框上，双手捂住红唇。她打扮得像是要去歌剧院，但其实整个下午都在里茨宾果厅玩买一送一的游戏。尤金睁大蓝眼睛，在她身后试探地窥望。他的脸上有种神父般的严肃表情，眼前散落在屋中的一个个颓然的人形让他心中不禁产生一股优越感。他踏进客厅，庄严地点点头，像是来到了一场守灵仪式。

“这都是什么呀？”阿格尼丝问。她睁大双眼环顾四周，努力消化眼前的一切。在场的许多面孔都从未在邓达斯街之外的世界出现过，这让她感到时空错乱。

“生日快乐！”利克说。

“你在说什么呀？”她仍在巡视。

“这是你的第一个生日。玛丽-多尔给我们打电话了，她说这是你康复路上的重要一步。”利克的嘴咧到了天边。他指指角落里一个抽烟的棕发女人，“这是你戒酒的整整一周年。”

“真是这样的，利克一直在算的。”舒吉补充道。

“你一直在算吗？”阿格尼丝问。

“是的。”两个男孩同声说道。舒吉从餐具柜里拿出一本破旧的纸质日历。袖珍的日历纸挂在卢尔德圣母院的水彩画下方。他翻了几十页利克画过叉的地方。

客人们陆续走动起来，庆幸不再被钉在硬邦邦的座位上。阿格尼丝轮流问候客人，含泪接受他们的拥抱和祝福的亲吻。舒吉监督着开了几瓶姜汁汽水，把哗哗冒泡的饮料分装在纸杯里。肖娜给尤金端上一杯柠檬汁，尤金像是从未见过这种绿色饮料，奇怪地看着。

“我从来不知道还有矿口区这么个地方。”一个瘦小的女人开口了，她就是玛丽-多尔，周三集会的成员。玛丽的身形如芦苇一般羸弱，仿佛被酒精剥削去了精神，面颊深陷，黑色长发罩在小小的身子上，像是借来的假发。阿格尼丝之前听说她只有二十四岁时，惊讶得说不出话来，手捂胸口，脑子里回响起莉齐的话：你再不如意，总有人比你更不如意。

阿格尼丝拉住她的小手说：“我一直在为你祈祷呢，家里孩子还好吗？”

玛丽-多尔眼睛里突然有了光，年轻的神采又恢复了几分。“我有没有告诉你，我小儿子都要开始上小学了？”

“那你肯定太自豪了，小孩穿上校服，打起领带，都可俊了。”

玛丽的脸上划过一道阴云。“是啊，他穿上校服啦。我只能看一小张照片，但是我当晚就给他打电话啦，他兴致高得很呢。”

“他们还跟你奶奶待在一起？”

“是啊。她还是不让我靠近他们。”

和自己的孩子分离，阿格尼丝光是想想就害怕，她想把自己的孩子抱紧。凯瑟琳已经因为自己酗酒而离开了，不能再有下一个。“我之前有一段时间还以为你再也康复不了了呢，别灰心，亲爱的，你奶奶会想通的。”

“是的，希望如此吧。”玛丽小声说，似乎并不信服，“那张照片真是好看，我买了个相框裱起来挂在墙上了。”

一个男人从角落的椅子上站起来，他是周一和周四都去集会的彼得，和阿格尼丝一样的年纪，却苍老得像她的父亲。他穿着褪色的牛仔裤和厚厚的设得兰羊毛外套，这种外套款式在阿格尼丝嫁给天主教丈夫之前就已经过时了。男人走起路来步态怪异，身子像是一堆摇摇欲坠的盘子。他谈吐热切，个性很合群，他特意以此来掩盖内心的孤独。“你好啊，阿格尼丝，”他热情地招呼道，“重生的感觉咋样啊？都一岁啦。”

“老实跟你说，我都没数。”阿格尼丝说。

“是吧，不过，看你小孩都为你骄傲，多好啊。”周一与周四的彼得指指利克，“他们很热心地招呼这个事儿，就是为了给你打气，想让你继续努力，保持第一年的成功。”

尤金一直站在客厅门口，勉强地看着一屋子的落魄游客，走也不是，留也不是。舒吉站在点心桌旁，擦着盘子边上的油渍，把盘子里的香肠排列得整整齐齐，然后给奶酪翻面，使其边缘保持湿润。尤金就这么看着他忙活。当舒吉把纸杯堆成高高的金字塔时，他才抬起了头，看到面前沉默的尤金。

“干得咋样啊，小朋友？”尤金手插裤兜，向前倾了半步。

“还行，我就是想……”舒吉看看盖得歪三倒四的金字塔，一巴掌把它推倒了，纸杯滚了一地。

他们转身平行站立，躲避着彼此的目光，像看球赛一样看着眼前的聚会。“今晚真是不一样啊，是吧？”尤金说。他善意地无视了舒吉建房毁房的举动。

“差不多吧。我觉得利克脑子抽筋了。”

尤金笑了。“没有啊！爱妈妈是多伟大的一件事啊，毕竟人一辈子也只有一个妈。”他微笑着，唐突地问，“你知道我是谁吧？”

舒吉点点头，干巴巴地说：“你是尤金·麦克纳马拉，你是科琳的大哥，你可能会当我的新爸爸。”他盯着自己的脚嘟囔道：“但是都没人问我同意不同意。”

“哦？”这句话让尤金措手不及。

“嗯，我觉得一个人想做这件事，都不问问人家小朋友想不想要新爸爸，挺不厚道。”

“你说得很对。体面的男士之间应该正式地互相介绍。”尤金伸出一只手让舒吉握，“我叫尤金，久仰了。”

舒吉战战兢兢地握了握这只熊掌般的手，觉得这是他一辈子碰过的最粗糙的东西。“你会待很久吗？”

“一个小时左右吧。”

“不是，我的意思是，你会和我妈妈待在一起很久吗？”

“哦！不知道，希望吧。”

“麦克纳马拉先生，如果你让她失望，我就不喜欢你了。”

有很长时间尤金都沉默不语，这个陌生小男孩让他震撼。“听我说啊，孩子，你应该多为自己着想，让你妈妈去过她自己的生活，我会照料好的。你应该多去外面，跟同龄的小朋友玩玩，像其他小男孩一样。”

尤金从他的长裤口袋里抽出了一本红色小书，书很薄，只有烟盒那么大，印刷也劣质。他把书递给舒吉，舒吉看到破烂的封面上写着“买《格拉斯哥晚报》就送”，上面是一张老球星的黑白照片，他的袜子像是厚羊毛做的。这就是《苏格兰足球历史小红书指南》。

舒吉低头看了看这本书，翻开发黄的新闻纸页，上面写满了之前苏格兰足球超级联赛的结果。流浪者赢了 22 场，平了 14 场，输了 8 场，积 58 分。阿伯丁赢了 17 场，平了 21 场，输了 6 场，积 55 分。马瑟韦尔赢了 14 场，平了 12 场，输了 10 场。羞耻感袭来，他的脸涨得通红，刚才的优越感荡然无存。“谢谢。”他说，然后迅速把书塞进口袋，好像藏起一个见不得人的秘密。

之后他便穿过房间，来到母亲的邓达斯街分会场。那里的男人像虔诚的信众一样仰望着她。第一个男人——周一与周四都在集会的彼得——扶着第二个男人的手肘；第二个男人像是被酒精扰乱了运动神经，中风似的发抖；第三个男人更年轻、更魁梧，身体尚未萎缩，但手指被烟熏得发黄。这个年轻男人和利克年纪相仿，发梢漂白，穿着时髦的尼龙夹克，一副小混混模样。他看起来很狡猾，和多兰小卖部附近那些用迷彩服偷东西的小区青年如出一辙。舒吉暗暗庆幸自己提前收起了母亲的意大利陶瓷摆件。

这时，年轻人笑了，他的牙齿整洁白亮，他的脸帅气而友善，舒吉胃里忽然有些痒，足球小红书在腿上发烫。

“噢，这是我的小儿子，休。”阿格尼丝自豪地抚摸着舒吉的头顶。

“你好呀，小伙子，”第一个男人向舒吉伸出一只手，“我是你彼得叔叔。”

舒吉看着那只手，没有握上去，只是向男人投去冷冷的目光。“你不是我叔叔，”他叹气道，“你只是彼得，我很了解我们家的家谱，谢谢。”

“是，真是个聪明小伙儿，行吧。”男人伸直了腰杆。舒吉近距离看到了他下巴底发红的斑块，那是他发抖的手没有照顾到的地方。

阿格尼丝狠狠甩了舒吉一把，把他头发的中分线甩模糊了。“你脑子怎么了？快道歉！叫……叫……”她一时忘了男人的姓，男人尴尬地愣在一旁，于是她又甩了小儿子一把，“给彼得道歉！”

“对不起，彼得先生。”他说，眼睛却盯着尤金。

玛丽-多尔穿过人群，来到尤金面前。“以前没见过你呀，你在邓达斯街集会里吗？”

“不在。”

“哎，怪不得没认出你。”她把油亮的刘海拨到眼睛前面，感觉自信许多，笑道：“我戒酒快三个月了，市政府给我分了一套小房子。之前我排队等了四年呢。我现在就等着在客厅里搁一个高低床，我小孩就能过来一起住了。”她挑逗地卷起一缕头发。

尤金勉强报以一个薄薄的微笑，结果玛丽过度解读了。

她开始毫无顾忌地吐露个人生活细节。“我在很努力地存钱，我已经买了一个小的彩色电视，还有一条很漂亮的地毯，东一点西一点的。我真想有阿格尼丝的气质啊，她家里打理得井井有条，她自己也是打扮得漂漂亮亮的。就算是状态最差的时候，她也收拾得干干净净的。”

“是吗？”

“是呀，她最不景气的时候都那么体面。”她不想再讨论别的女人，便转移了话题。她把手放到他的胳膊上。“对了，你去的是哪个集会？”

“哦，嗯，我不去。我哪个集会都不去。我不酗酒。”

“哎哟，是吗？运气真好。我的酒分点儿给你？”她大笑起来，露出贫血发白的牙龈。

“不用，谢谢。”尤金朝阿格尼丝使了个眼色。他看见阿格尼丝脸色不对，便猜想是不是她儿子又说了什么恼人的话。他红发脑袋摇一摇，阿格尼丝便移步到门口。

尤金和苍白的贫血女人道了别，把阿格尼丝领到门厅。门厅里安静许多，也没有烟雾缭绕，他终于吐了一口气，把手放在腰包上，这个姿势让阿格尼丝很不舒服。“跟你说一声，我得走了。就是在夜店都关门之前再去跑几单。”

“噢，好，没问题。你还好吗？”

“好，好。”他答得太匆忙，还挠了挠后脑勺的头发。

阿格尼丝一眼便能识出谎言。她凑上去亲吻他的唇，但尤金尴尬地避开，只是轻轻碰到了脸颊，亲吻变成了法式问好。他抽身时，阿格尼丝的唇还张着，等待他的吻，但那个吻不会来了。性感的表示未得到回应，阿格尼丝顿时觉得自己又老又丑，科琳的影子清晰地映照在自己身上。她的表情从爱慕到受伤，再到防御，可是已经太迟了。

“哎，我过后给你电话，好吧？”

“好，一定啊。”她若无其事地吸吸鼻子，叉起了胳膊。

“那你，趁早回你的……呃……”他一时找不到合适的词，“你的聚会吧。”

她目睹他关上门，从外面锁好，像是要封住一个纸盒子。然后听到他闩上大门，和对面的外甥、外甥女打招呼，声音和与她说话时很不一样。一辈子在出租车上的经验告诉她，他的车门是狠狠关上的。她听到汽车发动的咆哮，匆忙的启动声。但听懂出租车还算是容易的。

客厅里不断传来汽水罐开启的声音。她看着满屋子衣着邋遢的客人，他们的日子在常年的酗酒中停滞、冰封，岁月残酷地溜走，生命力一点点流逝。她忽然感到虚弱，想要把这些人全部赶走，把自己的生活彻底漂白。

阿格尼丝看看自己，为沦落到他们一般的境地感到难堪，接着发觉自己的懦弱，有悖基督教的体面，于是越发沮丧。客厅的天花板乌烟瘴气，有人打开一张流行金曲唱片，她早就听过，尖锐的歌声响起：“生日快乐，祝你生日快乐……”她待不住了，径直回到房间里修整自己。

她也和他们一样潦倒吗？镜中投射出伊丽莎白·泰勒的轮廓，只不过此刻更像是丽丽，那个狗仔队在巴亚尔塔港的游艇上拍到的虚荣傲慢的版本[1]。她的头发仍高高地梳起，脸上仍涂着猫眼浓妆，但用当下的眼光看来，发色太深，妆容太浓，已经是十年前的流行样式，眼皮上还留着铜绿色的眼影。她用那把旧的玳瑁梳子捋顺了鬈发，使波浪更顺滑，更平整，更现代，再用一根橡皮筋扎成马尾。这是她一生中第一次扎马尾，五官被提拉起来。她抹掉厚重的口红和金属色的眼影，抹去粉色的腮红，露出两颊的红血丝。脸变回空白画布一张，她模仿着《流行音乐之巅》节目里的年轻女孩，在眼底涂上了一层荧光蓝的眼线。

再抬头时，镜中的女人看着自己，与刚才并无不同。她仍是那般潦倒。

她太想喝酒了，一口酒，或是其他什么，什么都行，只要能把镜中的那个女人赶走。她从化妆包里抽出燃气费信封，在里面找出两个布赖迪·唐纳利的快乐药丸，扔到嘴里，干嚼了嚼就吞了下去，像雏鸟吃食。

她不紧不慢抽完一支烟，烟头扔到马桶里，火苗嗞嗞熄灭。她看着烟头随着漩涡冲走，心中的烦恼也慢慢离去了。再往镜子里看一眼，微笑回到眉梢。这算是修整妥帖了。

---

1 伊丽莎白·泰勒在二十世纪六十年代与理查德·伯顿有过一段轰轰烈烈的爱情，他们在巴亚尔塔港（Puerto Vallarta）拍摄电影《巫山风雨夜》时曾乘游艇同游。这对情侣因为酗酒而闹过许多矛盾。

22

十一岁生日那天，舒吉放学回家，发现门前台阶的顶上放着一个鞋盒，外面停着一辆黑色出租车。自从聚会之后，尤金就对她冷淡不少，连利克都注意到了。不在加油站工作的那些夜晚，阿格尼丝就在电话旁一支接一支地抽烟，并在她的十二步册子[1]上画线，而舒吉和利克彻夜未眠。在黑暗中，他们长久地对视，听着她面对深夜电视节目心不在焉的叹息。

舒吉谎称自己便秘导致肚子疼，逃了三天学。他跟着她满屋子打转，高声朗读《世界冠军丹尼》，坚信如果自己用噪声填满她生活的每一刻，她说不定就能一直不喝酒。他曾在她小便时站在浴室外，向她描述丹尼用安眠药骗来的野鸡；晚上他爬上她冰冷的床不断念书，而她躺着辗转难眠。等到阿格尼丝终于受不了，

---

1 十二步项目由戒酒组织匿名酗酒者（Alcoholics Anonymous）发起，指通过一系列课程和指导来治疗酒瘾，后也被用于其他成瘾习惯的矫正。

就给他灌了镁乳剂[1]，一直到他放松下来，可以回去上课的时候，她才松了一口气。

舒吉坐在门口，拿起那个奇怪的盒子放到腿上。团团白色的纸巾中间，卧着一双黑色的足球靴。他挣开锃亮的校鞋，穿上那双铆钉靴，到路上啪嗒嗒地走了一圈。这双靴子对他来说大了两个尺码有余，但看起来和学校里的男孩们穿的一样。他一边啪嗒嗒地绕着圈，一边思考着，这双靴子是不是让他变得更正常了。

肚子里的镁乳剂开始翻滚，他的肠胃蠕动不止。他拉了拉前门把手，但门是锁着的。他立刻明白了。他在房子的阴影中等待着，衷心为尤金回来感到高兴。哪怕要认麦卡文尼家的人做父亲，也好过母亲酗酒。他把耳朵贴在门上，祈祷尤金能留下来，祈祷母亲能寻求到力量，远离酒精、平安喜乐。然后他祈祷上帝让他像个正常人一样过生日。

胃又翻腾了起来。他一只手捧住咕咕作响的屁股，另一只手猛地拉门。锁内有钥匙转动，门把手从他手里滑脱了。

门口的人不是尤金，而是他父亲。他一边忙着把头发往后压回粉红色的脑袋上，一边震惊地低头看着男孩。“你已经放学回家了？”过了那么多年，他只说了这么一句话。

舒吉瞪大了眼睛点了点头，活像个傻子。自三年前在赖斯卡家的那个下午以来，他就再也没有见过他。舒格把衬衫后摆塞进紧绷的裤带里，朝男孩的脚点点头。“那么，你喜欢这个礼物吗？”

---

1 用于中和过多胃酸和治疗便秘。

舒吉低头看了看脚，意识到那双黑色的足球靴并不是尤金送的。还没等他回答，父亲就抓起他的脸说："他妈的。你半点都没遗传到芬尼亚人的老大鼻子。"

舒吉防备地用手捂住自己坎贝尔家的鼻子。沿着马骨摸下去，有一个舵样的凸起。

舒格失望地摇摇头，拿出在出租车上用的零钱机，用拇指轻轻一弹，滑出两枚二十便士的硬币。"给，你要是去学拳击，没准儿有人会帮个忙，把它给打断了。"

舒吉盯着硬币看了一会儿，有些不领情，但更多是震惊。舒格理解错了，又不情不愿地挤出了四枚五便士的硬币。"别再多要了！"他勉强地把钱丢到男孩手里，"说起来，你在追什么小姑娘吗？"

从没有人问过男孩这个问题。他耸了耸肩。

舒格想到十一岁的自己，就错把这当成了假意的谦虚。"嗳，好吧，看来你到底还是贝恩家的男人，对不？"他拿舌头润了润下嘴唇，"正是大好的年纪，这几年的时间你可以随便往姑娘们的面包箱里插，还出不了什么事。"

舒吉只想到了莉齐外婆的面包箱。箱子里总是装着厚壳面包，而她会帮他切掉硬壳，然后在壳上涂满黄油自己吃掉。

"好了，我不能一整天都待在这里聊天。你花得比我赚得还要快。"舒格绕过儿子，嘟囔着走回出租车。男孩看着车随着他的体重下沉、呜咽。"一定要照顾好你妈。别让她和任何天主教徒交往，懂了吗？"父亲点着引擎，一句告别也没有，径直开走了。

舒吉转身走向屋子，一片静谧的黑暗。他利落地脱下新靴子，一脚把靴子踢向泥炭盆。他走进屋里，发现她坐在他的单人床边上，身后的被子皱巴巴的，脚边放着满满一袋特酿啤酒。他们两人都是一脸恍惚看着对方，仿佛刚从同一个平静的午睡中醒来，要过上一小会儿，才能提起精神组织语言，开口交谈。

他听说她过得很好，或者说，他没有听到任何消息，这才是重点。她已经一年多没给出租车站打电话了；在电话里对着调度员吼蓝色谋杀的歌，或者威胁要捅死儿子再烧炭自杀，已经是十四个月之前的事情了。这一年多来，他再也没有听到她的任何消息。

刚好儿子的生日快到了，他可以趁此机会一探究竟。有个司机从一辆卡车后面搞到了很多黑色的足球鞋。当时他们租了一辆货车，停到那辆铰接卡车旁边，趁着卸货的时候，在光天化日之下、苏式赫尔街正中央，偷了六打鞋，真是要多好有多好。

哪个男孩不喜欢足球呢？如果阿格尼丝有了新的男人，那他放下靴子就走，也没什么大不了的。如果她没有男人，那么他想知道为什么她不再骚扰他了。她以一种出乎意料的方式伤害了他的自尊，所以他往庆祝生日的袋子里放了六罐特酿啤酒。

舒格摇下车窗，把胳膊靠在滚烫的黑色金属窗框上。他看着戒指在日光下泛着金色，觉得自己的手在琼妮的大篷车里晒了一周后，变得更好看了。一旦身上的色泽变得丰润，哪里都好看不少。在车道上飞驰时，他好奇阿格尼丝是否还像他记忆中那样美丽。他很欣赏琼妮，但要是被放到阿格尼丝·坎贝尔边上，她根本没法看。琼妮是平和安静的，情绪稳定，一点也不烦人；她喝酒，但从不喝醉；她从不关心宾果和花哨的地毯，也从不做白日梦；她吃苦耐劳，而且满足于现有的生活。虽然没什么个性，但在床上却下流且满怀感恩，他知道普通的女人都这样。不过他还是不得不承认，在容貌方面，如果说阿格尼丝·坎贝尔是拔得头筹的母马，那琼妮充其量就只是脚夫的坐骑。

他拐进矿区的时候，想到她会不会被酒给毁了容。他见过这种情况。有一种女人会在一瞬间被冰封，然后枯萎，在格拉斯哥尤其常见。酒精榨干了她们，她们面庞凹陷，嶙峋的脸颊上绽放着团团血丝，水汪汪的眼睛下坠着一袋袋臃肿的悲伤。她们想掩饰这一切却不得行，把脸捣鼓成了一个博物馆，展览着过时的发型和拖沓的妆容。他不知道她是否还保有那双淡淡的爱尔兰眼睛和饱满的脸颊，那种柔和的粉色，总是散发着干净甜美的味道。在闷热的出租车上，他微笑着，为了她热血沸腾。他开始思考，应该说些什么才能再干她最后一次，并庆幸自己昨晚洗了个澡。

舒格已经好几年没有这样出过门了。电话簿上还是一模一样的地址。她还用着他的姓。贝恩。他笑了笑，觉得她太骄傲了，不愿意改回肮脏普通的天主教姓。那栋房子很好找，光鲜亮丽的玫瑰园，对于破败的煤矿小镇来说过于招眼了。门上新刷了一层红色漆，和别家的颜色都不一样，看起来很自信。看到这一点，他很高兴。他敲了敲门，等着她应声，只听到里面传来吸尘器的轰鸣。他又敲了敲门，机器就没声音了。门打开了，这片红向内摆去，而他咧开了最美的笑容。

阿格尼丝在夏天总是开着窗，门一打开，一阵风冲过舒格细长的头发。她低头望向他，正好看到他徒劳地把头发压回闪亮的脑袋的样子。淫荡的笑容从他脸上滑落。

她没有化妆，虽然长了些年纪，但看起来和他们第一次见面时一样清新。她的脸颊上有细细的碎纹，但眼睛依然闪闪发光，像是刚去外面快走了一圈；她的头发像夜色一般黑，柔软而卷曲地搭在头上。自己光秃秃的脑袋被暴露在她眼下，他不由得生气。

“来了。我一生的挚爱。”

阿格尼丝困惑地低头看着他，舌头猛地顶住上颚。

“好了，别一副大惊小怪的样子。”他话音未落，就明白这么说话无法打动她。他想摆出一副轻巧的样子，好提醒她失去了什么。“好久不见。你没有想我吗？”

“你变胖了。”

他的手从头发上滑到肚子上。“哦，对，有可能。那个琼妮，她是个好厨师。”

阿格尼丝面露嫌恶。“这么说是个全面发展的婊子。”

“你听我说，我不是来你家门口吵架的。我给孩子带了一份生日礼物。”他举起那个廉价的塑料袋，“就不能让我进去吗？”

阿格尼丝把双臂叠在胸前，像一道路障，然后别过脸去。“我的孩子不需要你的任何东西。”

舒格端详了她一分钟，担心自己可能已经永远失去了她。他想不通，鱼儿怎么会自己脱钩呢？他把手伸进塑料袋里，拿出足球靴的盒子，递到她面前。她不肯松开双臂，于是他像供奉神明似的，把盒子放在她脚下的台阶上。“你要知道你永远是我此生的挚爱。”这是真事，更是一种耻辱，“来，这是给你的。”他一边献上那袋啤酒，一边向后退去。

“我不那么过日子了。”她冷冷道。

“哦！”他努了努嘴唇，以示赞叹，“这次有多久了？”

“够久了。”

他为她献上了一阵小小的掌声。“你一直没联系我。”

“所以你就是来检查一下故居？”

“看来是骗不到行家。”他举起手掌以示承认。“真的不可以进去吗，贝恩太太？”他尽可能轻柔地念出她的名字。

她没有说行，也没有说不行，只是转身进了门廊，走向厨房。她听见了身后的门关上了，锁口的钥匙转了圈，随即舒格笨重的脚步声传了过来。

“你把家里收拾得不错，我喜欢。”舒格在小折叠桌旁坐了下来，端详着墙角，那里的墙纸依旧因为湿气剥落下来。

他盯着冰箱和大冰柜，阿格尼丝明白他一定想不通她怎么能买得起这些电器——一个单亲家长，还严重酗酒。她一言不发地烧上水，打开面包箱，从纸袋里拿出两片厚厚的白面包，抹上厚厚的黄油，然后把每片面包切成两半，放在一个小茶盘上。她把盘子推向他，他向她道谢。

他拿起一片黄油面包，把一边塞进嘴里。黄油香甜厚实。“听说凯瑟很喜欢南非。”

“凯瑟琳？好像是。”阿格尼丝听起来很疲惫。

“她会联系你吗？”他问。

“不经常。”

“哎，好吧，你都快当外婆了。”

她的手抓住了料理台的边缘。空气在体内炸开。“嗯，我听说了。”

“小佩姬·贝恩要飞去那里，等她生完孩子之后好帮忙。你懂的，在这种时刻，”他残忍地补充道，“她需要一个妈妈，虽然现在只有个婆婆。”

“我哪来的钱过去？”阿格尼丝转过身，藏着脸不让他看到。她试着把注意力放到泡红茶上，希望他不会看到她颤抖的双手。

“小唐纳德肯定这是个男孩。我跟他说过，如果他给孩子取名叫休，用他最喜欢的叔叔的名字命名，我就送他一个婴儿车。”

当她平静下来，控制好脸上的热度之后，转身将煮好的茶水端到桌上。她往他的杯子里舀了三勺糖，还加了好些牛奶。“我本来想少吃点糖的，但管他妈的。”

“你的破心脏？”

“是啊，时不时还难受一阵。不过它乱跳的时候，我至少还能感觉到它的存在。”他笑着，咬下最后一口黄油面包，把面包皮折起来，整块塞到胡子下面的嘴里。“我儿子怎么样？他是不是和他老子挺像的？”

“上天保佑，我希望不像。”

阿格尼丝悄悄地从桌子旁站起来，离开了房间，想静一静，好消化凯瑟琳的消息。她没有说她要去哪里。舒格坐在桌前，又吃了一片黄油面包，他在脑海里计算着新电器的花销。她有个男人，他想。他屁股往前挪了挪，把脖子扭到门边，想试着找到她。他一边在裤子上擦拭着油腻的手指，一边想她是不是溜进卧室去了。他咧开嘴，拎起带来的东西，开始在这个陌生的房子里寻找她的踪迹。他把头探进几扇半开着的门，发现处处都整洁干净。他想到了琼妮，她那盖满猫毛的沙发，还有卧室地板上脏兮兮的抽屉。他可以想象她现在的样子，在他们不成套的床罩上，毛躁地拂去落下的吐司屑。

舒格慢慢地从走廊里窥视着各个房间，而她那些悲伤的小塑像拿玻璃眼珠回望着他。这些房间里都没有她。他在靠近大门口的最后一扇门外停了下来，发现她背对着他坐着。那是一个男孩的房间，有两张窄窄的单人床。在门边的一张矮桌上，舒吉放了一些机器人玩具，在它们之间的空隙里，整齐地摆上了小卡片，上面写着丢了的，或者他还没拥有的玩具的名字。这让他想起了阿格尼丝，他差点忘了她曾渴求的那么多、那么多、那么多。

“好好看一圈吧，”她静静地说，“然后就走。”

“那些足球海报都哪去了？”他看着空荡荡的墙壁问道。

“休不喜欢足球，也不太喜欢海报。他感觉这些都太普通了。”

舒格看着儿子那半边精致的小房间。唯一的童年痕迹就是那些排列整齐的机器人。他看着它们，然后看明白了它们是什么。

满满一个壁炉架，都是愁眉苦脸的玻璃眼塑像。

“看够了吗？”那一刻，阿格尼丝仿佛一个疲惫的讲解员。

“差不多了。”他轻微地讥笑。

“很好。”阿格尼丝挤出一个紧绷的微笑，用手指着门，“现在你可以滚了。”

阿格尼丝很担心她的白衣服。那年夏天充斥着有关切尔诺贝利核爆的新闻。这事很悲惨，但过于遥远，并不令人担忧，直到有一天新闻里有个男的警告说，一阵带轻微核辐射的雨正经过苏格兰西部，并向爱尔兰移动。舒吉帮她在后院收衣服的时候，她问他，核辐射是否真的可以帮助去除顽固污渍。男孩摇了摇头。不，它和漂白剂不是一种东西。他向她描述了巴里神父让他们看的那些致郁的核战争动画片，说核辐射可能只会把床单整个分解掉。床单还是潮的，他们刚把最后一筐床单搬进屋，就下起了小雨。从前面的窗子看出去，雨滴弹开的样子和各式的苏格兰小雨并无不同。雨砸上空荡街面的时候，他们俩开始玩一个游戏，细数着他们希望被这场雨燃烧殆尽的东西：

“足球双料冠军！”

“金蒂·麦克林奇！”

“小脏鼠·麦卡文尼！”

“这个傻逼小区！”

“对儿牌！”

舒吉躺在火炉的三根栅栏前，看着阿格尼丝用熨斗给衣物除湿。蒸汽升腾，她只能不停地用袖子管上放着的一张旧卫生纸擦脸。她露出门牙，透过嗞嗞作响的水雾对他做鬼脸。这样不修边幅，真不像她，但是一旁的舒吉被近旁的火烤着，多么渴望这场燃烧的雨永远不要结束。如果他们一直单独被困在屋子里，那么他就可以永远保护她，那该有多好。

大舒格曾试图把她拉回泥潭。他们都没有谈及他父亲的突然造访。为了恶心他，阿格尼丝和舒吉大张旗鼓地把所有的特酿啤酒都送给了金蒂。他们穿上了最合身的衣服，缓步走到麦克林奇家门口。金蒂已经打开了门，困惑地皱着眉，以掩盖脸上一层细微的鄙夷。他们像最虔诚的耶和华见证人一般朝她微笑。金蒂看到塑料袋之后才放松下来，在啤酒罐撞击出的沉闷声响中，她惊奇地笑了，活似耶稣复活后的使徒。

同一天，尤金打电话来了。

戒酒生日会之后，他和阿格尼丝的联系越来越少。他是个好人，因此她觉得他会以一种和缓的方式慢慢降低她的期待，直到和她断绝联系。

尤金在出租车上叫她。出租车看着锃亮，好像是为这个场合专门洗过。他按了一次喇叭，但当她走到街上时，他没有像以前几次那样下车为她打开副驾驶的车门。

科琳和其他女人靠着对面的木栅栏站成一排，布赖迪拿着一锅半干的土豆和一条灰色的茶巾。她们像是被尤金的柴油发动机的轰鸣打断了日常工作，科琳看起来十分愤怒，仿佛阿格尼丝抢走了她贵重的财产。

出租车往外开的时候，尤金没有说话。他们刚经过小教堂，他就把出租车驶离主路，停在废矿的大铁门不远处。他关掉引擎，出租车像一头活生生的野兽一样，在他们座位下晃悠悠地静了下来。外面一片漆黑，静谧无声。他抬手打开了车内黄色的小灯。

阿格尼丝以前和另一个出租车司机一起来过这里一次。她已经不记得那张脸了，但冷意还是从她心里漫出来。她在镜子里看着尤金那双温和的眼睛。她先开口的话，一定听起来很笨拙，很受伤，所以她在包里摸索着找烟，等着他先发表意见，定下谈话基调。

“我本来不想继续下去了，”他没有转过来，平静地说道，“我被吓到了。”

“我有那么吓人吗？”

“是别的那些酒鬼和他们的，呃，病。”

阿格尼丝防备地合上衣领。“好吧。别担心，这个不传染。”

她听见他的嘴唇开合，欲言又止，最终他接着说道：“我知道这样很傻，只是那些人，在你派对上的那些，他们都那个，就是，很惨。”

她接受了这个冲击，眉头都没皱一下，做出了自己都惊异的反应。“尤金，你要知道，我也是‘那些人’中的一分子。”他的脸游移不定，她知道这完全不是他想听到的回答。“我没有要冒犯你的意思，只是，那个，你看起来很正常。”

“又是那个词。”阿格尼丝抽完了烟，把舌头卷进牙齿背面，

“尤金，听着，没关系的。麻烦你，把我送回去就好。”

他沉默了很久，然后关上了他们之间的隔板。出租车颤巍巍地开动起来。明亮的车灯照亮了矿区的破门，上面的红色油漆已经褪色，写着：煤矿没有，灵魂没有，只有失业救济金。

出租车重新驶上了马路，但并没有开回不远处的小区，而是转向了大路，向着生活驶去。阿格尼丝倾身向前，将戒指拍在隔板上，与其说是恼怒，不如说是出于好奇。“我让你送我回家。”他没有回答，而她只是倒回座位上，没有再催促。自从他打来电话后，出门就像个甜美的梦一般悬挂在她眼前，哪怕一小时都是好的。

他们并没有开多远。出租车进了灯火通明的主干道，左转，加速，融入飞驰的车流，又几乎在同一时间慢了下来，停在了一条昏暗的碎石车道旁。

阿格尼丝以前见过高尔夫俱乐部，但从没进去过。它旁边是一条双车道，只有开车才能进入这个俱乐部，充分说明它不欢迎她这样的人。有时她坐在公交车上，会看到捷豹车停在这里，是来自高级庄园的高级车，离她万分遥远。她看着那些面容光洁的男人从后备厢里取出高尔夫球杆，而他们的妻子则会站在一旁，提着小皮包，踩着低跟鞋，身穿苏格兰羊毛厂的套衫。

格拉斯哥周围的一圈绿地里是城市安置住房，是全新的贫民窟，被人遗忘在偏远的角落。这是真的，而对阿格尼丝来说残酷的是，这些绿地里也有她所见过的最豪华的酒店和私人俱乐部。两个不同的世界相看两相厌。

"我们不会要去这里吧？"

"为什么不去呢？"他说，把那辆黑色的胖出租停在两辆豪车之间。

阿格尼丝盯着通往俱乐部白色大门的花园灯笼。"你看看它好吗？它不是给我们这种人准备的。"

尤金笑了起来。"我有被冒犯到。"

她的骄傲开始作祟，手拉住了裙摆。"哦，尤金，我不能。我没搭配好衣服。"

尤金没有再说什么，走下出租车，打开她的车门。他把手一路伸到出租车后座，拉住她的手。在他温暖的手掌里，她的手突然变得又小又冷。她很骄傲，也很害怕，怕他突然为自己之前说过的话感到后悔。

高尔夫俱乐部的餐厅很普通，但对阿格尼丝来说，这是最高级的了。一个大开间，正对着一扇玻璃门，可以俯瞰第十八个球洞所在的草坪。房间里铺着厚厚的金色和欧芹绿交织的佩斯利地毯，墙壁上铺着齐腰高的镶板，上面是俱乐部成员和著名顾客的照片。阿格尼丝一个都不认识，也不愿在陌生人面前眯眼看东西。

一个穿着格子呢长裙的年轻姑娘把他们领到吸烟区后面的座位上。尤金要求换一张桌子，更靠近玻璃门和外面灯火通明的球道，阿格尼丝简直羞愧至死。姑娘只笑了笑，带着他们到一张靠前些的桌子。他们坐下的时候，尤金向两边的桌子大声问好。众人礼貌地点头回礼。

这道菜有个花哨的盖尔语名字，但她认出是鸡肉，本想只吃这道鸡肉加薯条，但尤金不让服务员取走菜单，直到她点了一个前菜、一个主菜和一个甜点才作罢。她真想一个人拿着菜单坐上几天。好多菜她都不认识，但突然间它们都被陈列在眼前任她挑选，她感到很上头。这就像弗里曼邮购目录，不过比那更好。她点了能认出来的东西，然后坐在那里担心费用问题。

“那个，你想喝杯小酒就喝吧，不用顾虑我。”她说。服务员给他们送来两杯冒着泡的可乐。杯子很高，每杯放着一根搅拌棒，本来是给鸡尾酒用的。“是不是挺花哨的。”阿格尼丝说。她打量着搅拌棒，没法放松下来。“真的，我不介意你喝一杯。”

他们的开胃菜鲜对虾到了。冰淇淋碗里放着一片生菜和冰鲜的粉色对虾，虾在浓浓的玛丽玫瑰酱的海洋中躺着，杯子边缘是厚厚的柠檬瓣。大虾没有完全解冻，尤金有些不满，觉得餐厅做得不到位。阿格尼丝并不介意，她觉得虾尝起来很新鲜，碎冰爽脆清新，刚好中和了玛丽玫瑰酱的甜香味。“我以前也做过这种酱料。但我从来没有想过加个柠檬或那个——”

尤金打断了她。“我要问你一件事。”

阿格尼丝放下小叉子。

“我不是故意要再提这件事。”尤金尴尬地说道，“只是，我可能就是，想了解一下。可是，好吧，他们那些人，就是匿名戒酒会的那些人，有没有告诉你们什么时候会好起来？”

等侍者来把他们的碗收拾干净了，阿格尼丝才又开口。“我不知道能说什么。他们说，我们永远不会好起来。至少，”她直直看着他，补充道，“不是你说的那种好起来。”

“但是你看，你告诉我你已经是个全新的人了。你跟我说过，是他把你推向了酒精。现在已经不一样了。”尤金试图让语气变得更柔和一点，“我们就试一试，说不定你不会再喝上呢？”

“不是这么个道理。”

“操蛋。现在你有了我，还有什么理由酗酒呢？酗酒是那些可怜人才会干的事情，看看你现在，看看我，妈的个蛋。”隔壁桌那对浅色套头衫夫妇发出嫌恶的咳嗽声。尤金又压低了声音。“听着，我只想说，我喜欢你。我觉得你他妈太好看了。”

尤金不愿意认输。阿格尼丝想象得到他习惯于把任何破损的物件都整修完备，而这让她觉得自己就像一个被丢在谁家门前草坪上生锈的发动机。“嗯，我也喜欢你。”

服务员端来了主菜。他用毛巾包着双手，缓缓地把热碟子推到这对男女面前。阿格尼丝先是看了看她的烤鸡，然后像圣诞节时的孩子一样，开始眼馋起尤金的羊肉和煮土豆。尤金没有理会面前的佳肴，用粗大的手指指着矿区的方向。“你是整个小区里最好看的女人。她们中的大多数人连头都不梳，再看看你。无论什么时候，你都完美无瑕。”他靠了过来，“在我完全陷进去之前，在我们认真开始之前，我得搞明白。”

阿格尼丝感到不安。她试图把话题转回食物上。“这个看上去真好吃。分量好大，对吧？我本来以为可能是一只腿或者鸡胸肉，没想到是整整半只鸡。”

侍者咳嗽了一声，问他们是否已经要全了东西。尤金点头说是，然后又想了想，补充道：“兄弟，给我们来瓶你们家的店酒，好吗？”

“红的还是白的，先生？”侍者轻声问。

尤金看了眼阿格尼丝，她已经浑身僵硬。他又看了看侍者。“配鸡肉是用白的吗？”侍者点头说是，于是尤金点了一瓶白葡萄酒。

“如果你不想喝，不用强求。”尤金轻声说，“我不是在逼你。”

面前金黄多汁的鸡肉，现在突然变得干瘪乏味。侍者拿来了酒。他作势要给阿格尼丝倒一些，她没有阻止他，只评论说这酒的颜色几乎和她前院的玫瑰花一样，是淡淡的桃红色。“你知道吗，桃红色的玫瑰意味着真诚和感恩。”

他们两人坐在酒杯前看了很久。尤金举起酒杯，为他们俩祝酒。“敬我们。世上还有几个人像我们这样的人呢？没几个人，有也都死光了！”阿格尼丝半笑不笑，举起可乐杯，杯里已经是一片平静的水面。

“你没怎么跟我说过你女儿的事情。”她把盘子里的鸡肉推来推去，“伯纳黛特，是吗？”

“啊，我觉得她现在已经长大了。她在圣卢克的托儿所，给孩子们做善事。这方面她和她妈妈很像，她妈妈在世的时候她们非常亲密，总是一起做事，为小教堂做指引啦，为矿工寡妇做慈善工作什么的。”他从后牙缝里吸出了一些软骨，“但她真的在那个圣水盆旁边待太久了。她俩总是绕着他妈的圣水转，来来回回的，好像那是什么蘸酱一样。”

“她听起来还是个蛮好的人。”阿格尼丝说得有些言不由衷，毕竟她知道科琳什么德行，“你跟她说过我的事吗？”

“没有。”尤金断然说道。

“哦！”她难掩失落。

“因为我们科琳说了。”

阿格尼丝吐了口气。“那她肯定添油加醋说了我不少好话。”

尤金的眼神飘过那杯纹丝不动的酒。“你确实可以这么说。”

他们吃完了饭，开始聊起出租车和小吃店、南非和那里的钯矿。阿格尼丝把盘子里的大块土豆推到吃了一半的鸡架下面。侍者清理了盘子，端上提拉米苏。尤金喝完了那瓶白葡萄酒，而她没有碰那杯桃红色的酒，任其一点点变温。

“我一口都吃不下了。”她漫不经心地玩着提拉米苏，“不过它很好吃，这里的奶黄酱是我吃过的最好吃的。”

“来点威士忌就是完美的收尾了。”尤金说着，把最后一块布丁舀进嘴里。

“我跟你说，我再缺酒喝也不会去喝威士忌。我感觉它和杜松子酒很像，喝下去就伤心。我不是为了变得更伤心才去喝酒的，喝酒就是为了高兴。”

“那你都喝些什么？”

“哦，一般只喝啤酒，喝得起的时候还能喝半瓶伏特加。日子太苦，喝完多了点活下去的动力。”她停了一下，“不过断片也最严重，嗯，至少是你为了醉而喝酒的时候是这样。”

“我简直不敢相信你刚说的和你是同一个人。”他停顿了一下，然后说，“你觉得如果你现在喝一口酒，会怎么样？”

"我估计会想喝更多。"

"但也许你不会。"

"也许吧，"她说，然后试图说得更轻松一些，"尤金，不用把我灌醉，你也能和我上床。"

"谢天谢地！"他用手扫过桌上的残羹，"那我的钱可都打了水漂了。"他笑了，脸颊泛出更多粉红色。"听着，我没想把你灌醉，我就是想让你试着喝口酒。"

"可是为什么呢？"阿格尼丝突然非常疲惫。

"因为……因为正常人就这样。"他挪了挪温热的酒杯，"你看，就喝一口，像个社会人，没问题的。听着，如果你开始闹事，我就让他们把你赶出去，你走回家就好。"他捏住纤长优雅的柄脚，将酒杯推向她。"没事的，你已经是个全新的女人了。"

阿格尼丝提起酒杯凑到鼻子前，杯子很温暖，而酒气闻起来就像阳光。"我就不怎么喜欢葡萄酒。"她说着，推开了酒杯。

"啊，你害怕了。"

她确实怕了，甚至可以说是惊恐，但她不愿让他看出来。她把透亮的高脚杯举到嘴边，一小口酒淌进喉咙。她不记得酒液如何燃烧着流下喉咙了，只记得这酒的味道一点也不像阳光，反而很苦，像煮苹果加醋。"你看吧。"她说道，把杯子放下。

"你看到了吗？"尤金说。他发自内心地激动，仿佛已经坐不住了。"你没有烧起来，也没有再长出一个头。"他举起杯中的酒渣，朝她挥舞着致意，"干杯！你太让我骄傲了。我就知道我妹妹说的不是真的。"

他是对的：她丝毫没有感到异样。科琳错了。阿格尼丝感到一阵轻松，她慢慢地喝完了这杯酒，希望他关于她的那些话都是对的。她觉得自己已经战胜了匿名戒酒会，又可以变得正常了。

账单来了，他用的是夜班出租车赚的零钱，一张张小面额纸币紧紧卷在一起。他们离开餐桌的时候，阿格尼丝觉得浑身暖洋洋的，尤金领着她进了那家小小的会员俱乐部。他粗壮的手臂环住她的腰，人们都欣赏地看着他们，她好快乐。他们在角落里紧紧相拥而坐，尤金亲吻着她的耳垂，阿格尼丝点了一杯伏特加汤力水，然后她又点了一杯，然后又点了一杯。

出租车横冲直撞地驶回小区，还好路上没有别的车。阿格尼丝在后座上滑来滑去，恍恍惚惚，半梦半醒。尤金又把出租车停在了废弃矿区的门口。在黑暗中他们试着做爱，过程拙劣而痛苦，她浑身僵直，回想起那段模糊的黑暗记忆。当尤金压在她身上笨拙地抚摸的时候，他口袋里的硬币撒了出来，让她恍惚间感觉自己是在做什么付费服务。

阿格尼丝拿着钥匙划拉半天，好不容易才插进了门锁，此时大厅里的灯已经亮了。她倒在门前的同时，她感到自己的马海毛外套被锯齿状的阿泰克斯涂料钩住了，还听到了丝袜被钩破的声音。

她不明白，自己明明是在仰头看着利克笑，儿子为什么那么生气，还低头吼她。她明白的只是，他正在打尤金，拳头正中他粗壮的脖子。她只记得另一扇卧室的门开了，门口是那个小男孩，脸上担忧的神情和他外婆如出一辙。他一脸失望，泪痕满面，睡衣前面有黑乎乎的尿渍。

23

圣诞节来了又走，阿格尼丝早早地开始庆祝新年。除夕夜天黑之后，她已经不再半掩着身子，靠着扶手椅偷偷摸摸倒伏特加喝了。等到电视里开始准备庆祝活动的时候，她打开了几罐特酿啤酒，伴着嗞嗞的酒气和欢欣的砰砰声，酒像瀑布一样淌进她的老茶杯里。离新年的钟声还差几个小时的时候，她开始细数一个个毁了她的男人。

利克正慢慢从家里消失，而阿格尼丝对此绝口不提，也不知道她有没有注意到。一整个圣诞周，利克都躲在房间里睡觉。晚上他搭车到城里，在中央车站底下的拱廊里玩老虎机，把自己的学徒工资花个精光。除夕那天他未雨绸缪，消失得比往常更早些。

舒吉一直待在家里，一次次把醉醺醺的阿格尼丝拉离前门，保证她接触不到电话。除夕日他坐在窗边，看着别人家客厅里的圣诞树亮起了灯，将白色纱帘一把把往嘴里塞。他塞了满满一嘴，直到再也塞不进去了，也没像之前那么饿了。他当着她的面弄脏了她的宝贝窗帘，暗自期盼着她能呵斥他住手，但她没有。

麦卡文尼家的孩子玩着新自行车，接待着大詹姆士的来访，而舒吉坐在她脚边，像一个沉默的影子。他一言不发地观望着，而她用无底洞似的茶杯不停喝酒。她又讲起他父亲的坏话，好像打开一本搁置了一年的书，继续读下去。

六点新闻播完，她坐在床上口齿不清地和金蒂·麦克林奇打电话。舒吉沿着走廊悄悄走过去，背靠着她的卧室门坐下。透过刨花板，他可以听到她的声音，一边估计着她的情绪起伏，一边等待着她昏过去，那时他才能休息一会儿。

她的卡带机里传出了音乐声，他觉察到这是个不祥的信号，像一个谨慎的幽灵一样溜进了卧室。阿格尼丝正在抽烟，身上除了薄黑丝和黑色蕾丝胸罩，什么也没穿。舒吉经常给她买新的紧身袜，她太骄傲了，绝不愿穿着破洞的丝袜出门。因此，男孩对她的尺寸和中意的款式了如指掌，而有关她的记忆中，不论是快乐的还是悲伤的，总有 PP 牌半透明款的紧身黑色丝袜。

在今天这样状态低迷的日子里，丝袜在他眼中又脏又差，包裹着她玫瑰色的肉体，显得格外刺眼，像是提醒着她本应和别的妈妈一样穿着体面。紧身袜夹住她小肚子上的柔软皮肤，留下粉红色的印痕。他希望她能遮住它，这些痕迹不该展示于人前。

她已经忘记了他还在家。当她终于注意到镜子里的他时，她咬住牙关，露出了那种玻璃般的笑容。她把手伸进黑皮包深处，拿出一枚五十便士的硬币。“看看你的样子。”她说，“怎么能穿着睡衣庆祝新年呢？”她把硬币给了他，让他去泡个澡。

他不想放她一个人待着，因为他看得出来，她的魂已经不在家里了。她环住他的腰，将他拉到身边，在他的唇上吻了一下。他感觉到她温热的呼吸，嘴唇微微张开，毫无生气。“现在你好好地去洗一洗。”她警告道，“我希望明年能有个好的开始。”

温水放满半个浴缸之后，舒吉小心翼翼地滑了进去。他抹上洗发露，躺在浴缸里，听到她翻箱倒柜的声音；她正寻找背着他藏起来的酒，现在自己都已经忘了在哪里。他拿出尤金给他的红色足球小册子，开始背诵上一年足球联赛里的所有球队和每场比赛的结果。他像念着《圣母经》忏悔一般，一遍又一遍地翻看那些毫无意义的比分，直到把它们牢记在心里。这将是崭新的一年，有崭新的机会。

他的除夕套装放在她的床上，黑衬衫、白领带，一身黑白的匪帮打扮。他们一起默默地穿好衣服，仿佛一对同床异梦的夫妻将要共赴一场特殊的聚会。他扶着母亲保持平衡，帮她拉上裙子。“来，我们来看看你。”她涂了指甲油的手指从他的鼻子上滑下来。“啧啧，你看你多帅啊！”她摇头晃脑地遐想着，“一点也不像你那个爸爸。”

阿格尼丝从塑料膜里扯出一罐温热的特酿啤酒，满怀爱意地看了一眼，然后郑重其事地把它塞到男孩的手里。“来，把这个送到科琳家，说我祝她新年快乐，然后一定要让她为你喝一杯，庆祝你看起来那么精神。”她发出一丝苦笑，“一定要告诉你科琳阿姨我和尤金祝她新年快乐，嗯？”

街上的每家每户都点亮了圣诞树，在前窗骄傲地发着光。黑发男孩们在街上飞奔，追着小颗煤炭块，兴奋地早早开启了新年第一脚。舒吉缓步走过一小段路，到了科琳家。他沿着木栅栏向前走，栅栏里是茂密的灌木丛，长满白色的浆果。他没打算把酒送过去，也不打算转达母亲的口信。

他穿过街道，好奇人们都在吃些什么。他想象着他们挤在一起，酒足饭饱，门窗紧闭，把寒冷挡在外面。他站在科琳家门口，把冬日浆果攥在手里，怀念去年清醒的阿格尼丝在新年做的牛排和黄油三明治。他想到他们在沙发上相互依偎着吃薄荷巧克力，一边看着乔治广场上的人群歌唱着迎接新年的钟声。

舒吉不知道该怎么处理这罐啤酒。在科琳家低矮的煤棚旁，他在黑暗中蹲下，拉开了拉环。易拉罐嗞的一声，伴随着一缕酵母味打开了，冷风中这股熟悉的味道显得很沉重。舒吉小心翼翼地用舌头舔了舔罐头上的啤酒。泡沫尝起来蓬松无害，像苦涩的空气，带点酸涩和金属的味道，就像用嘴裹住厨房里冰冷的水龙头。他饥肠辘辘，肚子都饿痛了，只想填饱肚子，吃什么都行。他像个小动物一样背对着街道蹲着，喝了一小口啤酒。酒并不烫人，味道就像瘪掉的姜配上重谷物面包。他喝了一口又一口，肚子里的咕噜声越来越小。

他喜欢这种温暖的感觉，酒精让他的头晕乎乎的，感觉很开心。饥饿感开始消退，他正觉得轻松了些，就听到柴油发动机停下的声音。他看着阿格尼丝把紫色的大衣紧紧捂在短裙外面，跌跌撞撞地走上坑洼的小路。她轻佻地对司机说了几句话，然后仪态全无地爬上了出租车的后座。司机戴着厚厚的政府救助眼镜，显然不是尤金。眼看着出租车驶出矿口区，舒吉慌了神。

在尤金帮母亲重拾酒瘾的四个月零十三天里，这位红发司机每周都会来两三次。在一些早晨，舒吉听见利克出门打工去几分钟后，尤金就会溜进安静的屋子，时间准得舒吉可以根据这个来设置电视机计价器。

高尔夫俱乐部的那晚后，尤金就很识趣地躲着利克。那天阿格尼丝躺在大厅的地毯上自顾自地唱歌，利克怒吼着，穿着拳击短裤把尤金从走廊赶到街上。虽然尤金可以轻而易举地打回去，但这不是他的行事风格，他任人推搡着，不停道歉，回过神来发现自己已经来到了路边。

那晚，尤金被愧疚折磨得一夜无眠。第二天一早，他避开生气的女儿，从走廊里取了电话，溜进浴室，锁上了门。他叫醒了阿格尼丝，在矿场大门口和她见面。他为逼她喝酒而道歉，保证会再帮她把一切扭回正轨。他们坐在冰冷的出租车后座上，她亲吻他以求安慰。她的舌头放荡、臃肿，而毫无生气，尤金希望她口中的啤酒味只是前一晚的酒渣。当她在出租车里垂下头时，他想起来了，他们根本没有在高尔夫俱乐部里喝过啤酒。

那晚之后，舒吉本以为尤金会逃走。但实际上他隔三岔五地在早上出现，那时男孩穿着校服，坐在电话桌前听他们聊天。舒吉在腿上把作业铺开，小心翼翼地用旧圆珠笔签上她的名字。他记得有一次，在莉齐家里，他玩过母亲的一个卡波迪蒙特山寨品。那个小雕像是一个浪漫的农场男孩，挥舞着一把钝了的长柄镰刀，凝视着什么，表情奇异而伤感，像是见证了最灿烂的夕阳。阿格尼丝曾一再要求舒吉别碰这个男孩，但他总是忍不住。在她星期天例行泡澡时，他把它摔了，手臂从身上断开，镰刀也从手里掉出来，砸个粉碎。舒吉把雕像藏进莉齐的通风柜的暗处，坐在浸泡式锅炉的热气旁，试了各种方法，想要把手臂粘回去，从胶带到凝固的米布丁，全试了一遍。有整整一个星期的时间，他每天都去看望那个破碎的男孩，祈求着奇迹降临。只要他不在通风柜，他就沉迷于祈祷，而等他进了柜子，就为自己的所作所为不住地哭泣。这种折磨持续了一个星期后，他终于慌了，就把它藏在一套旧浴巾之间，留在柜子里，等待别人找到之后再修理。

舒吉坐在电话桌前，又想起了那个破了的小雕像。他听着他们用大人们早上惯用的轻声说话，他看得出尤金上夜班很累。尤金有一本壁纸图集，他在问阿格尼丝喜欢什么图案，是欢乐的田野碎花，还是奔放的孟加拉条纹加上百合花饰。舒吉知道母亲肯定因为头疼说不出话，集中全部精力煎着肝，给尤金当早餐。

“这一点儿也不麻烦。”尤金很高兴地说，“我可以在一天之内把整个厨房弄好。我爸曾经教过我一个诀窍来处理那种霉菌。我上午擦墙壁，下午就可以上墙纸。厨房很快就会焕然一新。”

“行，那好吧。”阿格尼丝用小小的声音说。

“你还好吗？”

“嗯，”她说，“只是头有点儿疼。”

舒吉听到尤金合上那本厚重的壁纸图集，想象着他向上打开手掌。“不然这样，你今天就不要喝酒了。如果你的瘾上来了，去散散步什么的，怎么样？”

他听到母亲努力控制出言讥讽的冲动，保持着平静的声音，就像打磨一块粗粝的木头。“走一走。是。也许这样就能解决了。”

几个星期后，等到墙纸上完，舒吉注意到尤金已经不再说这样的话了。相反，他会说，阿格尼丝想喝就喝，但不要再为了找他骚扰出租车站了。舒吉还是坐在电话桌前，把她那本狗啃过一般的电话簿拿到腿上。他拿着被咬过的圆珠笔，找到尤金的名字，尽量不着痕迹地把电话号码里的六改成了八，然后又找到了他出租车站的列表，把所有的一改成了七。

当他抬起头时，尤金正站在厨房门口，手里拿着一把十字头螺丝刀。舒吉看着他在走廊里上上下下，把所有的门铰链都拧紧，直到它们在木头上发出尖锐的嘶鸣。“我刚在想，”他对她说，“下周出租车需要进车库，所以我会有几个晚上有空。要不要找个晚上出去玩，真的是晚上的时间出去。说不定我们可以再去一次高尔夫俱乐部，吃你喜欢的那个对虾。我在想这次我就不喝酒了，咱们谁也不喝。”

舒吉拿着脏兮兮的茶杯，滑过尤金身边溜进了厨房。母亲正坐在桌前，双手抱头，手指摩擦着头皮，膝盖间放着一个桶。新的墙纸很好看，尤金把小风信子排得精巧而整齐，黄蓝相间的花田给这个狭小的空间提振了不少精神，霉菌也都不见了。但现在当舒吉望向窗外，棕色的沼泽仿佛一个巨大的方形污点，在原本漂亮的春日田野里显得尤其碍眼。

现在舒吉蹲在麦卡文尼家外面，把这罐除夕夜的啤酒倒进枯草间，然后出于羞愧把空罐子藏进衣服里面。他晕乎乎地穿过街道，发现前门开着，房子里所有的灯都还亮着。他难以置信地游荡在家里，从一个空房间到另一个空房间，仍然期望在哪里找到她。他翻遍了厨房的空橱柜，找到了最后一罐奶黄酱。他打开，用勺子深深地蘸了一口。甜甜的奶油让他肚子里的啤酒停止了翻滚。他坐在低矮的茶几上，贪婪地一勺勺吃着奶黄酱，电视里开始播放乔治广场上快乐的狂欢者。

同乐会[1]的气氛已经进入顶峰，他知道她不会回家了。狂欢的人们开始互相拥抱，并唱起歌来。他觉得自己像个婴儿一样想念母亲。这不公平，每个人都可以随心所欲，想走就走。

舒吉在屋子里找了一圈，想找到一张纸条或标记，一张她的去向的藏宝图，但什么也没有。他翻了翻她的黑色宾果袋，发现不少线索。他走到大厅的小电话桌前，思考可以给谁打电话。电话旁的红皮电话簿里列出了所有阿格尼丝认识的人。她一直很认真地更新，上面有些名字像是在气头上被画掉了。在她漂亮的草书旁边，她用另一只手潦草地写了简短的评论，完全像是另一个女人的字迹。南·弗兰尼根还欠我妈 1978 年借的五镑钱，还有安·玛丽·伊斯顿，两面派的婊子，戴维·多伊尔穿着海军服参加我爸爸的葬礼，布伦丹·麦高恩只想要一个奴隶和管家。

上面还有很多只有名没有姓的名字，舒吉猜测其中大部分来自匿名戒酒会。有些名字旁边给出了额外的描述，可以由此把两个伊莱恩区分开来。他觉得这样有点滑稽，也许是为了保持匿名，

1 Ceilidh，苏格兰和爱尔兰地区的传统聚会，通常有舞蹈和民间音乐。

因为姓比较隐私，但更有可能的是，因为人们来来往往，描述比名字更顶用。他翻阅了几页他认识的名字：周一到周四的彼得、大秃头彼得、玛丽多尔、珍妮特——玛丽娃娃的朋友、坎伯诺尔德的凯茜，还有小金发吉妮。让他很不爽的是，她的名字没有放在J下面，而是G下面。[1]

母亲可能去的地方太多了，他惊慌失措，害怕自己可能要到二月才能再次见到她。他对着那本厚厚的书大叫：“你他妈的在哪里？告诉我！”

众所周知，苏格兰的新年庆典持续两天，而阿格尼丝的格拉斯哥新年则是无穷无尽的。当他们初到矿口区时，男孩曾见过一场持续了好几天的家庭派对，阿格尼丝到了第六天还是醉醺醺的。等到舒吉穿上校服，准备迎接春季学期的时候，利克忍不下去了。利克可以忍受很多事情，但在一月六号，他拿着黑色的垃圾袋在屋里横冲直撞，把两个邋遢的矿工拉出房子，甩到结冰的大街上。

舒吉想到了利克，想象着他那闪光、嘶鸣的赌博机，他的内心变得冷酷无情。他已经厌倦了和哥哥互相推诿，“最后碰过这个东西的是你”。他抠着下唇，木然地举起电话听筒，嗅着上面残留的酸涩的烟味和她口红的香味。他一直抓着米色的听筒听着拨号音的嗡嗡声，只为了寻求一些安慰，然后看了看键盘，终于注意到红色的重拨键，按了下去。

---

1 原文中小金发吉妮的名字是 wee Ginger Jeanie，名字是 Jeanie，而 Ginger 形容发色，按照正确的分类，Jeanie 的名字首字母是 J，应该写在 J 一栏，阿格尼丝错用 Ginger 的 G 做首字母。

电话铃响了很久，才有人接听。由于背景里嘈杂的老式音乐，舒吉几乎听不清电话那头的女人的声音。“你好，你好！谁呀？”她喊着，烟嗓厚重，喝了酒后语速很慢。

“嗯。我妈妈在吗？”他问道，坐得笔直。

“你是谁？”她听起来像是被打扰了，有些扫兴，“小孩，你妈妈是谁？”

“我妈妈是阿格尼丝·坎贝尔·贝恩，”他说，“麻……麻烦你告诉她是舒——休。”他改口道，“你能不能告诉她，我没有奶黄酱了。”

女人重新没入聚会的喧闹中。“那个，这里有人认识阿格尼丝吗？”她朝身后的房间问道。

有一些其他的声音，然后她说：“稍等一会儿，朋友。新年快乐，好吧。”在他回答之前，她已经把听筒放下了。他能听到背景中的男男女女的笑声，听得出来他们年纪都不小了，因为放的是忧郁的苏格兰歌曲。舒吉等了很久，听了很久，等那个女人回来。当他确信她已经把他给忘了的时候，一个声音说话了。

“嘘……你好。”熟悉的声音嘟哝着。

“妈咪吗？……是我。”

那声音好一会儿没有说话，然后满腹狐疑地响起来。“你想干吗？现在几点了？”

“你什么时候回家？”

“现在几点了？”

舒吉仔细盯着拐角处看了一圈，借着电视机的光，刚好可以看到小小的钟面。“十点半，哦，不，快十一点了。”

对面静了下来。他听到了她吸着烟，打火机开了。“那么，你应该上床了。”

“你什么时候回家？”

“听着，别跟自己过不去。难道妈咪还不能去个派对玩吗？休，都那么久了。”她的声音小了下来，“以前我最好的日子里，有那么多派对找我去。你为什么要破坏我的派对？”现在她只是不停重复自己的话。

“妈咪，我害怕。你在哪里？”

“我在安娜·奥汉娜家。你应该上床去了，我回家后再来看你。”这一部分说得很模糊，充满了不祥的意味。

电话断了，但过了好一会儿他才挂上听筒。舒吉想过再打一次，但她肯定不会再来接电话了。他又坐在那里闻了一会儿听筒，然后就上床了，身上还穿着全套礼服。卧室的灯亮着，电视里还在放着除夕夜的庆祝活动，街上传来快乐的声音。他能听到麦卡文尼家的孩子们在路上跑来跑去，高声喊着“新年快乐”。他们拿着一个看足球时加油的木质拍子扭来扭去，发出一阵喧闹声。

他爬起来，回到电话桌前，找了A下面的一栏，再找了O下面，找到了她，安娜·奥汉娜。他以前听过这个名字。安娜不是匿名戒酒会的人，而是阿格尼丝一个童年的朋友，可能是一个远房亲戚，也可能不是。她们曾经一起在苏格兰电视台的食堂工作过，年轻时还一起去托尔克罗斯区跳过舞。根据他母亲自己的笔记，她是一个背后捅人刀子的眯眯眼八婆，也是她最好的朋友。

她的名字下面是地址，标注为杰米斯顿。他不知道杰米斯顿是什么地方，但阿格尼丝所认识的人都住在格拉斯哥，所以他觉得杰米斯顿也会在那里。舒吉从母亲的电话簿后面撕下一页空白的纸，尽可能整齐地抄下地址。然后他在出租车那一栏找到一个电话，打了过去。

“喂，麦克出租。”一个粗犷的男声说道。

“你好，请问你能告诉我杰米斯顿在哪里吗？”

“在东北方向，伙计。你要打车吗？”他不耐烦地答道。

“抱歉打扰了，还有一个问题，”男孩很有礼貌地说，“打车去那里要多少钱？”

“你从哪里过去？”那人叹了口气。

舒吉很具体地回答了那人，给了房子门牌号、街道、镇名，甚至邮编。

“啊，大概八镑，因为新年，要额外再加两镑五十便士。”

“好的，请来一辆出租车。”说完，舒吉挂断了电话。

按照金蒂教给他们的方法，他用一把黄油刀撬开了煤气表，小心翼翼地数出了五十便士，把它们整齐地排在电视机前的桌子上。只有二十个，不用手指头数他也知道是十镑整。男孩从厨房里找来扁平细长的面包刀，开始撬电视计价器的背面，他曾经看阿格尼丝做了几百次。

他经过练习，知道必须要挤压它，才能在不损坏计价器本身的情况下让硬币掉出来。如果被电视工看到计价器坏了，你就会有大麻烦，但这条街上人人都练了好几年这种功夫，好像从没人惹上过这种大麻烦。舒吉经常看阿格尼丝和利克洗劫电视计价器。你往计价器里装上五十便士，才能看三个小时的电视，钱用完之后电视自动关闭，陷入黑屏。没有什么商量的余地，什么看完一部电影，或者看到广告为止，通通不可能。如果你的钱用完了，电视就黑了。

舒吉把黄油刀伸进槽里，两枚孤独的五十便士滚了出来。如果那人说的是实话，那这些应该够他到杰米斯顿了，但不够回程。

他听到出租车的空转声后走了出去。街上所有的房子都亮着灯，幸福的家庭正在一起庆祝新年钟声。科琳一个人在窗前，看着她的孩子们在路上跑来跑去，咣咣地摇着他们的噪声制造机。

舒吉践行着阿格尼丝教他的礼仪，上车的时候挥手微笑。

出租车司机是个瘦小的浅发男人，看到一个打扮成芝加哥黑帮老大的孩子，大吃一惊。“是你吗，小家伙？”他疑惑地问。

“是的。”他把手抄的地址递给司机。

司机低下头，望向舒吉家的前窗，等待着客厅窗口出现大人的身影，母亲或父亲都成。舒吉从口袋里拿出装满硬币的塑料袋，放在膝盖上，硬币发出清脆的响声。司机看眼小男孩，再看眼钱，最终吐出一口气，拉开手刹。

出租车驶出了尘土飞扬的小区，很快并入了双车道的车流，快速行驶着。舒吉知道这条路通往市中心。他记下了路线，勾出了一些地标，为漫长的步行回程做准备。他们先是经过一所中学，然后是一些橄榄球场，最后是一片寂静的湖泊，只剩黑色的虚空。从那里开始，窗外掠过的一切都变得很陌生。

司机没有走低矮的路，而是走了一条较高的路，像是在驶离城市。这看起来是条偏远小路，仿佛城市用尽全力地扩张，到了这里终于力竭。这条路还没有被开发，左边是巴莱特公司建了一半的房子，背对着路，高高的深褐色木栅栏围着空无一物的草坪。右边几英里长的休耕田绵延开去，黑暗而空旷。司机一定很清楚路线，因为他一直回头看，对这个打着白色领带的男孩微笑。

“你看起来真精神。要去参加派对吗？”他对着镜子笑着问。

“嗯，算是吧。而且我觉得人要时刻保持最佳状态。”

那人笑了。“那么，你妈妈呢，她在这个派对上吗？”

“希望如此。”舒吉喃喃自语。

“你在这个年纪一个人坐车，真懂事。”他说，“我小儿子和你年龄差不多。你大概十二岁？他很喜欢坐在前面玩我的收音机。”

舒吉只有十一岁，但他喜欢被说得大一些，这让他安心，所以他没有回答。有趣的是，你只能从镜子里看到司机的眼睛或他的嘴，但是没法同时两样都看见。

“你想要坐到前面来和我一起吗？”镜子里男人的嘴说着，咧成了一个大大的笑容。

出租车慢悠悠地停了下来，前方没有路口也没有红灯，就这么直愣愣地停在宽大空旷的马路中央。舒吉望了望左边的毛坯房和右边的平原。他想，如果要把她安全地带回来，那么他别无选择，只能照做。

那人叫舒吉下去。左侧的前门打开了，里面没有座位，只是铺了层地毯。他站上地毯，脚边是晚报、一件旧外套和一包吃了一半的三明治。舒吉努力不去看食物。面包的皮很厚，但他太饿了，他不在乎，他能把它全部都吃了，皮也吃。

“看吧，是不是更好了，嗯？”司机收拾了地上的东西，给男孩腾出一些空间。他手里拿着三明治。“你要不要来点？”他说，“这只加了黄油和一点罐头火腿。”

“不用了，谢谢你。”舒吉礼貌地说，但他的眼睛都要把那块吃了一半的三明治烧出洞了。

“来，拿着。”说着，他把它推了过去，“我在这里都能听到你的肚子咕咕叫。”舒吉接过三明治。面包被黄油弄得有些潮，他想慢慢地吃，但啤酒从胃里泛上酸来，让他无意识间大口咬着咸火腿。火腿又肥又厚，都粘在了口腔的顶上。

舒吉跪着，司机坐着，他还是不及司机的肩膀高。他看着厚厚的三明治，想这个司机怎么一点也不像自己的父亲。他的脸比较慈祥，眼角边都笑出了皱纹，脖子上有一个银链子，挂着十字架，看到它，舒吉意外地平静下来。

“那个就是收音机。”司机指着一个像电动剃须刀一样的听筒说道，打开了表盘上的一个旋钮，“好了，你要是想说点什么就随便说。能在这个调频听到你声音的人，只有那些长途司机和他们孤独的心。”那人给了他一个巨大的笑容，露出一整排牙齿，舒吉想让阿格尼丝见见这个送他三明治的男人。

啪的一声手刹，出租车又开始在黑暗的道路上前进。舒吉倒在玻璃隔板上。“哇，好了，小朋友，找个东西扶好！”他用左手环住男孩的腰，紧紧勒住他，好把他撑住。

他们在无灯的路上继续前进。舒吉尽量放慢速度吃三明治，火腿很厚，咸得让他牙龈痒痒。那人突然说："其实小孩单独被留在家里这种情况，比你想象的要多得多。"他转过身来对舒吉笑，"我见过不少这种事情，爸爸妈妈们急着去酒吧，把小孩儿留在家里自己照顾自己。可怜的小东西。"舒吉吃完了三明治。他忍住没有去舔手指上的黄油。

"好吃吗？"

舒吉点了点头，礼貌地回答。"是的，非常感谢你。"那人的胳膊还搂着他的腰。

司机和善地笑了笑。"哦，非常感谢你。"他重复着，像一只被逗乐的鹦鹉，"你是个有礼貌的小孩，对吧？"

舒吉努力表现得不那么尴尬。他盯着后视镜，想利克要是在这里就好了。空旷的乡间公路似乎没有尽头，他努力记下他们路过的地方，把看到的东西列了个清单，就像《老奶奶去西班牙》的游戏一样，但在经过了一个红绿灯和不知道十棵还是十五棵树之后，所有的东西看起来都一模一样，于是他只得放弃了。

司机环着男孩的手臂缓缓地沿着侧面往下伸，慢条斯理地把舒吉的衬衣后摆从呢子裤里拉出来，肥大温暖的手指从内裤后面探了进去。不用看，舒吉也知道这个男人还在对他笑着。

"唉，你可真是个有趣的小朋友，对吧？"男人重复着。他的手用力一挤，又往内裤里面伸了一点，手指开始摸索着男孩。前侧的呢子裤的腰带勒住舒吉，紧得像要把他切成两半，光是那种疼痛就足以让舒吉大叫出声，不过他还是一言不发。

出租车开得越来越慢。司机发出了古怪的声音，像是在用前牙喝热汤。车头灯向相反的方向撕扯着。舒吉现在皱起脸来，司机的胖手指正以一种奇怪的方式压戳他的身体。奶黄酱在酸涩的啤酒上面结了一层皮，而面包在他的肠胃里膨胀、扩张，他觉得自己可能要病了。手指按了又按。司机的嘴拉得紧紧的，一脸狰狞。舒吉希望能看到一些亮着灯的房子。

“你知道吗，我爸爸是个出租车司机。”

司机扭曲的脸停滞了。

舒吉努力保持着一种随意的声音接着说下去，忽略那几根在他脏地方游走的手指。“……还有我妈咪的男朋友也是，他叫尤金。”他浅浅地吸了一口气，“他可能认识你？”最后他问道。

司机慢慢地把手从呢子裤的后面滑出来了。舒吉背靠隔板滑了下来，私处安全地坐上出租车的地板。在黑暗中他用手指抵住腰部，能感觉到肚皮上粉红色的印记，那里是压住他的地方。这感觉就像脱掉一双过紧的袜子，但比那更糟。

收音机噼里啪啦地响起来。一个操着丘赫特口音[1]的男人在谈论珀斯路上的洪水。司机悄悄地在工作裤上擦了擦手。“那个，你们的圣诞节过得愉快吗？”过了一会儿，他随口问道。

“是的，谢谢你。”舒吉撒了个谎。

“圣诞老人对你好吗？”

圣诞节都是弗里曼邮购目录给的，账还得慢慢付。“是的。”

---

1 Teuchter，苏格兰低地居民用来指称苏格兰高地和群岛地区的词汇。

黑色出租车终于开进了住宅区的灯光下，这是一个灰蒙蒙的破败的安置住房区。司机问道：“小孩，你说你爸爸叫什么来着？”

舒吉本想撒谎。“休·贝恩。”

司机悄悄松了口气，放松地倒回椅子上。舒吉在杰米斯顿下车的时候，新年钟声已经响过了。男孩把那袋偷来的五十便士给了司机。他仔细看了看，也许是因为怜悯，也许是内疚，说这趟车免费，因为舒吉是个乖孩子。男孩则希望他能收下这些硬币，他不想让那人以为自己喜欢那些手指伤害他的感觉。

舒吉在斯特朗赛街下车，爬上石阶走到小区前门的一路上，能感觉得到那人一直盯着他的背影。直到他转过身来，勇敢地露出一个微笑，司机才把车开走。出租车转了个弯，舒吉把黑衬衫塞回呢子裤里。肚子有些酸涩，他揉了揉。每一栋楼房都一模一样；公寓楼拥着狭窄小道，形成了一个砖头和玻璃的大峡谷。他抬头，发现三楼的一间房里传出亮光和音乐声，于是按下了3R的金属门铃。没有人问他是谁，门就嗡的一声自动打开了。

公寓楼道的光线很暗。响亮的音乐和欢乐的人声从高处传来，在墙壁上弹来弹去。舒吉走了进去。在格拉斯哥随便找个小孩，都能看出这不是个高档小区。门口一排六英尺左右的装饰瓷砖已经开裂，还有几块不见了。墙上一层厚厚的棕色油漆，成人眼高处有一条肮脏的乳白色条纹，伸向楼道深处。每一层的墙壁上都布满了涂鸦，有爱情宣言、帮派标语，舒吉还看到效忠爱尔兰共和军的宣誓，可见杰米斯顿肯定是天主教区。

他走进门口往上爬的时候，三楼的聚会声清晰可闻，听起来很快乐，好像夜晚还没有变坏。男孩一级一级地沿着高高的楼梯向上走。台阶是硬花岗岩做的，中间被磨得凹陷下去，楼梯旁没有螺旋栏杆，而是围绕着一堵坚实的混凝土墙而建。往上爬的时候，看不到拐角处有什么。

他无声地往上爬。当他转过第二个弯道时，碰到了一对男女躺在台阶上，身上乱糟糟的，像两堆脏衣服。舒吉曾见过他们互相做的事情。那个老妇人看起来几乎丧失了意识，男人把手伸进她的裙子里，在摸她的私处。

舒吉把双臂拢在胸前，礼貌地后退，远离眼前的事情。他悄悄地走下几级楼梯，快回到拐角处时，女人睁开了一只上翻的眼睛，注意到了他。男人还在她身上揉搓，活似在抛光一只鞋。

“你看什么呢？”她嘟着嘴问。

“你没事吧？”他轻声问道，“他弄疼你了吗？”

头顶的某个地方，一扇门打开了，盛大派对传出的噪声填满了楼道。人们要走了。

“约翰，你能不能稍微等一等？”她推开了他的手。

女人拉上上衣，试图给这个场景增加一些尊严。她垂下目光盯着石阶。那个醉汉没有理她，继续啃着她的脖子。

舒吉拿出一枚五十便士，放在女人裸露的膝盖上，然后飞快地掠过他们身边，向楼梯顶上的噪声爬去。穿着冬日大衣的男男女女拥了下来，他费了好大劲，靠着敏捷的反应才没被他们笨拙的腿和长外套扫倒。到了三楼，他发现门还大开着，就走了进去。他从各式腿间穿过，走进小走廊，没有人阻止他，走进大厅的时候也没有人理会。

这个房间是他家里客厅的缩小版，铺着酒红色的锦缎墙纸，一个小电暖炉靠在墙边，塑料假炭散发着橘黄色的光，射向这个汗气蒸腾的房间。房间中间有一个三件套，上面还盖着塑料布。角落里是一些借来的厨房椅，上面坐着四五十岁的男男女女，都是舒吉从未见过的面孔。男人们坐着，穿着厚重的灰色西装，打着宽大的领带，女人们则穿着漂亮的衬衣，盛装出席。他们看上去很僵硬，好像刚从礼拜堂过来，但眼睛湿漉漉的，像是喝了太多的圣餐酒。

角落里的录音机正放着一首特别忧郁的《丹尼男孩》。几个老酒鬼挨着录音机坐着，手上几罐温啤酒，哭号声盖过了乐句，而一个老妇人则泪眼婆娑地坐在旁边。房中的气氛俨然已经滑下高峰，逐渐萧索起来。他在房间里转来转去，在各式的面庞间寻找母亲的踪迹。阿格尼丝不在那里。

在靠近窗户的角落里，一个和舒吉差不多大的小男孩坐在一张小折叠桌前。舒吉在房间里打着转找人的时候，他一直看着他。他衣着光鲜，头发还很整齐，肯定是之前妈妈帮他整理过。他们互相对视，舒吉不知道他是不是也迷路了，或者也在找人。男孩举起手来轻轻挥了挥，舒吉打算穿过房间去和这个陌生人聊聊天。走到半途，他看到他的小桌子上堆着一盘小山一样高的奶油酥饼和一些果味汽水。这里有人爱这个小男孩。舒吉转过身去，接着寻找阿格尼丝。

他重新回到走廊上，再一次从林立的腿中间穿过。在狭小的厨房里有一个头发乌黑的女人。他的心怦怦跳，随即又沉了下去，因为他意识到这不是他妈妈。舒吉想问她阿格尼丝在哪里，但他被那个奶油酥饼男孩弄得很尴尬，最终什么也没说。骄傲让他闭嘴，黑发女人像看不见他一样，从他身边跑过。公寓里有三间卧室，除了有几个奇怪的人在安静地抽烟或啜泣外，每一间都空空如也。他找遍了这些房间，但没有一个醉鬼是他的那位。最后一个房间是最大的卧室，应该是父母的主卧。门关得紧紧的，他拉下金属把手，使劲地推，才终于打开了沉重的门。房间里没有开灯，但走廊上的光跟随他进来，可以看到大双人床上堆满了冬天的大衣。

舒吉站在那里，把手放在口袋里的那袋硬币上。这应该刚好够他回家。也许他会在家里碰到她，此刻的她正心急如焚，担心得酒都醒了，准备好了热茶和吐司等着他。

在烟雾和黑暗中，眼泪开始刺痛他的眼睛，他坐在堆满大衣的床上，就坐一分钟。他知道他表现得很不成熟，整晚都像个巨婴一样找妈妈。他希望自己更像利克一些，利克似乎从来不需要任何人。舒吉用左手的指甲抠住柔软的右臂，希望自己别再自怜自艾。

大衣下有什么东西在蠕动。舒吉吓得站了起来。从几件旧夹克中伸出一只白色的小手。晃了好一会儿，才把一件外套从脸上拉开，在那里出现了一张湿漉漉的脸和花了的睫毛膏，正是他的母亲。

阿格尼丝的头发被压平了，垫在右边结了块。昏暗的灯光下，她的眼神中是一派弱小的神态，男孩明白，她的酒已经醒了。她看着他，嘴唇颤抖着，好像随时会哭出来，这把他吓得止住了哭泣。他站直身子，试着表现得像个大男孩一样。他把大衣一件件拉到地上，把她挖出来。慢慢地，她从衣服堆里显现出来，半裸着身子，浑身乱糟糟的。半明半暗中，她紧紧地盯着他的眼睛，一言不发。他不停地从床上缓缓拉下一层层衣服。厚重的大衣下露出了她白皙的腿和小脚。舒吉停下看着她，在走廊灯光的照射下，他从满床的混乱中看到她的 PP 牌丝袜从脚趾到腰部都被撕破了。

24

男孩睁开眼睛时，她就静静地坐在他的床尾。她现在半人半鬼，总是在早晨过来。他眼看她因为酒精留下的寒气不停抽搐，拿出一张卫生纸放在嘴边，咳出湿痰，然后努力咽下了随之而来的剧烈咳嗽。

阿格尼丝歪着头，用恳求的、毫无睡意的眼神看着他。“早啊，小太阳。”

“早……早啊。”舒吉把脚尖伸到床尾。

她用不停颤抖的手拉开一层层床罩被褥，三月潮湿的空气扑面而来，舒吉呜咽着蜷缩成一团。阿格尼丝伸出冰凉的手，放在他潮湿的脚上。他又伸了个懒腰；旧睡衣现在已经短到露出了小腿，他腿上的毛发开始变粗变黑。“再过一年，你就会成为一个男人了，到时候我怎么办？”

“你觉得我会比利克高吗？”他问。哥哥的床已经空了。

“肯定会的。”她拨开他眼睛前面墨黑色的头发，努力让自己的声音听起来欢快一些，“今天你就别去学校了怎么样？陪陪我？”

听到这个提议，舒吉飞快地睁开眼。“我不确定。巴里神父说我已经请了太多次假了。”

“哎呀，你别管他。上个礼拜你几乎天天都去上学。我给你写个假条，就说你外婆去世了。”

舒吉一边抱怨，一边把脚趾暴露在冰冷的空气中。“他不傻。你已经写过三次了。”

他知道她想要什么。时钟一转到八点四十五，他就被连人带救济金兑换簿赶到冰冷的大街上。他穿着轻薄的雨衣和一条好裤子，胳膊上背着一个格子布的大尼龙购物袋，袋子里并不会放什么杂物，但自有用处：这个购物袋是个障眼法，使整个事情看起来更体面。舒吉像个贪婪的赌徒一样翻动着周二的育儿救济金页面，看到所有可兑现的优惠券上都写着八英镑五十便士的丰厚金额。他找到了她这周签的那张，检查完她是否在绝望的饥渴中正确地填了信息，把它扔进了障眼购物袋里。

他知道她在纱帘后面看着，因此他走得飞快，志气昂扬。当他转过街角，离开她的视线后，他就放慢了脚步，还花了一点时间捏白浆果，一直把果子都捏成了糊。

舒吉用尽了各种办法：以最快的速度冲出去办完事再跑回来；跑去泥炭堆里失联个几小时；有一次，他甚至在拿到救济金之后直接买了真正的生活必需品——肉，还有其他食物。结果总是一样的，她把能退的东西都退了，先买了自己最需要的东西——酒。所以现在去领救济金的时候，他只是低头认命。

自从除夕之后，她就不一样了。那个把她半裸着身子丢在陌生人的大衣堆下的人让她失去了对聚会的渴望。现在她喝酒的样子，让舒吉明白她已经失去了对美好时光的向往。她喝酒是为了忘掉自己，因为她不知道还有什么办法可以排遣痛苦和寂寞。

加油站把她拒之门外。她翘了太多次班，加上没有人顶替，有好多次加油站不得不关门。一开始阿格尼丝只是逆来顺受。就像其他事情一样，对她来说，这工作注定是做不长久的。等到购物账单越堆越高，而且星期四就没钱买酒了，她就开始把自己被辞退的事当作一场阴谋。她说，她太受欢迎了，太漂亮了，而加油站老板不喜欢这里变成孤独的出租车司机的社交俱乐部。利克曾坐在那里听她说话，静静地把热麦片舀进嘴里，然后平静地问："你打算继续骗自己多久？"

队伍排了很久。一片寂静，除了几声响亮的咳嗽、尼龙夹克的窸窣声，以及柜台后面那个焦虑的女人不停地盖章、盖章、盖章。从他们坐立不安的样子他可以看出，为了领到救济金，这些人已经等待了一个漫长的周末。有的人饿了好久，有的人在周日下午茶之前就没烟抽了，还有的人，比如他的母亲，则陷入深深的干渴。舒吉拿出簿子，放到柜台上，再推到与眼睛齐平的小抽屉里。簿子唰一下被拉走了。唰的一下，它又回来了。

"你还没有签名呢。"邮局局长说道。

舒吉拿起绑了线的钢笔，在被授权人的空格里写下了自己的名字，母亲让他练了好多遍了。他把簿子放回抽屉里，朝那个女人笑了笑。她接过来，仔细看了看两面。女人戴着玫瑰框眼镜，像高凳上的老师一样俯视着他。“贝恩小姐就不能亲自来领育儿救济金吗？”她问道，声音有点大。

舒吉感到身后的队伍不耐烦地骚动，重心从一只脚移到另一只脚。“不能。”

女人向后仰了仰身子，仿佛在舒展疲惫的背脊。“年轻人啊，你不应该在学校吗？”他听到队列里有人清了清嗓子，表示同意。

“我妈妈身体不好。”他对着抽屉谨慎地低声说。

女人倾身靠到玻璃窗上，她的脸庞在他的上方若隐若现。“是的，但我想起来，我每周一和周二早上都能见到你。”她吸了吸鼻子，把手指放在阿格尼丝的签名下。“这里写着，”她又吸了吸鼻子，“给被授权人的授权只是暂时性的，如果本人无法申请救济金，那么这簿子就应该还给社保局。”

舒吉感到大便快漏到内裤上了。他只能静静地说：“求求您了，女士。”

“要不要我拿走你的这本簿子，年轻人？”她用沾满墨水的手指调整了眼镜，“要不要我把它送回社保局？”男孩摇了摇头，觉得下面漏得越来越严重。“不要，求您了，女士。”他哀求道。

那女人似乎没有听到，又或者是不在意。她把簿子合起来，放到柜台上，庄重地将双手交叠在上面，仿佛在祷告。舒吉的眼球后面开始冒汗。他能听到饥饿的人群开始哀叫。育儿救济金占了阿格尼丝每周收入的四分之一还要多。

舒吉颤抖着嘴唇，再次尝试。“求求您了，女士。”

不耐烦的众人在他身后恼火地咂嘴叹气。“那孩子的妈妈不舒服！”邮局长队的末端有人高声说道。女邮递员将视线从那张苍白的脸上移开，抬起头看向长长的队伍。“把钱给他，不然他就没东西吃了！”那人又说道。

前面的一个老太太也加入了进来。她已经等得不耐烦了，正摇晃着她的养老金兑换簿。“哦，看在上帝的分儿上，把钱给那孩子，你这个没良心的老古板。”

柜台后面的女士看了看排着的队伍，又低头看了看那个恐惧的男孩，不情愿地打开了簿子。盖章！盖章！结束后，她撕下了那周的兑换券，把兑换簿、一张五镑、几张三镑和一枚新的五十便士塞进了抽屉。她紧紧抓住抽屉，把脸靠在玻璃上的小孔上，低低说道：“你是个聪明的孩子。下周可别再让我在这儿逮到你。回学校去，好好学习。坚持下去，不要一辈子都排队领救济金。”她的眼神里充满了怜悯，把抽屉推了过去。男孩听话地点头，舔了舔湿润的嘴唇，取走了抽屉里的钱。这个星期剩下的几天就够他担心的了，他没空担心下周的事情。

舒吉以最快的速度朝矿口区赶。经过学校的时候，他爬上断裂的栅栏，沿着土墙板跑进沼泽地。离公路有一段距离之后，他就脱光裤子蹲下来，把在邮局开始的事情收了尾，然后把白色的内裤翻过来，想在一些干枯的芦苇上刮干净。

他回到家的时候还不到上午十点半，街边的窗帘刚刚拉开。他打开前门，正好撞见她站在走廊中间。她穿着最好的马海毛大衣，画了眼线，在上眼睑上涂了一层深薰衣草色。头发也做好了，发丝卷曲，发胶还湿漉漉地挂在发梢上，像露珠一样闪着光。她的左臂下夹着最好的包，另一只手伸出来，掌心朝上，像个耐心的圣人。它瘙痒难耐，看起来红红的。

“你他妈去了哪里？”她问，但并不求回答。

男孩打开购物袋，从脏兮兮的内裤中间取出几张钞票和一枚硬币，阿格尼丝把它们夹进皮包。“对了，我要你陪我走上去。如果我们遇到什么人，你就和我说话。”

“说什么？”

“什么都可以。他妈的随便什么。只要跟我说话，别他妈的停下来，好吗？”

阿格尼丝把他转过去，推回门外。一直走到拐角，他们都没有碰到人，他感觉她松了一口气。到了山坡脚下，科琳·麦卡文尼靠在花园的栅栏上，正在和一个女人边抽烟边聊天。她脚下两个黑色的大垃圾袋，里面装满了脏衣服或者床单或者大詹姆士换下的衣服。她们听到了高跟鞋敲打在混凝土路上的声音，抬起头来。阿格尼丝晃悠悠地做了个急转弯，假装她要过马路，但却高昂着头，接着往前走。她趾高气扬地走着，踩出一种很自信的节奏，转头对男孩说：“你今天晚餐想吃什么？”

舒吉抬头看了看母亲，照她之前跟他说好的演了起来。“烤鸡，谢谢。隔天就吃西冷肉，我有点吃厌了。”

他们经过那两个女人身边时，她们停止了谈话，阿格尼丝轻笑着说：“哦，你啊！今天还是要吃牛排，要感恩！”她转过高贵的侧脸，把粗糙的手藏进身后。“哦，你好科琳，你好莫莉。这位小家伙简直像野草一样疯长。”那些女人在她路过的时候什么也没说，但她感觉她们的目光牢牢锁在她的大衣、鞋子和头发上。安全地和她们擦肩而过之后，她换上了一副厌恶的表情，喃喃自语道：“是啊，你们这些婊子也是。”然后过了马路。

三家装了木板的店面排成一排，多兰的杂货店就在这排尽头，坐落在可以俯瞰整个矿口区的山顶。煤矿还开着的时候，这里应该很繁忙，既有新鲜的蔬菜和最好的肉，以满足家庭生活的需求，又可以作为一个三五成群聊天的场所。现在多兰先生甚至连灯都没有开。要不是最近的一家店离这里有两英里远，多兰的店可能已经关门了。仿佛是默认了这份败绩，店里金属百叶窗关着，灯也一直关着，只有日光从贴满缴费单的门口涌进来。

虽然多兰先生的样子总是吓到舒吉，他本身是个善良温和的人。他还是个孩子的时候，矿井还开着，他从一棵紫杉树上摔下来，压到了右臂，情况严重到要截肢。现在，每当一个小孩爬上篱笆时，妈妈们就会挂在窗外大叫：“赶紧爬下来，不然你们变成可怜的多兰先生那样就完蛋了。”

店门口的铃声响起，见到阿格尼丝，多兰先生显得既高兴又难过。他身后那一排排的啤酒罐和威士忌瓶足以说明他很懂这个住宅区的新经济，然而当这位美丽的女人走到柜台前，独臂男人不禁叹息，真是暴殄天物。

阿格尼丝努力忽略他脸上的怜悯，问店主今天怎么样。多兰先生只是耸了耸肩，朝男孩点了点头。“你怎么没去学校？”

“他身上有只小虫子，多兰先生。”阿格尼丝插嘴道，“一直在到处乱跑。”

老人吸了吸牙缝，没有过多纠结于她的谎言。阿格尼丝拿出一张纸，上面写了一份简短的购物清单。她要了一些无害的必需品：蛋奶罐头、豌豆罐头、一点肉碎、两个土豆和一点火腿片。多兰先生用半截残肢在切片机里熟练地移动肉块，这幅景象让她坐立不安：熏猪肉肠的尾巴和他的满是褶皱的粉色残肢边缘看起来一模一样，就好像长在了一起。

"那些一共要多少钱？"他把火腿片放进她的购物袋里的时候她问道。

"五镑两便士。"店主说。

阿格尼丝结结巴巴地问："麻……麻烦把今天的报纸也给我好吗？"

"五镑二十七便士。"

"给这孩子来一根吉百利的巧克力棒。"

"五镑五十便士。"

"让我看看，"阿格尼丝装出一副健忘的样子，"哦，对了，我差点忘了。"舒吉羞愧地低头看脚。"请给我十二罐特酿啤酒，好吗？"

男人转身从架子上拿这些东西的时间里，阿格尼丝舔掉了下嘴唇上的口红。

"十三镑。"那人说。

阿格尼丝打开皮包，低头看了看钞票和那枚银币。"哦，多兰先生，看来我今天带的钱有点不够。"

独臂男子伸手到柜台下面，拿出一本大大的红色账本。他把账页翻到首字母 B 的那栏，找到了阿格尼丝的名字。"唉，你已经欠我二十四镑了。”他严肃地说，“在还清之前，我不能再让你赊账了。”

阿格尼丝带着痛苦的微笑，翻看了一下购物袋，把火腿片、豌豆罐头和两个土豆放回了柜台上。

不知道多兰先生对此做何感想，他从来没有说过。对男孩来说，虽然他的宽松的袖子很可怕，但是舒吉知道他是个极富同情心的人。小区里的母亲们都叫他“独臂强盗”，因为他卖东西价格很高，但舒吉觉得他就是一个很好的人。当阿格尼丝在一个星期二的早晨穿得像在西区的大牌店购物一样，站在他面前瑟瑟发抖时，多兰先生从不戳穿她。有时，趁着她把袋子里的食物重新拿出来时，他会对这个头发干净、打扮优雅的男孩眨眨眼，然后塞给他一块熟了的水果。但今天没有。今天他几乎拿回了所有的东西，然后收下阿格尼丝的啤酒钱。

阿格尼丝带着购物袋，飞快穿过小区。她现在移走得越来越快，下山的时候，舒吉都快跟不上了。回到家后，她没有脱掉外套就进了厨房。舒吉坐在客厅里，等着她重振精神。他等着罐子的咝咝声和酒沫飞溅声，然后是酒被藏起来的声音。他一直等到大金属水槽的水龙头开了。

“你感觉好点了吗？”他在门口问。

她放下马克杯转过身来，脸上的紧张感已经消失殆尽，但依然愁容满面。“好多了，谢谢。今天你真是我的好帮手。”

他走上去搂住了她的腰。“我愿意为你做任何事。”

他一路穿过泥炭沼泽，不断停下脚步，回头挥手，直到房子脱离了视线，他再也看不到窗前的她。他一边在冰冻的焦土上艰难地行路，一边安慰自己，他很清楚她的一天是怎么过的。有一点令人安慰的是，不管她的酒有没有醒，每天的日常都是一样的困顿。

舒吉轻拍着脆弱的芦苇尖，想着，不知道今天她会不会让悲伤吞没。冻僵的芦苇像晒干的骨头，他一拍芦苇尖，种子就像小伞兵一样飞上了天空。它们在小区里前前后后地飘着，仿佛一场小幽灵的游行。他玩起了一个游戏，告诉这些幽灵他爱她，然后轻轻一挥手，把它们送往她的方向。

那圈被踏平的草地是他练习如何做一个正常的男孩的地方，还是他离开时的模样。在她把他留在家里，不能去学校的日子里，他为这个小小岛屿收集了一些废弃的旧家具。有时她喝得尤其多，他便一整周都不去上学。在这一周里，他运过去了一把旧椅子、一些垃圾箱里的地毯碎屑，还有零星的餐具和碎瓷器。他用旧绳子的两端从干涸的小溪里拖东西出来。他找到了一台破电视机放在岛的正中央，虽然没有屏幕，但只要它摆在那里就有了家的味道。他备齐了所有想要的家具，在每个无所事事的日子里都不厌其烦地布置了再布置，直到他的岛屿变成一个破烂的前厅。他找到了一辆老式的婴儿车，推着它在长长的芦苇丛中穿梭，为他的新家收集最漂亮的花朵。一个冬天的下午他发现了一只小黑兔，已经死了，僵掉了，他就把它在小溪里洗干净，埋进土里。然后，他在旁边埋了塑料小马，这匹可耻的香味小马本不是男孩子该玩的东西，是他偷来的。第二年春天，他搜刮了煤渣堆，在坟头铺上火烧兰的枝条。反正他没有什么朋友，这些小仪式刚好填满了他的时间，让他整天都能为自己的家感到骄傲，并且像个哀悼的寡妇一样尽职尽责地照顾那些可耻的小山丘。

那短短的一天，他在他那平坦的小岛上走来走去，洗去各种东西上的污渍。他把叉子、勺子和裂开的盘子拿去溪边，在水里冲洗。他提起一小块地毯，试图抖掉上面的污垢。然后，他把被雨淋湿的毯子挂在椅子上，让它在暗淡的阳光下晒干、变暖。

短暂的一天家务劳动后，太阳已经开始落下。他爬过后院的栅栏，希望能洗个爽快的澡，然后背一些小红书，但前门却大开着。舒吉在台阶底下呆呆地站了很久，思考着这是什么预兆，歪着头像警犬一样细细倾听。他蹑手蹑脚地走到长廊上，听到了客厅里面一阵骚乱。他小心翼翼地走到门前，把门推开一条缝。门内，阿格尼丝卧倒在地板上，有个人像个校霸一样坐在她胸前，是利克。

红地毯上的猩红色螺旋花纹有点奇怪，看起来很破碎，不协调。舒吉走近了之后，看到母亲身上和利克脸上都沾了血迹，如果他看得再仔细一点的话，就能发现血迹还洒在了电视机上、棕色的桌子上和沙发边缘。

利克一直压着她，周围是一堆血淋淋的布，本来都是干净的茶巾。阿格尼丝在利克的重量下扭动、咒骂，嘴里迸出许多舒吉从没听过的名词。他的哥哥正奇怪地哭泣，一边挣扎着按住她。

地毯上有一把断裂的刀片。在舒吉眼中它又小又薄，看起来很无辜，就像卡通老鼠的小断头台。他之所以注意到它，只是因为它现在在客厅里，躺在母亲的高级地毯中间，这很古怪。利克对着他尖叫着什么，但舒吉听不懂。他想知道为什么她的茶杯上会有血迹。他看着哥哥把脸扭向他，用来捂住阿格尼丝的手腕的茶巾逐渐变黑。他把她的一只胳膊固定在膝盖下面，伸出手抓住舒吉的衬衫前摆。阿格尼丝的一只手脱开了控制，一小股血喷了出来。舒吉想告诉利克，看！你看！血是从这里流出来的！但利克抓住他的衣领，用力摇晃他，摇到他觉得自己的脖子可能会断掉。

"舒吉，听我说。"利克的眼睛睁得很大，嘴角有白沫。他的脸上涂了厚厚一层灰白的石膏，白色的牙齿沾上了血迹。"你他妈的得叫救护车。"

"你是个自私的贱人。"她哀号道，"让我走吧。"

她抽噎着浑身颤抖。利克的眼泪落在她的脸上，和她的眼泪混在一起。

"我太累了。"她还用力推搡了一会儿，然后眼睛向后翻，好像想要睡过去以求解脱。

"你不爱我。"

"你不爱我。"她一遍遍重复着。

男孩在身后悄悄地拉上了门。他坐下来冷静了一会儿，然后打了急救电话叫救护车。利克朝他喊着什么，但他听不懂。他什么都不明白。

阿格尼丝在精神病院醒来的时候，已经完全不记得她是怎么到这里的了。救护车走了好几英里的路，把她送到景观山的皇家医院。一名急诊医生熟练地给她缝合伤口，止了血，然后给她打上点滴，并注射镇静剂，以防她再次抓挠自己。在她半梦半醒间，他们把她送进加特内沃进行更深层次的治疗。她醒来的时候，和另外十三个女人待在一间病房里。流着口水的成年女人。对着洋娃娃哭喊着要穿好衣服去上学的可怜女人。打了镇静剂却彻夜未眠的女人。

阿格尼丝被缝补完好，缩成小小一团，在镇静剂的作用下沉沉睡去。利克和尤金拉上隐私帘，把那些不幸的女人隔绝在外，站在她床的两边放哨。这是他们在一起度过的最长的时间。两个男人在某种程度上都很庆幸，可以把注意力放在他们中间沉睡的这具躯体上，这种解脱就和老人们喜欢有个孩子在房间里是一个道理，当彼此无话可说的时候，还有个百谈不厌的话题。

自从尤金怂恿阿格尼丝破戒后，利克就再没有和他说过话。这个下午的大部分时间里，他们第一次小心翼翼地和对方聊着天，眼睛没有对视，仿佛对方不认识阿格尼丝一样谈论着她。他们只在一件事情上有共识：床上这个油尽灯枯的女人能活下来真是莫大的幸运。她手腕上的伤口又长又深，明显没想留什么退路。

“那么是工头？”尤金问道，无法直视利克的清澈目光。

“呃，是的。”

“那很幸运。”

“算是吧。我不知道她那天打了多少次电话。她最近老是给我的公司打电话。”

“是啊，也给我的出租车站打了不少。”

利克佝偻着肩，像是承受着这一整段记忆的重压。“虽然她特别烦人，但工头平时都会应付过去。但是这一次，他亲自过来告诉我最好赶紧回家一趟，有个紧急情况。”

“他这么跟你说的？”

利克点了点头。“他把我的外套都拿过来了，一开始我还以为自己被开除了。然后他催我赶紧走，甚至给了我打车的钱，”利克把头发拂到眼睛上，“我才知道一定有什么不太好的事情。”

等到阿格尼丝终于醒来，她过了好一会儿才记起自己干了什么。她先是对他们微笑，就好像他们是给她带早茶来了。记忆的云雾在她脑中飘过，她低下头，看到了自己缠着绷带的手腕。这是最接近死亡的一次。利克的建筑工地在南区，她没想让他来的。她不知道那个工头是个心地善良的人。

“我小儿子在哪儿？”她问道，声音干裂。

利克看着她，然后第一次看向尤金，说道：“他没事。”

阿格尼丝的头没有动，眼睛转了转。“我问的是他在哪儿，不是他怎么样。”

她瞳孔微张，其中反射着浓浓的忧郁，将他牢牢钉在原地。利克避开了她的目光，转而去找东西为她解渴。他倒了一杯稀果汁，但她伸手拒绝了。他看着自己的鞋子。“嗯，他在大舒格那里。”利克终于说出来了，在那一瞬间他希望自己撒个谎。

阿格尼丝以为他在撒谎，什么也没说。她的上嘴唇结起来，粘在牙齿上，这副神情警告着利克不要再开玩笑了。“你肯定是在割自己之前给他打过电话，让他来接舒吉。一切都发生得太快了。我没办法又帮你又帮舒吉。”利克向上吐了口气，他的刘海荡了起来，像窗户打开后被风吹起的窗帘。“太过分了，妈妈。不能所有人都一直靠我去救。”

25

阿格尼丝在加特内沃医院醒来的时候，她的儿子已经在爸爸那里住了快一周了。她割腕之前曾打电话到出租车站宣布，舒格的愿望终于成真了，她要永远离开他们了，他应该来领取他的战利品，那个男孩。她说她从邮购目录里给舒吉买了一套新西装，而且舒吉参加她的葬礼时要穿黑色礼服袜子，这一点舒格要谨记。

利克一直不知道那条消息是怎么传到舒格那里的。是出租车调度员通过无线电广播告诉了所有人吗？琼妮·米克尔怀特也是加速了阿格尼丝死亡的推手。当她转达这个女人的遗愿时，是否所有的黑色出租车都停在路边，留引擎空转？

舒格没有着急赶来。他终于来到矿口区时，对于阿格尼丝真的走到了这一步颇为刮目相看。他看到儿子坐在血淋淋的沙发上惊魂未定，一边吃桃子罐头，一边安慰着楼上的邻居肖娜·唐纳利，她已泪流满面。

舒吉从未去过父亲的新家。出租车突突地开着，粗重的声音在街道上回荡。男孩掰着手指头数了数，发现自从琼妮·米克尔怀特把父亲偷走后，他们俩在一起的时间还不到三个小时。他坐在出租车的后座上，感觉自己像个陌生人。他也不太记得是否见过琼妮·米克尔怀特，但他能记得那双黄色的轮滑鞋，记得自己是个叛徒，这个念头像钳子一样狠狠夹住他的心。琼妮在他心目中就像一个恶棍，她的真实样貌和她的传说在他内心深处混杂在一起。阿格尼丝对她的恨就像木头上的结一样，深深嵌进他心里。

所以舒吉僵硬地坐着，一言不发。出租车绕过一个看起来很荒凉的救济住房区，每条街道都是一片伤痕累累的样子，有卖空了的外卖酒家、肮脏的运河，还有停在砖头堆上的汽车。在男孩看来，这个地方有点像观景山，五六座高楼钉住了冬日的重重天幕。然而与那里不同的是，大厦底下环绕的不是空旷平坦的院子，而是低矮的箱形混凝土房屋。这些矮房子看起来就像围在树上的蚂蚁，或者是由建完高楼大厦之后的煤渣块随便造起来的破烂，建的时候崭新而健康，现在却显得病恹恹的，毫无希望。这里没有草也没有绿化：每一个平坦的面不是浇了混凝土，就是用光滑的大圆石覆盖了起来。

大舒格在一个被砸坏的电话亭前停下。舒吉坐在出租车后座也能看出这是场艰难的谈话。它之所以看起来很艰难，是因为舒格挂断电话后在电话亭里站了很久，不停地捋着他的小胡子。

男孩打开了舒格让他收拾的行李箱，没放几件干净衣服，只把那些对他来说最重要的东西通通放了进去。他拿出一张褪色的宝丽来照片，照片上的舒格光着上半身，一只手骄傲地抱着刚出生的他，另一只手抽着烟。现在他开始对比它和电话亭里的那个人。

在那些阴沉潮湿的日子里，舒吉会拿来阿格尼丝的结婚相册，躲在她的床脚下翻看父亲的照片。他通过三张婚宴时的宝丽来照片来记忆舒格的样貌，而舒格与上面长得并不像。和那个坐在长椅上、笑嘻嘻地张开双臂罩住醉醺醺的伴娘的人相比，他的体形要更小。如今，多年来久坐的出租车司机生涯已经把原本的中人之姿变得更加圆润。照片上短小的恺撒式发型被稀疏的大背头所取代，曾经放肆的眼睛深深嵌入粉色的肉里面。舒吉无法想象现在有哪个女人愿意和这个男人跳慢舞。

他们都已经到北区了，舒格才拿正眼看了男孩。他爬回驾驶座，转身看着男孩校服上的泥土和血迹，问他有没有干净一点的衣服可以换。男孩说他没有干净衣服，只有睡衣。在一辆陌生的出租车上，当着一个陌生男人的面脱掉自己的衣服，这感觉太羞耻了。

他们跨进琼妮·米克尔怀特家的门槛时，舒吉已经换上了干净的睡衣。她的房子在一排半独立式房屋的中间，环绕着最大的灰色高楼，有一个浇了混凝土的前院和一个铺了沥青的后院，因此租金较高。男孩穿过前门时，惊奇地发现他们的房子里有楼梯。两层楼房，光是这一点就能让阿格尼丝再死一遍。

琼妮·米克尔怀特站在短短的走廊尽头，手指耐心地在圆滚滚的肚子前面系带子。她没有向男孩或舒格打招呼，只是点了点头，转身回到厨房。已经过了开饭时间，舒格把男孩领到他所谓的“餐厅”，舒吉默默记下，永远不要告诉妈妈他们有楼梯或餐厅。

男孩坐在折叠桌的中间，琼妮在这头皱眉，父亲在那头瞪眼。

琼妮的六个孩子已经坐在了桌边。他们看起来意兴阑珊，饥肠辘辘，仿佛他们被逼着等待着什么，但是这个东西并没有什么特别之处。舒格的继子女中最小的是一个大约十七岁的男孩。只有一个女孩，叫斯蒂芬妮，在舒格介绍一圈后，这是舒吉记住的唯一一个名字。一部分原因是这是他听过的最具新教特点的名字，还有一部分原因是在舒格刚离开时，凯瑟琳为了让阿格尼丝开心一点，曾扬言要打得斯蒂芬妮·米克尔怀特屁滚尿流。现在，舒吉坐在她对面，心想凯瑟琳应该会输。斯蒂芬妮长着一双多毛且粗壮的前臂，在所有人中，她最是不加掩饰地表现出对新访客的厌恶。

米克尔怀特·贝恩家的孩子们向父亲讲述他们的一天，而舒吉安静地坐着。他们有很多事情要告诉他。他们有的在办公室工作，有的有车，有的在学校坚持学习，还有人在等大学的消息。其中一个人正在接受教师培训，而斯蒂芬妮在一个人人都有个人电脑的地方工作。他们都叫他爸爸，这让男孩感到困惑，他们都想争夺他的注意力，让他只听自己说话，仿佛他是一位尊贵的客人。舒吉不可抑制地盯着她，斯蒂芬妮几乎把头低到桌子上，用冰冷的目光对上他，问他想不想拍个照。

这之后舒吉时不时地移动着目光。他不声不响地从谈话中了解一切关于父亲的细节。他对他几乎一无所知，在其他人吃饭的时候，他偷瞄了一下这个男人，想知道为什么他能容忍其他这些孩子，却离开了他。

这个奇怪的男人举起杯子喝牛奶，同时眼睛像探照灯一样扫视着其他人。他放下牛奶杯，用另一只手抚平他光亮的小胡子，满意地摸着胡子的线条。当父亲终于看向他时，舒吉正紧张地揉着自己的上唇，他们默默地看着对方。

晚饭后，琼妮把男孩领到他睡觉的地方。米克尔怀特家的房子虽然有餐厅，但面积似乎非常小。最年长的男孩睡在楼梯底下一个狭窄橱柜里的单人床上。他是个化学教授或什么的，橱柜里装饰着星际迷航的纪念品，被隐形的鱼肠线吊在天花板上。如果他们中最聪明、最年长的人都睡在橱柜里，男孩不敢想他们要把他带往哪里。

琼妮带着舒吉上楼，经过三四个小卧室。米克尔怀特家还有一个孩子，是老七,一个也叫休的男孩，在军校上学，不住家里。琼妮打开了光秃秃的灯泡，说他——新来的休——可以睡在这里，“注意，是暂时的”。房间里很乱，感觉介于男孩和男人的卧室之间。窗台上粘着一些绿色的小士兵，旁边是裸体的萨曼莎·福克斯的海报。休·米克尔怀特的衣服通通堆在床边，干净的和脏的全混在一起。舒吉在床单上腾出一块地方，坐在凹陷的床垫上，脑子里一片混乱。

他掰起手指数了数。算上利克和凯瑟琳，舒格就有了十四个孩子。他的第一次婚姻有四个孩子，然后是舒吉，还有凯瑟琳和利克，接着他又收集了七个半大的米克尔怀特家的孩子。他父亲有三个以自己名字命名的儿子：每个女人一个休。在他算完之后，舒吉觉得自己能得到他父亲那三个小时已经很幸运了。

大舒格总是躲在他的出租车里：连干两班、傍晚班、夜班、早班。舒吉则穿梭在高楼的阴影里，躲着他们所有人。早晨琼妮把男孩赶出家门，告诉他，他的父亲需要在一个安静的环境里睡觉，“夜班对出租车司机来说太伤身了”。到了大门口，她把一块果冻和一根削好的胡萝卜塞到他手里，让他去玩，天黑前不要回来。她指着远方，手在半空挥过一整个小区，意思是他想去哪就去哪，她不在乎。

所有其他孩子都在学校，而舒吉整日徘徊在高层建筑里。高楼的每一层都有一个共用洗衣房，空荡荡的混凝土房间里有一堵透风墙，所以一边是通风的。家庭主妇们会把干净的衣服挂在那里，等着格拉斯哥的风把衣服吹干，再冻得硬邦邦的。舒吉一层层地坐着电梯，直到找到一个没有上锁的洗衣房。越高越好，他会把腿和胳膊穿过镂空的砖块，坐在那里眺望这个砂岩的城市，一直望到矿口区。他把绿色的小士兵扔到下面平地上时，北风灼伤了他的脸。他用尽全力地寻找地平线上的黑线，并试图想象她在那里。她想念他吗？甚至说，她还活着吗？

阿格尼丝过来的时候，男孩已经玩高空坠小绿人整整三周了。她最终还是出院了。她打了电话过来，舒吉怀着一种暗黑的好奇心，看着琼妮·米克尔怀特对她极尽骂街之能事。他觉得自己是个叛徒，住在这个老鸨的房子里，看着琼妮挂断他母亲的电话，然后看着他们嘲笑她，贬低她，对她横挑鼻子竖挑眼，好像她是一只老母鸡。看着他们以她的苦难为乐，男孩心碎了。一想到她会认为他成了他们中的一员，在电话里对她大笑，他害怕得快死了。他想到了她的手腕上和茶巾上的血迹，忍不住地沮丧，像个巨婴一样在他们面前哭了出来。

自那以后，琼妮在某种程度上转变了态度。男孩不明白为什么她突然变得像蜜一样甜。舒吉已经从一个累赘的包袱变成了一个有用的棋子。对她来说，现在的他是一种高明的、神奇的、充满杀伤力的武器，可以一劳永逸地告诉阿格尼丝·贝恩谁是最终赢家。

阿格尼丝逐渐厌倦了放狠话和含泪乞求这一套。她坐在梳妆台前，用昂贵的发胶一层又一层地把头发弄成一个硬邦邦的黑玫瑰花冠，穿上黑色紧身裙和全新的白色上衣，在外面套上那件上好的紫色马海毛大衣，确保它长到足以覆盖那缠着绷带的柔弱手腕。她接连灌了三罐酒，然后铰开煤气表，叫了一辆出租车。

阿格尼丝曾威胁过要这么干，但他们并没有当真。他们和恶霸一样，成群结队的时候感觉最是安全，只会在电话里大笑，哈——哈——哈。现在，她走出黑色出租车，请司机好心地等一等。

“我很快就回来，”她说，“就是过去打声招呼。”

阿格尼丝数着单数的门号，踩着骄傲的步子走在街上。她打开金属门，站在小前院里。看到双层玻璃窗时，她揉了揉自己的心口。她看了看新窗户，又看了看两层小楼，嘴拉得很大，露出厌恶的苦笑。她确认了破烂纸条的地址，然后最后一次拉下紫色大衣的袖口。

阿格尼丝捶着门，但没有人应声。猫眼旁传来一阵脚步声，然后传来咯咯笑的声音。阿格尼丝又捶了捶，然后向后退了一步。

“舒格！”她喊道，“舒格·贝恩！你这个打老婆的老鸨，快点出来。”

她等待着。两层小楼里没有回答，但街上的行人停下了脚步。在邮筒和路边汽车的掩护下，他们原地打转，孩子们把小轮自行车放在泥地里，匆忙赶来探个究竟。她能感觉到他们都在看着，这给她壮了胆。

“舒格·贝恩！你这个秃头的傻逼。别再玩你的小鸡巴了，快他妈出来！”

她的声音回荡在矮楼间，清晰地传遍了高楼里的公寓。阿格尼丝直起背脊，挺起胸膛，准备再次叫骂，忽然有东西吸引了她的目光。前院被铺平了，上面什么都没有：一整片平坦灰色的混凝土，除了一些零星的杂草和角落里的两个银色的大垃圾桶，什么都没有。

阿格尼丝拿起第一个垃圾桶，还没有装满，不是太重。她笨拙地扭动身体，细高跟鞋在脚下颤颤巍巍，然后向后一甩，松开了桶。她刚从医院出来，还很虚弱，几乎要仰翻撞到栅栏，毫无仪态可言。金属桶在空中飞过，有那么一瞬间，她以为它会在厚厚的窗户上弹开，反而砸到自己。她屏住呼吸，担心打不中。

阿格尼丝没有失手。

垃圾桶正中窗户中央，伴随着一声巨响，撞进了房间。玻璃碎成了小冰块的形状，骄傲的网状窗纱从杆子上被拽了下来。停在街上的老妇人们尖叫起来，向上天祈祷。小轮自行车上的孩子们兴奋地高呼。

阿格尼丝开始敲门的时候，米克尔怀特一家正其乐融融地坐在房子后面的餐厅里。听到前厅传来的声音之后，除了舒格，每个人都跳了起来。琼妮一直在对着一盘金黄色的土豆嘲笑阿格尼丝，她第一个站了起来走了过去。看到一地的玻璃和垃圾的时候，她尖叫起来，好像被刀砍了一样。

舒吉挤过他们的一条条腿，看到琼妮站在碎片和腐烂的垃圾中间，张着嘴，双手无力地挂在身侧。斯蒂芬妮用胳膊搂着母亲，以免她摔倒。那台大大的彩电被砸得面目全非。舒吉注意到它没有投币器，等我把这事告诉她，他想着。

前院站着阿格尼丝·贝恩，她微笑着、艳光四射、神志清明。男孩想大叫："中——了——"；他想和她一起绕着小区跑一圈庆祝胜利。

舒格先走到了前门。他把胳膊固定在两边的门框上，阻止了家里其他人拥到街上。他们的手臂绕过舒格的身躯伸出来朝她抓去，看起来就像利克给他看的僵尸恐怖片。阿格尼丝平静地把手伸进包里，掏出一支长长的烟。她慢慢地点燃它，优雅地吸了一口。"你这个混蛋，"她相当平静地说道，"马上把我的儿子交出来。"

琼妮仍站在玻璃碎片之中，终于找回了她尖利的舌头。她发出一声尖叫，是那种从脚趾出发，逐渐收紧身体所有肌肉，最后从嘴里爆发出来的尖叫。"你这个老酒鬼贱货！敢打破我的窗子，你给我等着，上帝帮助我！"

阿格尼丝抠着指甲上新出现的一个缺口。她把手举到琼妮面前，显得很失望。“看看你逼我做了什么。啧啧。”她做了个鬼脸，做好的指甲在空中波浪形地舞动。她把冰冷的目光转向舒格，咬紧假牙嘶吼道：“马上把我的儿子交出来。”

琼妮推搡着走进大厅，越过男孩和舒格用躯干挡住的那些咆哮的身体。舒格的脸色时而血红，时而发紫。“你个老醉鬼，我要他妈的杀了你！”琼妮骂道，利爪疯狂地在空中乱抓一气。

“舒格·贝恩，我警告你！”阿格尼丝又抽了一口烟，望向街上，更多的邻居正从家里走出来。她走向第二个银色垃圾桶。“如果你现在不把我儿子交出来，我就把这条街上的每一扇窗户都砸了。”

琼妮不停地在舒格旁边抓着空气，并开始向街上吐口水。阿格尼丝只是厌恶地看了她一眼，然后又继续抠着那根有缺口的指甲。琼妮不停地尖叫着，像个报丧女妖。“你他妈的疯了。他们就不该把你放出疯人院。”

阿格尼丝将香烟扔到地上，脱下黑色高跟鞋，攥在手中，整个动作行云流水。连个球也扔不准的阿格尼丝，在垃圾桶正中窗户后勇气倍增。第一只细高跟鞋划过空中，哐当一声撞上门框，掉在了地上。她穿着丝袜的脚向前跨了跨，像一个经验十足的铅球运动员一样扔出了第二只鞋：它正中琼妮的脸。琼妮踉踉跄跄地回到走廊，发出一声血腥的尖叫。

骑自行车的男孩们开始起哄，声音里带着邪恶的喜悦。他们趴到地上，激动地收集起小石子，捧过来给这个女战士，并呼求更多鲜血。“这里！在这里！女士。再来！再来！”

琼妮流的血不算多，但用手擦拭后，足以激怒一大家的孩子。一看到血，米克尔怀特家的儿子们就开始更用力地往外挤，想去教训阿格尼丝。舒格看起来就像心脏即将因为用力过度而爆炸。

舒吉几乎看不到前院的母亲。走廊里到处都是推搡着父亲的身体，如果连目光都无法穿透这些混乱而愤怒的躯体，那么他绝不可能走到她身边。他转过身来，慢慢地退到走廊上，悄悄溜进左边的房间，穿过撒满玻璃碎片的客厅，站上倒放的大电视机，把它当作一个台阶爬到窗台上。他一跃而起，越过破窗的锯齿状边缘，落在外面坚硬的水泥地上。

舒吉小心翼翼地走向母亲。她面容憔悴，神情凝重，妆容之下是一种他从未见过的灰败缺血的颜色，但她还活着。舒格看着儿子小心翼翼地踩着碎玻璃走过去。“舒吉，过来，快点。”他叫道。他身后的一群米家人开始发出抗议的声音。他们叫嚣着要血债血偿，叫舒格让这孩子走。他没有理会他们。“她不会好起来的，孩子。别过去了。”

舒吉停顿了一下，他看了眼自己瘦削的肩胛骨，耸了耸肩。“但她也可能会好起来。”

阿格尼丝抬头瞪着舒格，把手伸向儿子。“对你来说鸡肋的东西，你也不想让给别人。”

“我知道什么对儿子好。”他胡茬下面的嘴唇僵住了，“你连自己都照顾不好，何况是他。妈的，你看看你把他弄得多扭曲。”

阿格尼丝两条穿了丝袜的腿稳稳站着，她弯下腰来，把男孩深深地抱在怀里。那件高级大衣的纽扣划伤了他的脸，但他毫不在意。他紧紧抱住她的腰，紧得像要把自己重新埋进她的肉里。他的下唇开始颤抖，像被烫出了一个水泡一样肿了起来。阿格尼丝轻轻地把拇指放在上面，亲了亲他左耳上方的苍白皮肤。她的话就像格拉斯哥嘉年华期间的阳光一样，温暖而轻快。“嘘，我们在他们面前打了好久招呼了。别在这里哭，别合了他们的意。”

她重新直起身子，没有了黑色高跟鞋，气场稍微弱了一些。她抬头看了看舒格和那支张牙舞爪想要扑向她的队伍。“很多时候，你甚至不是真心想要一个东西，你只是见不得别人拥有而已。”

阿格尼丝没有再说话，拉着舒吉的手，带他走出大门。小轮自行车上的男孩们仍在起着哄要见血。阿格尼丝举起一只手让他们闭嘴，但他们以为这是个敬礼，然后整条街都爆发出一阵欢呼。“上，去吧，女士！”

他们坐进出租车后座的时候，男孩默不作声地抬头盯着她，好像她是一个幽灵。她用涂了指甲油的手指捏住舒吉的脸，把他的目光转向那幢矮房子。“再好好看一眼。上帝保佑，你再也不用看到那个胖傻逼了。”

汽车慢慢开远了，她一直托着他的下巴。舒吉看见他爸爸费力地把米家人往走廊里推，好像在把一顶解开的帐篷塞回袋子里。这时他的肩膀像泄了气一样圆墩墩的，过去几周那雄赳赳气昂昂的样子完全不见了。

他们离开这个小区的时候，小轮自行车绕着出租车打转，像小椋鸟一样盘旋俯冲。阿格尼丝把男孩拉到身边，他像一只帽贝一样贴住她。她紧紧地抱着他，抱了很久，试图忽略他头发上来自另一个女人的肥皂味。他看着她哭，听着她说话，不反驳任何她做出的美好承诺，虽然他知道她无力遵守。

26

尤金把车停在房子外面。他等着清晨的太阳笼罩了小区，看着利克走出大门，蹒跚地走向公交车站。这个年轻人双手插在工装裤的口袋里，工具袋重重压在右肩上。在尤金看来，他就像一把半合上的折刀，本该是意气风发的年纪，却被封闭起来，在等待中逐渐生锈。

利克走后，尤金用阿格尼丝给的钥匙开了门。他进屋时她正粗重地打着鼾，他对此日渐厌恶。他知道她的头肯定挂在床沿边上，喉咙里堵满胆汁，是昨晚的酒留下的。他站在门外，知道自己今天不会留下来。在某些早晨，如果时间掌握得当，他可以刚好碰上清醒的她，前一天的酒精刚离开，而她还未将自己浸泡在全新的悲伤里。那时她很小，有点可怜，但真实地存在着，甚至很迷人，令他心生怜爱，想要照顾她，如同把一株纤细的植物诱导进阳光里。

他经过走廊的时候，另一间卧室传来细微的声响，灵巧的脚步声，还有舒吉的手指在整洁的铅笔盒里摸索的声音。尤金走进厨房，把行李放在台子上。他往冰箱里装满了新鲜的肝脏和黄油，把四罐番茄汤和四罐甜奶黄酱放到小储藏室深处，正如他每天早上做的那样。现在面前墙上的口粮满得都快溢出来了，架子在重量下嘎吱作响，这让他莫名其妙地感觉好多了。

他为自己和舒吉泡了茶、烤了面包，把舒吉的那份放在卧室门外的地毯上，然后独自坐在厨房的桌子前。桌上有昨天的报纸，昨晚很闲，他已经把报纸前后看了一遍，甚至还读了《读者来信》专栏。他很喜欢读这个专栏，觉得确实很有见地，但他绝不会告诉任何人。阿格尼丝的报纸打开在分类广告那一页：工作招聘、房车买卖，还有寂寞的心。她用粗粗的宾果马克笔圈出了几则广告，他一边喝茶，一边瞥了眼。

房屋交换的页面上全是墨痕。她把所有听起来离这里很远的地方都圈了出来，尤金没有难过，对此他感到有些惊讶。她出院以后，他见过她像关在笼子里的动物一样不安地踱步。她要不在抠自己的手臂，要不就抠窗户上的油漆、床架、沙发上松动的线头。有天早上，他走到她身后，紧紧抱住她，差点用双臂把她压碎，才慢慢抑制住她抠东西的焦虑。此时从血流般的墨水中，他可以看到她在抠另外一个伤疤。她曾告诉过他，她多么渴望住在一个更中心、不那么与世隔绝的小区里。一天早上他在给她擦背的时候，她说，她想住在一个谁也不认识她的地方，重新变得面目模糊，那里也将重建她的自尊。然后她怯生生地补充道，还有就是，在那里，尤金可以作为她的男人和她一起生活。他当时什么也没说，只是继续揉着她的背，直到她变得烦躁不安，然后走开了。

尤金知道，如果你向市政住房申请在一个新社区找一套房子，你会被放上一个很长的等待名单。哪怕是最十万火急的人也要等上好几年，才能住上市政住房的救济公寓。如果你已经住进一个房子里了，那你的优先级就会很低。等待重新安置是件看不到尽头的事情。因此，如果你已经住进了市政的房子，更好的办法是试着直接交换房子，私下交易，速战速决。市政厅并不介意这个：它既清除了积压的工作，又可以减少在市政厅门口排起长队的心怀愤懑的群众，何乐而不为。在他们看来，以房换房只是转移了问题，但至少转移后的问题不在他们的桌子上了。

尤金伸了个懒腰，想要挺直日渐佝偻的脊背。报纸旁边有一个旧信封，里面是煤气账单。她反复地写一则广告，然后画掉，一次又一次，直到措辞完美。他可以看出阿格尼丝花了很长时间，字斟句酌地写下她的要求，也能看出来她随着夜幕渐深慢慢喝醉的过程。当她接近清醒时，她的请求读起来可怜而恳切，后来她刻薄起来，就显得苛刻而强硬。最终她把所有的版本揉成了一个，在三十个字以内，她把矿口区描写成了一个世外桃源：邻里和睦，欣欣向荣。在广告中，她说她愿意考虑任何提议。尤金认为，如果这是一则求偶的广告，那她不光是心切，还是个骗子。

他喝下最后的茶渣，站起身准备离开。如果他现在走了，她可能永远不会知道他来过，而他可以在自己的床上安然入睡。他转身要走，但男孩已经在门口了。舒吉穿戴整齐，书包紧紧地系在身上。他向尤金敬礼，这已成为他们之间的默契。“夜班打卡了，先生。”

尤金又放下了他的装零钱的腰包，软绵绵地回敬了个礼，尽量让自己听起来没那么泄气。“是，早班报到。”

“我很不喜欢你喝多了的样子。”他用这句话宣告了他们的结局。

尤金在夜班结束后过来了一趟，他已经逐渐习惯这样了，因为他知道这时候她最有可能是清醒的。有些晚上他也不脱衣服，就和她一起躺在温暖的床上，他们会谈论他看到的好玩的客人，或者她想买回家的那些亮闪闪的东西。如果她宿醉得不是很厉害，他就会拉开裤子拉链，然后滚到她身上。阿格尼丝会努力驱散四肢的睡意，也不去在乎他的警长皮带把她的肚子磨得很疼。他会急匆匆地进去，然后没一会儿，他们就都想结束了。他咕哝一声，从她身上翻下来，亲吻她的脸颊，说他太紧张了，不能留在床上缠绵。穿好衣服之后，他也不开灯，就坐在黑暗的厨房里等她。阿格尼丝起床之后，用黑色煎锅给他做点热食，又泡了两杯浓红茶。她把两杯茶并排放在他面前，看着他。茶很烫，但他就像喝水一样一口气灌了下去。他们又聊了一会儿，其实也没什么可说的，他给她塞了一些钱，就几英镑，可以买一块面包，可能还有一些发胶。然后他就会吻她，这是他到来之后的第一个正式的吻，接着他就会回到他自己的房子里，回到长大了的女儿身边，躺到他自己的床上。

有天晚上，阿格尼丝等到他翻到了她的身上，他进入她身体的时候，她轻声问道："小金，我换到房子之后，你会搬来和我们一起住吗？"

尤金停止了抽插，她感觉到他从她体内滑出。他那张厚实的脸在边缘处泛起了红晕。男孩气的专注神情从他脸上褪去，他的轮廓坚硬起来，预示着一个令她失望的答案。"不。"他简单地说道，滑出了温暖的床单。

阿格尼丝很难堪，一度无法坐起来。有好长一会儿，她只是躺在他们刚刚留下的凹痕里，听到他去了厨房，拉出椅子，等待着服务。她耗费了全身的力气才把自己抬起来，又倒在地板上，仿佛没有了骨头。她进了厨房之后，他先开口了。

"我不喜欢你喝了酒的样子。"

她知道他是什么意思。他说这句话的神态，不像是在和他的恋人告别，而像是经过深思熟虑之后，准备辞掉一份讨厌的工作。

她想告诉他，她不喝酒的时候不怎么喜欢他，但她没有。她失去了撒谎的力气。已经没有脸面可言了。于是，她只是把两根香肠在锅里推来推去，直到它们爆开。然后她给他泡了两杯同样的红茶，茶包还留在里面。他喝完就离开了。

舒吉再也没有见过尤金。

孩子们可以看出来有些东西变了，就好像你可以分辨出一堆篝火里是加了汽油还是只有木头。在气头上，她用啤酒把自己灌得满腹悲伤，等她伤心完了，又换成了伏特加，让自己再次生起气来。

几个星期以来，大门开开合合，金蒂、布赖迪、兰比，还有其他好多人都带着满满一袋酒进进出出。舒吉两个星期都没去学校，试图把她困在家里。他把门锁了，需要出门的事情全都自己做。她坐在椅子上睡着了之后，舒吉就拿出课本，尽量赶上一点课业。

“我要离开这里，”一天下午，阿格尼丝吐出一句话，“给我打电话叫出租车。”“但是去哪里呢？”舒吉从他的课本上方抬起头问道。“不要问我去哪里！”她尖叫起来，“哪里都好，只要可以离开这里。离开你。”

他努力壮起胆子。“但我要怎么跟出租车司机说？”

“告诉他我想要灯光，想要动起来。”她咂摸着自己的嘴唇，“告诉他，操他妈的，带我去宾果。”

舒吉拿起电话，假装在拨号。他等了一会儿，然后对着空荡荡的听筒欢快地胡扯起来。“出租车？对，是的，贝恩，对的。大宾果。好的，谢谢。”他轻轻地把听筒放回架子上，清了清嗓子，说：“出租车司机说至少要半个小时。”

阿格尼丝已经站到门边了，手拽着门把手。她踮着脚不停地左右跳着，好像急着上厕所一样。“他妈的！”她像个被宠坏的孩子一样高声叫了起来，“就没人放过我，让我享受一下生活吗？”

“妈咪，”舒吉安抚道，“你有一边的头发漏出来了，这样怎么能出门呢。进来吧，我们把头发修一修。”

“不！”她吐了口气，用手指梳理着纠成一团的头发。

“来吧，你可以再喝上一小杯。”

听到这里，阿格尼丝的皮包从肩膀上滑到地上，跌跌撞撞地走进走廊。他把她弄回椅子上的时候，她的头已经在肩膀上，睡眼惺忪地晃动着，好像在一辆非常颠簸的公交车上一样。他跪在她身边，往杯子里加了一点汽水，更多的是伏特加，倒了满满一杯。递给她之后，她像喝水一样喝下，眼睛猛然睁开。

“那你要给我修头发吗？”

他坐在椅子的扶手上，开始用梳子梳理她的黑发。阿格尼丝把杯子顶在下巴上，咂嘴喝着甜丝丝的饮品。“半个小时过了吗？”她问。

“还没有，妈咪。”他叹了口气。

“我本来打算出去给你找一个新爸爸。”

他用厚厚的梳子在她的头发边上刷了一圈，发胶裂开了，像甜美的花粉一样飘散在空气中。他喜欢看着头发慢慢软化、蓬松的样子。“没关系。我不需要爸爸。”

她哀怨地摇了摇头，好像坚决不同意。“已经过了半小时吗？”

“还没有，妈咪。”

“已经过了半小时吗？”

“没有，妈咪。”

“我要你再给他们打个电话。”

她在椅子上睡着了，头向前耷拉着倒在胸前，呼吸嘶哑而不规律。随着阿格尼丝的鼾声响起，舒吉放松了肩膀。他从她松开的手指中拿过杯子，跪在她面前，轻轻地解开系带高跟鞋的搭扣，慢慢地取下鞋子，注意不让搭扣扯破她的新丝袜，又稳稳地用两手解下了不配对的耳环。他把所有这些东西都放回她的房间，希望当她醒来时，会忘记自己曾经想出门。

舒吉再次拿起课本，像一条忠诚的狗一样坐在阿格尼丝的脚边，听着她沉重的呼吸声。透过前窗，他看到了陆续放学回家的孩子们，衬衫下摆露在外面，领带绕在额头上。他们就这样坐在一起，大概有一个小时，直到利克下班回来，砰的一声关上了前门。舒吉紧张地望向母亲，然后看向走廊上的哥哥，他满脸白色的石膏粉，显得阴森可怖。阿格尼丝发出了像发电机启动一样的声音，舒吉把头垂到了膝盖上。

“我要你付我生活费。”这是她嘴里说出的第一句话。

利克没有回答母亲，他直勾勾地瞪着舒吉，似乎在埋怨着他的失职，没拦住她喝酒。他默默地说了一句，“干得漂亮”，然后砰的一声，转身进了卧室。隔着墙传来了肉卷[1]的吉他声，舒吉向后仰起头，像狗吠一般对着空气喊道：“我已经尽力了！”

“给我消停一点！你有什么资格这样叫？”她用拇指猛戳自己的胸口，“我才是一家之主！我！”阿格尼丝沿着走廊蹒跚而行，用戒指敲着单薄的卧室房门。音乐声变大了。舒吉见她脚跟往后一沉，一副下定决心的样子。看得出来，短短一小时的睡眠只让她重新积蓄了火气，却没有带走一丝一毫的疯劲。阿格尼丝再一次用大戒指敲了敲门。

1 肉卷原名迈克尔·李·阿达伊（Michael Lee Aday），美国歌手。

门锁咔嗒一声打开，利克走到大厅里。他已经换掉了工作服，穿上了他最好的牛仔裤。他总是穿着这条裤子去玩市中心的老虎机。

“我养大的小孩在我跟他说话的时候会好好回答问题。”

舒吉可以看出利克努力保持礼貌以安抚她。回答她之前，他咬住了舌尖。“是的，妈咪。什么事？”

“什么事？什么事？”阿格尼丝在走廊里打转，不可置信地看着天花板，“你要我整个星期都为你做饭、打扫卫生，而当我想和你进行一次文明的对话的时候，我得到的却是：‘是的，妈咪。什么事？’”利克张嘴想道歉，但已经太迟了，阿格尼丝喋喋不休。“我告诉你他妈的是什么事。我整天坐在家里，跟这个傻逼待在一起”——她用拇指戳了戳舒吉——“而你回到家，连两句好话都不愿意跟我说。”

“我很抱歉。”

“抱歉？没有我一半抱歉。”她的目光在他身上徘徊，停留在他的蓝色牛仔裤上，“新牛仔裤吗？”

“不是。”

“我以前没见过。一定花了你不少钱吧。你要穿着它们去酒吧吗？”

“也许吧。”

“你什么意思，也许？你以为我有那么傻吗？”

“是的，那我就是吧。”

“行吧，我只想知道，你想在走之前吃点热饭吗？”

利克眨了眨眼，舒吉皱起了眉头。“好的，谢谢。”利克上当了。

“好啊，我就知道你他妈的一定会要的。就是吧，你付给我的钱还不够让我天天有热菜上桌。”

利克背对着她，从床上提起他的尼龙夹克衫。

看到他锋利的肩膀，阿格尼丝更生气了。她用无名指狠狠戳进他的背部中间，他觉得很难受。舒吉看到他因疼痛而扭动着身体。“我跟你说话的时候，不要背对着我。你以为你是谁，小子？”她把手指放在下巴下，像放一把精致的扇子，“穿着你精致男孩的牛仔裤，一副花里胡哨的样子，和你那些基佬朋友一起去酒吧。你就是个同性恋、娘娘腔，对吧？”

话中的某些东西让利克看向舒吉，他已经脸色灰白。那是他每天在矿区的街道上听到的话，是他在操场上、在教室后面听到的话。利克看着舒吉的神情透露出，他知道舒吉有什么地方不太对。

她还在酒精的作用下咆哮着，但两个男孩都没有听她在说什么。她的手指再次伸出来，顶住利克瘦骨嶙峋的胸部。他本能地抬起手来，伴随着一声响亮的声音打掉了她的手指。舒吉看到她蜷缩着的手指，很疼的样子。更糟糕的是，这伤害了她的自尊。

阿格尼丝和利克都气得发抖。“你以为你是一家之主？不可能！”她脸上满是愤怒的泪水，再次伸直手指戳向他的胸口，“带上，你的，东西，然后他妈的给我滚。你被逐出家门了。”

“妈咪。”这时利克听起来又像个小男孩了。

“滚！”

舒吉看到了利克的下巴在颤抖。它颤抖了一会儿，然后就立住了。从膝盖开始，利克的身体一节节坚硬起来，直到他像石柱一样稳稳地站住，保持着昂首挺胸的姿态，身姿挺拔，比舒吉任何时候见过的都要高大。

舒吉一直没有动弹，直到母亲开始敲起电话。他溜进走廊，又滑进卧室。几面墙上都是利克用青年培训计划的旧木头手工制作的柜子和架子，美观且实用，满是内嵌的门和抽屉，可以存好些东西。卧室的窗户下面是一个巨大的胶合板装置，里面放着利克的唱机转盘、扬声器和唱片。在它的表面，他做了几十个小隔间，每一隔整齐地摆着十张唱片。现在他的手失去了曾经的细致和严谨，只是胡乱地把生活塞进黑色的垃圾袋。

“把那该死的门关上。”舒吉进来的时候他喊道。

舒吉照做了，轻轻地关上他们的门，小心地上了锁。利克正匆匆翻阅着相册，决定什么要带，什么要丢掉。舒吉穿过房间，把食指伸进利克腰带上的一个扣环里扭来扭去，直到指尖被卡得没有血色。“她只是因为尤金这么对她，才这么对你的。等等吧。会过去的。”

利克转过身来，把弟弟的手从腰上拧开。“天哪，舒吉！我要跟你说点事情，你不要只是听过就好，得记在心里，可以吗？”

男孩慢慢地点了点头。

“你看，家里现在只有你一个男人了，所以你得有个大人样子，做点事情。你必须替她管好钱，她领了周一和周二的救济金的时候，你得留一点钱买吃的，这样才可以撑过一整周。你觉得你能做到这一点吗？”

舒吉想说他已经在这么做了。他从七岁起就一直这么做了。

“你要把她关在家里，把别的那些酒鬼关在外面。在她不注意的时候拔掉电话插头，他们来门口的话就把他们赶走，告诉他们她已经出门了。对男人要加倍小心，好吗？”利克还在往垃圾袋里塞着他的生活用品，把那些不再有用的东西扔到角落。即使如此匆忙，他还是表现得很轻松，仿佛他之前已经预演了一百次。“男人只想伤害她，利用她。”他停顿了一下，“你知道我说的是什么意思吗？”

“知道。”他知道的太多了，比利克能想象的还要多。

“你打算继续上学吗？”

“我会努力的。”

“你要再努力一点。不要犯和我一样的错误，舒吉。你要有所作为。”利克一把抓起舒吉的头发，紧紧握住，轻轻晃了晃他的头，“如果你担心她一个人在家有危险，那就把所有药丸藏得离浴室远远的，顺便把剃刀和牛排刀也藏起来，用茶巾包起来拿到外面，藏进灌木丛里，好吗？”

利克端详了一会儿弟弟。“你是多少，差不多十三岁？”利克吹了吹自己的刘海，“妈的，你很快就到青春期了。听着，不会那么久的。再坚持一小会儿，你很快也可以走了。”

舒吉厌恶地把头拉回来。“那谁来照顾她？”

“嗯。她要自己照顾自己。”

“那她怎么会好起来？”

利克停止了打包。他曲下身子，单膝跪地，抬头看着舒吉，嗫嚅着仿佛不知道该从何说起。“不要犯和我一样的错误。她永远不会好起来的。等时机成熟了，你必须走。你能拯救的只有你自己。”

利克带着最后一个黑色垃圾袋离开后，他在这个房子里一切微弱的力量都消失了。最低级的恶魔们从酒铺和博彩公司出来，给她灌酒。他们一起喝酒，一起抽烟，然后直挺挺地坐在她的扶手椅上睡过去，醒来后又接着喝酒。舒吉试着把他们赶远一点，试着存一点点钱，试着去上学。他只想尽力证明给利克看，她可以变好，那样也许他就会回家了。但这太难了。

27

三周以来第一次，她在客厅里醒来的时候没有被湿腻沉重的躯体所包围。那是一种怪异的孤独。阿格尼丝坐在那里，自怜自艾地低语了一会儿。她的椅子旁全是烟灰缸，都满得快溢出来了。她把头放在膝盖中间，把双手塞进腋下，以阻止自己的颤抖。

她不知道他到底在那里攥着红色拖把桶坐了多久，但她叫他名字的时候，他看到她的惊讶程度似乎和她看到他时不相上下。

“你能抱抱我吗？”她可怜兮兮地问。

他顺从地穿过房间，坐到她椅子的扶手上。他又开始长个了，手臂可以轻松地环过她的肩头，抱着她的时候越来越不像个孩子。他正在成为另一种样子，还不算男人，反而像一个被拉长的孩子，等待着被充上气，膨胀成一个大人。趁还有机会，她紧紧抱住他。他闻起来很新鲜，像外面的田野。

他只说了一句话：“我不想再住在这里了。”

“嗯，我也不想。”

阿格尼丝洗了个热水澡。出汗的感觉很好，她感到自己洗去了一些阴郁。她用一条粗糙的毛巾擦拭身体，穿上最好的衣服，精心搭配了毛衣、大衣和鞋子。她用不听使唤的手化了妆，并仔细用黑发盖住泛白的发根。她找出周二救济金的最后一笔钱，小心翼翼地放进口袋，然后离开了家。这天很闷热，两周的阳光眼看要晒干一年的雨水，但她还是扣上了外套。她走出大门的时候，她们一簇簇地站在一起看着，毛衣上沾着豆子酱，小孩围着她们的弹力紧身裤打转。阿格尼丝能听到她们在说什么，她知道这才是重点。她可怜她们，因为她们甚至连用梳子梳头的自尊都没有。求你了，上帝。不会太久了。她一边想，一边昂首挺胸地挥挥手。

灰败的男人们散落在矿工俱乐部的门口，在微弱的阳光下喝着啤酒。尽管天气又闷又潮，他们仍然穿着厚厚的黑色驴皮夹克，和下井时的装束一样。她经过的时候，他们像害羞的企鹅一样转向同伴，轻声交谈。她听到有人低语着她的名字，有人谈论她的传说，胆大一点的人用饥渴的目光看着她，如同看着一品脱的琥珀啤酒。她知道他们只想贬低她，把她拉进更卑劣的泥潭。其中有几个人她认识，他们曾拿一袋外卖来换取她的慰藉，结束后又都回到了他们干瘦的妻子和不成套的被褥中间。不该再去在意这些东西了，这一切都太卑微、太可怜了。

走了很久之后，她来到大路边上那一串关着门的商店。汽车呼啸而过，她意识到这是为数不多离开矿口区的时机，可以穿过沼泽地，生活在新的人群中间，不会有任何人随意指摘她的不堪往事。她在阳光下散步，难得地做着有关自由的白日梦，这时她看到了她。就像一只猫被狗逼到了墙角一样，这个女人跳了起来，紧张地观察着四周。有那么一分钟，阿格尼丝以为她可能会冲出去，翻过低矮的栅栏，再试图穿越四条川流不息的车道。在某种程度上，阿格尼丝希望她这么做。

“你好啊，科琳。”

狭窄的人行道上，那个女人想要绕过她。阿格尼丝可以让她走，但今天不行。她跨步拦住她，更大声地说：“我说，早上好，科琳。”

那个枯瘦的女人顿住了，身旁是呼啸而过的车流，无处可逃。“你说这个干吗？”她问。

“在街上碰到你，打个招呼都不可以吗？”

那女人终于抬起眼睛看向阿格尼丝的脸，并试着露出一个酸涩的笑容。她一脸扭曲地噘着嘴，让阿格尼丝感到很可惜，毕竟她脸上唯一丰满而有女人味的东西就是嘴唇了。“我不知道。”

“那么，你哥哥怎么样了？”

女人眨了眨她的浅色眼睛。“啊，挺好的，谢谢。”

阿格尼丝希望她是在撒谎，但不管怎么样都让人难受。“好吧，现在我们已经掰了，你能别给我打电话了吗？”

科琳将她的手放在她的银质十字架上。“我听不懂你在说什么。”

“我看出来了，你是把我当傻瓜呢，切。”阿格尼丝不买账，咬了咬嘴唇，和莉齐一模一样。这一发现让她很吃惊，随即她笑了。“科琳，你呼吸的时候就像一只老可卡犬。以后给别人打骚扰电话的时候，应该试试把嘴巴闭上，用鼻子呼吸。”

科琳脸上的无辜表情慢慢淡去，好像一根冰棍在阳光下融化。她重新摆上了得意的笑容。“好吧，你离我哥哥远一点，我们再看。”

阿格尼丝把手伸进口袋，拿出了那个装煤气账单的旧信封，上面写着“求换房”的启事。启事已经登报，她还打算登到报社的橱窗里。她把信封递给科琳，科琳仔细看着的时候，阿格尼丝注意到她读得很慢，嘴唇随着每个音节颤动。阿格尼丝很庆幸她花了大时间，用最好的草书写下了这个。“看到了吧，我准备走了。”

那个女人哼了一声。“对我们来说真是太好了，不是吗？”

阿格尼丝有些惊讶，她叠起了手臂。“你知道吗，你让我想起了我的第二任丈夫。你既不想我在这里，又不想放我走。”

“你在开玩笑吧？”科琳一副吓掉下巴的样子，满脸嘲讽。“你来到我们这个小小的住宅区，还把自己当什么大人物，喷着发胶提着手提包走来走去，以为自己比我们强多少。”她拿手指着阿格尼丝，“你和那个滑稽的小男孩总要提醒我们这一点，而其实你躺在屎尿堆里，还上别人的男人。主啊！我从来没有见过那么虚伪的人。”

“但愿你永远没有陷入困境的一天。”

“哦，你得了吧！我们尤金回家告诉我他和那个紫色大衣的婊子搞在一起的时候，我都快死了！我妈妈的在天之灵看着你们俩搞在一起都不得安宁。”

阿格尼丝摇了摇头。“应该是望远镜不够好才让她不得安宁吧。”

“对你们这些人来说，这都是一个大笑话是吧？”

“好吧，结束了，你赢了。你妈妈不用再掀着网纱窗帘偷看了，祝她和窗帘安息。”

科琳的脸已经涨得通红，看起来像是快要爆炸了。“太迟了，女士。你以为他在天上跟他可怜的妻子重聚的时候，她还会要他吗？跟你鬼混过一阵，这是个无可挽回的过错。”

阿格尼丝的脚跟往后一沉，她扭了扭耳环的背面。“行吧，该听的不该听的我都听完了。”

科琳的眼睛里有一种纯粹的仇恨。“你听到个屁。他只有晚上去找你，是因为他觉得你很丢脸。蹑手蹑脚，活像个小偷！所以说为什么只有出租车司机要你，因为不会大白天的被人看见和你在一起。”

“是这样吗？”

瘦女人露出了胜利的笑容。说完了这段话，她如释重负。“对。”

“我们永远不能友好相处了，是吗？”

“绝对不可能！你怎么想的？”

“好吧。”阿格尼丝说着，转身朝倒闭的商店走去。“哦，对了科琳，”她指了指女人的脖子，然后用涂了指甲油的手指划过自己苍白的锁骨，“你的脖子上有一圈脏东西，可能早上出门前用布擦一下会比较好。十字架上好看的光泽都被它破坏了。”

女人冷笑一声。“就这？”

阿格尼丝裹紧大衣，微笑着告别。“还有就是，我上了你的男人，体验很不好。”回想起这件事，她厌恶地吸了吸鼻子，“他的内裤上有一排大便的印子，真的太丢人了。”

门响了一下午。起初，麦卡文尼家的女孩们试着骗他出去，跟他说她们想分点糖给他吃，但他了解她们，知道她们的兄弟躲在灌木丛里。她们不停敲门，而他不应声，一会儿之后她们就开始透过送信口往里吐口水，大团大团粘着糖的痰挂在金属挡板上，顺着木头的内侧慢慢往下滑。舒吉躲在角落里看着他们乱糟糟地吐痰，一边用抹布把痰擦干净，以免滑到贵重的地毯上。

舒吉不知道阿格尼丝干了什么，但她们用很脏的话骂她，一些新词，听起来阴冷而恶心。骂女人的词，念出来的时候嘴里唾沫横飞，而吮吸的声音听起来就像靴子踩进煤渣里。尤金铺设在贝恩家周围的那条虚幻的护城河已经消失了，他离开时把它像地毯一样轻松地卷了起来。现在，麦卡文尼家的孩子们用脚踢着紧锁的大门，朝他喊着那些熟悉的同性恋脏词。她们发出啧啧的亲吻声，然后是此起彼伏的接吻声，接着又开始喊那些肮脏的名字。

当女孩们厌倦了对他的折磨后，弗朗西斯·麦卡文尼终于来到了门口。舒吉准备开门。他太累了，只想了结这一切，把欠他们的统统还了，再把门关上。

弗朗西斯比舒吉大将近两岁，现在在读高中，和弟弟泽比尔分开了。他的上嘴唇上长出了厚厚的胡子，已经开始和一个新教的小姑娘不清不楚。他的妹妹们的情绪很是复杂，半是厌恶半是自豪地把这事传遍了整个小区。当弗朗西斯的眼睛出现在信箱缝里时，舒吉以为他会像他的弟弟妹妹们那样吐唾沫，于是叠好了浸湿的抹布，准备去接滴下来的口水。不同的是，弗朗西斯的粉红色大嘴唇刚开始通过缝隙轻轻地说话。“舒吉，舒吉！我知道你在里面。来，把门开开，我想和你谈谈。”

他以前从未这么和蔼地对舒吉说过话，语句轻缓地流淌，仿佛热水龙头里的涓涓细流。“不开门吗，舒吉？”

“不。”

他们透过缝隙对上了目光，舒吉注意到这个皮肤蜡黄的男孩有浓密的睫毛，活像一把小刷子。弗朗西斯说：“我听说你们要搬家了，就过来跟你道个歉，对不起，我之前是个小混蛋。”舒吉听到他的手在口袋里翻来翻去的声音，然后回到送信口前，把一个金色的机器人躯干推了过来，上面用圣诞胶带笨拙地绑着C-3PO[1]的断头。这是个老旧而幼稚的玩具，早就残破不堪，现在则成了一个微不足道的和平献礼。

“你往上面涂点胶水，它就和新的一样了。”大男孩的眼睛移开了，他把嘴抬到槽口，以显示他在笑，牙齿像白色的沙滩卵石一样大而光滑，“你就把门开开吧。”

“不。”

“你为什么讨厌我们？”弗朗西斯轻声问道。

“我没有。是你们讨厌我。”

“不！”他听起来被冒犯了，“就是开玩笑。”舒吉可以看出弗朗西斯在认真思考接下来该说什么。“我想补偿你，因为我之前总

1《星球大战》中的礼仪机器人，由废弃的残片和回收物拼凑而成。

是骚扰你。”他皱起了眉头，“你想吻我们吗？”

“什么？”

弗朗西斯再次把嘴唇贴到槽上。他上嘴唇的唇尖上有一道浅浅的旧伤疤，父亲大詹姆士的拳头总是很快。“我是说，我会让你，如果你不告诉任何人，我可以让你亲我们。你不是一直想要吗，嗯？”他吸了吸鼻子，“开门吧。”

舒吉等待着，有种感觉在肚子里蠕动着，但是他不相信。“我为什么要吻你？”

“来吧。你知道自己是个什么人。”

舒吉剥开了透明胶，头从黄金机器人身上掉了下来，在地毯上滚动着。“弗朗西斯，我们现在是朋友了吗？真的吗？”

“是的，当然啦。”

“好吧，那把你的嘴凑到信箱前面。”

“不，你把门打开就完了。”男孩听起来几近恳求，“开门吧，好吗？”舒吉可以听到麦家男孩在犹豫。他确信弗朗西斯随时都会退缩，继而向他摊牌。这是一个沉默且痛苦的瞬间。然后他听到衬衫纽扣摩擦着门的声音，弗朗西斯低下身来。

“亲一下，然后你就会开门了？”那声音是如此清晰，听起来就像从房间里传来的。

舒吉闭上眼睛，跪在地上，把脸贴近信箱。弗朗西斯的呼吸闻起来甜甜的，像超市里的果酱。舒吉可以感觉到他黏稠的呼吸淹没了自己的嘴唇，有那么一刻，他只想把手指穿过洞口，轻轻地触摸弗朗西斯。

但是这一刻结束了。

舒吉将手伸到开口处，以最快的速度把湿抹布推了过去，抹布上浸满了施暴者的唾液。抹布被折过，最绿、痰最多的部分露在外面。他感觉到了阻力，抹布撞了男孩的脸，然后他感觉到茶巾滑出去的同时，弗朗西斯飞速地离开门边。舒吉靠在门上。他能听到弗朗西斯把嘴里的酸水吐出来的声音。

弗朗西斯又咬牙切齿地出现在信箱缝里，混着眼泪咆哮着，恨不得把舒吉咬碎嚼烂。“好啊，你最好不要开门，你个混蛋小基佬，看我不弄死你。”

门上传来“砰”的一声，就像一个硬拳头打在木头上。科琳的菜刀穿过缝隙，在空中乱砍，舒吉害怕地缩了回去，紧紧贴在内侧的通风门上。他看着那把银色的刀在信箱里进进出出，盲目地寻找着他的血肉。它的刀刃尖锐且锋利，来回锯着金属挡板，发出刺耳的声音。

收废品的戴维·帕兰多开着货车来过三次。阿格尼丝出什么他都要，报酬是一卷医用胶带卷着的脏兮兮的旧纸币。他不敢相信自己的运气那么好，也不知道这个美丽女人是慷慨还是过于愚蠢。他说话的时候总是很紧张，一惊一乍的，好像在不断地进行即兴表演，因为他摸不清她到底是个傻子还是个大善人。很难说清楚，因为她的眼睛总是闪烁着冷漠的光芒。

戴维卸下最后一些莉齐婚礼上的瓷器之后，去货车上搬了最后一趟。他通常会送小孩一个哨子或塑料玩具，但他送了舒吉一整箱邋遢的气球，够玩一整季了。气球都是些印刷错误的残次品，上面醒目地展示着赞助公司的名字。戴维玩了一个把戏，嘴唇紧闭，然后把气球的橡胶长颈塞进门牙的缺口里吹了起来。他把湿漉漉的气球递给打扮体面的男孩，然后缓慢地读起来，好像舒吉不识字一样。“看，这上面写着：格拉斯哥远远要好[1]。”

“好过什么？”舒吉尖锐地问。

阿格尼丝爽快地把东西都处理了，这一派轻松的样子让舒吉感到不安。家具不是被那个收破烂的捡便宜运走了，就是被阿格尼丝退回了租赁中心，她还把分期付款的家具也都退了，然后申请了一笔巨额贷款，以便在进城后买到更好的新家具。

他能感觉到她的狂热，那是想进入新环境从头来过的梦想。这让她上头，仿佛得了流感一样。她收集了不同年份的肯西塔斯香烟的优惠券，痴痴地数着它们，把它们捆成密密麻麻的小砖块。这些小锭子至今仍散发着金色烟草的甜美香味。舒吉躺在地毯上，用它们筑起了城墙和堡垒，而与此同时阿格尼丝翻阅着肯西塔斯邮购目录，哪怕没有真心看中的东西，还是在角落里贴上密密的标签，标记出台灯和茶具，然后在煤气账单的信封上写下了一个令人不安的总数。

舒吉看着她，低低说道：“为什么有了我还不够呢？”

但她并没有听进去。

换房协议一达成，阿格尼丝就开始收拾房子，很快就打包完

1 格拉斯哥远远要好（Glasgow’s Miles Better）是二十世纪八十年代苏格兰政府推出的一项宣传活动，用以推广格拉斯哥的旅游业和工业。

了。她看着这许多行李，仿佛它们在某种程度上伤害了她。用了一个下午，他们就收拾好大多数行李。两人都迫不及待地想离开，因此更愿意在收拾好的房子里度过最后几个星期，这里充满了未曾被玷污的梦想和期待。舒吉帮她包装贵重的小雕像，小心翼翼地用旧报纸把它们包好，折紧，然后把它们塞进她内衣中间的一个盒子里。她背过身去的时候，他就从垃圾堆里捡出一些利克的东西——一些旧唱片、画了一半的素描本、凯瑟琳的一个旧毛绒小妖精——然后把它们妥善地藏进母亲的箱子里面。哥哥姐姐最后剩下的一些物品她都给了戴维·帕兰多，换来一卷肮脏的纸币。

他们搬家的前一天晚上，她最后一次撬开了电视计价器，在冰淇淋车上买了几块巧克力。她把所有的旧衣服都摊在舒吉面前，两人膝盖碰膝盖地坐在一起，讨论哪套应该带走，哪套要留下。

“没人穿这样的东西了。”舒吉说。她套着一件毛茸茸的黑色毛衣，线头像上万根垂下的睫毛。

她咬下薄荷巧克力的一角。“但是如果我加一条腰带呢？”她用手按住束紧的腰部。

舒吉将手伸进她的毛衣里，解开两个白色衬垫的扣子，然后把它们取了出来。突然间她看起来不那么死板了，变得更柔和，更显年轻。他眯起眼睛。“如果你愿意穿牛仔裤，配起来可能更好。”他把垫子塞进自己的校服毛衣里，肩膀一下子抬高到颌骨的高度。

她皱起脸来。“唉。我太老了，不适合穿牛仔裤。现在什么东西都做得很普通。”

舒吉向前倾身，拿起一条羊毛A字裙，颜色像死石楠树，很贴身，但包得不算太紧。他从未见过她穿这条裙子。“我喜欢这一条。”

阿格尼丝考虑了一下。她弹了弹拉链，好像在检查它是否还有用，然后把它扔到一边。“不，我不要成为这样的女人，穿着男士拖鞋，整天围裙不离身。”

“你会很舒服的。”

母亲哼了一声，躺回地毯上。她转过身来，目光在他身上游走。“那么，我们搬家了之后你想成为怎么样的人？”

他耸了耸肩。“我不知道。我光忙着担心你了。”

“天哪，这是特蕾莎修女本人。”阿格尼丝看起来有点懊恼。她用一只手肘撑起身子，拿起啤酒杯喝了一口，然后皱着眉头，看着啤酒面上的卷云图案。“听着，等我们搬到了公寓里，我会戒酒的，我保证。”

“我知道。”他试着微笑。

“我会去找个什么工作，和别的妈妈一样。”

“那太好了。”

阿格尼丝挑起手指上的一根倒刺。“你那混蛋老爹从来都不喜欢我工作。总是说‘女人有女人的位子’这种废话。”这是真的，舒格从未让她工作过，布伦丹·麦高恩也没有。对这个天主教徒来说，这是一个尊严的问题：他努力工作，好让邻居们知道他能以一己之力撑起整个家庭。对舒格来说，他自己不是个值得信赖的人，因此他也无法信任其他人，尤其是自己的妻子。他更喜欢她不工作，好知道她一整天都待在哪里。她的男人从不让她工作，所以她从未真正尝过工作的滋味。

“你那么优秀，那么可爱，不该去工作。”他知道说什么最有用，类似的对话已经发生一百次了。这次他说得过于冷淡了些，但阿格尼丝仍然感到宽慰，然后他说了一些出人意料的话，使她脸上的笑容僵住了。“但是，比如，如果你真的工作，那也没问题。比如，如果你上夜班的话，就不用整晚等着我了。我可以自己照顾自己。”

阿格尼丝坐了起来，喝下了最后一杯拉格啤酒。她似乎想换个话题。舒吉看着她从不需要的衣服堆里拿出两个小雕像。她取出她的一件粉红色安哥拉毛衣和他的一套太小了的黑帮套装，摆成一对假人。舒吉跟着她来到厨房，她把它们挂在升降的晾衣架上，拉动绳子，衣架再次升到天花板上。它们在那里扭动着，充满生机，两个曾经的他们挂在上面，等待着新家庭的到来。

“那个女人叫苏珊，”阿格尼丝说，“她人很好。她有四个孩子，男人是个地毯装配工，这辈子都没有领过救济金。这儿的人得好好看看他。”

“我们在骗她吗？”舒吉问道，为新房客感到担忧。

阿格尼丝揉了揉自己的脸颊，就像是假牙在后面夹住了肉，她要缓解疼痛。她给自己倒了一杯新的拉格。“不，她有辆车又有男人，他们应该不太介意住得远一点。”

她抓住舒吉的毛衣领子，拉开来，揉了揉他的皮肤，就像在检查一个懒惰的女仆是否清扫了地毯下面。他平坦的小胸脯上已经开始长出细密的毛发，她忧心地用指甲拨了拨，但没有说什么。“你的脸色太苍白了。你前一次出门是什么时候？”

他不想告诉她弗朗西斯·麦卡文尼和那把菜刀的事。他不想承认，自从那天弗朗西斯威胁要杀了他之后，他就一直不敢去外面晃荡。最终他什么也不必说，阿格尼丝的头脑是一个跳跃的幻灯片放映机。她说：“你应该不记得城里的样子了，你当时太小了。但那里有舞蹈，各式各样的舞蹈，还有大商店。你可以一直待在外面，因为可以做的事情太多了。”他觉得她满怀虚假的希望，试图用一种苍白的兴奋来填满自己，这就像蓟草一样脆弱。“你肯定不记得了，但你很快就会看到的。”

“我等不及了。”他在说谎，但只是一半的谎言。他没法告诉她的是，这个城市让他有点害怕，因为那里充满了巨大的失控的可能：她可能会被别的酒鬼所召唤，男人们会在昏暗的酒吧里占她便宜，她可能摔倒在不知名的街道上，而他会就此失去她。至少，矿区完全是已知的，它紧紧困住他们，好像他们是驱蚊纸上的苍蝇，周围什么都没有，却被牢牢钉在原地。在这里，她会伤害自己，但他不会失去她。

舒吉试着抽离出来。“我们搬走之后，你真的会试着戒酒吗？”

“我不是说过了吗？”

他无法克制表情，眼神中流露出淡淡的不信任。他转向水槽清洗最后一个盘子，以掩饰自己的脸。

这惹恼了她。“你是说我是个该死的骗子吗？”

她已经喝了一天的酒，现在的情绪近似微弱的海雾天气，阴冷潮湿，但保持着平稳，没有下雨。舒吉不想打破这种阴霾，逼出坏天气。“不是，对不起。”

阿格尼丝在水槽边上掐灭了烟头。她举起啤酒杯，把里面的东西一股脑儿倒进了下水道。这一切发生得如此坚决而迅速，以至于舒吉避之不及，被酒渣喷到。他后退几步，眨着眼睛，浑身湿透。

阿格尼丝打开水槽下面的木板，拿出最后两罐嘉士伯啤酒。她把一罐递给他，自己打开另外一罐，举到水槽上方，啤酒随着一阵呛人的洪流喷溅流入下水道。罐子倒空了之后，最后的白色酵母泡沫像潮湿的雪一样落入水槽。她把罐子扔向垃圾桶，但没有扔准，罐子在油毡地板上嘎嘎作响。舒吉呆若木鸡，只知道瞪大眼睛往后退，扶着工作台保证自己不摔倒。阿格尼丝现在被什么东西附身了，在屋子里跑来跑去；他能听到她在家具下面抓来抓去，在衣柜后面乱翻，回来的时候带着半打瓶子，里面全是快见底的伏特加，因为她总是在喝完最后几口酒之前就醉倒过去了。她把它们全倒进了水槽里，动作流畅，充满了戏剧性。

舒吉从未见过她这么做。他从没见她浪费过好酒。

在为数不多的几次她答应要戒酒的情况下，她还是会先把酒喝光，一滴不剩，然后再开始猛烈地戒断、呕吐、痉挛。还有一些时候，她陷入清醒是因为别无选择。有几周她把救济金都用完了，没有人愿意给她外送，那她就会进入一种满腹怨气的清醒状态。如果这发生在星期四，那么她就会连续清醒四天。舒吉总是为之振奋，但酒精的诱惑从不会偃旗息鼓，仿佛一个恶霸，它给了阿格尼丝一段喘息的时间，自信地奸笑着，因为它知道自己可以轻而易举地再抓住她。当下周一再次兑现救济金的时候，她会再一次溃不成军。然而舒吉依然次次都怀抱希望。

他打开了最后一个易拉罐，一边用眼角瞟着她，一边把啤酒倒进水槽，倒得很轻缓，稀稀拉拉的，仿佛随时可以被叫停。

阿格尼丝看着他这样做，像一位淑女一样撑起微斜的背。“你现在相信我了吗？”

舒吉把拇指关节按进眼窝，稳了稳情绪，想抑制住希望的泪水。“谢谢你。”

阿格尼丝有些激动起来，怯生生地微笑。“我再也不喝酒了。我不是说这很容易，不过城市好就好在这里，没有人会认识我们。”他们两个的假人安静地盘旋在厨房里，她从他们身上捡了一些毛絮。“还有你。你可以像其他男孩一样。我们可以成为全新的人。”

1989

东格拉斯哥

28

和矿区的孤寂生活不同，经济公寓坐落在充满活力的生活中心。主干道两旁密布着砂岩建筑，底层是几百家小商铺。每隔一英里就有一个邮局，几乎每个街区都有一家薯条店，还有各种服装店、鞋店，到处都是阿格尼丝可以赊账买东西的地方。锃亮的汽车在红绿灯前等待，排着队耐心地慢慢往前开；还有双层巴士，两辆一起开，每隔一个街区左右就停一次。这里有一家电影院、一个舞厅、一个绿色的大公园，礼拜堂和教堂的数量是他平生所见过之最。街上到处是行人，每个人都行色匆匆，没空理会他人的存在。他们自顾自地向前，理所当然地享受着隐姓埋名、对他人漠不关心的自由。人们甚至没有相互点头问好，舒吉肯定，他们中没有一个表亲。

货车接着往前开，转了几个急转弯，驶入更窄的街道。现在天空变得遥远，公寓绵延成墙，只有在拐角处，才能看到城墙上唯一的缺口，而那里有更多公寓街道向外延伸。舒吉抬起头来，感觉他们就像深入一个砂石山谷，被埋进了地里。他们一停下来，就完全挡住了街道，咣的一声，搬家公司的人放下了车尾的挡板。阿格尼丝看了看手上的纸，站起身来望向公寓。那是一幢灰白色的建筑，和它周围绵延成墙的公寓别无二致。门口有八户门铃，阿格尼丝找到了三楼的。

“现在这里就是我们的家了。”她说着，指着一个门铃给男孩看。

他已经长大了，不吃这一套，但他仍然让她牵起手，只是为了让她向前看，别再为了酒精心痒难耐。舒吉把她的手勾在自己的手上，突然觉得她的手很小。她把所有剩下的戒指都戴在手指上，但尽管隔着冰冷的金属，他仍能感觉到她手掌中的勇气和黏稠的欲望。

“让我们重新开始吧。不求别的，只求变成正常人就好。”他祈祷着，而他们像新婚夫妇一样牵起手。

近处的大门干净而冰冷。墙壁、地板和楼梯似乎都是从同一块美丽的石头上凿下来的，而且都散发着一种刚用漂白剂擦拭过的味道。他们慢慢地爬上石阶，让到一边，腾出位子让男人们拿着箱子上下楼。每层楼都架着两扇厚重的门，面对面把这层均匀地分成两半。他们每经过一层楼，某扇门后的地板就吱吱作响。阿格尼丝挺起胸膛，继续往上走。

公寓在第三层的右侧。他们走进去之后，阿格尼丝马上数落起残留的污垢和需要处理的地毯，指着各处留下的手指印，好像她是一个导游。“哎呀，她不是很干净，”她冷冷地说，“她在矿区应该会适应得很好。”

新公寓很小，有一个短小的L形走廊，而舒吉已经开始思考她会把电话桌放哪里了。公寓正对着街道，最前方是一个带飘窗的大客厅，隔壁是一个非常小的主卧室。最深处是狭窄的小厨房和一个极小的卧室。舒吉在小卧室里踱来踱去，用脚度量着房间的长和宽，希望它能放得下两张床，但绝对不可能。房间里没有任何转圜余地了，这让他无比思念利克。

阿格尼丝站在大飘窗前，看着外面的街道。舒吉用胳膊抱着她，这两个全新的人给自己一分钟，做安静、和平的白日梦。阿格尼丝用一只脚挠着另一边的小腿肚。舒吉知道，她天生就是个矛盾的人。

搬家工人早早地完工了，他们把最后一块纸板带走之后，阿格尼丝拿起马海毛大衣，告诉舒吉她会带热茶和苹果派回家当午餐。舒吉在她身后关上了门，没注意到她的鞋扣已经钩破了丝袜背面。他独自在小厨房的窗户前站了很久，盯着逼仄的后花园。这片绿地被公寓紧紧围住，中间被几堵五英尺高的墙隔开，好让每栋楼都有一个相同大小的粗糙草地，其上大部分面积都被一个混凝土的垃圾棚所占据。

每块绿地上都挤满了小孩，就像培养皿里堆满了微生物。空气中不断回荡着尖叫声和笑声，在砂石的包围下被放大了好几倍。每隔一段时间，就会有一个小孩朝某幢楼上喊话，过一会儿一扇窗户就会打开，一袋薯片或一串钥匙从四层楼高的地方被扔下来。

舒吉坐在那里，看着这个场面——好像某种斗兽场——看了大半个下午，他想知道玩耍是什么感觉，如此无忧无虑是什么感觉。他看着孩子们爬上墙头，翻进其他楼的后花园。有人把头撞破了，有小孩被推下垃圾棚。这时一扇窗户打开，一根凶恶的手指会指出违规的角斗士，然后那个孩子发出恐惧和悔恨的哀号，今天剩下的时间里，都不会再出现在花园里了。

舒吉慢慢地看厌了这些野蛮行径。

在等待她带着下午茶回来的时间里，他又扑向了那本红色的小足球书，并第一百次打开了第一页。读到阿布罗斯的结果时，他听到了钥匙插进新门锁里的声音。哪怕他坐在小厨房的窗边座位上，都能知道她喝酒了。

“你好啊，儿子。”她站在大敞的门口，眼神涣散，脸上挂着一个巨大的笑容，露出了过多的牙齿。

“你——你喝酒了吗？”虽然他已经知道了答案，他依然问道。

“没有哦。”

“过来，让我闻闻。”舒吉穿过空荡荡的小厨房。

“闻闻？”她说，“你以为你是谁？”

他一天比一天高了。他拽住她的袖子，带着一个成年男子的魄力把她拉向他。她摇晃着，试图扯出袖子。他嗅了嗅她。“你有！你一直在喝酒。”

“看看你，就喜欢败我的兴。”阿格尼丝再次试着拽回袖子，“我刚刚和我的新朋友玛丽来了一点儿。”

“玛丽？你答应过我们会重新开始的。”

“我们是！我们是！”她开始被她的狱卒激怒了。

“你说谎。你连试都不试，我们没有重新开始，全他妈是一回事。”舒吉用力地拉着她的袖子，拉到毛衣变形了，套在脖子周围的布料滑下肩膀。柔软洁白的皮肤上，孤零零的一条黑色的胸罩带。他伸手去抓它。

“放开我！”阿格尼丝现在看起来很害怕。她拽着自己的毛衣，突然扭过身去，男孩措不及防地被甩到空中，啪的一声撞上墙，继而滑落到走廊角落的地板上。

阿格尼丝正喃喃自语。“你以为你是谁，可以这样对我说话？”一个念头在她脑海中闪过，她再次转向他。“你爸爸？你以为你是你那个混蛋父亲吗？”她脸上的蔑视显得很恐怖。她缩回头去，朝他吐口水。“今天就他妈的到这里了，小太阳。”

他看着她把拉长的毛衣拉回肩上，然后走出大门，但没有把门关上。在楼道里回荡的关门声中，他听到她挨家挨户地敲着门，有人应门的时候，她就口齿不清但充满礼貌地介绍起自己来。

“你好。很——抱歉打扰你。我的名字是阿格尼丝。我是你的新——邻居。”

舒吉听到公寓里的那些好心人停顿了一下，然后尴尬地回敬了问候。他几乎能听到他们的眼睛在她身上上下打量，随便糊弄了她一下，心里已经有了主意。这个头发染得乌黑，穿着闪亮的黑色丝袜和黑色高跟鞋的女人，在白天就已经烂醉如泥。

这所中学是他见过最大的学校。他一直等着一楼的男孩，然后小心翼翼地跟着他走。过了一个暑假，男孩被晒得黝黑。他在街角转过身来，用棕色的大眼睛狐疑地看着那个像流浪汉一样跟着自己的苍白男孩。

舒吉摆好了熨衣板，熨好了第一天上学的衣服。他穿了一条灰色的校服羊毛裤，上面穿着阿格尼丝用香烟优惠券买的一件精神的红色毛衣。他把它们熨烫得很平整，几乎都成了二维图像，然后又熨了内衣和袜子。

舒吉跟着那个男孩转了一个弯，到了。校园不断扩展着，看起来就像一座独立的城市：巨大的混凝土立方体和长方体以不同的角度交错，被更低一些的建筑包围，好像一个个方舱，只不过这些是永久性的建筑。外面没有窗户，只是在一片沥青、石头和棕色泥土的平面中间，立着这个形态混沌的巨大混凝土结构。

他跟着男孩进了正门。学校的操场很大，而且满是人。里面是一片流动的新教蓝色、白色和一些红色。男孩们身上穿的不是格拉斯哥流浪者队的球衣就是训练夹克，或者至少背着一个运动包。他目之所及，几乎所有地方都是用白色大字写出来的麦克尤恩拉格啤酒。舒吉把手伸进口袋，摸着里面折了角的红皮书，感觉好多了。

上课铃响了，他跟着男孩穿过了几扇玻璃门进去，不知道能怎么办，只得跟着男孩来到他的班级里。孩子们坐在自己熟悉的座位上，高声地聊着天。舒吉把包放在靠后的一张桌子上，试图躲在后面。一个留着白胡子的矮小中年男人走进教室，看起来像一只愤怒的狸犬，说话时有非常重的格拉斯哥口音。“好了，闭嘴吧，你们这些人。我们来点个名，然后你们就可以继续讨论耳环和烫发之类的问题了。”他停顿了一下，“光男孩就好。”

房间里的人发出了无聊的哼声。老师拿着登记簿，点完名之后，教室里又变得人声鼎沸。老师双手抱胸，闭着眼睛靠在桌子边上，想多睡五分钟。

舒吉举起手又放下，又再举起来。“老师，”他声音太轻了，“老师！”

老师睁开眼睛，看着这个新来的男孩。“怎么了？”他仍然不熟悉新一年的面孔，问道。

“我是新来的。”舒吉说道。他的声音太小，无法穿过吵闹的众人。“孩子，每个人都是新来的。”那人说。

“我知道。但我是延迟入学的。”他用了阿格尼丝教的术语。

教室里顿时安静下来。三十个人齐刷刷地转过头看着他，男孩们的上唇已经长出了脏兮兮的胡子，女孩们的身体已经凹凸有致，脸上满是青春痘。“你是个啥？”狮犬老师问。

“我是，我是延迟入学的，老师。别的学校转过来的。”教室里已经是落针可闻。

“哦，”老师说，“你叫什么？”

他还没来得及回答，一切就开始了。最开始听起来像是一阵低语，然后有人大声地说了出来，低语变成了直白的笑声。“是基老大吗？”坐在前面的一个老鼠脸的男孩说道。教室沸腾了。

“被大鸟·操屁眼？”另一个人说。

舒吉的脸烧得通红，他想用声音盖过他们。“老师，是舒吉。休·贝恩。我是从圣卢克转来的。”

“听那声音！”另一个男孩说，他的鬈发紧紧贴着头皮，眼睛圆睁，好像中了霸凌比赛的头奖。“嚯，装逼男孩，你他妈的哪里学来的这种口音？你是个小芭蕾舞演员吗，还是什么？”

这句的效果最好，对其他人来说是一种极强的鼓舞。“来个小舞！”他们尖笑道，“给我们转个圈看看，你个操屁眼的！”

舒吉坐在那里听他们自娱自乐。他拿起那本红色的足球书，扔进了这个陌生的学校课桌的黑暗抽屉里。他还有点高兴，因为至少他不用再想这个问题。现在一切都很清楚了：谁都没有新的开始。

29

楼下的棕眼睛男孩老朋友一般敲响了舒吉家的门，但其实他们搬进来后的几个月里，他一直没有正眼看过舒吉。舒吉应门了之后，棕眼睛男孩歪着头打了声招呼，让他拿上大衣，跟着他走。

“为什么？”舒吉颇为不领情地问道。

“因为我要你帮忙。”男孩已经走下了楼道。

基尔·韦尔身上集齐了各种暖色调的色彩，调和成一个完美的组合。他是舒吉见过的晒得最黑的人，棕色头发闪耀着关于阳光的稀薄记忆。他的眼睛有丰富的纹理，就像胡桃木一样，而嘴唇的轮廓和唇弓让舒吉移不开眼睛。要不是因为他的鼻尖滴着水，以及上唇不断长出的冻疮，他看起来就像一个青少年招贴画上的人物。

舒吉披上坎肩，像个听话的脚夫一样跟着。他们走到楼道口的时候，基尔脚跟一转，拦住了他的去路。“听着，你不能穿成这样跟我出去。”

舒吉低头看了看自己。他穿着每天的日常服饰：旧的羊毛校裤、旧的黑皮鞋，还有一件从邮购目录上买来的蓝色厚夹克，看起来就像阿格尼丝淘汰的一件旧外套，现在穿着上街买菜都嫌丢脸。

“你会给我丢脸的。你还让妈妈搭配衣服吗？”基尔把手伸进舒吉的夹克里，一直伸到背后，用力抽紧了松紧绳。外套的腰部收紧，紧到快将他切成两半，下摆出现了一个个褶子，像一件伊丽莎白时代的紧身马甲。棕眼男孩提起熨烫整齐的衣领，把它立了起来，然后粗暴地把塑料拉链拉到顶，舒吉感觉自己像是从一艘船的烟囱里向外窥探。

舒吉把头往后一仰，越过领子说话。“我们要去哪里？”

“我打算给你介绍几个姑娘，但你不能一副娘儿们兮兮的样子。”基尔从后口袋里抽出一把廉价的黑色梳子，一头已经被咬得不成样子了。他往上面吐了一口白沫，在舒吉的头顶上划出一条线。舒吉惊恐地后退，但基尔用长长的手环着他的后颈，把他钉在原地。在阿格尼丝喜欢的那些电视剧里，男人就是用这种姿势把女人拉向自己。这对基尔来说毫无意义，但舒吉的眼球后面已经有了泪意。

梳子划拉过头顶时，他感觉头骨被干脆而均匀地劈成了两半。男孩打散了阿格尼丝精心打理的侧分头，粗粗整理一番，将黑发锐利地分成两瓣厚重的帘子。“好了！”他揉了揉舒吉的后脑勺，对自己的作品颇为满意，“你现在看起来更硬气了。”他转过身去，走上街。“我怎么做你就怎么做，不会有什么问题的，好吗？”

“好的。”舒吉应声，踉踉跄跄地跟在他身后，想象着怎么能让基尔再次抓住他。

基尔·韦尔甩着罗圈腿，大摇大摆地走在街上，下半张脸埋进外套的领子里，手则深深插在夹克口袋里。舒吉走在后面一点，试着走出利克曾经教他的一种狂放的步态。“我们要去见两个小姑娘。一个是我的马子，另一个是她的小姐妹。她不错的，”他说，“你有马子吗？”

“有。”舒吉撒谎了。

“谁？”基尔问，高高竖起的防风外套领子上面，只能看见他的眼睛和皱起的眉头。

“我以前住的地方的一个女孩。”

“哦，是吗？那她叫什么名字？”

舒吉看不出基尔现在是不是在冷笑。当你看不到对方的嘴时，很难和他进行对话。“呃，”他结结巴巴地说道，“嗯，麦当娜。”这个词一出口，他就庆幸这个领子挡在前面：他的脸因说谎涨成了粉红色。

基尔眯着眼睛看着他。他的脸上掠过一丝阴影，表明他开始后悔约他出来了。“是吗，这样子？”他的眉毛在衣领上方高高拱起，“你用手指弄过她吗？”

舒吉的嘴在领子后面松弛下来。他慢慢地点了点头。

舒吉听到了基尔无趣地吐出一口气，看着他的发帘从气流中弹起。“好吧，我马子的姐妹也是个贱坯子，你想要的话，她可以给你来一发。”他再次冷笑道，“当然，如果麦当娜不介意的话。”

他小心地把烟屁股放在衣领上，像往井里投一个水桶。“不管怎么说，你让她别来打扰我们就成。懂了吗？”

他们走街串巷，穿过金色砂岩的公寓楼，妇女把一桶桶的漂白水倒在人行道上，他们也没有驻足观看。基尔的步伐满是男子气概，穿过居民区，绕过拐角，跳过长椅和小石墙，径直奔向她。舒吉跟在后面，走一阵跑一阵。等到他们走到一栋看起来很现代的公寓时，基尔才放慢了脚步。他掐灭了皱巴巴的烟头，伸手在口袋里掏出一块口香糖，放进嘴里，快速咀嚼起来。舒吉可以闻到薄荷糖壳碎在他的大白牙之间的甜美香气。他像一条饥饿的狗一样大声嚼了一阵，然后把它从嘴里抽出来。“给，”说着，他把湿漉漉的口香糖递给舒吉，“为女士们着想，你得保持口气清新。”

舒吉对着男孩湿漉漉的手指间的灰色口香糖眨了眨眼。他再次庆幸领子是立起来的，因为他的嘴角嫌恶地皱了起来。

“别他妈跟个娘儿们似的，过来！”基尔把口香糖塞给他。舒吉不情不愿地接过这一团，放进嘴里。它沾满了唾液，很温暖，有薄荷、豆子和香烟的味道。他发现自己并不介意。他把它在嘴里慢慢地滚来滚去，细细品味着它，用舌头把最后一点基尔的口水推到嘴唇和上牙床中间的干燥夹层里，仿佛可以长久地留住它。

他们一路爬楼梯，一直爬到顶层公寓。每层楼都有一个开放的大阳台，舒吉在每个阳台上都开心地停下来欣赏风景，活似一个满足的退休老人。他们到达顶层之后，基尔转过身来对他说：“说话尽量别装逼，知道了吗？我不想让她们笑话。”

基尔按响了一扇毛玻璃门旁的门铃。里面的门打开了，尖细的流行音乐顿时充斥着整个走廊。透过起泡的玻璃，他们看着一朵金黄色的头发越来越近。门口站着一个矮小而普通的女孩，皮肤苍白，绿色的大眼睛被厚厚的粉色眼镜遮住。她抹了发胶，头发掀到后面，爆出一束巨大的烫卷的马尾，头的一侧整齐地夹着粉红色的发夹，看起来活像一块排骨。

她比男孩们要小一点，凌乱的指甲油让舒吉想到了麦卡文尼家的女孩们，还有她们穿着科琳的低跟鞋笨拙地滑来滑去的样子。“你好——呀。”女孩从门缝里说。

“你好——呀，靓妹。”基尔咧开一个歪嘴笑，充满占有欲地把手掌放在门上。

女孩咯咯笑了起来，然后怀疑地看着舒吉。“你们两个想干什么？”她轻轻关小了门。

“你妈妈在家吗？”基尔问。

“你明明就知道她在外面工作。”

“那我们能进来待一会儿吗？”

“不行。”她扭动着身子，把门关得更小了。

“怎么不行？”

“因为我说了不行。我妈妈说如果她上班的时候我让你进来，她会打我的。”

“哎呀，别这样。”他脱下鞋子。

“不行，”她孩子气地叫道，“你上次已经搞砸了！你尿的马桶圈和踢脚线上到处都是，我妈妈看到气得不行，差点没活剥了我。”她又把门关小了一点，门缝里只剩下她的脸。

他们这样站了一会儿。里面传来流行乐磁带翻面的声音。基尔先开口了。“喏，我给你带了这个。”他手里拿着一块肥皂，用透明珠光玻璃纸包着，看起来就像阿格尼丝嗤之以鼻的那些巴拉斯市场上堆积如山的廉价肥皂。包装侧面清楚地写着：不得单独出售。

她洁白的小手从门后伸出来，小心翼翼地接过肥皂。玻璃纸一摩擦，便发出清脆的响声。小女孩高兴地喘了口气，补充道：“那也改变不了什么。”

“你还想做我马子吗？”

她看了看那块肥皂，又看了眼高个子男孩。“应该吧，想的。”

“那你想出来吗？你懂的，就在周围逛一逛。”

“不，不行。我不能。”她噘起嘴。

“怎么不行？”基尔拼命眨着他棕色的眼睛。

“因为利安娜在这里，所以不行。”

基尔点了点头，亮出提前准备好的提案。“看，这是舒吉，他喜欢利安娜。”舒吉从楼道的阴影中走了出来，“所以她可以一起来。”

女孩瞪大了眼睛，发出一声尖叫，小脑袋缩回了门廊里，而玻璃门砰的一声关上了。舒吉看着那头扭曲的金发在走廊上飞奔。

这会是将他变得正常的时刻吗？他练习走路的姿势、追着球撒丫子跑步、了解曾经的足球比分，统统都是为了这一天。

门打开了，两张小脸向外看了眼，然后门又关上了。走廊里传来一阵骚乱的笑声。基尔紧张地晃着身体。“尽量别像个娘炮一样，好吗？”他头也不回，用气声喊道。

舒吉深深地吸了一口气，努力挺起身板，展开肩膀，然后马上像一只不高兴的乌龟一样，把脸埋进了防风衣里。门又开了，这次开得大一些。两个女孩站在那里，兴奋得坐立不安。利安娜·凯利比另一个女孩高一英尺，在金色的烫发丛中望向他们。她神情硬朗，没有化妆，头发上也没有饰品。她走上前去，大大方方地面对男孩们，很明显是在兄弟的包围下长大的。她说话的时候嘴闭得很紧，好像在保护自己的牙齿。舒吉觉得她的眼睛就像两颗警惕的小葡萄干。

“你怎么看上我的？我都没见过你。”她直截了当地问道。

舒吉脑子里一片空白，基尔狠狠地踢了下他脚跟的柔软处。“嗯，就是……我听闻了许多你的优秀事迹。”

女孩不相信地皱起了鼻子。“你在说啥？”

“我听闻你充满魅力。”

“你说话怎么这么搞笑？”她没有笑，鼻子仍然皱着，“你在哪个学校上学？”

她向前走了一步，进到楼道里的阳光下，此时舒吉意识到她的脸其实并不脏，而是布满了无数美丽的雀斑。她葡萄干般的眼睛仍然四处乱射，怀疑地打量着他。“呃，我在路前面那所学校上学。”他说。

“那个新教垃圾场？”

“是的。”

女孩叹了口气，鼻子上的皱纹消失了。“太不巧了。我在圣芒戈，天主教的。”

“没事，我母亲是个天主教徒。所以我是个混血儿，我觉得。”

她的嘴唇上泛起一丝微笑。“这个不重要，我的兄弟们要是知道我和新教狗厮混在一起，会剥了我的皮。”

舒吉感到一阵解脱，但是不能表现得太明显。这种感觉淹没了他，他想长长地呼出一口气。他可以告诉她他基本上是个天主教徒，也已经领了圣餐，但他只是说道：“哦，好吧。那好吧。很高兴见到你。”他转身离开，很有绅士风度地挥手告别。他想逃。

“别玩欲拒还迎这一套。”利安娜大声地喊道，“至少他妈的让我把毛衣带上。”

他们回到灰色的街道上的时候，正在下着毛毛雨。他们两两一对，整齐地走在一起，上上下下，上上下下，穿梭在相同的公寓楼间。起初，舒吉感觉到女孩在偷看他。一会儿之后她就光明正大地盯着他，那神情就像他自己盯着电视里挨饿的非洲婴儿一样。她的嘴张得大大的，想移开目光，却做不到，因为她对眼前的东西感到很困惑。在这期间，她一直心不在焉地把玩着棕色长马尾辫的末梢。

“你看起来很好。”她完成了评估，最后宣布道。

“不好意思，你说什么？”他想知道还要多久才能回家。

“你没有爸爸，对不对？”

舒吉转过烟囱领子里的头。“你为什么这么说？”

“我就是能看出来，”她哼了一声，像个百无聊赖的先知，“我就是在猜这种事情上面很在行。”

“我爸爸已经死了。”他说，然后想到，他甚至不知道自己是否有机会得知他的死讯。

“真的吗？我也是！”她眼前一亮，然后好像忘了什么一样补充道，“我是说，很抱歉，真是难过死了。”

舒吉摇了摇他的头发帘子。“不，我觉得这样很好。”

利安娜咯咯笑了起来。“这话太糟糕了，上帝会惩罚你的。”

“没关系，我爸爸是个坏人。”

他们又走了一段路，她才再次开口。“你到底喜不喜欢女孩？”

“我不知道。”这句话就这么漏了出去，就好像一个不加掩饰的屁，放出之后马上就后悔了。他的脸红了，眼睛猛地瞟向她。她是他成为一个正常男孩的最好机会，而他已经把它给毁了。

但女孩只是叹了口气。“是啊，我也是。当然，对我来说是喜欢男孩。”她考虑了一会儿，然后几乎是挫败地补充道，“那么，你想做我的男朋友吗？你懂的。就是为了当下。”

“好的，”舒吉说，“只是为了当下。”

她把手滑入他的掌心，她的手长过自己的手，但他喜欢这种感觉，安全而温暖。他们来到一块蓬乱且泥泞的草地上，那里有穿蓝裤子的男孩在踢足球。在远处，基尔和那个金发女孩穿过铁丝网上的一个缺口。

利安娜停下脚步，双手交叉放在瘦弱的胸前，固执地不愿再向前。她在紧闭的嘴里磨齿，把舒吉吓了一大跳。“肮脏的变态！”她吐了口口水，“他们就想做这个。走进去，互相吸吮长疮的脸，还拿爪子摸来摸去，太让我恶心了。她十三岁之后就成了个荡妇。”

他们两人看着基尔和女伴逐渐消失在荒地中。舒吉先开口了。“如果我们不进去，他们只会觉得我们很可笑。”女孩想了一会儿，用脚趾扣着泥土。“那么，”她噘起嘴，“我叫兄弟们把他们给做了。”

基尔转过身来，站在齐腰的杂草丛中挥了挥手，命令舒吉他妈的快点。舒吉拉过铁丝网，利安娜叹了口气，把身体弯到几乎只有原来的一半高，小心地钻过洞去。

铁丝网的另一边，草地一路延展至一个凌乱的小山丘。山的下坡处有一条通往爱丁堡的高速公路，离他们不到二十英尺之外，车流以可怕的速度呼啸而过。他们沿着公路肩旁边的草丘往前走，一直走到一座行人天桥。孩子们一个接一个地从桥下爬过，沿着混凝土路堤滑下，来到高速公路上。路上可以闻到尿骚味和汽车尾气，但很干燥，如果他们坐在一个宽大的承重立柱后面，几乎就进入了一个私密空间。

“你有烟吗？”金发女孩问。她正梳理着一束不服帖的头发，用一个小猪发卡夹起来。

“没有。”基尔回答。

“我的天！我不懂我为什么还要做你的马子，”她抱怨道，“斯图基告诉我，如果我跟他好，他每周会给我们一包烟。对吧，利安娜？”

“是的。”高个子女孩心不在焉地答道。

基尔耸了耸肩，他觉得她在吹牛。“那你去找斯图基吧。看看我到底在不在乎。”

桥下很冷，本就微弱的阳光也照不进来，利安娜开始冻得瑟瑟发抖。舒吉脱下了防风外套，微笑地看着她穿上。她的手臂从袖子里伸出来，长了一大截，他看到便笑了。她用长臂搂着他，两人就这样静静地坐了很久，看着车流匆匆而过。舒吉环顾四周，看到基尔正趴在那个金发女孩身上，两人嘴对嘴，不住开开合合，好像快生病了。

舒吉看见一只细长的手伸进女孩的套头衫，往上探去。基尔抵住她的腿，屁股上的肌肉因为用力而紧绷。舒吉看着他的头在她的嘴上上下移动，仿佛他在咀嚼她。他呻吟着，而女孩在他身下笨拙地扭动。舒吉品味着男孩手臂上的青筋、起伏的背脊和屁股的搏动。基尔睁开眼睛，正对上舒吉饥渴的目光。他的嘴唇鲜红而湿润，上面有皲裂的小口子。他眯起了棕色的眼睛。“你他妈的在看我屁股吗？”

“没有……”舒吉把头转了回去，车流已经稀薄了不少。

金发女孩的眼镜上满是水雾，歪着架在脸上，看起来像是被人袭击了。“利安娜，亲爱的。你还好吗？”她细弱的声音回荡在头顶的混凝土桥底。

利安娜觉得又冷又无聊，头也不回，只是耸了耸肩。他们两个人默默地坐着，听着身后的年轻恋人聊天。基尔先开口，故意把声音放得很大。“你看！”他对那个压在身下的女孩说，“除了你，每个人都想跟我搞。”

“你就是个搅屎棍。”女孩不满道，但又在他身下扭动起来。

基尔把一坨黏稠的痰吐到了混凝土上。舒吉可以感觉到基尔的眼睛快把自己的脖子烧出一个洞来了。基尔转过身，看向压住的女孩。“我可以给你用手弄一下吗？”问得直截了当。

“不行。你手太冷了。”

“啊，求你了，”他恳求道，“我先吹吹气，让它们暖和一点。你连裤子都不用脱。”

“不行。”

“但我都跟你说过我爱你了。我还给你送了肥皂。”

“肥皂是你偷的。”金发女孩说。然后她叹了口气，补充道：“那好吧。但只是一小会儿，你要先把手指焐热。”

舒吉的脸变得绯红，热度从脸上散出来。他从口袋里拿出基尔嚼过的梳子，慢慢地把末端塞进嘴里。它闻起来像香烟和男孩的发胶。它闻起来像基尔。

“如果你想的话，我可以让你摸我的奶子。”利安娜在他旁边说道，“当然，前提是你想的话。”

他摇了摇头，没有看她。“不，谢谢。”他松开手，一把灰色的小石头滚下路堤，一路滚到机动车道上。

女孩开始挖一行绿色的苔藓。“好吧，我可不是坐在这里等死的。”

舒吉从嘴里抽出嚼过的梳子，把湿漉漉的一端在裤子上擦了擦。梳子在腿上留下了一块湿润的黑斑。“要不我给你梳头？”

女孩没有回答，他感到红潮又回到了脸上。她叹了口气，慢慢地取下头发上毛茸茸的皮筋，细而直的马尾辫散开，发丝落到耳朵上。她的脸色缓和不少，眉毛低了下来，雀斑点点的皮肤看起来没那么紧绷和透明。现在的她看起来更和善，也年轻了不少。舒吉拿起梳子，从头到尾地梳起她的头发。她发丝的棕色不是一般的棕色，其间蕴含着无数种红色的光泽，还混着一丝深栗色。头发像丝绸一样从他的手指间滑过，每一缕都像薄纱一般轻盈。

他们听着身后笨拙的呻吟声，看着来往于爱丁堡的巴士，就这样坐了很久。舒吉用梳子轻轻地梳理着女孩的头发，很快她就闭上了眼睛，放松地把头靠在他的胸前。“你妈妈会喝酒吗？”她突然问。

“有时候喝，喝得不多，”舒吉承认了，“你怎么知道的？”

“你一副很愁的样子。”她抬起一只手，找到他的鼻梁，轻轻地揉着它。“不过，别担心。我妈也这样，”她说，“我是说，嗯，偶尔喝。喝得不多。”

舒吉痴迷地看着梳子在头发间滑动，看着每根头发如何像烧开的水一样分开。“我觉得她要把自己喝死了。”

“你会伤心吗？”女孩问。

他停止梳头。“我会伤心死的。你会吗？”

她耸了耸肩。“我不知道。反正我觉得酒鬼都是想要这个。”

她哆嗦了一下。“我是说，去死。只是有些人在这条路上走得慢一点而已。”他体内有什么东西被打散了，就仿佛他的关节曾靠旧胶水粘在一起，现在胶水已经失效了。他的手臂感到意外的沉重，好像曾经阻碍着他昂首挺胸的肌肉突然松弛了。话语开始从口中涌出。和她聊事情的感觉真好，他以前不知道把话说出来之后会轻松那么多。“每天都不知道晚上回家要面对什么。”

“是啊，但绝对不会是热腾腾的晚饭，对吧？”

“那不可能。”舒吉承认。全新的烦恼让他的胃翻江倒海。“你有很多叔叔吗？”

“是的，当然了，”她说，“你知道的，我是一个天主教徒。”

“不！我的意思是，你知道的，那种叔叔。”

“他们呀。哦，有的。那些捡破烂的混蛋，他们待得都不久，最后总是要打她，然后我的兄弟们就打回去。”她打了个哈欠，好像这是件再普通不过的事情，根本没必要解释，“我主要是搜刮他们兜里的钱。”

“真的吗？”他惊讶于她那么厚脸皮地表示骄傲。

“对，我清空他们的钱袋子，每一分钱。”她满不在乎地耸了耸肩，“我没办法。妈妈在喝酒上花的钱太多了。”

舒吉从旧梳子上取下长长的碎发，若有所思地将它们绕在手指上。“说不定我妈妈认识你妈妈？”

“我不觉得。”

“我是说在聚会上认识，比如匿名戒酒会。”他说。

“不会。老莫伊拉已经过了那个阶段了。”她摇了摇头，“她把你送去过戒酒家属团吗？”

“没有，那是什么？”

“和匿名戒酒会一样，但是给家人提供的。莫伊拉说那是一个支持团体，可以帮我更好地应对她的病。”

“你去了吗？”

女孩坐起来，把碎发拿到手里。“去了一次。但在那之后，他妈的不可能！她自己都整天不去，我为什么要去，嗯？”她把过短的袖子往下拉，试图盖住冻得发蓝的双手。“不管怎么说，你应该见识见识那里几个上流社会的小混蛋，他们抱怨的都是什么妈妈喝光了圣诞雪利酒，在拆礼物之前就睡着了。”她的嘴唇上掠过一丝残忍的微笑。“所以我讲了一个故事，说我妈妈拆开了所有的礼物，然后拿姜汁汽水兑了我哥哥的圣诞须后水喝掉了。你应该看看他们的表情。”利安娜像魔鬼一样咧开嘴笑了起来，并装出了花哨的爱丁堡口音。“请给我来一杯 CK 男用香水加健怡可乐。”

“健怡可乐？”

“对，她担心长胖。”

舒吉笑了，然后觉得自己不应该笑。“她真的喝了那瓶香水？”

“哦，是的。反正，她试了，整个都喝了，差点没死。后面连着吐了好几天。”利安娜揉了揉她冰冷的腿，“不过她的呕吐物闻起来不错。”

利安娜的脸又垮了下来，鼻尖冻得发紫。“下一个圣诞节，她学聪明了。老莫伊拉·凯利心里又痒痒，在平安夜带着一些礼物去了杜克街，站在齐膝深的雪地里，在路边卖掉这些礼物，换了一些酒钱。她把一台磁带机卖了五英镑，把一台便携式彩电卖了二十英镑。”

“我很抱歉。”

“最糟糕的是，那几样东西的邮购目录账单还没付完，我到现在还在付着钱。”

在他意识到之前，这些话已经自动蹦出他的嘴唇了。“我妈妈昨天晚上想自杀。”

利安娜转过身来面对着他。“她是吃了药？”

“不是。”

“割腕？”

“呃，不是。”他停顿了一下，“至少这次不是。”

“把她的头放进烤箱？”

“不是。她以前试过，但好像新公寓里的那个是耗电的。”

“唉，耗电的也阻止不了她们。”利安娜用手指夹起一缕头发，检查发端的分叉，“我妈干过一次，那时候我在学校旅行，去了爱丁堡动物园。看企鹅的时候我玩得真开心啊，但回到家之后，发现哥哥弟弟们都站在她身边笑。她看起来就像在日光浴场里待过。她想把自己了结了，结果却把脸给烤了，半边头发上缠着烤箱架子上的那些线。”她猛烈地拨弄着一根断发。“简直是疯了。她把半边的头发弄卷了，永久性的，另外一边是半波浪形。”

舒吉忍不住笑了。女孩轻轻地笑了一下，然后马上又悲哀地叹了口气。“那么你妈妈到底做了什么？”

“她想跳窗。”他垂下了眼睛，“不穿衣服就跳。”

“哟嗬，”女孩吹了声口哨，“老莫伊拉从来没有试过这个。还好我他妈的住在一楼。”

舒吉揉着胳膊。她挣扎间划出的伤痕还很新鲜，他感觉到这些划痕在毛衣下尖叫着。不出所料，阿格尼丝习惯了坐上窗台，一种全新的战术，把他结结实实地吓到了。她打了很久电话，之后就安静了。他发现她时，她正在小厨房里，一条腿在里面，一条腿在窗外，阴部裸露在石头窗台上。她赤身裸体，大喊大叫，而他用尽全身力气才把她拖回屋里，指甲里现在还留有她的皮肤碎片。一种疲惫而潮湿的感觉正涌上他的身体。“我觉得酒精会杀死她，我感觉这是我的错。”

“是的，酒精可能会杀死她，”她仿佛只是在讨论天气，“但就像我刚才说的，这是个缓慢的过程，你帮不了她。”

他们身后无尽的啧啧声停止了。利安娜向前坐了一点，她的头发如此有光泽，看起来几乎像湿的，而脸庞变得更加平静而温和。高速公路上寒冷的空气冲进他们中间。舒吉把她的碎发捏成了小球，小球沿着路堤往下滚，他感到很孤独，孤独到他想再次坐在阿格尼丝的膝盖上，如同小的时候那样。

利安娜转过身来，越过肩膀的曲线注视着他。在明亮的车灯下，他看到她异常美丽的眼睛，里面不仅有棕色，还含有金色、绿色和悲伤的浅灰色。他现在明白了，自己无法履行承诺。就像阿格尼丝对他撒谎说要戒酒一样，他也对阿格尼丝撒了谎。她永远不可能戒酒，而他现在和一个可爱的女孩坐在冷风中，明白了自己永远不会成为一个正常的男孩。

30

他放学回家对她说的第一句话是："我饿了。"

没有人关心过她的感受，也不在乎她饿不饿。他们只是一味地向她索取。她坐在扶手椅上，又点了一支烟，听着小厨房里的橱柜门开了又关。"妈妈，什么吃的都没有！"他在厨房里喊道。他的声音断断续续，虽然不深沉，但音色已经可以被称作一个成年男人了。他甚至懒得过来看看她还在不在：他知道她在。阿格尼丝拿起杯子喝了一口，没有向任何特定的人发问。"为什么你们都不把我当回事？"

她听到他在地毯上拖动书包。"妈——妈，我饿了。妈——阿——咪，我饿了。"他哀叫，现在这几句话俨然成了他的日常歌谣。他打开客厅的门，拖着身子走进去。他无时不在变化，在长高，在抽长。他总是很饿。

阿格尼丝看过去，他头发的分线不同了，衣服挂在瘦弱的肩膀上，而她不喜欢这种变化。"你不打算问我今天过得怎么样吗？"

她拉长声音。

舒吉没有理会她，像个酒店女佣似的迅速地把客厅打扫了一圈，拉上了窗帘，打开台灯，又打开了电暖炉——一般他在哄她入睡时就会打开。

“把它关掉。”她吼道。他看了看她，然后直接无视了她，没去关电暖炉。“我——很好——你——怎么样？”她冷笑着说。

“我告诉过你我饿了，家里没有什么可吃的。”他转过身来面对她，虽然努力挺直了身板，但看起来依旧很疲惫。“你打算怎么做？”

他站在那里，看起来和他的外婆如出一辙。她恍惚间看到莉齐把手放在臀部，失望地摇着头，哀叹着只有地狱才能治好她。这让她措手不及，并再次燃起了她的怒火。“你不要这样看着我。”

舒吉已经受够了。他坐在她对面，揉着太阳穴，一副很头疼的样子。“我说我很饿。”他步步紧逼，“你要给我吃什么？”

“哦，你们都是一样的，嗯？索取！索取！索取！行啊，我告诉你，我现在什么都给不了了。”

“喝！喝！喝！”他模仿道，“行啊，我跟你说，我真他妈的饿了。”

“你这个厚脸皮的白眼狼。”她紧绷着脸，狠狠磨着假牙，只有眼神松动且抽离，在今日酒精的浪涛里浮沉。

舒吉再次起身，站到电暖炉前。“整天在这里待着一定很轻松吧，但我得出去和那些人混在一起。”他发出一声长长的叹息，肩膀垮了下来，就像一个被刺破的自行车轮胎，“他们中的大多数人连英语都不怎么会说。我甚至听不懂老师在教什么。”

“我很轻松？”她逐渐失控，“在学校里你还能吃他妈的热午餐，不是吗？得有三道热菜吧。比我干坐在这里不知道好了多少。”

舒吉把舌头伸到上下牙间，用力咬住，等到恢复了呼吸的节奏之后，才再次开口。“听着。就给我一点救济金。我再出门给我们买点晚餐。”

“你想得挺美，不是吗？嗯，没有钱了。”

“怎么会呢？”他重新架起肩膀，“那星期一的救济金、星期二的救济金，这周的钱都去哪儿了？”

“噗，”她说，手一扬，看起来就像一只翩翩起舞的鸟，翅尖带着零星色彩，“已经没了。消失了，就像我认识的那些混蛋一样。”

舒吉弯下身子，从她头顶上方往下望，看着她椅子的隐藏夹层。那里只有六罐廉价的拉格啤酒，还不足以浪费所有救济金。“哪里没的？”

“哦。宾果上玩掉的，那天是滚雪球[1]，”她说，“嗯，这个，然后我买了一个小三明治。请原谅我。”

“阿格尼丝，”他说，“我们会饿死的。”

阿格尼丝清了清嗓子，然后耸了耸肩。“是，也许吧。”

舒吉在沙发中间坐下来，看着电暖炉。阿格尼丝又拿起一罐酒，涂了指甲油的手指拉开了拉环，一阵悦耳的嗞嗞声。她身上

1 宾果游戏中的滚雪球指的是一个特殊的奖项，如果当天没有人中奖，则第二天的奖金增加，直到有人中奖为止。

开始渗出好斗的气息。“听着，你最好把午餐吃得干干净净的。一天里就那么一顿热饭了，我估计。”

他很小声地开口。“他们把我的饭票抢走了，我吃不到免费的午餐。”他看着她的脸。她又恼怒又困惑，把头仰回了脖子上。“是四年级的这些男孩。他们不喜欢我说话的口音，说装腔作势，就抢走了我的票，把我的午饭都吃光了。”

她的眼睛里透出一丝清明。暖炉传来乒乒乓乓的歌声，迸发出橙色的热量，但现在她只感到寒冷。“我们会饿死的。”她轻轻地说。

“我知道。”

他们在暖炉的光热中坐了良久，然后舒吉又站了起来。火焰使他昏昏欲睡，而啤酒的气味让他恶心。他必须要出去。他想自己可以到大路上去试试基尔教给他的方法，从报刊亭里偷些薯片当晚餐。他想，四五包应该勉强可以饱腹。

阿格尼丝看着他站起来，拖着腿走到门口，把地毯都踏平了。他已经快十五岁了，成长的痛苦使他变得暴躁。他抽高了一截，几乎和他哥哥一样高了。在她看来，他就像一块苍白的太妃糖，拉得太长，中间随时都会断裂。她可以预见得到，儿子们将和各自的父亲一样驼背，亚历山大和休，肩上的担子都是那么重。看着他，她思念起另一个儿子来，并试图掩饰这份思念。“哦，所以你现在也要离开我吗？”

“什么？”

“你能搜刮的都搜刮了，现在就不干了。”

“什么？”他不能理解她在说什么。

“你以前从未挨过饿。这么多年来一次都没有。”

“我知道。”他撒了谎。现在和她争论也没有用。

阿格尼丝艰难地从椅子上站起来。男孩在家里漫无目的地徘徊着，她上前推了推他。“好吧，来吧，我他妈的帮你一把。”她跳出门，走进走廊，肩膀擦过门框，发出啪啪的响声。

他听着她的指甲敲打电话的按钮，还有她自言自语的抱怨声，然后说道：“喂！是的，要一辆出租车。到贝恩家。没错。在商业街那边。”

她回到了房里，一副胜利的表情。“好吧，我从来没有想过你会离开我。”

“不要。”他恳求道，向她张开双臂。他内心没有一丝一毫想要伤害她的念头。“我不会走的。”

她滑回喝酒专属的椅子上。“会的，你会的。他们都走了。每一个都走了。”

“我还能去哪里？我没有地方可去。”

阿格尼丝逐渐进入了自己的世界，开始自言自语道：“我养了一群忘恩负义的猪，除此之外什么都没有。我看到了，你看着那扇门，看着那个钟。可以，你去死吧。”

外面的街上，三声出租车的喇叭声。柴油发动机的轰鸣声在公寓的峡谷中回荡。“走吧！”她啐道，“走！去找你那该死的哥哥。看他能不能养活你。看我到底在不在乎。”

“不，我不想去。我注定要和你待在这里的。就我们俩，像我们说好的那样。”他的嘴唇开始颤抖。他穿过房间走到她身边，试图抱住她，再把手指放在她的脖子后面。

出租车再次鸣笛，听起来很不耐烦。她拽住他的胳膊，指甲嵌进他柔软的手腕里。“你和你该死的承诺。我还从来没有见过一个男人能遵守承诺。你们就坐在那里吃东西，吃饱了，然后你们就可以开始笑话我了。阿格尼丝·贝恩。哈，操他妈的，哈！”

“不！”他挣扎着想抓住她的头发、她的毛衣、她的脖子。任何东西。

“看！”她边说边把他从自己身上拽下来。有那么一瞬间，她的眼睛里的雾气消失了，他的母亲似乎真的又出现了。“你不要让我给你打电话叫出租车，然后站在那里，好像我反而成了个骗子。拿上你的包。你被逐出家门了！”

电话铃响了。她把他推开，毛衣领子上的小珠子被扯下来，雨点一样落到地上。电话不停地响着，铃声敲打着他的头骨。舒吉迷迷糊糊地接起电话，一个听起来很粗鲁的人问：“伙计，贝恩叫的出租车？”

“嗯，对。”他用袖子擦了擦脸。

“你看，司机已经到楼下了，他没有多久可以耗。”舒吉把电话放回机座上，站在走廊里，等着她说些什么，什么都好。阿格尼丝当时说什么他都会接受，会原谅她。然后他就可以坐回她的身边，用胳膊抱住她的腿。只要他们在一起，挨饿也没关系。

什么也没有。阿格尼丝不愿看他，也什么都没说。于是，舒吉拿起书包，走出门去，走下灌满风的楼道，走出了瓷砖大门。

男孩坐进出租车之后，司机把报纸收了起来。

阿格尼丝走到飘窗前，望向狭窄的街道。她看着她的孩子从门口出来，仰头寻找她。她得意地点点头，确信自己是对的，她一直知道他会离开，就如同他们所有人一样。她看着他爬上等待的出租车，这一刻她明白，自己已经失去了他。

司机问舒吉去哪里。男孩呆坐着思考了很久，不知道现在该去哪里，只是拖延着，想看到一些微弱的希望。他的眼睛紧张地飞向楼道口，用学校毛衣的袖子擦眼睛，希望下次把手移开的时候，会看到她在那里。

司机在镜子里看着他，然后转过身来，露出关切的表情。“你还好吗，小家伙？”他用稀薄的耐心问道。

没有人走到楼道口。“南区，谢谢。”

出租车载着男孩穿过格拉斯哥繁华的市中心，从东头经过漫漫长路开往南区。经过中央车站时，他看到与自己年龄相仿的男孩，一脸迷失的表情，穿着泡沫状的防风衣和紧身牛仔裤，在附近各式拱廊和娱乐设施里闲逛。出租车驶入一条办公楼林立的街道，人们刚下班，在街角的公交车站排队等候。一元商店的灯亮了起来，他看见女人们提着装满圣诞礼物的购物袋。有几次他清了清嗓子，想让出租车掉头，但最终没有出声。他们飞越宽阔而灰白的克莱德河，河岸上是废弃的蓝色吊车和造船厂的院子。“到底去哪里，伙计？”男人问道。

舒吉不知道确切的地址，只知道是在基尔马诺克路上，不过他很确定是在储蓄银行的楼上，就这么一股脑儿告诉了司机。司机叹了口气，低下了头，沿着拥挤的主干道慢慢行驶，寻找着一家位于街角的挂着蓝色招牌的银行。

在这里，维多利亚时代的住宅依旧气势恢宏。它们是由昂贵的红砂岩切割而成的，而不是东区那种多孔的金黄色砂岩，孔里吸满了几十年间城市的污垢和黑色的湿气。这条路充满活力，满是学生、移民和年轻的职业人士。出租车开过葡萄酒吧和熟食店，这里还有小书店，酒吧在沿街放了座位，服装店正出售来自南方的最新服饰。舒吉看一个自行车篮子里装着花的年轻女人入了神，差点错过了银行。它就在左边，看起来又老又闷，有一个蓝色的大招牌，和他记忆中一模一样。

出租车精巧地转向。“十二镑。”司机打下表说。

舒吉恐慌起来。“请等一下！”他一边说，一边伸手去抓门把手。

“不，伙计。”老司机用遥控锁上了车门，“十二镑，谢谢。”

舒吉掰了掰锁着的门把手，它纹丝不动。“求您了。我哥哥会付钱的，他就住在那栋楼里。”

“孩子，你以为我昨天才出生吗？如果我把车门打开，你就一溜烟地逃到街上去了。”

舒吉滑回座位上。“先生，我一分钱也没有。”

司机已经预见到了这个场景，眼睛都不眨一下。“那我们就去找警察。”他拉开手刹，舒吉感觉到出租车震了震之后启动了，前轮驶进了傍晚的车流。

“先生！”舒吉惊慌地吐出一句话，“那个，我让你摸我的小弟弟。”

司机在镜子里看了男孩一会儿。他的小眼睛深深嵌在粉红色的脸上，很难看透，嘴唇在小胡子下面几乎没有移动。“孩子，你多大了？”

“十四岁。”

那人一直盯着男孩。他的头稳稳地回到粗壮的脖子上，小胡子不快地舞动着。舒吉试图微笑，但他的嘴唇已经干了，粘在牙齿上，无法拉开。“我是认真的。真的。你可以摸我的小弟弟，也可以玩我的屁股，”他恳切地说，“只要你想的话。”

没有任何预告，门锁上方的红灯熄灭了。那人的眼睛里有一种怜悯，但舒吉太害怕了，根本不在乎自己还剩下多少尊严。“孩子，我只收现金。”

舒吉试探着开了车门，差点掉到街上。疲惫的妇女提着厚厚的购物袋，在宽阔的人行道上匆匆地擦肩而过。舒吉紧张得笨手笨脚的，跌跌撞撞地穿过一队队忙碌的购物者，避难一般站到了楼道口。他在硕大的门铃面板上找到了贝恩这个名字，按下按钮，等待着，但没有人回答。他的双腿开始不安地抽搐，叫嚣着要逃跑。他又按了一次门铃，并在街上上下寻找着，想找到人群的密集处，或者一个可以藏匿的隐蔽空间。在身后，出租车司机叹了口气。“好了，孩子，回到出租车里来吧。”

就在这时，一个声音透过门禁混着杂音传出来。“哈啰？”

利克下楼的时候还穿着工作服，厚厚的白色石膏粉尘使他看起来像个面包师的幽灵。他走到出租车旁，付给司机十二英镑。舒吉看到他数到最后，只剩下了十便士和五便士的零钱。付完钱，他转过刷白的脸，面向弟弟，肩膀松开了。“天哪！”他吐了一口气，“她那么早就开始对你出手了。”

利克带着他的弟弟一路爬上台阶，走到公寓的门口，进入一个没有窗户的走廊。走廊里有五六扇门，每扇门后面都有一个单人床位的房间。利克把钥匙戳进一把薄薄的耶尔锁，打开了房门。

舒吉以前只来过这里一次，那次是利克没有提前知会一声就来找他了。阿格尼丝一直在喝酒，而住在隔壁的一个钢铁工人又乐于满上她的杯子。到了午餐时间，他们已经让他觉得自己很碍事，而内心深处，舒吉已经失去了看管她的动力。

因此，他在大雨中沿着商业街寻找基尔，从报刊亭跳到酒馆门口躲雨。寒气爬下他的脖子，他转过身，看到哥哥在一个干燥的公寓门口看着他，只是看着。舒吉不知道利克在那里待了多久。他已经有将近十八个月没有见到他的哥哥了。舒吉举起手，羞涩地挥了挥，小心翼翼地穿过马路。他很害怕，因为他知道利克不喜欢被抓个正着，他害怕哥哥可能会撒开长腿跑走。但是利克没有跑，他只是点了点头，然后重重地拍上舒吉的肩膀。

在那个下雨的星期六，利克带他穿过城市，享受了几个小时的宁静。他给他吃了一碗甜甜的麦片，然后他们坐在沙发上，一起看了《神秘博士》。舒吉假装睡着了，慢慢地滑到利克瘦削的肩上。利克没有动他，而舒吉也无法告诉他自己有多想念他。

别的事情利克一概不提。他从未说起他多久去看望舒吉一次。舒吉从不知道这是第一次还是第一百次，他只是很高兴他来了。

所以舒吉曾经见过这个房间一次。房间本身很大，向外突出，曾经是个精巧的客厅，而今塞满了借来的家具。天花板比房间的宽度还要高，正面是一扇大飘窗，傍晚的光线和交通噪声从大路上透过这里洒进来。舒吉环顾四周，这次的房间有一些不同，但他无法确切地说出是什么。

利克再次在高声播放的电视机前坐下，开始用勺子舀起一口热面，发现了舒吉直愣愣的目光。“水刚烧开了。”

舒吉把面条上面的铝箔戳了几个洞，拿起热气腾腾的水壶，倒入滚水。他知道必须等五分钟，但盒子烫伤了他的手，廉价面条的气味激得他饥肠辘辘。他的嘴唇一定是饿湿了，他抬起眼睛时，利克把唯一一把叉子递给他，然后把堆满衣服的狭窄床尾清理出来。“坐下吧，你把我搞得不舒服了。”

舒吉在指定的地方坐下，他们两个人挤在彩色电视机旁边，没有出声。男孩尽量吃得慢一点，尽量不表现得像一头猪。要做一个好客人，就像她一直教导他的那样。“非常感谢你为我提供的晚餐。”他说道，仿佛那是一顿精致的周日烤肉。

过了一会儿，利克问道：“那么，她最后为什么要赶走你这个小金童呢？”

“我不知道。”舒吉说。

“这次她喝了多长时间？”

舒吉摇了摇头。“我没数了。快到万圣节的时候，她停了一小段时间的酒，但我不知道为什么，而且也没有停多久。”

利克发出了一声失望的叹息，似乎在说他就需要知道那么多。“我以为你现在已经懂了。她永远不可能摆脱酒精的。”

舒吉正盯着湿热的汤。“她说不定可以。只是我要更努力地帮她。对她再好一点，把自己收拾干净。我可以让她好起来的。”然后他又说，“总之，你也可以帮上一点。”

利克揉了揉胸口，像是里面困着一袋风。“啊！我明白了。你被赶走是因为你是个哀怨的话痨。”

舒吉没有理会这种奚落。他环顾四周，看着利克为小家收集的所有东西：一个杯子、一个碗、一套毛巾。还有一些捡来的东西，拼凑在一起：床头柜上有一盏煤油野营灯，一把厨房椅被用作衣架。这个房间看起来杂乱无章、破烂不堪，就像老房子里多余的一个房间，用来给人们存那些用不到的东西。不过，在这些破旧拥挤的家具中，还有昂贵的电子玩具：一架望远镜、一个三脚架上的日本相机、一辆遥控兰博基尼。它看起来像一个男孩的小窝，好像这个人把钱全部花在了错误的地方。然后舒吉意识到了这次有什么不同：房间很整洁。整洁的原因是，利克正把他的生活装进一套棕色的搬家箱里。箱子被放在远处的角落里。舒吉有一种不祥的预感：利克要走了。

利克看着电视的时候，舒吉感到前所未有的孤独。他环顾这个租来的房间，终于看清楚了它长什么样。它不再是一副昏暗破旧的样子了，看起来很漂亮。这里不再是为了躲开她的藏身之所，也不是什么秘密巢穴。这是最后一个筏子。利克要离开了。

他端详着利克的侧脸。他的哥哥仍然弓着背、佝偻着肩、嘴唇紧闭，然而现在他的眼睛不再是灰色的，而是绿色的，头发已经不再盖着脸，充满自信。他看着电视，舒吉看着他，羡慕他心不在焉的眼睛里的这种全新的平静。“你觉得她会怎么样？”

“她会清醒过来的。她会求你回去，然后从头到尾再来一遍，”利克直截了当地说道，“但她已经赶你出门过了，会食髓知味的。”

“我是说从长远来看。”

“哦，酒会让她流落街头的。”利克说道，说得非常快，而且语气过于随意。

“流落街头？不可能！连鞋子上的划痕没有涂上颜色她都不会离开家。”

“舒吉，她年纪大了。这只是时间问题，她迟早会变成这副样子。”他抠了抠鼻子，“你走了之后，她要怎么办？没有男人要她了之后，她该怎么办？”

“那我就不走了。”舒吉坚定地说。

利克窃笑。“那你要变成那种可怜的中年人吗？人到中年还和妈妈住在一起，让妈妈给他买衣服，推着个退休老人的手推车在邮局里走来走去。”他把鼻涕搓成小球，弹到角落里。“更何况，她要是能好起来，早就已经好起来了。”利克挠了挠下巴，目光又回到了小电视机上，“酒会让她流落街头的。你迟早会明白。”

舒吉现在感觉到他们一直在玩推卸责任的游戏，还没有人费心向他解释规则。他没料到自己会这么问，但说出口的瞬间，他就知道这是心中郁结已久的疑问。“为什么你都没有为了我回来过？”

利克把目光从电视上移开，转而与舒吉对视。他用手勾住弟弟的后颈。“这不公平，舒吉。我该怎么抚养你呢？我有什么？何况你还在自己骗自己。看看你吧！舒吉，除了你自己，没有人可以帮你。你好好想想，想想我花了多长时间，而在这期间，凯瑟也没有为了我回来过。”

铺着地毯的走廊上传来了响亮的门铃声。

“舒吉。你，你不会吧。”他睁大眼睛恐惧地盯着弟弟。尖锐的门铃再次响起，更加执着，更加愤怒。利克小跑进走廊里，舒吉听到他对着听筒大喊着，尽力想让对方在繁忙交通的噪声中听到他的声音。

“我不是故意的。”舒吉喃喃自语地道歉，没有向着任何特定的对象。“我只告诉她在基尔马诺克路。”这让事情变得更糟了，“哦，我可能说过是在银行楼上。”

“你这个告密的小混蛋。”利克举起一个装满硬币的果酱罐子，将里面的东西全部倒在单人床上，空气中弥漫着一股肮脏的金属气味。他用手指快速地翻找着硬币，数出了大约十英镑，然后把硬币塞进他满是灰尘的工作服里，哗啦啦地跑出门外，朝着宽大的楼道口走去。舒吉听着他叮叮当当地走向远处。

利克回来的时候神情既费解又愤怒，脸庞因为刚爬完楼梯而泛着红色，并因愤怒而扭曲。舒吉感觉到肚子里温暖的面条变成了一只只虫子。利克站在门口，手里拿着一个塑料袋，袋里装满了奶黄酱的罐头。利克把泅湿的刘海从脸上推开，露出粉红色的额头，不染纤尘。“那个奶黄酱，”他喘着气说，“刚刚游览了一趟格拉斯哥，把我最后的工资花光了。”

舒吉感觉到病态而紧张的笑声像一个泡泡一样冒了出来。他试着用袖子捂住嘴，但声音还是漏了出来。

“他妈的，一点都不好笑。”利克啐道，但他的嘴角也含着笑，然后抑制不住大笑起来，“坏消息总是躲不掉的，舒吉。总是这样的。”另一间床位房里，有人调高了晚间新闻电视节目的音量。利克对着邻居隔墙行了个二指礼，然后关上了单薄的房门。“其实是妈妈给出租车公司打电话，让他们去接她。她出了楼道之后把那袋奶黄酱放在后座，让司机带到这里来。他告诉她，‘没门’，但她说到了之后她儿子会付车钱的，甚至还说我会给司机两镑的小费！”利克突然不笑了，颓然地靠在搬家的箱子上，“我觉得我剩下的钱连去上班的车费都不够付。”

“可是她为什么要把奶黄酱送过来呢？”舒吉问道，想着她为了筹到买食物的钱可能做了什么可怕的事情。

利克开始脱鞋的时候，门铃又响了。两个人难以置信地看着对方。利克重新回到大厅的门禁那里，回来的时候看起来既心碎又担忧。笑容从他脸上消失了，他从口袋里拿出一把小刀，跪在地上撬开煤气表的锁，直到一把闪亮的硬币掉了出来。他没有说话，捡起了钱，下楼去了。

这次利克走了很久。舒吉像扎了根一样站在地板上，一遍又一遍地自言自语，不断祈祷着：“我不应该离开你，对不起，我不应该离开你，对不起。”

门开了，利克穿过黑暗，回到了房里。白色的粉尘下是一张更加惨白的脸。利克怀里抱着什么东西，说话的时候，声音变回了曾经的那种安静而害羞的样子。他一点也笑不出来了。

“舒吉，”他低声说，“出租车司机在楼下等着。我给了他一把硬币，他说会再送你回家，反正他刚好得回东边去。收拾好东西，回家吧。”

舒吉缓慢而顺从地点了点头。还是到了这一步。他永远不可能获得自由。“袋子里是什么？”

利克低头看了看怀里的白色塑料袋，解开了袋子上的结。舒吉看到他的肩膀耸到耳后，袋子里的东西把利克的愤怒转变为关切，甚至可以说把他吓坏了。利克伸手进去，慢慢地拿出了那个带有螺旋状尾巴的棕褐色塑料制品。“我觉得这不是一个好兆头。”

那是妈妈家里的电话。

这宣告了她断绝一切联系的决心，预示着她将要伤害自己，并且这次不会求救——不会去找利克的工头，不会去找舒格，也不会找舒吉。那几罐奶黄酱不是给白眼狼儿子们的唾骂。她是在确保自己的宝贝能吃饱，而现在她要告别了。

31

那是三月，也是她的生日。舒吉从巴基斯坦商店里偷了两把奄奄一息的水仙花送给她。在利克家过了那个下午之后，他把救济金兑换簿藏了起来，保证她每周买酒之前，他们已经有足够的食物。

从圣诞节开始，他瞒着她藏了一些计价器里的钱，以便在她的大日子里给她几镑钱去玩宾果游戏。她拿着半满的信封，紧紧放在胸前，好像它是皇冠上的宝石一般。她太高兴了。

第二天早上，警察把她送回家的时候，水仙花已经开始腐烂，花粉散开来，公寓里充斥着厚重且病态的空气。他们发现她在克莱德河边徘徊，鞋子和那件贵重的紫色外套都不见了。她甚至连宾果店的大门都没踏进去。

阿格尼丝羞愧地不敢看向舒吉，他深刻地认识到自己的愚蠢，也不愿看她。在三月的室外待了一整晚，寒气把她潮湿的肺里搅得生疼。因此舒吉灌了满满一缸热水，并撒上大把食用盐。他熨好干净衣服，铺在床上，给她泡了些奶茶，放在浴室门外，然后他就走了，两人都没有说一句话。

他穿着上学的衣服，和其他孩子一起跑过大路，惊讶地听到大衣口袋里有两枚五十便士晃动的声音，是从煤气表里偷出来的。他僵在原地。他把硬币放在手里翻了翻，爬上了到站的第一辆公交车，没管车是往哪开的，只问司机这些钱能坐多远。

从观景山的第十六层看出去，他觉得自己很渺小。这座城市在他脚下生机勃勃，而其中的一半他连见都没见过。舒吉把双腿穿过洗衣房的透风墙，向外望着无边无际的城市。他待了好几个小时，看着橙色的公交车在灰色的砂岩中蜿蜒前行，看着铅色的雨云给医院的哥特式尖顶蒙上了阴影，而在另一处，顽强的阳光使大学里的钢筋玻璃建筑变得鲜活。

他的胳膊和腿悬在城市上空，感觉很沉重，但他在上衣口袋里找到了那个信封，把它拿出来，第一百次开始思索。信件上没有回信地址，只有一个邮戳，写着巴罗因弗内斯。他不知道巴罗因弗内斯在哪里，但听起来不像是个苏格兰的地方。

这张圣诞卡迟到了两个月。利克已经在其他地方找到了工作，那里正在建新房子，急需什么都能干的年轻人：贴瓷砖、抹石灰、盖屋顶什么的。他说报酬很丰厚，而且不知道自己什么时候会回来。他还没打算去艺术学校，也许明年，他说，或者后年。不过有一个很好的女孩，她在一个茶室工作，他们喜欢一起去一个叫荒野的地方散步。卡片里面贴着一张二十英镑的纸币，纸币很新，很松脆，没有被折过。舒吉想了很久该怎么花那笔钱。他允许自己做了一个短暂的白日梦，梦见利克在某个遥远的汽车站等他。然后他用这笔钱买了鲜肉，做了一大碗炖肉，给了阿格尼丝一个惊喜。

圣诞卡里还有另外一样东西，是画线的校园笔记本上的一页，上面有一幅铅笔画，画了一个小男孩。他盘腿坐在凌乱的床脚下，背对着画家，上下两件睡衣没碰到一起，可以看到他脊柱底部一小块裸露的皮肤。有什么东西吸引了男孩的注意，在他拱起的身体后面若隐若现。男孩全神贯注，脸埋在阴影中，看起来像是在玩小玩具马，很可能是木制的军队马匹或特洛伊木马。然而舒吉知道它们实际上是什么。它们是带香味的娃娃，鲜艳的、欢快的、给小女孩玩的、漂亮的小马驹，利克已经知道了。利克一直都知道。

冷冽的北风在水泥洗衣房周围咆哮着，把舒吉的鼻子刮得通红。他冷得受不了了，就把卡片放进大衣里，再次回家了。

他回到家时，所有的灯都亮着。偷来的水仙花仍然摆在各个台面上继续枯萎，他可以闻到酵母的气味，还有她困在这里腐烂的味道。舒吉听着接线员的抱怨，把丢在一边的听筒放回架子上。她忙了一整天。红笔打开放在电话簿上，旧的名字上出现了新的划痕。

阿格尼丝在椅子上睡着了。她看起来就像一根熔化的蜡烛，腿毫无生气，头歪向一边。舒吉远远绕开她，晃了晃她藏好的啤酒罐，看她喝了多少，把伏特加酒瓶举到灯光下，估计还剩下多少酒渣。几乎全部都空了。

一片寂静里，他听见她在神志不清地咳嗽，然后开始呕吐，嘴唇上涌出了一小股浓稠的胆汁。舒吉将手伸进她的毛衣袖子里，拿出她的卫生纸，注意不把她吵醒。他的手指熟练地伸进她的嘴里，把支气管里的液体和胆汁钩出，然后他把她的嘴擦干净，把她的头安全地放回左肩上。

他的肚子空空。这种空洞来自比胃更深的地方，比饥饿更加深切。他坐在她的脚边，开始轻轻和她说话："我爱你，妈咪。很抱歉我昨晚没能帮到你。"

舒吉轻轻地抬起她的脚，先解开她脚踝上的小扣子，滑下两只高跟鞋，然后小心翼翼地把黑丝的硬线头从她脚趾间拉出来。他温柔地揉搓着她冰冷的前脚掌，然后轻轻地把她的两只脚放回地板上。他一边做一边悄悄地跟她说话。

"我今天去了观景山，"他低声说，"眺望了整个城市。"

他把高跟鞋放到椅子边上，又一次站起来，俯向她身上。他熟练地在她柔软下垂的乳房下面摸索着，找到胸部正中央，然后隔着薄毛衣解开了她胸罩的蝴蝶钩，看着她沉重的乳房被释放出来。

"你一定会很喜欢住在那里。有这么多东西可看。"他低声说，"光想想，我就觉得头晕目眩。"

他用手指勾住胸罩的两条带子，移到她的肩头，把她饱受重负的肉体从尼龙绳的重压里解放出来。阿格尼丝微微动了一下，但没有醒来。她又咳嗽起来，那是一种湿气深重的咳嗽，曾经意味着矿工的房子和霉菌、温热的啤酒，而现在是河边一个寒冷的夜晚。舒吉揉了揉她的胸骨，不知道警察局的牢房是不是很冷。她的头滚到后面，倚到柔软的椅背上，很快出于本能，他把手指放在她的太阳穴上，又轻轻地把头安全地滚回前面。

"我打算尽快辍学。吵也没有用。我需要找一份工作，然后把我们从这里弄出去，"他说，"我在想，说不定有一天我会带你去爱丁堡。我们可以看看法夫郡，甚至阿伯丁。我甚至可以攒够钱买一辆大篷车。那样的话，你觉得你有没有可能好起来？"舒吉看着她无意识的脸笑了起来，"你觉得呢？"

他听了一会儿她的呼吸声，然后把手伸到她身边，解开了她裙子上的拉链。裙子很容易就滑下来了，她柔软的腹部感激地隆起，仿佛一个生面包团逃离了锅。

"不会吗？我想应该不会。"他低声说。

舒吉将手伸进她打鼾的嘴里，伴随着一声湿润的吸吮声，把两副假牙都取了出来。他用卫生纸把它们包起来，整齐地放在椅子的扶手上。他用柔软的手指按摩着她的头，把她的黑发揉成一个个波浪，然后用她喜欢的方式按摩头皮。她的发根明显变白了。

阿格尼丝又咳嗽起来，喉咙里有一种干痒的感觉，隆隆地滚进肚子里，一下子变得又重又厚。胆汁又涌到了她的嘴唇上。舒吉停止按摩，伸手去拿卫生纸，但有什么东西让他停了下来。他看着她咳嗽。"可能利克是对的。"

她又发出了汩汩的声音，头一路向后倒去，靠在柔软的椅背上。阿格尼丝开始呕吐，而他看着胆汁在她裸露的牙龈和涂着口红的嘴唇上冒泡。舒吉站在那里，听着她的呼吸。起初，她的呼吸变得越来越重，黏稠且不通顺。她的眉毛微微打结，仿佛听到了一些令她不快的消息。然后她的身体摇晃起来，没有很用力，而是像重新回到了坑洼的矿区马路，坐在出租车后座颠簸前行。这个瞬间他差点就要上前用手指帮她，但随即她的呼吸慢慢嘶哑、消散了。它只是渐低下来，仿佛正从她的身体中溜走。然后她的脸色变了，忧虑消失了，最终她神态安详，淹没在酒精里，被轻柔地带走了。

现在想做什么都太迟了。

他依旧用力地摇晃她，但她没有醒过来。

他再次摇晃她，然后在此时，在母亲停止呼吸很久之后，为她哭了很久，很久很久。什么用也没有。

已经太迟了。

舒吉尽力把她的头发整理到最好看的状态，试着把显眼的白发遮起来，按照她最喜欢的方式整理发型。他再次拿出她的假牙，轻轻地放回她的嘴里，然后拿起卫生纸，擦去她下巴上的呕吐物，又沿着唇线为她细细地涂上口红，连嘴角也没放过。他后退一步，擦干了眼睛。她看起来好像只是在睡觉。然后他弯下腰，最后一次吻了她。

1992

南格拉斯哥

32

其实并没有什么污垢，但舒吉花了一个上午的时间来擦拭阿格尼丝的瓷器小雕塑。在搬进巴赫什太太的床位房的时候，小鹿的一只耳朵被削掉了，那个卖玫瑰色苹果的漂亮女孩掉了一整条手臂，手上仍紧握着一个苹果。几个星期以来，他光是看着这些东西就觉得很痛苦。而今，他异常小心地把它们都擦干净，然后准确地放回它们该在的位置，手法轻柔。

那天早上，他拿起那只长腿的小鹿，小心翼翼地在手里把玩。他知道小鹿的左耳上有一个豁口，但当他凑近之后，看到小鹿睫毛上的油漆正在褪去，身侧的白色的斑纹也被蹭掉了一些。这让他很生气。他一直都那么小心。他一直都竭尽全力。

舒吉捏着这个小雕像，捏到指关节发白，而小鹿一直保持着宁静的微笑。他捏着它娇小的前腿，一开始很轻，然后越来越用力，瓷器哗一声破了，碎时发出刺耳的声音。他站了很久，没有呼吸。闪亮的釉面之下，是粗糙且苍白的陶体。他的手指沿着尖锐的断面游走，然后不假思索地拽了一次又一次，直到把小雕像所有的腿都折断了。掌心的小鹿残破不堪，他不忍心再看，把它扔进了床头板和墙壁之间的缝隙里。然后他迅速收拾好大衣，提着装满从基尔菲斯超市买来的鱼罐头的袋子，锁好房间的门，走进了清新的雨中。

迷迷糊糊间，舒吉飘然往大路走去。尽管下着雨，巴基斯坦人仍然忙着把一箱箱棕色蔬菜摆到商店门前。宝莱坞音像店里传出刺耳的音乐，橱窗里贴满了鲜艳的海报，脸色黝黑的男人抱着眼神无辜的女人，一个个令人神魂颠倒的拥抱。他停下来研究了一会儿，然后继续往前走，没有人注意到他。

他登上了一辆橙色的公交车，随着一阵嘈杂的哐当声，司机开出了一张长长的白色票据，儿童半价。他爬上台阶，坐在顶层最后一个干燥的座位上。公交车在车流中缓慢地爬行，但舒吉并不在意。他在满是水雾的窗户上擦出一个小孔，看着城市逐渐消失。公交车震动着拐进了右边的一个废弃的经济住宅区。公寓被拆了一半，屋顶没了，山墙暴露在雨中。漆得鲜艳的前厅和贴满墙纸的走廊光秃秃地杵在一堆瓦砾上，显得很尴尬。一个后院里仍竖着两根临时的晾衣竿，突兀地挂着一排干净的衣服。在另一个院子里，快乐的孩子们踢着足球，周围是一整个被拆毁的街区。

公交车隆隆地驶过克莱德河。河水倒映着芬尼斯顿起重机的灰色机身，孤独而懒散地伫立在水边。舒吉再次擦拭着车窗上的水雾，想起了凯瑟琳。每每看到生锈的起重机，他脑中总会浮现出她的样子。她没有回家参加阿格尼丝的葬礼。她告诉利克，而利克又转告舒吉，她宁愿记住母亲美好的样子，并不想看见酒精如何蚕食了她。现在看着这些起重机，舒吉意识到自己已无法再清楚地描摹出凯瑟琳的脸。他想知道，当凯瑟琳想到他们的妈妈时，她到底还能看到些什么。也许她只能看到美好的事情。

他们在一个明亮而寒冷的早晨火化了阿格尼丝。

舒吉在她的尸体旁坐了两天之久。晚上他在她身上盖了一条毯子，第二天早上又把毯子拿下来。当她变冷之后，他打开了火炉，但没有用，她的皮肤无法保存任何热量。他给南方打电话，告诉住在寄宿家庭的利克，母亲已经去世了。舒吉哭了很久，而利克一直等着，等到他不哭了，就告诉他该怎么做，一步一步细细地说，然后又非常耐心地慢慢重复了一遍，让舒吉在阿格尼丝的电话簿上把一切都记了下来。他保持了镇定，这样真好，回过头来舒吉这样想到。

利克乘坐过夜巴士来到了北方。他赶了那么远的路，却在离阿格尼丝的尸体十英尺远的地方停下了脚步，似乎永远都无法往前迈出那一步。他任由舒吉摆弄着他们的母亲，到后来就只是看着弟弟在殡仪馆的地毯上俯下身子，把廉价的石头砸碎然后粘在一起，直到他给她做了一对差不多对称的耳环。

利克安排了火化的事宜。舒吉整个星期都跟着利克，他累到哭不出来，又受到了极大的冲击，什么忙也帮不上。从检察院到殡仪馆，再到小教堂，舒吉跟在他身后，面色惨白，一无是处，一言不发。有几次，利克停下手中的事情，转身看他的弟弟。他什么也没说，他给了舒吉空间，让他坦白压在他心里的事情。舒吉尝试着说出来，他想告诉利克发生了什么，但话到嘴边却说不出来了，他不能承认。他能说的只有他很累，以及他希望自己更努力一些。

社保局会支付她的火化费用，但不会付葬礼的钱，因为沃利和莉齐的墓地里没有空位了。利克对她的死讯没有声张，也没有在《晚间时报》上登任何公告。尽管如此，由于隔壁的一个女人曾断断续续地和阿格尼丝一起参加了戒酒会，这个消息还是很快传遍了整个团体，有些陌生人找上了门。然后，她的死讯传到了矿口区，所有曾经的妖魔鬼怪都来到了达尔多维火葬场。

大舒格没有来参加阿格尼丝的火化仪式，唯一来到达尔多维的出租车是尤金的。尽管大舒格肯定通过凯瑟琳或赖斯卡听说了这个消息，但他一直没有露面。舒吉装了满满一背包的干净衣服，想着说不定呢，然后觉得自己的行为真是蠢透了。一整个仪式上，他一直寻找着父亲的面孔，但舒格从未出现。

利克皱着眉头看着舒吉，好像对他的期望感到生气，或者对他依然持有如此愚蠢的信心感到失望。利克说大舒格是个自私的混蛋。这让舒吉很伤心，不仅因为这是事实，还因为利克说这句话时看起来像极了母亲。

火葬场内，送葬者沿着墙面朝里坐着，只有舒吉和利克坐在最前面。尤金坐在靠近门口的位置，被科琳和布赖迪夹在中间。金蒂还没有从昨夜的宿醉中醒来，挂在小兰比身上。舒吉转身看了一圈，心想，没有人看起来真的很伤心。在他们把阿格尼丝推进告别厅之后，他听到身后一个女人的声音啧啧道：“火化？这么个老酒鬼，他们永远都他妈点不着的。”

在那之前，舒吉没有好好想过她被火化的问题。当他们把她的棺材放到滚轮带上的时候，他的脑子里满是超市的传送带。然后他恍然大悟。他用尽全力，睁大眼睛狠狠盯着，想看看她接下来要去哪里。当他看到对面的哥哥时，利克只是平静地点点头，说：“是的，她就这么没了。”

这是他们看着阿格尼丝走进出租车时，利克常说的一句话。“她就这么没了。”他会一边这么说，一边从高级的纱帘后面走出来，对着弟弟咧嘴一笑，然后打开晚间新闻开始折腾他。

她就这么没了。这是你处理掉东西时说的话。

火葬场外，光秃秃的树上长出了白芽，纪念园里充斥着绿色植物解冻的气味。一些悼念者穿过草地，向男孩们表示哀悼。最勇敢的那些人自己来了，其他人派了一个代表过来，比如科琳就派了布赖迪过来。金蒂艰难地穿过了潮湿的草地，而当利克告诉她不会有招待会，不会喝酒庆祝时，她显得很困惑。

“什么，一滴都没有吗？”她问道。

“你他妈的在逗我吗？”他啐道，假门牙咬得紧紧的。

尤金用手臂抓住金蒂，把她拖开了。他走向阿格尼丝的儿子们，想说点什么慰问的话，但利克只是转身走开了。

舒吉把头靠在公交车的窗户上，试图不再去想葬礼的事。他用手指理出一些硬币，想过一会儿用巴赫什太太家外面的公用电话打给利克。他现在知道整体流程是什么样的了：自己会问利克那个婴儿怎么样了，但不会问艺术学校的事。然后当利克问他怎么样时，舒吉会说他一切都好，因为他知道这是哥哥想听到的。他们都会假装很好，接着谈论一会儿火车票和去南方的旅行，一些琐碎而遥远的期盼。然后利克就会安静下来。他知道利克本来也不喜欢多说话。从某种程度上说，这是件好事：那个电话亭吞钱不眨眼，给南方打电话太贵了，而巴赫什太太又不愿意给寄宿者装一个自己用的电话。

公交车隆隆地行驶着。克莱德的造船厂早已一片死寂。宽阔的河面安静而空旷，只有一个孤独的船夫划着一艘小船。透过均匀的水雾，可以看到他雨衣上的反光条像钻石一样闪闪发光。所有人都知道他：他是免费的《格拉斯哥人》报纸头版的常客，子承父业，在克莱德河上不知疲倦地巡逻。他救起了那些喝得烂醉，不慎从格拉斯哥绿地河沿落水的人们。其他时候，他拖出男男女女的尸体，他们一心求死，沉默而审慎地从石桥边投入微咸的河水中。

舒吉在中央车站的后面下了车。火车站的铆接玻璃拱门上铺满了厚厚的污垢和点点鸽子屎，但仍然宏伟而骄傲。玻璃站台的主体横跨了阿盖尔街的一些路段，把下面宽阔的街道变成了一条黑暗的隧道。天桥上布满了炸鱼薯条店、出售半价牛仔裤的明亮小店，以及一个没有窗户的酒馆，它一早就开了门，到午餐时间已经烟雾缭绕。舒吉在一家面包店外停下。烤炉使店里发出明亮而温暖的光芒，空气中弥漫着廉价冰糖和白面包的甜味。

有时，他会在这里打发掉无所事事的一个小时，只是站着，假装等公交车，但其实不过是在通风口吹出的香甜梦想中寻求一些温暖。有一次，他正眯着眼睛看着对面的出租车站，微微弯下腰，扣住膝盖，搜寻着司机的脸，然后他才意识到自己在期待什么。他感到羞愧，迅速直起身来，匆匆离开。

舒吉走进了面包店内。湿漉漉的办公室女孩排着长长的队，对着热腾腾的糕点柜垂涎欲滴。舒吉耐心地等待着，眼皮在甜蜜的热气中耷拉下来。一个脸色红润的店员抓了抓发网后面，他要了两个草莓馅饼。她把馅饼塞进纸袋的时候，光泽的红色果酱沾在了纸上，洇了开来。“不好意思，太太，可以麻烦您用盒子装吗？”

“孩子，四个糕点才能放盒子里。”她百无聊赖地咂巴了一下热乎乎的嘴。

舒吉把五英镑的纸币绕着手指折起来。他要到下周才会收到新的工资，但还是开口道：“那好吧。我要四个，谢谢。我要拿去送人。”

那女人哧了一声，但并不刻薄。“你早说不就好了，大情圣。我都不知道我是在服务世上少有的大款呢。”

“不是这样的。”舒吉的下巴都快贴上前胸，喃喃自语道。

女人的手腕快速转了两下，啪的一声就组装好了一个纸板盒。红色的馅饼看起来像四颗心形的红宝石。他付了钱，戴上防风帽，重新走进了阴沉的天幕下。花钱总是这样的：反正五英镑已经找开了，他就在一家小商店里花了几枚钢镚买了一大瓶姜汁汽水。他带着包里的鱼罐头和心形红宝石，沿着长长的街道走去。他信步穿过了商人城的老区，走过特隆门街和盐市街，回到了宽阔的河边。沿着空荡荡的河岸，他一直走到船岸巷的巷口。在老圣以诺火车站的铁轨下方，一群穿着T恤衫和薄西装外套的男人聚在一起，在压扁的纸板箱上兜售盗版录像带，一边打哆嗦一边拌嘴。女人们的袋子里装满二手衣物，她们刚在上面的商店买完东西，无视路边的男人们，走下狭窄的巷子。

她就在他们说好的地方等着。

女孩正对着市场大门，坐在低矮的围栏上，仿佛是从这块金属上长出的锈斑。绵绵细雨中，她的长发直直垂下，一副大大的耳圈，让她看起来孩子气不少。看到她这副心力交瘁的模样，舒吉难过极了。在阿格尼丝去世前一年，他第一次和基尔·韦尔一起见到她。那时她的身上有一种叛逆的勇气，而现在他明白了，她曾经的聪慧和勇敢都是虚张声势，是掩盖内心伤痛的幼稚的幌子。她那长满雀斑的美丽脸庞逐渐长成了封闭、自我保护的模样；总是紧闭双唇，葡萄干色的眼睛不断地扫视着忙碌的人群，在其中搜寻烦恼之源。如今的她仿佛身披坚硬冷酷的盔甲，长时间忘了卸下。

“你还挺悠闲的。我身上全湿了。”利安娜·凯利说道，防备地将一摞购物袋夹在两腿间。

“我很抱歉。”舒吉说。他爬过围栏来到朋友身边，学着她的样子坐下，不断地对照着她和自己的坐姿，一直调整到他俩一模一样为止。现在他和她差不多高，甚至快比她高了。他伸出手抓住她的手腕，她的防风衣似乎总是太短，盖不住手腕。“那么你想怎么样，走一走？”

利安娜嘲笑道：“还好我们不是在约会，你太老套了。”

“对不起。”

她伸出手，随意地推了推他的侧脸。“我开玩笑呢。咱们当然要走一圈，不然还能干什么呢？”她来回拨弄着脚边的袋子，“先等我办完一件事，行吗？”

他知道她要干什么。如果阿格尼丝还活着，如果他还有机会，他也想为母亲做同样的事情。但是当他看着利安娜焦虑地抠嘴唇时，还是忍不住说道：“利安娜，好了。换作我要去做这件傻事情，你可能要打我了。没用的。我很抱歉，但是就是这样。”

她打断了他。“别说了。我他妈的知道。”她愤愤地抬头看雨，仿佛想叫雨水滚开，“更何况，我都不一定能碰到她。”

绵绵细雨中，爱尔兰集市仍然十分热闹。小巷顺着废弃铁路线蜿蜒前行，每个废弃的铁路拱门里都挤满了各路商贩：卖儿童服饰的、卖鲜艳的印花日光浴椅的，还有卖印着花哨足球纹路的床头灯的。商贩们杂乱地散落在窄小的巷子里，把能用的地方全用上了：被煤烟熏黑的天花板上挂满了衣服，折叠桌子上全是奇特的小装饰品和老手表，而二手的家具早就浸满了水，被丢进了坑里。

舒吉看着一个金发女孩，她的发根泛黑，蹲在一堆商品前，好像是把全副家当都带来了，小心翼翼地铺开在泥泞的路面上。他想阿格尼丝一定会对这个地方又爱又恨。

利安娜递给他一个装满茶的塑料杯，他揭开盖子的时候发现，茶已经变得冰冷而浑浊。他盯着混沌的茶水，想到她等了那么久，感觉很难受。

“阿格尼丝今天就满五十岁了，”他说完，又飞快补充道，“但是她肯定会一脸忧郁地否认这个事实。”

舒吉学着电视上看到的傲慢的侍酒师，给利安娜倒了姜汁汽水。“我本来想着可以搞一个小小的生日派对，高兴高兴。”他笑着把草莓馅饼递给她。打开盒子的时候，她轻声叫了一下，他看到血红色的果酱把盖子涂得一团乱，顿时很失望。“妈的！我已经小心得不能再小心了。”

利安娜用肩膀撞了撞他的肩膀。“没事，它们多好看啊。”

这些馅饼在一小时前那么可爱，可现在摆在他们面前，已经变得又潮又烂。舒吉伸手夺过一个，只想快速解决掉。他的手像个铲子，胡乱地把一整个饼都塞进了嘴里。甜腻的果酱和温热的奶油涌进喉咙，把他噎住了。三口两口之后，馅饼沉沉地躺进肚子里，让他觉得好多了。他伸手想去拿第二个，利安娜挪开了身子，尖叫道：“滚开！这些都是我的，你这个贪得无厌的乞丐！”

舒吉笑了。看到她不再愁容满面的样子，他很开心。他把残留的果酱抹在嘴上，像一层邋遢的口红，然后朝她做了个大大的鬼脸。利安娜把他推到一边。她吃了两个馅饼，吃得缓慢而精致，小心翼翼地把果酱和奶油分开，然后把不招人喜欢的奶油酥饼推给舒吉吃。最后她盖上了盖子。

雨时断时续地下着，他们就这么挨在一起坐着，喝着冷茶和甜甜的姜汁汽水，一边聊天，一边等待着一件可能不会发生的事情。利安娜首先开了口。“那个啥，我们卡勒姆把斯普林本一个姑娘的肚子搞大了。”

他拿起一缕她的秀发，手指穿过去，拇指和食指像老式轧布机一样挤着，头发滋的一声散出潮气。

“他是你上面的那个？”

“不是，他和我中间还隔了两个，我们的史蒂维和马尔基。他长得算帅，但不太聪明，你得老是盯着他，不然他那根屌随便哪里都会插进去。”

“是个浪子。”

“就是说啊。他肯定是在上个复活节前的舞会上认识了这个姑娘，然后在星期天的礼拜堂开门之前，这姑娘就怀上了。”利安娜摇头感叹哥哥的愚蠢。“昨天晚上她爸爸找上了门，他是从电话簿里找到我们的地址的。马尔基知道之后把卡勒姆狠狠揍了一顿，不是因为他搞大了人家的肚子，而是他蠢到把自己的真姓说出去了。”利安娜拿起自己的另一束头发，开始找起发梢的分叉，“我们卡勒姆连这姑娘的名字都不记得，更别说她长什么样了。你是不知道他看到她的时候是什么表情。本来两个人不过是露水姻缘，现在好了，他当爹了，这个傻缺。”

利安娜还没看到那女人，舒吉先听见了她的声音。那是一阵女孩气的笑声，对于她这个年龄的人来说过于稚嫩，笑声空洞且刻意，像是在表演给谁看。舒吉想过要无视她，把利安娜的目光吸引到河上，避开那个女人。他转向自己的朋友时，她啃着拇指指甲边上的皮肤，因为塑料袋里的东西而焦躁不安。他把她的手从嘴边拉开，发现她的指甲旁边几乎都没有皮肤了。这下他无法开口撒谎了。他叹了口气，指向那女人。然后利安娜也叹了口气。

女人还没看见他们。她苍白的手爬上巷子里一个短袖男人的手臂，他年轻的嘴巴因掉光了牙而紧紧闭着。她的声音从巷子的另一头传来，穿透了忙碌的集市，清晰可闻。舒吉可以听见她在诱惑这个年轻的流浪者，以求一些陪伴，而他打开湿润的嘴，冷淡地告诉她，不行。舒吉望着年轻人用尖锐的手指拨开她，嗖的一声跑开，把她独自留在原地。

他们两人就这么盯着女人看了一会儿；她看起来像是被禁锢在了巷子里，不知道何去何从。她比上次舒吉见到她的时候更加糟糕。曾经棕色的大波浪发型结了块，皮肤上满是血管破裂后留下的红蓝印记，脸上沾了点矢车菊色的眼影，嘴巴旁边有一道粉色口红留下的欢乐痕迹。让舒吉感到一些安慰的是，她仍穿着黑丝，虽然一边已经破了，而且她膝盖和脚腕贴在一起，站得很端庄。

利安娜翻了个白眼。他能看出她用尽全力逼着自己往前走。她滑下围栏，拿起脚下的购物袋。一个塑料袋很重，里面满是折得整整齐齐的换洗衣服和干净的内衣，虽然早已不复曾经的洁白。另外一个袋子里有些甜甜的流食，比如给幼儿吃的酸奶和几瓶苹果泥。舒吉记起来自己也准备了一份东西，掏出了那袋过期的鱼罐头。“你说过她最爱吃这个了。”

利安娜扒开袋子，细细地打量着那几个罐头。

“太谢谢了，舒吉。”她把三文鱼罐头拿在手里转。“但是她现在露宿街头，能去哪里找开罐器呢？”利安娜摇了摇头，为自己的问题作答。“对不起，这样说话真的太不知好歹了。”她缓缓吐出一口气，像甩棍子一样晃着小袋子。“听着，老莫伊拉肯定能想到办法的。她总是能想到办法。”

利安娜跨进集市的大门，朝母亲走去。舒吉看到，那女人注意到了利安娜正在走过去，棕色的眼睛翻了个白眼。他不由得笑了出来，母女俩太像了。

她们冷冰冰地打了招呼。雨暂时停了，凯利太太跟着利安娜走出了爱尔兰集市，来到了克莱德河的河岸上。舒吉把一个旧纸板箱压扁了，盖在湿漉漉的栏杆上，让她们两位紧挨着坐下，然后三人看着船夫吃力不讨好地巡视着水面。

“我认识几个他捞上来的可怜姑娘。”莫伊拉·凯利说，“他什么都没拿，连湿了的香烟，甚至克拉达戒指他都原封不动。分文不取，有点厉害吧？”

利安娜打开了糕饼盒，把最后一个馅饼递给母亲。女人噘着嘴，捏住一团黏糊糊的红色果酱塞进嘴里，舒吉试图转开目光。她的眼周深深地凹陷着，仿佛她已经很久没吃过东西了。草莓酱像唇膏一样在她的嘴角闪着光，看起来有些淫秽。

“我们要在这里坐一天吗？”她没有道谢，直直问道。

“为什么不多坐一会儿呢？”利安娜把蛋糕盒推到母亲的腿上，试图用糖留住她，就像你用一罐肉引诱一条狗一样。女人醉得东倒西歪，但还是拿起了最后一块蛋糕，把舌头深深地戳进了裸露的奶油里。他可以看到她侧面又掉了几颗牙，在秋天的时候还长得好好的。指关节上沾了奶油，她充满性暗示地从指根舔到指尖。利安娜似乎很高兴看到她吃了东西，但这对舒吉来说太粗俗了。

当他看着凯利太太破了的丝袜，露出腿上的鸡皮疙瘩时，突然间，他只想再见见他的母亲。

他们在一起坐了一会儿，舒吉看着克莱德河，而利安娜向她母亲讲述了五个兄弟每天上演的肥皂剧。有几次，凯利太太对自家儿子的胡言乱语嗤之以鼻，并说："谢天谢地，我不在那里收拾这些烂摊子。"

当她说这样的话时，舒吉不得不把脸转向河边。接着，利安娜告诉母亲她要做祖母了。女人耸耸肩，舒吉感到栅栏一阵摇晃。

利安娜把能说的话全说完了之后，叫母亲站了起来。她让舒吉把凯利太太的旧大衣撑开。当女人在两条腿间来回横跳时，利安娜把她的丝袜和脏内裤从裙子下面抽了出来。女人并不喜欢任人摆布的感觉，她自言自语地抱怨着，但把目光转向了舒吉。舒吉一直紧紧盯着湿漉漉的人行道。

"我不懂了，孩子。你应该在外面玩姑娘，喝个烂醉，而不是拉着老莫伊拉做伴。"

"我不是来找你的，凯利太太。"他咕哝道。他把大衣举得更高，想借此让她潮湿的目光从他身上移开。

女人没有被干扰。"其实吧，我应该在外面好好找个玩伴，而不是和你这个滑稽的小孩跳屁股贴屁股的方丹戈舞。"利安娜仍然跪在地上，重新系上了母亲的鞋。

"舒吉给你带了三文鱼。别他妈的那么厚脸皮。"

"好吧，那你快一点。今天是发救济金的日子，我还没喝到酒之前那几个男人就把它花光了。"凯利太太又跳又叫，像个不耐烦的孩子。

舒吉对凯利太太无话可说，但为了利安娜，他想把女人多留在他们身边一会儿。“那么，我上一次见你之后，你过得怎么样？”

凯利太太戏谑地模仿他道：“哦，这可真——是一个无与伦比——的春天。难道不是吗？”然后她抿了抿嘴，对这一切不胜其扰。“多事的小混蛋，你呢？”有那么一会儿，她似乎不打算再多说什么了。然后，她的嘴角一沉，露出一丝冷笑。她确实有话要讲，而且突然很高兴能有个听众。“话说，我重新和小汤米在一起了一段时间。”她本能地揉了揉自己掉光了牙齿的下巴，以纪念这个未知的男人。“他也没那么坏。他在卡利铁路厂的后面靠诈骗攒了笔钱。以前可把我宠坏了。他经常在酒馆之间窜来窜去，假装自己看不见，因为盲得很彻底，得沿着吧台摸索着找自己的酒。”凯利太太现在笑得合不拢嘴了。“在他们发现他的眼睛很他妈的好用之前，他喝了不少别人的威士忌。”

她对着自己大笑。舒吉可以看出她的笑声让利安娜很高兴。她抬头看母亲的样子，以及她紧绷的嘴角稍稍软化的迹象，把这一点暴露无遗。但很快高兴劲就过去了。利安娜似乎回过了神，试图重建自己的防御机制。这就像她一直在责骂一个行为不端的孩子，但孩子的魅力压倒了她的判断力，使她分了神。

凯利太太已经注意到了。“看，有我作陪不错吧。你喜欢莫伊拉，对吗？”她揉着女儿的肩膀，“是的，我总是能让你高兴起来。”

利安娜没有再说什么，以防她蹬鼻子上脸。舒吉放下外套，继续望着船夫。凯利太太又戳了戳疼痛的下巴，最后问道：“那么，你们有钱买一瓶强化酒吗？”

“没有。”舒吉摇了摇头。

她吮吸着自己牙齿的缺口。“哎呀，好吧。你不问一下怎么知道呢，对吧？”

他把最后一杯姜汁汽水递给她。她瞪着那杯饮料，好像受到了什么冒犯，然后还是接了过来。他们之前一直在慢慢地品尝它，但现在凯利太太像急需解渴一般一饮而尽。舒吉看着她的口红在瓶口留下的胶状印记。他咬住嘴唇，但还是忍不住问了出来。“你为什么非要把自己弄到这种地步？”

利安娜停下了将脏衣服推入塑料袋的动作，并重新坐好。她又抬头看着母亲，似乎非常不愿意错过接下来的事情。

“谁说我不喜欢喝酒了？”凯利太太噘着嘴，从舒吉的手上夺过外套。“你们就是嫉妒我。我有那么难得的快乐时光！每天都多跳点舞，把没意思的部分都省了。”她从口袋里拿出一管口红。口红已经被用到了底，而她用力过猛，口红一下子涂到了嘴唇外面。舒吉努力忽略这抹扎眼的粉红色。

“她爱你。”他说。

“舒吉！”利安娜恳求道。

“哦，啾啾，亲亲。”凯利太太用鼻音哼道。她捶了捶胸口，想要把胸腔里的甜味气体给放出来。“嗯，你们知道我怎么想吗？我认为你越是爱一个人，他就越是不屑一顾，越不去做你们想要的事情，反而变得随心所欲。”她又捶了捶胸口，终于打出了嗝。

利安娜粗暴地收拾了脏衣服，再次站了起来，疲惫而愠怒。她站到男孩和母亲之间。舒吉可以看到她的脸颊通红，眼里有液体闪动，而且又开始咬起嘴唇来。他转过身去，继续看着那个船夫。

“酒吧很快就满了，”凯利太太说着，扣上外套，“你的钱已经花得很值了。”

“哦，真他妈的了不起！”利安娜走得离母亲远了一点，好检查自己的成果。她与凯利太太交谈的语气，就仿佛这个女人只是一个急于在小区亮灯之前重新出门玩耍的孩子。她知道自己拖不住她了。“好吧，莫伊拉，那你就走吧。尽量照顾好你自己，好吗？我会再找你的。”

“如果你一定要的话也行吧。”

舒吉握紧了拳头，然后他走上前去，把手强硬地伸进凯利太太的外套里。他用双臂环抱着她的腰，在她的柔软处搜寻，直到摸到了熟悉的湿滑的人造丝经编。他粗暴地拉扯着底裙，把它拉回了正确的方位。

凯利太太震惊地张大了嘴，但任由他摆弄，似乎并不介意他把温暖的手臂伸进腰间。然后，她用肥厚的舌头舔了舔下嘴唇，飞快地朝利安娜露出一丝邪恶的笑容。“哦，你要小心这个人哟，亲爱的。”

男孩放开了她的腰。他用手抓住她的上臂，猛地摇了摇。凯利太太像个被扔掉的娃娃一样眨了眨眼，过了好一会儿才把眼神再次聚焦在他的脸上。“你啊你！”她从他的手掌中挣脱出来，满面怒容地绕过他，“你可真是个有趣的小混蛋。”

就这样，凯利太太转身走向集市，走向铁路线下的黑暗酒馆。他们看着她远去，胳膊上挂满了购物袋，在小巷里跌跌撞撞地走着。她在拐角处停了下来，轻轻一挥，将那袋三文鱼罐头扔给了那个黑色发根的金发女孩。凯利太太举起手臂，好像进了一个球，然后她继续跌跌撞撞地前进，身影逐渐消失了。

“你别说！”利安娜警告道。她拉上了防风衣的拉链，遮住了下半张脸。

“我不会的。”他的眼睛一直盯着潮湿的路面，试图让自己平静下来，“你感觉好点了吗？”

利安娜嘲弄地笑笑，然后耸了耸肩。她把湿漉漉的头发从脸上拨开，用手腕上的皮筋扎了起来。看到她漂亮的脸蛋又变得如此紧绷和坚硬，他很难过。

舒吉用背面的裤腿把鞋上的泥巴擦掉，然后伸出手来，从利安娜的袖子里拉出一根松动的线头，摸到她冰冷的手腕。“我妈妈曾经好过一年。那一年真的太好了。”

利安娜什么也没说。她再次把咬得精光的大拇指指甲放到嘴里，独自坐着想事情。舒吉就让她自己待着。雨已经停了，他看见船夫把小船拴在岸边，直起了腰。

接下来的一整天他们都可以待在一起，在一片潮湿中，这个想法让他感到很温暖。“那么！”舒吉尽全力让自己听起来更快活些，“现在你想干点什么？”

利安娜擦了擦眼睛。她翻开牛仔裤上空空如也的口袋，往前递了递，像在挥舞一面旗帜。“我们走一走怎么样，嗯？”

“天哪。现在是谁老套了？”

“我？”她在此之前已经很久没有笑过了，此刻终于笑了出来，“不可能。我们都知道你只是想去看弗吉尼亚拱廊里的大帅哥！”

他感到羞愧难当。他摇了摇头，似乎想否认，但她的眼神里有什么阻止了他。他在门牙间猛吸了一口气。

利安娜伸出手，猛地戳了一下他的肋骨。“得了吧。而且，我觉得那个打了耳洞的姜黄色头发的哥们儿好像在对你抛媚眼。”

“真的吗？”

她咧嘴笑了。“可能是。你要当心，他有只眼睛烂了，谁他妈的知道呢。”

利安娜抡起装着母亲脏内衣的袋子，假装要远远地扔进克莱德河深处。然后，她用另一只手臂挽住他，想摇散他的担心。他像拖船一样用手肘推了推她的肩膀，直到他们都转身离开了河边。

舒吉把垃圾扔进了垃圾箱。“你知道吗，听到你家卡勒姆的事情之后，我在想我们要不要再去跳一次舞？”

利安娜仍在摇晃着袋子，而且高声笑着，笑声是如此的响亮，如此的充满活力，把卖录像带的流浪者吓得跳了起来。“哈！你？你就去操那双娘炮兮兮的校鞋吧。”她尖叫道，“舒吉·贝恩不可能会跳舞！”

舒吉啧啧咂了咂嘴。他猛地挣开她，向前跑了几步，然后点了点头，踩着他锃亮的鞋，无所畏惧地转了一圈。